Klaus Wanninger
Schwaben-Hass

Vom Autor bisher erschienene Bücher bei KBV:

»Schwaben-Rache«
»Schwaben-Messe«
»Schwaben-Wut«
»Schwaben-Hass«
»Schwaben-Angst«

Klaus Wanninger, Jahrgang 1953, evangelischer Theologe, lebt mit Frau Olivera und der schwäbischen Katzendame Mütze in der Nähe von Stuttgart. Er veröffentlichte bisher zweiundzwanzig Bücher, darunter seine bei KBV erscheinende Schwaben-Krimi-Reihe mit den Kommissaren Steffen Braig und Katrin Neundorf.

Klaus Wanninger

Schwaben-Hass

KBV
KRIMI

1. Auflage 2001
2. Auflage 2003

www.kbv-verlag.de
E-Mail: info@kbv-verlag.de
Telefon: 0 65 93 - 99 86 68
Fax: 0 65 93 - 99 87 01
Umschlagillustration:
Astrid Gettmann & Regina Assmann, München
Druck: Westermann Druck, Zwickau
Printed in Germany
ISBN 3-934638-97-X

Meiner Frau Olivera danke ich für ihre Liebe,
ohne die dieses Buch nicht hätte entstehen können.

Die Personen, Namen und Handlungen dieses Romans sind frei erfunden. Jede Ähnlichkeit mit lebenden Personen oder tatsächlichen Ereignissen wäre rein zufällig. Leider beruhen die Hintergründe aber auf Tatsachen.

1. Kapitel

Der große, dunkle Wagen kroch langsam um die Ecke, passierte das durch einen löchrigen, zerfledderten Zaun nur notdürftig abgegrenzte Areal eines alten, brach liegenden Industriebetriebes, schob sich im Schritttempo auf die am Straßenrand spielende Gruppe junger Mädchen zu. Die Fahrbahn war übersät mit Schlaglöchern, spitzkantigen, aus dem Pflaster gerissenen Steinbrocken, Glassplittern, Plastikflaschen, Getränkedosen. Ihr Zerfall war ebenso wenig zu übersehen wie der der Häuser auf der linken Seite der Straße – zerschundene, seit Jahrzehnten nicht mehr erneuerte Fassaden, von Wind und Wetter, Abgasen und Schmutz gezeichnet. Wolken von Qualm und Ruß hingen in der Luft, ein stickiges Gemisch von Benzinschwaden, Dieselruß und Braunkohlerauch machte jeden Atemzug zur Qual.

Als das große, dunkle Auto die Kinder erreicht hatte, beendeten sie abrupt ihr Spielen, richteten sich auf, starrten mit ängstlichen Augen zu dem Fahrzeug. Der Wagen stoppte unmittelbar neben den Mädchen.

Oben, aus einem der Häuser, bellte eine tiefe Männerstimme. Die Kinder sprangen auf, stellten sich wie Soldaten beim Appell nebeneinander in Position. Fast alle trugen auffallend enge Blusen, kurze Hosen, schmale, hochhackige Schuhe. Ein mit einem Muskel-T-Shirt gekleideter Mann trat aus dem Haus, blickte, eine qualmende Zigarette und eine Bierdose in der Hand, ins Innere des Autos. Die Kinder blieben fast regungslos stehen, warteten auf einen neuen Befehl.

Die Person in dem Fahrzeug ließ sich Zeit. Ein Hund bellte irgendwo am anderen Ende der Straße, lautes Schreien scholl aus einem der Häuser. Motoren verschiedener Fahrzeuge heulten auf. Plötzlich wurde die Tür des Autos von innen geöffnet, ein männliches Gesicht schob sich für einen Moment – im Halbschatten zwar, doch deutlich sichtbar – ins Tageslicht, den ausgestreckten Arm auf eines der Mädchen gerichtet. Zwei große Geldscheine wechselten den Besitzer, dann verschwand das Kind im Inneren des Wagens.

Die Frau stand hinter dem Vorhang des erhöht gelegenen

Hauses und verfolgte das Geschehen auf der Straße mit ihrer Kamera.

Das langsam um die Ecke kriechende Fahrzeug. Klick. Die unmittelbar vor dem Auto spielende Gruppe der Kinder. Klick. Die von Schlaglöchern und Glassplittern, Pflastersteinen und Plastikflaschen übersäte Fahrbahn. Klick. Die in hautenge Blusen gekleideten, mit ultrakurzen, die halben Pobacken entblößenden Höschen und hochhackigen Schuhen in Reih und Glied am Straßenrand aufgestellten Mädchen, das große dunkle Fahrzeug im Blick. 10-, 11-, 12-jährige Kinder, von Drogen gezeichnet, die Arme von Einstichen übersät. Klick. Der im Muskel-T-Shirt mit qualmender Zigarette und Bierdose bewaffnete Mann. Klick. Die geöffnete Tür des Fahrzeugs, der daraus hervorgestreckte Arm. Klick. Das Gesicht des Mannes, das für den Bruchteil einer Sekunde ...

Die Fotografin starrte überrascht in die Kamera, drückte impulsiv auf den Auslöser. Das starke Teleobjektiv ließ die Entfernung vergessen. Sie überprüfte das Motiv auf dem Bildschirm der digitalen Kamera, konzentrierte sich auf die Person in dem Fahrzeug, die sie jetzt ganz nah vor sich sah.

Die Gesichtszüge des Mannes waren deutlich zu erkennen, genau, fast bis in alle Einzelheiten. Er war es, ohne jeden Zweifel. Sie war sich absolut sicher. Oft genug schon hatte sie ihn in Zeitungen oder im Fernsehen erblickt.

Die Fotografin drückte auf den Auslöser, fixierte das Fahrzeug in allen Positionen.

Die Geldscheine in der Hand des Mannes. Klick. Das in das Auto geschobene Mädchen. Klick. Der Stern auf der Kühlerhaube. Klick. Das für den Bruchteil einer Sekunde teilweise sichtbare Kennzeichen des Wagens. Klick. Das mit kreischenden Rädern über die holprige Straße davon jagende Auto. Klick.

Die Fotografin ahnte, dass heute ein besonderer Tag war. Was sie in den letzten Sekunden mit eigenen Augen verfolgt und mit ihrer Kamera dokumentiert hatte, würde nicht ohne Folgen bleiben. Nicht für sie und ganz besonders nicht für ihn ...

Sie starrte sekundenlang in die Richtung des verschwundenen Mercedes und spürte instinktiv, dass ihr Aufenthalt in dem schmuddeligen Haus fürs Erste beendet war. Sie hatte das baufällige, renovierungsbedürftige Anwesen über einen tschechischen Strohmann für eine – gemessen an deutschen Verhältnissen – lächerlich geringe Summe ein halbes Jahr im Voraus gemietet, in der Hoffnung, Einblick in die florierende Szene in Cheb zu erlangen. Wochenlang hatte sie es sich angetan, das widerliche Geschacher um die Körper gerade dem Grundschulalter entwachsener Kinder mit ihrer Kamera zu verfolgen, den Finger ständig auf dem Auslöser, die Augen hinter dem Sucher, den Ekel über die krankhaften Auswüchse dieser Welt in ihrer Seele.

Geldscheine gegen Kinderfleisch, Tag für Tag dasselbe Programm: Kranke, lüsterne Wesen auf der einen, profitgierige, in sozialem Elend Verkommene auf der anderen Seite. Dazwischen die Kinder – Opfer einer verdorbenen Gesellschaft.

Manchmal hatte sie geglaubt, es nicht länger aushalten, das menschenverachtende Geschehen auf der Straße nicht länger ertragen zu können. Mehrfach war sie nahe daran gewesen, alles hinzuwerfen und ihren Aufenthalt in der kleinen Stadt zu beenden. Erst in letzter Sekunde hatte sie sich dann wieder aufgerafft, das Einzige zu tun, womit *sie* dazu beitragen konnte, das Unrecht auf der Straße zu beenden: Eine Dokumentation des alltäglichen Grauens mit einer Kamera, um wenigstens einige der widerlichen Gestalten aus ihrer Anonymität zu reißen und sie zu überführen.

Wie es schien, war ihr dies heute gelungen. Sie musste zurück, die Bilder auswerten und sie Zeitungen zur Veröffentlichung anbieten.

Claudia Steidle öffnete die Kamera, entnahm ihr den Chip. Die Straße unter ihrem Fenster war leer, das Auto des Mannes verschwunden. Wahrscheinlich war er schon dabei, sich irgendwo in einer billigen Absteige mit dem Kind zu vergnügen. Anonym und ohne das Wissen anderer. Von den Fotos, die seine perversen Neigungen belegten, wusste zu diesem Zeitpunkt nur eine einzige Person.

2. Kapitel

Harry Nuhr lehnte in dem wackligen Metallstuhl vor der prächtig restaurierten Fachwerkfassade des *Alten Rathauses* in der Fußgängerzone von Winnenden. Die unter freiem Himmel bereitstehenden Stühle und Tische des nach dem Gebäude benannten Restaurants waren an diesem Vorfrühlingstag bis auf den letzten Platz besetzt, ebenso das wenige Meter weiter auf der anderen Seite der Marktstraße aufgestellte Mobiliar des *Café am Markt*, *Ulli´s Café* und das der *Bäckerei Haag*.

Die erst vor wenigen Jahren neu hergerichtete, mit alten Pflastersteinen, zierlichen Büschen und Bäumen sowie blühenden Pflanzen dekorierte Fußgängerzone der kleinen Stadt bot ein stimmungsvolles Bild. Junge Mädchen und Burschen flanierten in knall-farbigen T-Shirts, Handy-bewaffnet, lachend die alte Straße auf und ab, bleiche, noch von den kalten Wintermonaten gezeichnete Mütter nutzten die ersten warmen Stunden des jungen Jahres, ihren Nachwuchs durch die frische Luft zu schaukeln. Ältere Menschen standen in Gruppen zusammen, Jacketts über dem Arm, und tauschten aktuelle Neuigkeiten aus. Vom nahen Marktbrunnen her drang das gleichmäßige Plätschern mehrerer Wasserläufe; Justitia, die Dame mit der Waage, thronte sauber herausgeputzt in mehreren Metern Höhe auf einem mächtigen Steinsockel weit über dem Wasser.

Harry Nuhr nippte an seiner Tasse, prüfte den Geschmack. Die Mischung aus Kaffee, Milch und Zucker stimmte. Genau so, wie er es liebte. Er inhalierte genießerisch den Duft des Kaffees. Es war lange her, als er die kleine Stadt zum letzten Mal besucht hatte.

In seinem rotgestreiften T-Shirt, schwarzen, an den Knien leicht ausgebeulten Jeans und hellbraunen luftigen Sandalen wirkte er wie ein lässiger, den warmen Frühlingstag genießender Student, der dem Leben seine angenehmen Seiten abzugewinnen weiß. Die kleine, eher modisch als zweckdienlich wirkende Nickelbrille unterstrich diesen Eindruck. Lediglich das schüttere, im Bereich des Hinterkopfes schon leicht ergraute

Haar und sein hageres, faltenreiches Gesicht wiesen darauf hin, dass er die Vierzig schon seit ein paar Jährchen überschritten hatte.

Harry Nuhr arbeitete seit dem Ende seines Psychologiestudiums als Journalist – nicht, wie Kritiker seiner Zunft manchmal süffisant polemisierten, aus der Verlegenheit heraus, den ursprünglich angestrebten Beruf durch widrige Umstände verfehlt und deshalb nach einer Ersatzlösung gesucht zu haben, sondern aus Überzeugung und im Bewusstsein, die von Anfang an gewünschte Betätigung gefunden zu haben. Zuerst hatte er ein Volontariat bei einer kleinen Regionalzeitung im Hessischen absolviert, dann zwei Jahre bei einem anderen Blatt unweit seiner Ausbildungsstelle über sich ergehen lassen – mit fast ununterbrochener Wochenend-Präsenz bei den Taubenzüchter- und Gartenbauvereinen des Landkreises. Zu einer vollen beruflichen Entfaltung hatte er erst während seiner Tätigkeit in der Redaktion einer wissenschaftlichen Fachzeitschrift und dann später im Team der *Winnender Zeitung* gefunden, seinem einzigen, aus einer Zufallsbegegnung erwachsenen, dann jedoch mehrere Jahre währenden Ausflug in schwäbische Gefilde, eine Zeit, die er heute als äußerst konstruktiv und belebend für seinen weiteren Lebensweg empfand. Nebenbei hatte er sich mit kritischen Berichten aus der Provinz – veröffentlicht in verschiedenen überregionalen Blättern – einen Namen gemacht.

Immer noch auf dem Sprung, etwas Neues zu wagen, war es ihm anschließend nach mehrmonatigen Bemühungen geglückt, bei der Berliner *tageszeitung* unterzukommen, jener selbst verwalteten Alternativpresse, deren Markenzeichen sowohl gründlich recherchierte Informationen außerhalb des konventionellen Meinungsbreis als auch jahrelanges Entlangschlittern am Abgrund wirtschaftlichen Bankrotts waren. Vermehrter Arbeitseinsatz bei drastisch reduziertem Gehalt prägte den Alltag aller Mitarbeiter, den Harry Nuhrs nicht ausgenommen. Zwar bedeutete für ihn das Engagement in Berlin die Erfüllung seines wichtigsten Studententraums, doch verhinderte das jahrelange Vegetieren knapp über dem Existenzminimum die Zementierung dieses Zustands. So kam

Nuhr nach acht Jahren *tageszeitung* ein Karrieresprung gerade recht: Sofort nach seiner ersten vorsichtigen Anfrage öffnete sich für ihn die Tür zur politischen Redaktion des *Stern*. Ein drastischer Anstieg seines Gehalts erwartete ihn.

Nuhr stellte seine Tasse zurück, betrachtete die Frau, die unruhig neben ihm auf ihrem Stuhl hin- und herrutschte.

»Verstehst du jetzt, warum ich telefonisch nichts durchgeben konnte?«, fragte sie mit leiser Stimme. Verena Litsche kratzte sich nervös hinter ihrem rechten Ohr. Ihre Augen flatterten fahrig hin und her.

Nuhr nickte, fuhr sich mit der Hand über sein stoppeliges Kinn. »Seit wann arbeitest du daran?«

Die Frau trommelte mit ihren Fingern auf dem Tisch, sah sich unruhig um. »Seit einem halben Jahr. Das Material umfasst mehrere Aktenordner.« Sie schwieg, betrachtete mit weit aufgerissenen Augen den Mann, der an den Nachbartisch getreten war, um sich dort auf einem erst vor wenigen Minuten freigewordenen Platz niederzulassen. »Außerdem unzählige Disketten«, setzte sie mit gedämpfter Stimme hinzu.

Nuhr beobachtete sie, wie sie ihr Glas an den Mund führte und trank. Ihre Hand zitterte, die Flüssigkeit schwappte über den Rand.

Verena Litsche wischte sich mit dem Handrücken über den Mund. Sie saß klein und schmal auf dem Stuhl und wackelte mit den Beinen – ein deutliches Zeichen ihrer Anspannung. Die blonden Haare hingen strähnig in die Stirn, ein breiter, silbrig glänzender Ring baumelte – fast ununterbrochen in Bewegung – am rechten Ohr. Das weite dunkelblaue T-Shirt hing schlabbrig, in breiten Falten um ihren Oberkörper, unterstrich ihr dürres Aussehen. Verena Litsche war nur noch ein Schatten ihrer selbst.

Harry Nuhr kannte sie seit ihrer Mitarbeit bei der *tageszeitung* vor mehreren Jahren. Ausgebildet als Gymnasiallehrerin hatte sie nach dem Englisch- und Germanistikstudium und dem darauf folgenden Referendariat keine Anstellung gefunden und sich dann als freie Journalistin durchgeschlagen – mit dem Ruf, absolut gründlich und objektiv zu arbeiten. Irgendwann, Anfang der Neunziger, war sie aus privaten

Gründen bei der *tageszeitung* ausgeschieden. Ihr Kontakt war abgebrochen – bis zu ihrem Anruf in der letzten Woche.

»Du hast sie hier?«

Verena Litsche schüttelte den Kopf. Ihr Gesicht bewegte sich hastig hin und her, die Augen flackerten nervös zu dem neuen Gast nebenan.

»Das wäre zu gefährlich«, zischte sie, »ich habe Angst, dass sie eine Veröffentlichung verhindern wollen.«

Harry Nuhr schlürfte genießerisch seinen Kaffee, betrachtete den Kellner, der die Bestellung am Nachbartisch entgegennahm.

»Es existieren Kopien«, flüsterte die Frau, »komplett von allem. Ich habe sie bei Freunden deponiert, für den Fall ...«

Er nickte, setzte seine Tasse ab. »Das ist vernünftig«, bestätigte er, »ich könnte mir vorstellen, dass du gut daran tust, auf deine Sicherheit zu achten. Wenn die Lobby von deinen Plänen Wind bekommt, kann es ungemütlich werden. Die wehren sich gegen jede Veröffentlichung, garantiert. Schließlich wollen sie sich nicht ihre Geschäfte zerstören lassen. Es geht um zig Milliarden, Jahr für Jahr.«

»Sie drohen am Telefon«, sagte Verena Litsche.

»Wer?« Harry Nuhr blickte irritiert zu ihr hin.

»Verschiedene Typen. Sanfte und auch grobe Stimmen. Mal so, mal so. Verteilt über Tag und Nacht. Mehrfach mitten in der Nacht. Sie wissen genau, woran ich arbeite: Ich würde doch wohl nicht so dumm sein, mein Leben zu riskieren, indem ich damit an die Öffentlichkeit gehe.«

Er schwieg, hörte ihr zu.

»Sobald ich Kontakt zur Presse aufnehme, stünde ich auf ihrer Abschussliste. Ich solle mir jeden Schritt genau überlegen. *Wir werden dich erwischen, du hast keine Chance. Du weißt doch genau, wie schnell das geht auf der Straße: Du läufst irgendwo und plötzlich rast ein Auto auf dich zu. Aus und vorbei. Ein Wort zu Journalisten und ...*«

»Seit wann geht das so?«, fragte er.

Dem Fahrzeug in der nahen Straße entstieg eine ältere Frau, dann bewegte sich der Wagen mit quietschenden Reifen rückwärts, sodass die Frau ein wenig beiseitespringen musste, und verschwand.

»Zwei, drei Monate vielleicht«, erklärte Verena Litsche.

»Du hast es auf Band?«

Sie nickte mit dem Kopf. »Ich werde Sie bei der Polizei anzeigen, antwortete ich, mehrfach schon. Gelächter, höhnisches, spöttisches Gelächter. *Versuche es ruhig,* konterte sie, *am besten gleich, jetzt sofort! Glaubst du vielleicht, die helfen dir? Liebe Frau, wie naiv bist du? Begreifst du nicht, welche Interessen hier im Spiel sind? Du pokerst hoch. Du allein gegen das halbe Land. Du hast keine Chance. Gib auf. Lass den Quatsch und gönne dir noch was vom Leben, sonst ist es zu spät.*«

»Du hast es gemeldet?«

Die Frau zuckte nervös mit der Schulter. »Wozu?«

Nuhr konnte ihre Ohnmachtsgefühle nachempfinden. Er nickte, betrachtete die nahe Straße, auf der sich ein Lastwagen rückwärtsfahrend näherte, kurz stoppte, dann von einem kräftigen jungen Mann schnell entladen wurde. Der mit einer hellbraunen Uniform bekleidete Lieferant schleppte seine Pakete zu einem nahen Zeitungsladen, spurtete kurz darauf wieder zu seinem LKW zurück. Sekunden später verschwand das Fahrzeug, Wolken aus stinkendem Dieselqualm hinterlassend.

»Du solltest deine Wohnung wechseln und untertauchen«, stöhnte Nuhr, »das Projekt ist der reine Wahnsinn.« Er hatte Mühe, gegen den Motorenlärm des Lastwagens anzukommen.

Der Kellner bediente den Mann am Nachbartisch, servierte eine kleine Flasche Bier. Verena Litsche verfolgte das Geschehen, trommelte nervös auf den Tisch.

»Du bist dir sicher, dass du die Sache in der Redaktion durchbringst?«

»Absolut«, äußerte Nuhr. »Wir kennen uns gut genug. Dein Projekt ist irre wichtig. Es muss an die Öffentlichkeit. Unbedingt. Die *tageszeitung* ist genau das richtige Medium dafür. Wir veröffentlichen jede Woche den neuesten Stand. Woche für Woche. Das wird einschlagen wie eine Bombe. Garantiert.«

Litsche starrte auf die Straße, betrachtete misstrauisch einen kräftigen jungen Mann, der breitbeinig an der Brunneneinfassung lehnte und zu ihnen herüber starrte. Er trug ausgewaschene hellblaue Jeans und eine kurze dunkle Lederjacke.

»Du weißt genau, dass dir zehn Tage genügen?«, fragte Harry Nuhr. »Du darfst nicht übertreiben. Lieber eine Woche später ...«

»Es wird klappen«, betonte sie, »ich benötige nur noch die Ergebnisse aus drei Kreisen, vorausgesetzt, ich komme an das Material. Die Schwierigkeiten kennst du.«

Nuhr nickte zustimmend.

»Eingearbeitet ist es schnell. Das Programm steht. Eine Sache von wenigen Minuten.«

»Prima. Dann werde ich die Texte für die erste Veröffentlichung vorbereiten. Wir sollten eine Wochenend-Ausgabe anpeilen. Heute ist Mittwoch. Vielleicht übernächsten Samstag?«

»Du musst vorsichtig sein«, wandte sie ein, »sobald sie davon erfahren, werden sie alles unternehmen, euch fertig zu machen. Die haben die besten Anwälte. Sie warten nur auf den kleinsten Fehler.«

»Wir haben genügend Erfahrung mit diesen Typen. Kein anderes Presseorgan wurde in den letzten Jahren so oft von der Industrie oder von Rechts und Links bedroht wie die *tageszeitung*. Das dürfte dir zur Genüge bekannt sein.«

Verena Litsche nickte. »Ich hoffe, du hältst Wort«, erklärte sie, »es ist sehr wichtig für mich.«

Der Mann am Nachbartisch träumte uninteressiert vor sich hin. Sie betrachtete ihn trotzdem misstrauisch.

»Es wird klappen, ganz bestimmt. Dein Projekt ist mein letzter großer Beitrag für die *tageszeitung*.«

Nuhr drehte den Kopf zur Seite, um einer jungen Frau nachzuschauen, die durch die Fußgängerzone lief.

»Obwohl es natürlich auch ein irre gutes Mitbringsel für den *Stern* wäre. Sozusagen meine zweite Bombe zum Einstand.«

Nuhr zog ein Couvert aus seiner Aktenmappe, entnahm ihm mehrere Fotos. »Deshalb bin ich heute im Süden. Fotos abholen. Kennst du den Herrn?«

Verena Litsche betrachtete die Bilder. »Schau an, der Herr Minister. Wo hast du die her?«

»Ein alter Bekannter. Er spezialisierte sich auf die Vermittlung delikater Fotos und Texte. Sie stammen von einer Frau, die sich mit Menschenhandel und Prostitution beschäftigt. Dabei kam ihr der Kerl zufällig vor die Linse. Sie konnte es selbst kaum glauben, als ihr sein Gesicht unterkam. Aber an seiner Identität gibt es keinen Zweifel. Macht sich gut, oder? Sie fotografierte die Geldscheine, das Mädchen, das in das Fahrzeug wechselte, das Gesicht des Mannes. – Mein erster Beitrag für den *Stern*«, meinte Nuhr mit süffisantem Lächeln, »der Minister der Landesregierung beim Einkauf von Frischfleisch.«

Er nahm die Fotos wieder an sich, verstaute sie im Umschlag. »Eine ganz schöne Bombe, zumal hier im Süden«, sagte er, steckte das Couvert wieder in seine Mappe. »Aber zugegeben, völlig bedeutungslos im Vergleich zu deiner Arbeit. Ein kleiner, unbedeutender Sprengsatz, sozusagen. Und die Atombombe lieferst du.«

Das dunkle Auto kam langsam die Mühltorstraße hoch, näherte sich zügig der Freiluftterrasse des *Alten Rathauses* und raste dann urplötzlich los. Verena Litsche spähte gerade nervös zu dem jungen Mann an der Brunneneinfassung, sah entsetzt, wie das Fahrzeug auf die Terrasse ausscherte und direkt auf sie zujagte. Sie wollte schreien, ihren Gesprächspartner auf die hinter seinem Rücken drohend auftauchende Gefahr aufmerksam machen, brachte vor Schreck jedoch keinen einzigen Ton zustande. Das Auto räumte das gesamte, vor der Ostseite des Gebäudes aufgestellte Mobiliar des Lokals aus dem Weg. Stühle wirbelten durch die Luft, Tassen, Gläser, Flaschen, Teile von Tischen. Menschen schrieen auf.

Verena Litsche drückte sich mit den Füßen vom Boden ab, warf sich zurück. Das Geschehen lief wie in einem spannenden Kinofilm auf Großleinwand vor ihr ab. Halb in Trance, wie eine unbeteiligte Zuschauerin verfolgte sie ohnmächtig das Toben des Wahnsinnigen.

Das Auto hatte ihren Tisch erreicht. Im Fallen nahm sie wahr, dass Nuhr von der dunklen Karosserie erfasst und samt seinem Stuhl in die Höhe katapultiert wurde. Sie hörte das Schreien von Menschen, splitternde Gläser, Tassen und Teller, auf den Boden prasselnde Metall- und Plastikteile. Mitten in all dem Tumult ein laut aufheulender, davonjagender Motor, dann heftiges Quietschen von Bremsen und den erneut aufkreischenden Motor, das Hupen eines davonjagenden Autos. Sie wusste nicht mehr, was um sie herum geschah, fühlte, wie ihr Herz heftig pochte und ihr Atem in kurzen Stößen frische Luft in ihre Lungen jagte. Dann versank sie in einer weichen, warmen Masse.

Panische Stimmen aus allen Richtungen.

»Der rast durch die Schlossstraße!«

»Holen Sie doch endlich Hilfe! Ist kein Arzt da?«

»Sind Sie verletzt?«

Verena Litsche starrte geradeaus, sah das Gesicht unmittelbar vor sich. Ein fremder, älterer Mann.

»Sie können mich erkennen?«

Sie begriff langsam, dass er mit ihr sprach, löste sich aus ihrer Trance. Es dauerte einige Sekunden, bis ihr Körper den Befehlen des Gehirns folgte. Schwerfällig nickte sie.

Der Mann starrte sie an.

Sehr viel länger brauchte sie, bis sie wieder auf ihren Beinen stand. Unsicher und zitternd, kaum dazu imstande, das Geschehene zu begreifen.

Der Boden war übersät mit Trümmern. Hektik und aufgeregte Stimmen auf allen Seiten.

»Die Kissen haben Ihnen das Leben gerettet«, sagte der Mann.

Verena Litsche drehte sich um, sah einen Berg aus dicken, weichen Sitzbelägen, die hier auf einem Stuhl übereinander gereiht gelegen hatten.

»Danken Sie Gott, dass Sie genau hier saßen.«

Sie starrte den Mann verständnislos an, spürte das Verkrampfen in ihrem Inneren. Langsam begann ihr Körper zu begreifen, was geschehen war.

»Der Kerl ist verrückt«, rief eine Stimme, »warum hat er das getan?«

Die gesamte Fußgängerzone voller Menschen – Männer, Frauen, Jugendliche, Kinder, schimpfend, heftig miteinander diskutierend, alle auf das Durcheinander vor dem *Alten Rathaus* starrend, – drehte sich wie ein Karussell oder Panoptikum vor ihren Augen. Sie hörte Wortfetzen, Entsetzensschreie; Sirenen, irgendwo, erst weit entfernt, dann immer lauter anschwellend. Sirenen, aus verschiedenen Richtungen.

Sie wusste, warum sie es getan hatten. Er oder sie, wer immer hinter dem Steuer des Autos saß. Sie allein wusste es.

Sie waren hinter ihr her, hatten es auf sie abgesehen, wollten verhindern, dass sie ihr Projekt veröffentlichte. *Denke daran, sobald du Verbindung zur Presse aufnimmst, stehst du auf unserer Abschussliste. Überlege dir genau jeden Schritt. Wir werden dich erwischen, du hast keine Chance. Du weißt doch genau, wie schnell das geht auf der Straße: Du läufst irgendwo und plötzlich rast ein Auto auf dich zu. Aus und vorbei. Ein Wort zu Journalisten und ...*

War es nicht genau so gekommen?

Ein heftiger Schwindelanfall ließ sie straucheln. Sie hatte Mühe, sich auf den Beinen zu halten. Ihr Kopf drohte zu zerspringen. Sie spürte stechende Schmerzen, die von der Brust bis hinunter in ihren Arm ausstrahlten.

Ein kaltblütiger Mordanschlag, mitten in Winnenden, keine fünfundzwanzig Kilometer von Stuttgart entfernt? Nicht in New York, Los Angeles, Moskau oder Caracas, nicht einmal in Frankfurt oder Berlin, nein, hier in der süddeutschen Provinz? War sie in einen Kinofilm geraten oder in einen schlimmen unbegreifbaren Traum?

Wo war Nuhr?

»Ich bin Arzt«, hörte sie eine Stimme, »es ist sinnlos. Dieser Mann ist tot.«

Immer noch halb in Trance, torkelte sie schwankend über die Terrasse. Gaffende Augenpaare, Neugierige an weit aufgerissenen Fenstern, hinter den Scheiben der benachbarten Läden, mitten in der Fußgängerzone.

Nur weg von hier, arbeitete es in ihr, nur weg!

Sie stieg über das Tohuwabohu, bewegte sich am Eingang des Restaurants vorbei, in Richtung *Torturm.* Unmittelbar neben ihr ein ganzer Pulk von Menschen, schimpfend und schreiend, auf den Boden starrend. Verena Litsche wollte sich durch die Menschenmenge winden, um den Platz zu verlassen, als ihr Blick auf den Boden fiel: Die Überreste eines Menschen.

Ein rotgestreiftes T-Shirt, schwarze Jeans, an einem Fuß der Rest einer zerrissenen hellbraunen Sandale. Oben, am anderen Ende der Gestalt eine blutige zerquetschte Masse. Nur die schütteren, am Hinterkopf schon leicht ergrauten Haare waren noch heil.

Nuhr!

Das Zittern wanderte von den Kniekehlen durch ihren ganzen Körper, erfasste sie. Mühsam kämpfte sie sich durch die gaffende Menschenmenge.

Du tust gut daran, auf deine Sicherheit zu achten, hatte Nuhr vor wenigen Minuten erklärt. Wenn die Lobby von deinen Plänen Wind bekommt, kann es ungemütlich werden. Die wehren sich gegen jede Veröffentlichung, garantiert. Schließlich wollen sie sich nicht ihre Geschäfte zerstören lassen. Es geht um Milliarden, Jahr für Jahr.

Und dann hatten sie sich gewehrt. Und er war das Opfer. Das Letzte?

Von der Mühltorstraße her schob sich ein Rettungswagen mit Blaulicht und Sirene in die Fußgängerzone hoch. Alle Augen gafften zu dem Fahrzeug.

Verena Litsche begriff auf der Stelle, dass sie die Chance nutzen musste. Sie nahm alle Kraft zusammen, kämpfte sich durch die dicht gedrängte Menge, rannte auf den *Torturm* zu. Menschen eilten der Terrasse des *Alten Rathauses* zu. Neugier prägte die Gesichter.

»Ich werde Sie bei der Polizei anzeigen«, hatte sie mehrfach gedroht, wenn sie wieder ihren telefonischen Terror ausübten.

Gelächter, höhnisches, spöttisches Gelächter. »Versuche es ruhig«, war die Antwort, wann immer sie gekontert hatte, »am besten gleich, jetzt sofort. Glaubst du wirklich, die helfen dir? Liebe Frau, wie naiv bist du? Begreifst du nicht, wie viele Interessen hier im Spiel sind? Du pokerst hoch. Du allein gegen das halbe Land. Du hast keine Chance. Gib auf. Lass dein Projekt und gönne dir noch was vom Leben, bevor es zu spät ist.«

Verena Litsche rannte mit pfeifender Lunge durch den *Torturm*, die restliche Fußgängerzone entlang, dann in die Unterführung der Bundesstraße. Als sie sich dem Bahnhofsvorplatz näherte, sah sie von Backnang her eine S-Bahn in den Bahnhof einfahren. Sie jagte die Treppen hinunter, dann wieder hinauf, schaffte es in letzter Sekunde, sich in den abfahrbereiten Zug zu werfen. Die Türen schlossen sich unmittelbar hinter ihr. Ihr ganzer Körper schlackerte, als sie sich in der letzten Sitzgruppe des Wagens in ein hartes Polster drückte.

3. Kapitel

Der Ärger begann auf der Rückfahrt vom Tatort. Steffen Braig, Kommissar beim Stuttgarter Landeskriminalamt, überließ nach ausführlicher Untersuchung der Café-Terrasse in der Winnender Fußgängerzone die restliche Arbeit den Kollegen von der Kriminaltechnik um Markus Schöffler und eilte zur Bahn, um die Staatsanwaltschaft über den Mord und die bisher erzielten Ermittlungsergebnisse zu unterrichten. Der mysteriöse Tod des Journalisten und der überraschende Fund der einen Minister der Landesregierung eindeutig belastenden Fotos bargen, so ahnte Braig, ein gewaltiges Potential an Sprengstoff in sich. Ob Zusammenhänge zwischen dem Verbrechen und den Bildern existierten oder nicht, die Untersuchungen würden Unannehmlichkeiten mit sich bringen, mochte man auch noch so behutsam vorgehen. Einen Minister des sexuellen Missbrauchs von Kindern zu bezichtigen – und dieses Delikt führten die Aufnahmen unübersehbar vor Augen – konnte, sollte auch nur ein Hauch dieser Beschuldigung an die Öffentlichkeit dringen, ein politisches Beben auslösen.

Konnte dazu noch der Verdacht, der Tod des Journalisten

stehe in weitläufigem oder gar unmittelbarem Zusammenhang mit den Fotos, nicht vollständig ausgeräumt werden, wurde die Sache keineswegs erfreulicher.

Braig dachte jetzt schon voller Widerwillen und Ekel an die Einschüchterungsversuche und unverhohlenen Drohungen von Seiten der verschiedenen Ministerien, denen sie bei ihren Ermittlungen erfahrungsgemäß ausgesetzt sein würden.

Der Zug fuhr in den Bahnhof, kam zum Stehen. Braig sah die von Farbsprays verunstalteten Seitenwände: Graffiti auf den Metallrahmen der Wagen, den Fenstereinfassungen, sogar auf den Scheiben selbst. Schmierereien in verschiedenen Farbtönen, ohne erkennbare Formen, einfach kreuz und quer über die Seitenwände der Waggons verteilt. Dazu kaum lesbare Parolen, in eng ineinander verschlungenen Bögen hingekrakelt, deutlich zu erkennen allein die mehrfach wiederkehrenden Worte *Fuck*, *Votze* und *Wichser*.

Braig spürte Wut, stieg in den Zug. Er suchte sich einen Platz, fand eine freie Vierergruppe, wunderte sich über sich selbst. Was war mit ihm los? Woher kamen seine Wut, sein Hass, die Aggressionen auf Leute, die er gar nicht kannte? Der Ärger über Vorgänge, die nicht in seinen Einflussbereich fielen? Waren Schmierereien dieser Art erhebliche Sachbeschädigungen oder vernachlässigenswerte Nichtigkeiten, die man einfach zu übersehen hatte, wollte man sich das Leben nicht unnötig schwer machen?

Wegsehen, Vorbeisehen, bewusst in eine andere Richtung Schauen – so lautete doch das Motto dieser Zeit. Toleranz, Freiräume, Treibenlassen, nur ja niemanden in seiner freien Entfaltung behindern. *Gott, bewahre!*

Vielleicht lag es an seiner derzeitigen beruflichen Überarbeitung, einer sich von Woche zu Woche verschärfenden Situation, hervorgerufen durch erfolglose, nicht enden wollende Ermittlungen und eine Kette immer neuer Gewalttaten im Großraum Stuttgart, welche die zuständigen Kriminalpolizeidirektionen und das Landeskriminalamt fast ohne Unterbrechung in Atem hielten.

Angefangen hatte die verhängnisvolle Serie mit dem Verschwinden eines 6-jährigen Mädchens in Filderstadt

Anfang Oktober des vergangenen Jahres. Die kleine Alexandra war beim Verlassen der Schule im Ortsteil Bonlanden gegen 11,30 Uhr zum letzten Mal gesehen worden, seitdem war sie nicht mehr aufzufinden, obwohl man von Seiten der Polizei alles getan hatte, um auf Spuren des Kindes zu stoßen. Die Bevölkerung wurde um Mithilfe gebeten, mit Flugblättern, Zeitungsberichten und Rundfunksendungen auf das Verschwinden des Mädchens aufmerksam gemacht. Hunderte von Hinweisen wurden verfolgt, die gesamte Umgebung des Schulgeländes mit den angrenzenden Waldgebieten von Spürhunden und mehr als 200 Beamten bis auf den letzten Quadratmeter durchsucht. Hubschrauber mit Wärmebildkameras überflogen Felder, Spezialtrupps durchkämmten unwegsame Wälder und Gestrüpp. Fachleute der Wasserschutzpolizei suchten den Grund des *Bärensees* bei Plattenhardt ab, eine Einsatzgruppe filzte mehrere Tage lang den Hausmüll aus Bonlanden, stellte sogar das Müllheizkraftwerk in Stuttgart-Münster auf den Kopf – vergeblich.

Wenige Tage nach dem Verschwinden Alexandras wurden im gesamten Bundesland Fahndungsaufrufe mit dem Bild des Mädchens plakatiert, das Schicksal der 6-Jährigen beschäftigte Jung und Alt. Die Staatsanwaltschaft Stuttgart und private Spender setzten für sachdienliche Hinweise 23.000 DM Belohnung aus, im Fernsehen stellte die Sendung *Aktenzeichen XY ungelöst* den Fall vor – alles ohne Ergebnis.

Es war wie verhext. Ein Großteil der Kriminalbeamten schob Überstunden, das Kind jedoch blieb spurlos verschwunden.

Zusätzliche Brisanz entwickelte die Angelegenheit drei Wochen später: An einem Angelsee bei Weil im Schönbuch, nicht weit von Filderstadt entfernt, war der elf Jahre alte Tobias, durch zahlreiche Messerstiche getötet, gefunden worden. Der Druck auf die ermittelnden Beamten hatte sich erneut schlagartig verstärkt, Hysterie und Angstpsychosen drohten, sich auszubreiten. Erst *Alexandra*, dann *Tobias*.

Hatte derselbe Täter zugeschlagen, der für Alexandras Verschwinden verantwortlich war? Würde er weiter morden? Konnte man Kinder überhaupt noch unbeaufsichtigt aus dem

Haus lassen? Immer mehr Eltern beantworteten diese Fragen mit einem eindeutigen *Nein*, begleiteten ihre Töchter und Söhne auf jedem Weg. Unmut und Verärgerung über die Misserfolge der Kriminalpolizei wuchsen.

Mitte November dann ein Ermittlungsergebnis: Ein erst 16-jähriger Schüler wurde als mutmaßlicher Mörder des kleinen Tobias ermittelt. Das Entsetzen und die Empörung waren riesengroß, die Nachricht von der Verhaftung des jugendlichen Täters verbreitete sich in Windeseile in der gesamten Region.

Ein pubertierender Heranwachsender als Täter? Was war los mit der jungen Generation? Welche Umstände veranlassten einen erst 16 Jahre jungen Mann, ein Kind zu töten? War die bisher scheinbar doch weitgehend heile Welt Schwabens jetzt auch vom Trend der Zeit erfasst?

Zumindest in den Kreisen der Polizei war die Erleichterung über den Ermittlungserfolg nicht zu überhören. Die Arbeit der Fahnder hatte endlich ein Ergebnis gebracht. Sofort aufkommende Fragen nach einem Zusammenhang des geklärten Verbrechens mit dem Verschwinden Alexandras jedoch blieben unbeantwortet, der genaue Tathergang nebulös und verworren.

Vier Wochen nach der Verhaftung des jungen Mannes war dann die die Bombe geplatzt: Alle Beweise gegen ihn hatten sich nicht verifizieren, seine Inhaftierung in keiner Weise begründen lassen. Der 16-Jährige musste freigelassen werden.

Zu der Enttäuschung über das Versagen der Polizei kam die Empörung über die falsche Verhaftung: Mehrere Monate nach dem Verschwinden bzw. dem Tod der Kinder war scheinbar nicht einmal ein Ansatz zur Aufklärung der beiden Fälle zu entdecken. Frustration, Stress und Hektik prägten den Alltag sämtlicher an den Ermittlungen beteiligter Kriminalbeamten.

Mitten in dieser verfahrenen Situation hatten sich heute zwei weitere *Kriegsschauplätze* ergeben: Hans Breidle, der bekannte Rundfunkmoderator eines Stuttgarter Privatsenders war in den frühen Morgenstunden bei Schwäbisch Gmünd getötet, dann, keine acht Stunden später, Harry Nuhr in Winnendens Fußgängerzone Opfer eines Mordanschlags geworden. Zwei Journalisten an einem Tag, nicht weit voneinander entfernt, ein Zufall?

Steffen Braigs Nerven lagen blank, er fühlte sich überfordert, gereizt und schlecht gelaunt, litt unter Kopfschmerzattacken wie selten zuvor. Muss ich mich bei meinem Zustand wirklich wundern, überlegte er, dass mich eine verunstaltete S-Bahn derart in Rage bringt?

Vielleicht lagen die Ursachen seiner Verstimmung aber auch ganz einfach in der Tatsache begründet, dass er älter wurde, mit Riesenschritten auf die Vierzig zuging, dass es ihm immer schwerer fiel, die Entwicklung dieser Gesellschaft zu begreifen, *ja* zu sagen zu der Richtung, in die alles lief? Früher – versuchte er sich zu beruhigen – früher hätte er sich über Lappalien dieser Art kaum aufgeregt, sie wahrscheinlich nicht einmal bewusst als Unrecht wahrgenommen.

Aber war das wirklich die korrekte Erklärung für seinen Ärger? Waren sein Verdruss, seine Wut, nicht auch darin begründet, dass die Allgemeinheit sich in den letzten Jahren fast an solch sinnlose Zerstörung gewöhnt hatte? Defekte Telefonzellen, mutwillig außer Kraft gesetzte Fahrkartenautomaten, Schmierereien an Zügen, Bussen, Gebäuden, Unterführungen, Brücken?

Braig blickte sich im Wagen um, erkannte an den Polstern und der gesamten Einrichtung, dass es sich um eine neue, erst vor kurzer Zeit in Betrieb genommene Bahn handelte. Die Sitze waren in dezentem Grau mit grünen Streifen gehalten, die Trennwände aus durchsichtiger Kunststoffverglasung, das gesamte Interieur in unübersehbar gepflegtem Zustand – noch!

Hinter sich, durch den Mittelgang von ihm getrennt, hörte er lautes Lachen, Grölen, dann ein langgezogenes, kräftiges Rülpsen. Braig drehte angeekelt den Kopf, sah zwei modisch gekleidete junge Männer um die Zwanzig, die Füße samt Schuhen auf den gegenüberliegenden Polstern, Bierdosen in der Hand, lauthals miteinander diskutierend.

Lag es wirklich nur an seinem Alter, dass er, wohin er auch sah, überall immer deutlichere Erscheinungen von Verwahrlosung zu erkennen glaubte, eine Verrohung der Sitten, eine Brutalisierung des Umgangs der Menschen miteinander, wachsende Rücksichtslosigkeit und Aggression in allen Teilen der Gesellschaft, vor allem auch der Jugend?

Warum konnte er die breit auf die hellgrauen Polster des Zuges gedrückten Schuhe nicht als einen Ausdruck besonders cooler Lebenseinstellung verstehen? Junge Leute unterschieden sich von den Älteren eben nicht nur durch ihr Äußeres: Offensichtlich gehörte es heute, am Beginn des neuen Jahrtausends zum guten Ton, sich mit deutlich sichtbarem Markenlabel auf der Kleidung in der Öffentlichkeit zu zeigen und sich gleichzeitig ohne jede Hemmung daneben zu benehmen.– Was ihm, Braig fehlte, war nur das Gespür für die Faszination dieser neuen Lebensart!

Er zwang sich, das laute Schreien der beiden zu überhören, starrte aus dem Fenster. Die Kratzer in der Scheibe, ein wirres Zickzack, waren nicht zu übersehen. Braig streckte seine Hand aus, fuhr sie langsam mit den Fingerspitzen nach. Sie waren mit Messerspitzen oder anderen scharfen Gegenständen eingeritzt. In einem neuen, wohl erst einige Wochen alten Zug.

Vielleicht hatte er seinen Beruf als Polizeibeamter im Verlauf der Jahre derart verinnerlicht, dass er überall, wo er nur Unrecht witterte, sofort den Ordnungshüter herauskehren musste? Braig arbeitete seit fast zehn Jahren beim Landeskriminalamt in Stuttgart, galt bei Kollegen und Vorgesetzten als angenehmer, erfolgreicher Ermittler. Nicht, dass er seinen Beruf als den großen Traum oder gar die Erfüllung seines Lebens betrachtet hätte – dazu brachte der Alltag zu viele negative Erfahrungen, stocherte er mit seinen Ermittlungen doch allzu oft im Morast menschlicher Beziehungen. Nein, Braig war nicht der geborene Super-Cop, der jeden Tag strahlend seine Begeisterung über den Beruf herausschrie.

Natürlich gab es auch Momente, in denen ihm seine Tätigkeit Spaß machte: Momente, die viel zu selten wiederkehrten, ihn dann aber zu verstärkter Arbeit ermunterten.

Braig wusste um die Gefahren jeder Gewöhnung, hasste

nichts mehr, als um des bloßen Prinzips willen als Verteidiger von Recht und Ordnung aufzutreten. Jahrelang nur im Sumpf zu wühlen, überwiegend mit Existenzen in Kontakt zu kommen, die Schwierigkeiten hatten, das Leben zu bewältigen, konnte nicht ohne Folgen bleiben. Der Teil der Bevölkerung, mit der Braig aus beruflichen Gründen Umgang hatte, benötigte ab und an eine starke Hand, die sie daran erinnerte, dass Normen und Gesetze dazu geschaffen waren, sich an ihnen zu orientieren, um ein einigermaßen friedliches Zusammenleben so vieler verschiedener Individuen zu ermöglichen. – Über Jahre hinweg diese starke Hand zu verkörpern, nach außen hin sich einen Panzer aufzubauen und jederzeit bereit zu sein einzuschreiten, – Braig benötigte keine psychologischenen Erkenntnisse, um sich der Folgen für ihn selber sicher zu sein.

Nein, die immer häufigere Beobachtung fortschreitender Verwahrlosung entsprang nicht seiner Einbildung: Noch nie zuvor in der Geschichte der Menschheit hatte eine Gesellschaft einen derartig hohen Lebensstandard für nahezu alle Leute erreicht wie jetzt – und doch wurde der Umgang mit dem, was allen gehörte und auch der Umgang miteinander immer ruppiger, aggressiver, immer deutlicher von Ellbogen und egoistischer Rücksichtslosigkeit bestimmt. Da war ein Rad am Laufen, eine Entwicklung im Gang, die immer schneller in die falsche Richtung lief.

Braig verließ den Zug an der *Nürnberger Straße*, folgte ihr bis zum Augsburger Platz. Hätte er eingreifen, die jungen Männer ermahnen sollen, die Schuhe von den Sitzen zu nehmen? Das Thema ließ ihn nicht los. Er wusste keine Antwort.

Er überquerte die Gleise der Güterbahn, die parallel zur stark befahrenen Augsburger Straße lagen, bog in die Dennerstraße ein. Keine hundert Meter von ihm entfernt stoppte ein Streifenwagen, zwei uniformierte Polizisten sprangen aus dem Fahrzeug, hielten auf einen Mann zu, der sich an einem dort geparkten Motorrad zu schaffen machte. Braig wartete am Rand der Straße, ließ zwei Autos passieren, bemerkte die beiden Jungen hinter sich erst, als er ihre lauten Stimmen hörte.

»Ey da, guck mal!«
»Was denn?«

Sie blieben direkt neben ihm stehen, beobachteten die Ermittlung der beiden Beamten.

»Die Scheißbullen dort vorne!«

Steffen Braig glaubte, nicht richtig zu hören, starrte die Jungen an. Sie waren höchstens Vierzehn, mit kurzen dunkelblonden Haaren, grünem bzw. rotem Sweatshirt der Marken *Nike* und *Adidas* und blauen Jeans bekleidet, gafften neugierig zu den Polizisten hinüber.

»Die filzet den echt.«

Braig sah, wie der Mann am Motorrad eine Kennkarte zückte und sich auswies, blickte die Straße auf und ab, schickte sich an, hinüber zu gehen.

»Scheißbullen, elende«, schimpfte der Junge hinter ihm, »die müsset ihre Schnauze doch überall neistecke!«

Braigs Reaktion kam schnell, ohne Überlegung. Er holte aus, knallte dem Jungen mit seiner Rechten auf die linke Wange, drehte sich nur kurz um. »Das sind immer noch Polizisten«, hörte er seine empörte Stimme, »Polizeibeamte, klar?«

Die beiden Jugendlichen standen wie erstarrt, funkelten ihn mit weit aufgerissenen Augen an. Der Abdruck seiner Hand im Gesicht des Größeren war deutlich zu erkennen. Er hatte die Straße bereits überquert, als er die Schreie hinter sich hörte.

»Kinderschänder, dreckiger!«

»Das kostet dich ein paar Tausender, du Arschficker, mein Vater ist Anwalt.«

Er achtete nicht weiter auf das Gezeter, lief geradewegs auf das weit aufragende Gebäude des Landeskriminalamtes zu. Sollen sie doch die *Scheißbullen* zu Hilfe holen, um gegen mich vorzugehen, überlegte er.

Braig fuhr mit dem Aufzug hoch, betrat sein Büro. Der Schreibtisch sah unverändert aus, auch im Fax steckte nur eine Nachricht. »Bin bereit. Hofmann.« Aufgegeben kurz vor 17 Uhr. Vor dreißig Minuten also.

Er lief zum Wasserhahn, wusch die Hände, wischte sich

das Gesicht, den Hals und den Nacken nass ab, ließ dann ein Glas voll laufen, trank.

Jürgen Hofmann, der Oberstaatsanwalt, der auf Schwerstkriminalität spezialisiert war, hatte die Sache an sich genommen. Zwei Journalisten, an einem Tag ermordet, noch dazu in ähnlicher Tatausführung, war keine Angelegenheit mehr für die unteren Ränge. Braig atmete tief durch. Hofmann war eine der angenehmsten Erscheinungen in der gesamten Behörde, ein in der Sache harter, im Umgang mit Mitarbeitern jedoch sehr freundlicher und auch in schwierigen Situationen äußerst ruhiger, überlegt handelnder Mann, Mitte Fünfzig. Mochten Ermittlungen noch so lange ergebnislos dahin ziehen, neue Untersuchungen wieder und wieder in Sackgassen verlaufen, Hofmann zeigte stets Verständnis, verlor nie seine Kontenance, war immer bemüht, an neuen Lösungswegen mitzuwirken. Außerdem verfügte er über ein breit gefächertes, weit über sein Fach hinaus reichendes Wissen und eine alle Normen sprengende Offenheit und Bereitschaft, auch unkonventionelle Wege zu verantworten, wie es der Kommissar selten erlebt hatte.

Hofmann hatte es nicht – wie manch anderer – nötig, durch kleinkarierte Machtspielereien seine Bedeutung zu beweisen, er stand einfach *darüber* und war ohne jedes Aufheben bereit, seine Person hinter sachlichen Erwägungen zurücktreten zu lassen. Dass jemand wie er im weitgehend stromlinienförmig, nämlich Parteibuch–strukturierten Justiz- und Verwaltungsapparat des Ländles eine solch bedeutende Stellung erhalten hatte, trug dazu bei, Braig den Glauben an eine gewisse Leistungsorientierung in der Beamtenhierarchie wiederzugeben.

Der Kommissar trank ein zweites Glas Wasser, tupfte sein Gesicht mit dem Handtuch trocken, suchte die Unterlagen zusammen und verließ sein Büro.

Hofmanns Abteilung lag zwei Stockwerke tiefer am entgegengesetzten Ende des Gebäudes. Braig traf im Flur auf die auffallend dünne, große Gestalt Kriminalmeister Stöhrs, grüßte, klopfte an Hofmanns Tür. Der Oberstaatsanwalt bat laut um Eintritt.

Er saß aufrecht hinter seinem Schreibtisch, Papiere aller Größenklassen in übereinander gestapelten, farbigen Kunststoffboxen auf der rechten Seite der Arbeitsplatte verstaut. Er hatte glatte hellblonde Haare, rotgefärbte Wangen, trug eine dünne Brille mit schmalen Gläsern. Als Braig ins Zimmer trat, erhob er sich schnell, ließ die Blätter, die er gerade bearbeitete, liegen und reichte dem Kommissar freundlich lächelnd die Hand.

»Es ist wahrlich kein schöner Anlass, der uns zusammenführt«, sagte er, »aber gewinnen wir unserem Treffen das Beste ab.« Er bot Braig einen Platz in der kleinen Sitzecke an, fragte ihn, ob er *Earl Grey* wünsche, stellte dann zwei Tassen samt Untertellern und Milchkännchen in die Mitte, nachdem der Kommissar dankend zugestimmt hatte.

»Sie kommen direkt vom Tatort?«, fragte Hofmann. Er nahm die bereitstehende Thermoskanne, schenkte beide Tassen voll. Seine Vorliebe für schwarzen Tee war in der ganzen Behörde bekannt; sie rührte von mehreren längeren England- und Wales-Aufenthalten des Oberstaatsanwaltes her, die dieser im Rahmen seines Jura- und Anglistikstudiums genossen hatte.

Braig bedankte sich. »Mit einer kurzen Unterbrechung, die mir beinahe eine Anzeige eingebracht hätte, ja.«

Hofmann sah ihn überrascht an, setzte sich dann seinem Gesprächspartner gegenüber.

»Es ging um eine Ohrfeige«, sagte Braig, berichtete von dem Vorfall. »Vielleicht war ich zu aufgewühlt von dem Mord in Winnenden. Und der verschmierten Außenwand einer neuen S-Bahn.« Er erwähnte das Verhalten der jungen Männer im Zug, brachte seinen Ärger unverhohlen zum Ausdruck. »Und jetzt frage ich mich einmal mehr, ob ich nicht immer stärker in pessimistischem Trübsinn versinke oder mir das alles nur einbilde, weil ich älter werde und durch meinen Beruf zur Schwarzmalerei tendiere.«

Jürgen Hofmann grinste, nahm einen Schluck Tee, stellte die Tasse zurück. »Und ich dachte immer, ich sei der Einzige, dem die Entwicklung unserer Gesellschaft zu schaffen macht«, bekannte er, »ein Fossil, das nicht mehr in die bunte, neue Welt passt.« Er schüttete Milch in die hellbraune Flüssigkeit, rührte um, hielt sich dann die Tasse unter die Nase, um das Aroma zu genießen. »Wo liegen die Ursachen? Was machen wir alle falsch? Was läuft schief in unserem Land?«

Steffen Braig zuckte mit der Schulter. »Fragen Sie nicht mich. Ich bin kein Psychologe.«

Hofmann trank von seinem Tee. »Offiziell sind es die Eltern, die ihre Kinder aus reiner Bequemlichkeit weitgehend sich selbst überlassen und sie mit dem Konsum immer neuer Artikel zufrieden stellen. Und die Lehrer, die sich zu wenig engagieren. So kolportieren es jedenfalls viele Medien.«

»Um von sich selber abzulenken.«

»Da könnte ich Ihnen zustimmen. Irgendwann lernt selbst der dümmste Heranwachsende, dass es zum Leben in unserer Gesellschaft einfach dazugehört, seine Schuhe auf die Sitze zu knallen und *Scheißbulle* – ich bitte um Verzeihung, – zu grölen, wenn es ihm Abend für Abend via Mattscheibe vorgemacht wird. Manchmal denke ich, wir sind Versuchskaninchen, Teilnehmer eines großen Experiments: Füttere deine Jugendlichen während der gesamten Zeit ihres Heranwachsens allabendlich mit Sex, Gewalt und Perversionen, dargereicht in Gossensprache und menschenverachtenden Bildern und warte dann ab, was sich letztendlich daraus ergibt. Müssen wir uns wirklich wundern?«

»Wundern?« Braig schüttelte den Kopf. »Höchstens darüber, dass sich die Kriminalitätsrate nicht noch stärker erhöht.«

»Wir haben keine Chancen, gegen die Sender vor zu gehen. Nichts. Wir brauchen gesetzliche Möglichkeiten, sie zur Verantwortung zu ziehen. Ein Versagen der Politik auf breiter Ebene.«

Braig dachte an die Mordfälle des letzten Jahres, deren Aufklärung ihnen lange zu schaffen gemacht hatte. Manager von Fernsehprivatsendern waren erschossen worden, wie sich später herausstellte, ihrer Verantwortung für die soziale Verwahrlosung eines jungen Mannes wegen. »Sie denken an die Mordserie im letzten Sommer?«, fragte er.

Hofmann nickte. »Hoffentlich bekommen wir die

Vorgänge von heute schneller in den Griff.« Er atmete tief durch, wartete auf die Ausführungen des Kommissars. »Sehr mysteriös das Ganze, wie? Der Mann wurde von dem Auto erfasst und mitsamt seinem Stuhl durch die Luft geschleudert?«

Braig ging auf den Wunsch seines Gesprächspartners ein. »Es sah aus wie auf einem Schlachtfeld. Alles durcheinander.« Er legte einen Packen Fotos auf die Platte, deutete auf eine der Aufnahmen. »Verbeulte Tische, Teile von Stühlen. Scherben von Gläsern, Flaschen, Tellern, Tassen. Reste von Flüssigkeit. Der Inhalt zweier Abfallbehälter verstreut über den ganzen Platz. Und dazu noch die Überreste des Toten!«

Hofmann sah die Bilder der Reihe nach durch, schüttelte den Kopf. »Der Mann hatte keine Chance?« Es war eher eine Feststellung als eine Frage.

»Nicht einmal den Hauch einer Chance. Er wurde von dem Auto von hinten erfasst. Zeugen erklärten, er habe das auf ihn zu rasende Fahrzeug überhaupt nicht bemerkt. Der Wagen katapultierte ihn etwa zehn Meter durch die Luft direkt auf das Pflaster der Fußgängerzone. Er war sofort tot, meinte der Arzt. Der Aufprall brach ihm das Genick.«

»Aber das Auto ist verschwunden?«

Steffen Braig wusste, was Hofmann mit der Frage bezweckte. »Ja«, sagte er, »das Fahrzeug ist weg.« Er betrachtete den interessiert seinen Ausführungen lauschenden Beamten, massierte sich die Schläfen.

»Es ist trotzdem erlaubt, an einen Zusammenhang mit dem Fall Breidle zu denken?«

»Wir dürfen es nicht ausschließen«, antwortete Braig vorsichtig, »auch wenn es sicher noch zu früh ist, auf dieser Schiene zu fahren.«

Der in den frühen Morgenstunden tot aufgefundene Rundfunkjournalist war – wie sie inzwischen zweifelsfrei belegen konnten – von seinem eigenen Auto überfahren und getötet worden. Ein Landwirt hatte die übel zugerichtete Leiche Breidles unterhalb einer Böschung der Bundesstraße 29 bei Schwäbisch Gmünd entdeckt. Zwei Stunden später wurde eine Polizeistreife wenige Kilometer weiter auf das auf einem

Wanderparkplatz abgestellte Fahrzeug des Toten aufmerksam. Die Frontpartie des Autos wies deutliche Spuren des Aufpralls des Getöteten auf. Wie die Diagnose des Pathologen ergeben hatte, konnte der Tod noch nicht lange eingetreten sein.

»Der Mann war ebenfalls Journalist?«, fragte der Oberstaatsanwalt.

Braig nickte.

»Gibt es eine Verbindung zu dem Opfer von heute früh?«

»Bis jetzt nicht, nein. Aber was heißt das schon, wir stehen ja erst am Anfang der Ermittlungen.« Der Kommissar zog ein Papier aus seinen Unterlagen, reichte es dem Gesprächspartner. »Der Mann, der in Winnenden getötet wurde, heißt Harry Nuhr, ist 43, geboren in Gießen, von Beruf Journalist, wohnt in Berlin.«

»Berlin?«

Braig nickte. »Die Fahrkarte, die wir bei ihm fanden, trug das Datum von heute. Er muss erst wenige Stunden vor seinem Tod nach Winnenden gekommen sein. Weshalb und für wie lange, wissen wir noch nicht.«

»Für wen ist er tätig?«

»Er arbeitet bei der *tageszeitung* in Berlin. Wir fanden seinen Presseausweis.«

»Dann müssen wir auf alles gefasst sein«, überlegte Hofmann. »Die *tageszeitung* ist für ihre kritischen Recherchen bekannt.« Er griff zu seiner Tasse, trank von dem Tee. »Was wollte er hier im Süden? War er zu Ermittlungen unterwegs?«

Der Kommissar antwortete nicht, griff stattdessen in seine Jackettasche, holte Plastikhandschuhe vor und zog sie an.

»Es muss einen Zusammenhang geben«, überlegte Hofmann, »morgens finden wir einen toten Journalisten, mittags wird der nächste getötet. Das ist doch kein Zufall.«

Braig fischte vorsichtig mehrere Fotografien aus seinem Papierstapel, legte sie auf den Tisch, wartete auf eine Reaktion.

Sie ließ nicht lange auf sich warten. Der Oberstaatsanwalt starrte auf die Bilder, pfiff durch die Zähne. Er rückte seine Brille zurecht, schüttelte den Kopf, betrachtete Braig nachdenklich. »Das kann nicht wahr sein.« Er schaute wieder auf die Fotos, wurde sichtlich aufgeregt. »Der reine Wahnsinn. Wo stammen die her?«

»Aus der Tasche des Journalisten in Winnenden.«

»Das ist ein Kind.« Hofmann deutete auf eine der abgebildeten Personen. »Ist Ihnen klar, was das bedeutet?«

Steffen Braig nickte. »Wenn die Bilder bekannt werden ...« Er ließ den Rest offen.

»Ja. Hier tickt eine Bombe.« Der Mann starrte kopfschüttelnd auf den Tisch, überlegte laut. »Es darf nicht wahr sein. Die Pose ist eindeutig. Der Minister als Kinderschänder. Wo wurde das aufgenommen? Und von wem?«

Braig trank schluckweise von seinem Tee, stellte die Tasse zurück. »Wir wissen es nicht.«

Hofmann fasste sich an die Stirn, löste sich vom Anblick der Fotos. »Zuerst muss geklärt werden, ob es sich nicht um Fälschungen handelt. Heute gibt es so viele Möglichkeiten ... Die Fotos müssen zuerst ins Labor.« Er setzte seine Brille ab, sah Braig mit ernsten Augen an. »Solange diese Frage nicht geklärt ist, darf niemand von der Existenz dieser Aufnahmen erfahren. Wer kennt sie, außer uns beiden?«

»Was das LKA betrifft, niemand. Ich fand sie bei dem Toten und nahm sie ihm sofort weg, als ich merkte, um was es sich handelt.«

»Sehr gut. Ich bitte um äußerste Diskretion.« Hofmann seufzte laut, schüttelte den Kopf. »Was wollte der Journalist damit?«

»Ich denke, ihm wurden die Fotos zur Veröffentlichung übergeben.« Braig sammelte die Bilder vorsichtig wieder ein.

»Sie haben sich in der Redaktion in Berlin bereits erkundigt?«

»Leider ohne Erfolg. Die wissen angeblich nicht, weshalb ihr Mitarbeiter heute in den Süden fuhr. Er hatte nur ein großes, sorgfältig recherchiertes Projekt angekündigt, für das ihm einer der kommenden Samstags-Titel reserviert wurde. Worum es dabei gehen sollte, weiß angeblich niemand.«

»Die Fotos mit dem Minister?«, spekulierte Hofmann.

Der Kommissar steckte die Bilder in ein Couvert, zog die Plastikhandschuhe von den Fingern. »Ich habe die Aufnahmen bei meinem Gespräch mit der Redaktion übrigens nicht erwähnt. *Schlafende Hunde wecken* ist nie gut. Vielleicht waren sie tatsächlich nur dem Journalisten selbst bekannt.«

»Das ist vernünftig. Wir müssen sehr vorsichtig sein.« Der Oberstaatsanwalt setzte seine Brille wieder auf, lehnte sich zurück. »Ich kann es nicht fassen. Ausgerechnet er. Ich hätte es vielen zugetraut in dieser Partei – nur ihm nicht.«

Braig wusste ja, dass Hofmann nicht über die Schiene der beiden Regierungsfraktionen in seine Position gekommen war, wunderte sich dennoch über die offenen Worte.

»Der Minister gilt, was immer ich höre, als überraschend liberal und offen. Aber das muss natürlich nichts heißen. Man sieht es den Leuten nicht an, oder?«

Der Kommissar schüttelte den Kopf und lachte bitter. »Nein, sonst hätten wir es sehr viel einfacher in unserem Beruf.«

Hofmann nickte. »Haben wir das Kennzeichen des Tatfahrzeugs?«

»Leider nein. Nicht einmal über die Farbe sind sich die Leute einig. Schwarz, dunkelblau, grün, grau – so lauten die Augenzeugenberichte. Die Sonne blendete zu stark. Ein BMW. Wahrscheinlich 3er-Reihe.«

»Die Werkstätten sind informiert?«

»Alle. Die Listen mit den gestohlenen Fahrzeugen der vergangenen Monate lasse ich bereits überprüfen. Es sind erfahrungsgemäß viele BMWs dabei. Aber die verschwinden bekanntlich oft im Osten.«

»Wie viele Leute saßen in dem Wagen? Gibt es wenigstens dazu verlässliche Aussagen?«

»Eine Person. Angeblich ein Mann mit Sonnenbrille. Mehrere Zeugen erinnern sich daran.«

»Beschreibung?«

Er nickte, wies auf einen Computerausdruck. »Alter: Dreißig bis Vierzig. Dunkle Haare, Typ Südländer, relativ kleine, eher schwache Figur. Trug ein dunkles, angeblich gestreiftes Jackett. Seltsam, was die Leute alles gesehen haben wollen. Wenn es wirklich stimmt.«

»In welche Richtung verschwand der Täter?«

Braig zog einen Stadtplan Winnendens aus seinen Papieren, fuhr die Straßen mit seinem Kuli entlang, um seine Worte zu verdeutlichen. »Hier ist der Tatort in der Fußgängerzone. Das Auto kam aus der Mühltorstraße, überfuhr an deren Einmündung in die Marktstraße den Journalisten, raste dann geradeaus weiter durch die sehr schmale Schlossstraße, wobei mehrere Schilder und Auslagen kleiner Geschäfte zu Bruch gingen. Soweit ich bisher ermitteln konnte, raste er bis zur Wallstraße, folgte dieser zur B 14 und verschwand dann in Richtung Stuttgart. Auf der Bundesstraße verlieren sich die Spuren.«

Hofmann nahm seine Brille wieder ab, rieb die Gläser am linken Ärmel seines Jacketts. »Was ich nicht verstehe: Wenn es um die Fotos ging – wieso bringt der Mörder den Mann um, lässt aber die Aufnahmen am Tatort zurück? Das passt doch nicht!«

»Das Attentat war anders geplant. Irgendetwas kam dazwischen und hinderte den Killer daran, die Bilder an sich zu reißen.«

»Wir werden bei dem Minister auf jeden Fall nachfragen müssen, sobald ihre Echtheit geklärt ist. Diskret, versteht sich.«

Braig nickte, blickte aus dem Fenster. Die oberen Stockwerke des Landeskriminalamtes im Stuttgarter Stadtteil Bad Cannstatt, in denen auch Hofmanns Büro lag, erlaubten eine weite Rundumsicht über die von Autoschlangen verstopften Straßen und Parkplätze des Neckartals, weiträumigen Industrieanlagen und Wohnsiedlungen links und rechts des geradlinig kanalisierten Flusses. Die Hügel beidseits des über und über industrialisierten Tales präsentierten frisch grünende Wälder und Rebhänge.

Er riss sich von seinen Gedanken los: »Und dann gibt es da noch die große Unbekannte«, sagte er.

»Wie bitte?« Jürgen Hofmann blickte seinen Gesprächspartner überrascht an, setzte seine Brille wieder auf.

»Oder besser: Eine kleine Unbekannte.«

»Darf ich um Erklärung bitten?«

»Mehrere Zeugen sahen eine total verstörte Frau vom

Tatort weglaufen. Der Kellner erinnert sich, dass sie mit dem Journalisten zusammengesessen hatte und sich mit ihm unterhielt. Er meint, sie sei sehr aufgeregt gewesen und irgendwie fahrig, auffallend nervös, im Gegensatz zu den übrigen Gästen jedenfalls.«

»Gibt es eine Beschreibung der Frau?«

»Ja. Aber das bringt nicht viel. Klein und schlank, mittellange, dunkelblonde Haare, was immer das heißen mag. Schmales, fast knochiges Gesicht. Alter: Etwa Fünfunddreißig bis Vierzig. Bekleidet soll sie mit einem dunklen T-Shirt und Jeans gewesen sein. Ein älterer Mann behauptet, sie sei vom Tatort weg durch die Fußgängerzone Richtung B 14 gelaufen. Seitdem ist sie verschwunden.«

»Vielleicht handelt es sich um die Fotografin«, überlegte Hofmann, »sie traf sich mit dem Journalisten, um ihm die Bilder zu geben. Dabei erwischte es *ihn*.«

»Und in Wirklichkeit galt der Anschlag ihr oder beiden?«

Der Oberstaatsanwalt zeigte sich ratlos. »Vielleicht.«

»Wir müssen auf jeden Fall ein Phantombild der Frau erstellen und nach ihr fahnden lassen«, erklärte Steffen Braig, »ich habe Daniel Schiek die Adressen der Zeugen gegeben, er ist bereits mit seinem Laptop unterwegs. Wenn es jemand schafft, ein glaubwürdiges Porträt der Frau zu erstellen, dann er. Wir reichen es sofort an die Medien weiter, dann ist sie morgen in allen Zeitungen. Wer weiß, vielleicht spielt sie eine wichtige Rolle in der Angelegenheit.«

»Vielleicht, ja.« Hofmann schien nicht vollkommen überzeugt, starrte auf einen imaginären Punkt an der Wand. »Eines dürfen wir nicht vergessen«, sagte er dann, nach kurzem Überlegen, »den Zusammenhang.«

Braig ließ ihm Zeit, seinen Gedanken auszuführen.

»Zwei Journalisten werden innerhalb weniger Stunden nicht weit voneinander entfernt auf fast identische Weise getötet. Warum gerade sie?«

»Ich habe mir heute Mittag dieselbe Frage gestellt. Beck ist schon dabei, die beiden Biografien zu verfolgen, einen gemeinsamen Punkt in ihrem Leben zu finden. Wenn wir den entdecken, stoßen wir vielleicht auch auf die Hintergründe der

Verbrechen und den oder die Täter. Falls es wirklich eine Verbindung zwischen den beiden Männern gibt.«

Hofmann nickte bedächtig: »Wissen Sie, was mir Angst macht?« Er runzelte die Stirn, schwieg ein paar Sekunden, bis er die passenden Worte gefunden hatte. »Wenn ein einziger Täter hinter den beiden Morden steckt, wer garantiert uns dann, dass er es nicht noch auf weitere Opfer abgesehen hat? Zwei Journalisten an einem Tag. Kommen noch andere hinzu? Sind wir vielleicht sogar verpflichtet, die Kollegen der Toten zu warnen?«

Braig starrte mit zusammengekniffenen Augen aus dem Fenster. Ihm dämmerte, was die Befürchtungen des Oberstaatsanwaltes bedeuten konnten. Er dachte an die letzten Jahre, in denen sie es mehrfach mit Serientätern zu tun gehabt hatten. Zuerst im Zusammenhang mit unerklärlichen Geschehnissen an der Bundesstraße 14 bei Lauberg, dann an ermordete Männer im Umkreis der geplanten Schwaben-Messe auf den Fildern, später mit Opfern rund um Backnang. Lag in den beiden heute geschehenen Verbrechen der Anfang einer neuen in der Öffentlichkeit bald große Unruhe und Besorgnis auslösenden Mordserie?

Er spürte das Zittern in seinem Arm, fühlte die Angst, die sich in ihm breit machte. »Warnen?«, fragte er. »Alle Journalisten des Landes warnen? Wovor?«

»Ich weiß es nicht«, antwortete Hofmann, »ich fürchte nur, dass uns nicht viel Zeit bleibt, die Verbrechen aufzuklären. Und wenn wir Pech haben, sind der oder die Mörder schon wieder unterwegs.«

4. Kapitel

Die Fachwerkhäuser rund um den weitläufigen, rechteckig angelegten Marktplatz von Schorndorf gelten als eine der reizvollsten städtebaulichen Kulissen des gesamten deutschen Südwestens. Wahre architektonische Perlen sind die *Palm´sche* und die *Gaupp´sche Apotheke,* zudem die ehemalige *Brotlaube* und die Giebelfront des Barockrathauses.

Steffen Braig und sein Begleiter, Kriminalmeister Bernhard Söhnle, passierten die unmittelbar vor dem Schorndorfer Bahnhof gelegene prächtige Szenerie auf ihrem Weg zu Ilka Breidle, der Frau des am frühen Morgen getöteten Radiomoderators, die in einer der von vielen Fußgängern belebten Seitengassen der Altstadt wohnte. Die Sonne ging gerade unter, die Schatten der schmalen Gebäudegiebel hüllten immer größere Teile der schmalen Straße in ein dämmriges Licht. Mehrere Verkäuferinnen und Verkäufer kleiner Läden hatten damit begonnen, ihre Auslagen vor den Schaufenstern ins Innere zu räumen.

»Dir geht es wieder besser?«, fragte Braig.

Söhnle kämpfte sich durch den dichten Strom dem Bahnhof zustrebender Menschen, nickte bedächtig. »Es muss«, erklärte er, »das ist meine einzige Chance.«

Braig drehte sich zur Seite, betrachtete die Miene des nach mehrwöchigem Klinikaufenthalt erst vor wenigen Tagen wieder ins Amt zurückgekehrten Kollegen. Die Ärzte der Tübinger Universitätsklinik hatten zufällig bei einem durch einen beruflich bedingten Vorfall erforderlichen Krankenhausaufenthalt bei Söhnle Krebs festgestellt. Der junge Kriminalmeister war bisher nicht bereit gewesen, sich zu seinem Gesundheitszustand zu äußern, hatte jede Auskunft hartnäckig verweigert.

Die Aussage eines der behandelnden Ärzte, die Krebserkrankung des jungen Beamten stehe höchstwahrscheinlich in unmittelbarem Zusammenhang mit dessen über Jahre hinweg dauernder Dienstverpflichtung zur Begleitung unzähliger Castor-Transporte zur radioaktiven Entsorgung des Atomkraftwerks Neckarwestheim, war von Seiten des zuständigen Ministeriums zuerst als hanebüchener Quatsch verurteilt, später dann, als diese Krankheitsbegründung nicht mehr zu widerlegen schien, mit der Androhung strengster disziplinarischer Konsequenzen für alle Übermittler dieser Botschaft geahndet worden. Gotthold Gübler, Braigs und Söhnles unmittelbarer Vorgesetzter im LKA, hatte bereits höchstpersönlich eine erste dienstrechtliche Verwarnung der Kommissarin Neundorf durchgesetzt, um deren unverblümte, mehreren Medienvertretern gegenüber offen geäußerte Beschuldigungen, die Polizeibeamten im Ländle würden ständig als untertänige Idioten von kriminellen Politikern missbraucht, einen eindeutigen Riegel vorzuschieben. Je willfähriger sich Gübler jedoch den Vertretern des Ministeriums unterordnete, desto offener wurde die Aussage des Arztes verbreitet.

Braig sah die bleichen Gesichtszüge, bemerkte die ungewohnt mühsame, leicht nach vorne gebeugte Körperhaltung des Kollegen. »Du bist nicht zu früh wieder im Amt?«

Söhnle schüttelte energisch den Kopf. »Ich spüre den Fortschritt jeden Tag. In ein paar Wochen bin ich wieder vollkommen fit.«

Braig tat sich schwer, seinem Begleiter Glauben zu schenken, hielt seine Skepsis jedoch zurück. Er gönnte dem sympathischen, beruflich absolut zuverlässigen Kollegen jede denkbare Verbesserung seines Gesundheitszustandes, wusste er doch, was Söhnle in den letzten Jahren privat wie beruflich mitgemacht hatte. Die kinderlose Ehe des Kriminalmeisters war in die Brüche gegangen, nur wenige Monate bevor ein bewaffneter Amokläufer Söhnle bei einer nächtlichen Untersuchung im Ludwigsburger Favoritepark als Geisel gekidnappt und mehrere Stunden in seiner Gewalt gehalten hatte. Erst am nächsten Mittag war es ihnen gelungen, den Kollegen am Fuße der Schwäbischen Alb aus dem Kofferraum eines Autos zu befreien. Der durch Mobbing von Seiten einiger Kollegen irregeleitete Geiselnehmer hatte sich kurz darauf – ob aus Absicht oder *Versehen im Affekt*– den Steilabfall des Uracher Wasserfalls hinuntergestürzt.

Braig und Söhnle waren bei der angegebenen Adresse angelangt, überflogen die Namensschilder auf der Suche nach Frau Breidle. Dem Kriminalmeister fiel die Lösung erst nach verzweifelter Überprüfung der Adressenliste wieder ein. »Frau Breidle wohnt zur Zeit bei ihrer Schwester«, erklärte er, »Möck heißt die Frau.«

Die Wohnung lag im ersten Obergeschoss, war gemütlich eingerichtet. Ein dicker, breiter Teppich schon in der Diele, mehrere kleine, aus hellem Holz gefertigte Wandlampen, jede mit einem anderen bunten Schirm. Im Wohnzimmer eine kleine, mit Geschirr und Gläsern bestückte Vitrine, drei schmale Sofas mitten im Raum um einen kreisrunden Tisch gruppiert.

Braig hatte der Witwe kondoliert, seinen Kollegen und sich vorgestellt. Ilka Breidle wirkte von Schmerz und Trauer gezeichnet. Sie hatte die Tür wehmütig lächelnd geöffnet, die beiden Beamten ins Wohnzimmer begleitet.

»Was darf ich Ihnen anbieten?«

Braig schloss sich seinem Kollegen an, bat um ein Glas Wasser. Ilka Breidle verließ den Raum, kehrte mit einer Flasche und drei Gläsern zurück. Die Frau war Mitte Vierzig, hatte frisch vom Friseur gewellte, dunkelblonde Haare, war dezent geschminkt, sie trug eine schwarze Bluse und einen langen dunklen Rock.

»Sie müssen entschuldigen«, erklärte sie, während sie einschenkte, »ich war heute Morgen nicht fähig, mit Ihnen zu sprechen. Es kam zu über ...« Sie verstummte, sah zur Seite.

»Das geht in Ordnung«, antwortete Braig, »Sie brauchen sich deswegen keine Gedanken zu machen. Ihr Wunsch war uns allen verständlich.«

Ilka Breidle stellte die Flasche auf den Tisch, setzte sich den Beamten gegenüber auf eines der schmalen Sofas, fuhr sich mit einem Tuch übers Gesicht. »Es kam zu überraschend«, hauchte sie.

Das ist fast immer so, überlegte Braig, behielt den Gedanken aber bei sich. »Ihre Schwester hat Sie bei sich aufgenommen?«, fragte er stattdessen.

Die Frau nickte zustimmend. »Luise hat mich sofort angerufen, als sie davon hörte und es mir angeboten. Es ist besser so.«

Braig wusste aus beruflicher Erfahrung, wie recht ihre Gastgeberin hatte. In Gesellschaft sein, die Nähe und Gespräche mit anderen waren unverzichtbare Helfer zur Überwindung akuter Trennungsschmerzen – sofern Raum und Gelegenheit zum zeitweisen Rückzug der betroffenen Person gegeben waren. Ilka Breidle hatte keine Kinder, soweit Braig aus den Akten hatte ersehen können, umso wertvoller schien das Angebot ihrer Schwester, sie bei sich unterzubringen.

»Die Wohnung hier ist groß genug?«, fragte er. Braig versuchte, Zeit zu gewinnen, wollte die Frau in ihrer schmerzerfüllten Situation nicht mit seelenlosen Routinefragen zum Tod ihres Mannes überfallen.

Ilka Breidle nickte zustimmend. »Meine Schwester ist Witwe. Sie lebt allein.« Sie nahm ihr Glas in die Hand, trank. Braig schloss sich ihr an.

»Der Tod Ihres Mannes kam völlig überraschend?«, erkundigte er sich dann, nachdem er das Wasser zurückgestellt hatte.

Sie schaute ihn fragend, mit großen Augen, an.

»Ich meine, Sie wissen von den Drohungen, die es gegen ihn gab?«

Ilka Breidle rührte sich nicht von der Stelle. »Drohungen? Sie bringen seinen Tod damit in Zusammenhang?«

Braig ging nicht direkt auf ihre Frage ein. »Wir sind heute Mittag schon bei seinem Sender in Stuttgart gewesen und haben uns mit dem Chefredakteur und einigen Mitarbeitern unterhalten. Diese erwähnten mehrere telefonische Drohungen, die gegen Ihren Mann eingegangen sind.«

»Sie glauben nicht, dass es ein Unfall ...«

»Nein. Diese Frage ist eindeutig geklärt. Es war Mord. Er wurde von einer Person, die in seinem eigenen Auto saß, getötet.«

Sie nickte langsam, wie in Zeitlupe. Offensichtlich hatte sie den Gedanken, dass es sich um ein Verbrechen handelte, von sich geschoben, bewusst nicht in Erwägung gezogen.

»Er hatte keine ... Feinde?« Braig zögerte die Frage hinaus, sah, wie die Frau vor Schreck erblasste.

»Das glauben Sie doch nicht wirklich.«

»Ich muss an alles denken. Das ist unsere einzige Chance,

den Tod Ihres Mannes restlos aufzuklären.«

Ilka Breidle hatte sichtbar Mühe, sich auf seine Frage einzulassen. Braig sah an ihrem Mienenspiel, wie es in ihr arbeitete.

»Ich weiß es nicht«, sagte sie schließlich, »Feinde?«

»Als Journalist konnte er es wohl nie allen recht machen. Und auch als Radiomoderator war er vielleicht nicht bei allen Hörern beliebt.«

Braig hatte in dem Gespräch mit dem Chefredakteur am frühen Mittag erfahren, dass Hans Breidle seit einigen Monaten jeden Nachmittag und Abend unter dem Pseudonym *Jack Cool* eine eigene mehrstündige Sendung gestaltete, die primär auf ein jugendliches Publikum ausgerichtet war. Vorher hatte er drei Jahre lang nur den Freitag- und Samstagabend betreut, war aber durch seine *total coole* Moderation, wie der Leiter des Senders wortwörtlich erklärt hatte, im Verlauf weniger Monate zum Idol junger Leute im Ländle geworden, sodass man ihm vor kurzem die tägliche Hauptsendezeit, *Prime time* in den Worten des Mannes, von 15 bis 20 Uhr angeboten hatte. *Cool ist Kult,* der Senderchef war vor lauter Euphorie nahe daran gewesen, seine Beherrschung zu verlieren, *Kult, verstehen Sie*?

Mit dieser Moderationsumstellung war eine Neuausrichtung des Programminhalts des gesamten Senders erfolgt; man hatte die von der Werbung besonders umschwärmte Zielgruppe der unter 30-Jährigen als primären Kundenkreis definiert, Musik und Texte entsprechend neu ausgerichtet. »Wissen Sie, was der Tod Cools für uns bedeutet?« Der Chefredakteur hatte Mühe gehabt, aus seinem Jammertal zu finden. »Monatelang haben wir Jack aufgebaut, ihm von anderen Mitarbeitern zugeliefert, soweit es unsere Kapazitäten erlaubten. Und jetzt?«

Nein, sie konnten sich beim besten Willen nicht erklären, wer Cool so sehr hasste, dass er ihn umzubringen bereit war. Drohungen hatte es gegeben, alle im Zusammenhang mit Cools *coolen* Sprüchen, aber der Moderator war lächelnd darüber hinweg gegangen, hatte sich nicht davon beeindrucken lassen, die Anrufer abgewimmelt, schlicht und einfach nicht ernst genommen.

»*Hatte* er Feinde?«, hakte Braig also noch einmal nach.

»Niemand kann es allen recht machen«, antwortete Ilka Breidle mit giftigem Unterton, »auch Sie nicht.«

»Das war keine Kritik, nur eine sachliche Feststellung«, rechtfertigte er seine Frage.

Sie griff wieder zu ihrem Glas, trank, drehte es in ihren Händen. »Ja, Sie haben Recht, er hat von Drohungen erzählt«, erklärte sie dann beschwichtigend, »aber das muss nicht gleich tödliche Feindschaft bedeuten.«

»Sicher nicht, nein. Trotzdem: Kamen die Drohungen auch an Ihre Privatadresse?«

Ilka Breidle zuckte verlegen mit der Schulter. »Mir ist nichts bekannt. Er hat nur davon erzählt, dass im Sender Anrufe kamen. Gegen ihn, im Zusammenhang mit seiner Moderation.«

»Sie wissen nicht, ob er unsere Kollegen verständigt hat?«

»Die Polizei? Mein Mann doch nicht! Das hat er nicht nötig. Er steht über solchen Dingen.« Schmerz und Verbitterung lagen in ihrer Stimme.

»Er hat die Polizei nie um Hilfe gebeten?«

»Sie kennen ihn nicht, haben wirklich keine Ahnung. Der braucht Ihre Hilfe nicht.«

Niemand mehr als er, überlegte er. *Schau dir das Ergebnis an. Vielleicht hätten wir es verhindern können, hätte er die Kollegen informiert.*

»Er nimmt das nicht ernst, lacht darüber, tut die Anrufe als pubertäre Spinnereien minderbemittelter Idioten ab«, fuhr sie fort.

»Womit er sich offensichtlich täuschte«, konterte Braig trocken.

Sie betrachtete ihn mit starrer Miene, schwieg.

»Sie kennen den Inhalt dieser Drohungen?«

Ilka Breidle stellte ihr Glas auf den Tisch. »Nein. Sie haben mit seinen verrückten Sprüchen im Radio zu tun. Mein Gott, er wächst über sich selbst hinaus, sobald er vor einem Mikrofon sitzt. Er ist nicht mehr zu bremsen, spielt den großen King. Wenn Sie das ernst nehmen, was er da so von sich gibt ...« Sie ließ den Rest offen, schüttelte den Kopf. »Fragen Sie im

Sender. Vielleicht haben die eine Ahnung.«

Braig nickte, dachte an den Mord in Winnenden. »Kennen Sie einen Mann namens Nuhr?«, fragte er.

Die Frau schüttelte den Kopf. »Nuhr? Wer soll das sein?«

»Ein Journalist aus Berlin, Redakteur bei der *tageszeitung*. Sozusagen ein Kollege Ihres Mannes.«

»Nie gehört. Hat er etwas mit dem ...« Sie verstummte, blickte Braig fragend an.

»Auch der wurde heute Mittag ermordet. Auf eine ähnliche Weise ...« Sie würde es sowieso erfahren. Spätestens heute Abend oder morgen früh aus den Nachrichten oder der Zeitung. »Sie wissen genau, dass Ihr Mann ihn nicht kannte?«

Ilka Breidle zuckte mit der Schulter. »Was heißt genau?« Sie starrte auf den Boden, schüttelte den Kopf. »Aus Berlin ist der Mann? Was soll Hans mit Berlin zu tun haben?«

»Wir wissen es nicht. Ich habe keine Ahnung, womit Ihr Mann sein Geld verdiente – außer den Moderationen im Radio. Soweit ich weiß, hat er erst seit ein paar Monaten ein größeres Engagement bei dem Sender. Das reichte bisher doch kaum zum Leben, die paar Stunden, oder?«

»Er hat sein Büro.«

»Büro? Wo?«

»In Stuttgart. Als Journalist.« Sie gab ihm die Adresse. »Olgastraße.«

Braig zog einen Schlüsselbund aus seiner Tasche, zeigte ihn ihr.

»Dann gehören diese Schlüssel zum Büro? Wir fanden sie bei ihm.«

Ilka Breidle nickte.

»Dürfen wir sie noch einen Tag behalten? Ich würde mir das Büro gern ansehen. Vielleicht stoßen wir dort auf irgendwelche Spuren.«

»Wenn es Ihnen weiterhilft.« Sie hatte nichts dagegen einzuwenden.

Irgendwie irritierte es Braig, dass Frau Breidle den Tod ihres Mannes ignorierte, in der Gegenwartsform von ihm sprach. Aber er wollte jetzt nicht darauf eingehen. »Für wen arbeitete Ihr Mann? Ich meine, außerhalb des Senders?«

»Er schreibt Artikel für verschiedene Zeitungen. Wie es sich ergibt.«

»Für welche Zeitungen? Er hatte keine festen Verträge?« Braig blickte die Frau misstrauisch an.

Sie lachte kurz auf. »Hans ist kein Mensch, der sich gern anbinden lässt. Er arbeitet frei. *Lift, Prinz, Stuttgarter Zeitung, Stuttgarter Nachrichten,* samt den angeschlossenen Lokalzeitungen – er schreibt für alle. Sofern sie ihm die Artikel auch abnehmen.«

»Wer hatte Zugang zu seinem Auto? Sie?«

Ilka Breidle winkte ab. »Sie sind gut. Sein BMW ist sein Heiligtum. Da darf niemand ran. Ich sowieso nicht. Ich habe keinen Führerschein.«

Er schaute sie überrascht an, überlegte. »Es gibt niemand, an den er ihn ausgeliehen hat? Freunde vielleicht oder Kollegen?«

»Das kann ich mir nicht vorstellen. Beim besten Willen nicht. Hans und seine Karre«, sie rümpfte die Nase, »das ist fast schon ein erotisches Verhältnis.«

»Dann muss jemand das Fahrzeug gewaltsam an sich genommen haben. Schließlich wurde Ihr Mann ...« Braig verstummte, starrte irritiert auf seine Jacke. Sein Handy läutete, bevor er den Satz vollenden konnte. Er ärgerte sich, weil er vergessen hatte, es abzuschalten, entschuldigte sich.

Gerhard Stöhr, ein Kollege aus dem Landeskriminalamt, war am Apparat. Braig lauschte seinen Worten, zuerst unwillig und leicht gereizt, dann mit immer größerem Interesse. Was ihm der Kriminalmeister mitteilte, lenkte seine Konzentration von der Frau des Ermordeten ab. Stöhr redete langwierig und umständlich wie gewohnt. Dennoch hatte Braig seine Botschaft schnell verstanden.

Das Auto, mit dem man Harry Nuhr in der Fußgängerzone in Winnenden getötet hatte, war entdeckt und identifiziert worden. Eindeutig. Keine zwei Kilometer vom Tatort entfernt.

5. Kapitel

Der dunkelblaue 3er BMW stand auf dem Parkplatz des *OBI-Baumarktes* am südlichen Stadtrand von Winnenden. Kollegen der Waiblinger Polizei hatten ihn nach der sofort ausgerufenen Fahndung entdeckt, das Auto einige Zeit observiert, dann, nachdem sie durch Überprüfung des Kennzeichens den Wagen als vor wenigen Stunden in Böblingen gestohlen identifiziert hatten, die Einsatzleitung informiert. Die Kriminaltechniker waren direkt vom Tatort zum Fundplatz geeilt und hatten das Auto untersucht. Die Spuren des Aufpralls des Café-Mobiliars waren eindeutig festzumachen.

»Wir haben eine Überraschung«, erklärte Markus Schöffler, als er, direkt aus Winnenden kommend, kurz vor 20 Uhr im LKA mit Braig, Söhnle und Beck zusammentraf, »das Tatfahrzeug steckt voller Fingerabdrücke.«

»Brauchbare?« Kommissar Erwin Beck war schlank und schmal, trug eine dünne Nickelbrille, hatte lichte, hellblonde Haare.

»Es sieht so aus. Wir konnten vier verschiedene Personen ausmachen und sind gerade dabei, sie mit der BKA-Datei abzugleichen. Vielleicht haben wir Glück und treffen auf alte Bekannte.«

Beck nahm seine Brille ab, fuhr mit seinem Taschentuch über die Gläser. »Freust du dich nicht zu früh?« Er hauchte die Brille an, polierte das rechte Glas. »Wenn wirklich Profis am Werk waren, wird für uns garantiert nichts dabei sein. Dann stammen die Abdrücke ausnahmslos vom Besitzer des Wagens und dessen Angehörigen«, erklärte er.

Sie hatten den Mann, auf den das Fahrzeug zugelassen war, bereits überprüft. Er war von Beruf Versicherungsvertreter, hatte zwei Kinder, einen untadeligen Leumund, für die Tatzeit zudem ein eindeutiges Alibi. Das Auto war ihm von einem öffentlichen Parkplatz in Böblingen gestohlen worden, während er einen Kunden besuchte. Nichts sprach dagegen, dem Mann Glauben zu schenken.

Schöffler fuhr mit der Hand über seinen Drei-Tage-Bart. »Ich gehe jetzt jedenfalls in mein Labor und überprüfe die

Abdrücke vollends. Sobald ich die Ergebnisse habe, gebe ich euch Bescheid.«

Braig bedankte sich für seine Bemühungen, fragte Beck nach den anderen Untersuchungen. Sie hatten unter seiner und Hofmanns Leitung die Medienvertreter in einer Pressekonferenz ausführlich über den Mord an deren Kollegen informiert. Der große Raum im Erdgeschoss des LKA war fast bis auf den letzten Platz besetzt, die Stimmung nervös, teilweise gereizt gewesen. Fact war doch: Zwei Journalisten hatten innerhalb weniger Stunden nicht weit voneinander durch fremde Hand ihr Leben verloren, in ähnlicher, fast identischer Manier und die Polizei konnte Stunden später nichts, aber auch gar nichts zu diesen Fällen mitteilen. Lediglich die Anwesenheit des Oberstaatsanwaltes, die das besondere Engagement der ermittelnden Behörden signalisierte, hatte verhindert, dass die Aufregung der Pressevertreter außer Kontrolle geriet und die Situation eskalierte.

Braig war sich sicher, dass seinem Aufruf, das Phantombild der unbekannten Frau zu veröffentlichen, in weitem Umfang Folge geleistet würde. Schon eine halbe Stunde später flimmerte Schieks Computerfoto über die ersten Bildschirme.

»Bis jetzt konnte ich keine Verbindung zwischen Breidle und Nuhr feststellen.« Beck weigerte sich hartnäckig, Breidle mit dessen Künstlernamen zu bezeichnen. »*Cool*, wenn ich das nur höre«, hatte er gegrummelt, »haut es mir schon die Brille von der Nase. Das ist doch Arschkriecherei pur, Anbiederung der primitivsten Sorte. *Jung, modern, in, cool*. Gibt es denn überhaupt keine Grenzen des guten Geschmacks mehr?«

»Ich weiß auch beim besten Willen nicht, wo Anknüpfungspunkte zwischen ihnen zu finden sein sollen«, fuhr er fort, »der eine war – jedenfalls so weit ich bisher ermitteln konnte – vollständig auf Radio und Unterhaltung konzentriert, der andere auf Zeitung und Politik. Zwei völlig verschiedene Berufsfelder. Dass beide unter der Bezeichnung *Journalist* geführt werden, zeigt nur die Vielschichtigkeit dieser Berufsgruppe.«

»Du hast nochmals mit Leuten von der *tageszeitung* telefoniert?«

Beck nickte. »Leider nichts Neues. Niemand weiß

Konkretes über den Inhalt des Projektes, das er für eine der kommenden Samstags-Ausgaben angekündigt hatte. Es muss sich aber um eine wichtige und brisante Angelegenheit handeln, Nuhr hatte sich absolutes Stillschweigen ausbedungen. Im Übrigen gilt er als integrer Journalist und genießt vollstes Vertrauen und berufliche Anerkennung. Morgen früh werden zwei Redakteure bei uns hier vorsprechen. Neun Uhr habe ich vereinbart.«

»Wie steht es mit seinen Eltern?«

»Ich habe sie sofort erreicht. Sie leben in Gießen, gaben bereitwillig Auskunft, obwohl sie sich von seinem plötzlichen Tod verständlicherweise sehr geschockt zeigten. Ich benötigte mehrere Minuten, sie zu trösten. Harry war ihr einziges Kind. Er hat selbst mehrfach erwähnt, dass sein Beruf nicht ohne Gefahr sei, betonten sie unter Tränen. Ob er damit eine konkrete Bedrohung andeuten wollte, wussten sie nicht. Den Inhalt seiner jeweiligen Recherchen erfuhren sie erst, wenn sie seine Artikel lasen. Nuhr war seit mehreren Jahren geschieden, lebte in Berlin, war aber gerade dabei, nach Hamburg umzuziehen. Eine neue Stelle beim *Stern*, erklärten sie, übernächste Woche wollte er dort anfangen.«

»Wussten sie, was er heute hier im Süden wollte?«, fragte Braig. Er war erschöpft und müde, spürte immer deutlicher die Anstrengungen des langen Tages.

»Nein, wie erwähnt, von seinem beruflichen Alltag hatten sie keine Ahnung. Dass er Richtung Stuttgart gefahren war, erfuhren sie erst durch unseren Anruf. Mehr konnten sie mir beim besten Willen nicht sagen. Zum Glück habe ich anschließend sofort mit Redakteuren des *Stern* telefoniert.«

»Und? Waren die über den Anlass seiner Reise informiert?«

Beck wusste nicht, wie er die Frage des Kollegen beantworten sollte. »Informiert wäre zu viel gesagt. Noch arbeitet er nicht bei ihnen, erst übernächste Woche. Was sie mir aber sagen konnten, klingt interessant.«

Braigs Neugier siegte über seine Erschöpfung. »Und? Was?«

»Nuhr hatte ein Foto angekündigt, das eine in der Öffentlichkeit bekannte Person aus dem Südwesten entlarven sollte«, erklärte Beck, »er versprach sich sehr viel davon. Sozusagen als aufsehenerregenden Einstieg in die Redaktion des *Stern*. Vielleicht war das der Hintergrund zu seiner Tour in den Süden.«

»Um wen es sich dabei handelt, wussten sie nicht?«

Beck schüttelte den Kopf. »Er hatte nichts verraten, wollte seinen Anfang in Hamburg anscheinend besonders effektvoll gestalten. Ich musste aufpassen, dass ich mich nicht verplapperte, tat so, als wüssten wir ebenfalls nichts.«

Der Minister. Braig hatte Beck die Fotos kurz gezeigt, ihn um absolutes Stillschweigen gebeten. Der Minister, die in der Öffentlichkeit bekannte Person aus dem Südwesten. Wer sonst? *Entlarven* war der richtige Ausdruck. Erschien eines der Fotos oder gar die ganze Serie im *Stern* oder kamen sie sonst irgendwie an die Öffentlichkeit, war es um die Karriere des Politikers schlecht bestellt. Sehr schlecht. Sie war beendet. Für immer.

Wer, wenn nicht der Minister, hatte ein alle Grenzen sprengendes Interesse, Nuhrs Pläne zu vereiteln?

6. Kapitel

Michaela König hatte es nicht nötig, warten zu müssen. Sie war eine auffallend hübsche Frau Mitte Dreißig mit üppigen dunkelblonden Haaren, die ihr in feinen Locken bis auf die Schulter reichten. Lebendige blaue Augen prägten ihr dezent geschminktes, schmales Gesicht. Über einer weißen Bluse trug sie eine vornehme, dunkle Samtjacke, die an den Ärmeln mit kleinen schwarzen Knöpfen besetzt war. Ihre langen schlanken Beine steckten in einer ausgewaschenen Jeans.

Hielt sie als Dozentin der germanistischen Fakultät eine ihrer begehrten Vorlesungen im *Kupferbau*, waren die Sitzreihen des großen Raumes lange vor Beginn der Veranstaltung schon belegt – oft bis auf den letzten Platz, was nicht allein auf die große Anzahl der Studierenden an der Tübinger Eberhard-Karls-Universität, sondern vor allem auf ihre Beliebtheit bei jungen wie auch fortgeschrittenen Semestern zurückzuführen war. Im Gegensatz zu einigen Fachkollegen galt sie zwar nicht als intellektuell abgehobene, wissenschaftliche Koryphäe, genoss dafür aber den Ruf einer begabten Pädagogin, die ihren Stoff interessant und spannend zu vermitteln wusste. Dass sie mit einzelnen männlichen Studenten nicht nur als wissbegierigen Schülern, sondern bei entsprechender gegenseitiger Sympathie ab und an auch etwas intimer verkehrte, wusste nur der jeweils auserwählte Kandidat – trotz jahrelanger Praxis hatte sie es bisher geschafft, sich in weiten Kreisen den Ruf einer an Männern uninteressierten Lesbe zu bewahren, was auf einer längst beendeten Liaison mit einer alten Studienkollegin basierte.

Michaela König genoss ihren Beruf wie andere ihre Freizeitvergnügungen, erlaubte das reichhaltige Erbe ihrer vor 2 1/2 Jahren bei einem Autounfall gestorbenen Eltern es ihr doch, sich mit einem halben Deputat zufrieden zu geben, auch wenn der Zeitvertrag ihre Tätigkeit auf acht Jahre befristete und aufgrund der politisch bedingten Vernachlässigung geisteswissenschaftlicher Fakultäten eine Verlängerung kaum in Aussicht stand.

Tübingen mit seinen stimmungsvollen Altstadtgassen, den vielen jungen Leuten, seinem ausgeprägt liberalen Klima und dem einer bedeutenden Großstadt vergleichbaren kulturellen Angebot war der in Heilbronn geborenen jungen Frau in den vergangenen Jahren zur heißgeliebten Wahlheimat geworden, die sie mit keiner anderen Stadt tauschen wollte. Der Beruf, die gemütliche, am Rand über der Innenstadt gelegene Wohnung, das menschliche Umfeld und das Freizeitpotential – alles stimmte. Michaela König hatte den Schmerz über den plötzlichen, unerwarteten Verlust ihrer Eltern weitgehend überwunden, genoss das Leben in der tolerant gemütlichen Kleinstadt am Neckar.

Viele Stunden über das vom Dienst geforderte Maß hinaus verbrachte sie in der Uni, teils in freiwilligen Sitzungen mit kleinen Gruppen von Studenten, teils in angeregten Fachgesprächen. Sobald es die Zeit erlaubte, gab sie sich ihrem größten

Hobby hin: Sie versenkte sich in Bücher aller Stilrichtungen, las intellektuell anspruchsvolle Literatur ebenso wie spannend-unterhaltsame Krimis. Lesen bedeutete ihr das Schwelgen in heißersehnten Träumen. Weil sie meistens allein lebte, konnte sie sich stunden- und tagelangen Leseorgien hingeben, ohne auf familiäre Zwänge achten zu müssen. Näherte sie sich dem Ende eines besonders ansprechenden Buches, fühlte sie sich mit Gewalt in die raue Wirklichkeit zurückgerissen.

Einer der wenigen unverrückbaren Fixpunkte in ihrem Leben waren, neben ihrer beruflichen Tätigkeit, die Treffen mit ihrer Freundin, Verena Litsche, die selten in einer ihrer Wohnungen, meistens im *Ammerschlag*, einem urigen, von dunklem Holzinterieur geprägten Lokal am Rand der Innenstadt stattfanden. Sie hatten sich vor Jahren in einem Volkshochschulkurs kennen gelernt und schnell gemeinsame Interessen festgestellt. Seither trafen sie sich Mittwoch abends, sofern kein anderer Termin dazwischenkam, wobei es Michaela König geduldig hinnahm, dass ihre Freundin fast regelmäßig zu spät erschien. Sie trank ein oder zwei Glas Wein, tauschte sich mit Studentinnen oder deren Kommilitonen aus und genoss die lebhafte Atmosphäre des Lokals. Jede Verzögerung des Eintreffens ihrer Freundin signalisierte ihr, dass Litsche wieder an einem ihrer interessanten Projekte arbeitete, das, wie diese hoffte, endgültig zu ihrem journalistischen Durchbruch beitragen würde. Was sich die ehrgeizige Frau allerdings heute leistete, fiel auch in ihrer langen Beziehung aus dem Rahmen.

»Ich weiß nicht, wie ich das wieder gut machen soll«, stammelte Verena Litsche, als sie sich kurz vor Elf durch die dichtgedrängte Menschenmenge im Lokal zu Michaela König durchgekämpft hatte, »ich muss mich tausendmal entschuldigen.«

Sie war noch dünner als sonst, ihre Backen eingefallen, die Haut bleich, die Augen vor Nervosität unruhig flackernd. Die Haare hingen strähnig in die Stirn, ihr helles Blond war nur noch zu ahnen. Das weite Sweatshirt fiel schlabbrig, in breiten Falten um ihre Taille. Die Silhouette ihres Körpers glich einem ausgehungerten jungen Mädchen.

»Du wolltest wohl einen neuen Rekord aufstellen heute«,

versuchte Michaela König zu scherzen, »ich bin bei meinem fünften Glas Trollinger.« Sie betrachtete die Neuangekommene, rückte zur Seite, um ihr Platz zu machen.

Verena Litsche ließ sich auf das harte Holz fallen, schob sich fahrig die Haare aus der Stirn.

»Ich, ich ...« Sie stotterte, schnappte nach Luft.

»Du arbeitest zu viel.«

»Nein, das ist es nicht. Das heißt ...«

»Wir haben uns drei Wochen nicht gesehen, weil du keine Zeit hattest«, meinte Michaela König, »es lag nicht an einem neuen Projekt?«

Verena Litsche atmete tief durch, lehnte sich zurück. »Ja, du hast Recht. Ich stecke total im Stress. Immer noch das alte Projekt.« Sie drehte den Kopf nach allen Seiten, schaute sich forschend um. »Aber die Arbeit ...«

»Ja?«

Sie fuhr sich erneut mit der Hand über die Haare, starrte durch den Menschenknäuel zur Eingangstür, die offen stand. Das Plätschern des Ammerkanals direkt vor dem Lokal war kaum zu hören.

»Die Arbeit ist nicht der Grund für meine Verspätung.«

Zwei Frauen betraten die Wirtschaft, schlossen die Tür.

Litsche blickte Michaela König ins Gesicht. »Es tut mir wirklich Leid. Ich wollte nicht unverschämt sein.«

»Was hat dich aufgehalten?«

Eine junge Bedienung erschien, nahm ihre Wünsche auf, lief zum Nachbartisch.

»Ich, also, ich ...« Verena Litsche neigte den Kopf, beugte sich zu ihrer Freundin vor.

»Du bist nervös.«

»Ich werde verfolgt.«

»Wie bitte?« Michaela König schob die brennende Kerze, die vor ihr auf dem Tisch stand, zur Seite. Die Falten auf ihrer Stirn brachten ihre Überraschung zum Ausdruck.

»Du hast richtig verstanden. Ich werde verfolgt.« Verena Litsche sah sich mit unruhigen Augen um, betrachtete misstrauisch die beiden Männer am Nachbartisch.

»Von wem?«

»Das ist eine lange Sache.« Sie fuhr sich nervös durch die Haare, zappelte mit den Beinen. »Ich wollte es selbst nicht glauben. Bisher dachte ich, es sei Einbildung. Aber seit heute Mittag weiß ich, dass sie es ernst meinen. Die Typen sind hinter mir her. Sie hören mein Telefon ab, seit Wochen schon. Ich wunderte mich, warum die Verbindungen so oft unterbrochen wurden. Jetzt ist mir alles klar. Sie verfolgen mich auf Schritt und Tritt.«

Sie senkte ihre Stimme noch weiter, lehnte sich an die Wand zurück, als die junge Bedienung wiederkam und ein Bier brachte. Sie nickte der Frau flüchtig zu, trank hastig. Michaela König betrachtete sie schweigend.

»Sie waren vor dem Haus, auf der Straße. Deshalb bin ich so spät.«

»Wer war auf der Straße?«

Sie konnte es im Gesicht der Freundin lesen, dass diese ihr nicht glaubte.

»Zwei Typen. In einem Auto, einem dunklen BMW. Sie beobachteten unser Haus.«

»Jetzt? Um diese Zeit?«

»Gestern ebenfalls. Ich habe nicht auf sie geachtet. Vorhin fiel es mir wieder ein, als ich sie sah. Dieselben Typen wie gestern. Keine zwanzig Meter von meiner Wohnung weg. Am Ende der Straße, wo keine Häuser stehen. Sie saßen im Auto und starrten auf meine Haustür. Ich sah es deutlich, von oben aus der Wohnung.«

»Du bist dir wirklich sicher?«

Verena Litsche hielt das Glas noch immer in der Hand, trank es vollends aus. »Seit heute, ja. Hast du Nachrichten gehört oder gesehen?«

Ihre Freundin verstand nicht. »Wann?«

»Irgendwann heute Abend.«

»Im Radio, ja.«

»Der Mord in Winnenden, du erinnerst dich?«

Michaela König trank ihr Glas leer, nickte. »Ein Journalist wurde getötet.«

»Der Anschlag galt mir.«

»Dir?« Die Dozentin starrte sie ungläubig an. »Was hat das mit dir zu tun?«

»Ich saß mit Harry Nuhr, dem getöteten Journalisten, vor dem Café. Dass ich noch lebe, ist ein Wunder. Du hast ihre Suchmeldung, in der sie nach mir fahnden, nicht gehört?«

»Nach dir?« Michaela König hatte Mühe, Verena Litsches Worten zu folgen. Sie bemühte sich, die Nachrichten zu erinnern, betrachtete ihre Gesprächspartnerin. Mit der Verena Litsche, die sie seit Jahren kannte und mit der sie sich in einigermaßen regelmäßigen Abständen traf, hatte die Frau, nach der sie suchten, nichts, aber auch gar nichts zu tun. Bei der Person, die sie in dem Fahndungsaufruf beschrieben hatten, handelte es sich um eine verhärmte, knochige Gestalt mit schmierigen Haarsträhnen, unvorteilhaft zurechtgemacht, mit unstetem, ängstlichem Blick, fünfzehn bis zwanzig Jahre älter als die Frau, die sie als ihre Freundin in Erinnerung hatte – aber verblüffend ähnlich dem fahrigen, verwirrten Etwas, das völlig verspätet, abgekämpft und mit nervösen Bewegungen vor einigen Minuten im *Ammerschlag* eingetroffen war und jetzt bei ihr am Tisch saß.

Michaela König wusste nicht, was sie glauben sollte. »Warum soll der Anschlag dir gegolten haben? Ein Journalist der Berliner *tageszeitung* wurde getötet, berichteten sie, wenn ich mich richtig erinnere. Er soll für eine bisher nicht bekannte Untersuchung recherchiert haben. Was hat das mit dir zu tun?«

»Der Fahndungsaufruf. Sie suchen mich.«

»Naja, die Frau hat gewisse Merkmale an sich, die du ebenfalls aufweist, aber ...«

»Ich flüchtete nach dem Anschlag in die Bahn, kam total fertig nach Hause. Da saßen sie schon in ihrem BMW. Ich rief ein Taxi, ließ mich herfahren. Sonst wäre ich nicht mehr am Leben.«

»Verena!« Michaela König schüttelte den Kopf. »Deine Nerven! Du solltest dich mehr schonen.«

Verena Litsche winkte der Bedienung, die gerade am Nachbartisch Geld kassierte, bestellte noch ein Bier.

»Und für mich noch einen Trollinger«, ergänzte Michaela König.

»Du glaubst mir nicht, ja?«

»Kann es nicht sein, dass du zu viel arbeitest?«

»Das kann nicht nur sein, das ist so. Ich weiß es selbst.«

»Also.«

»Ich arbeite am wichtigsten Projekt, mit dem ich es je zu tun hatte. Wenn ich fertig bin, hoffentlich noch diese Woche, – und noch lebe! – werde ich eine Pause einlegen. Ich weiß selbst, dass ich am Ende bin. Mit meiner Kraft und meinen Nerven. Aber ich habe noch weiß Gott genug Verstand zu beurteilen, was um mich herum geschieht.«

Die junge Bedienung eilte an den Tisch, tauschte ihre leeren Gläser gegen volle aus. Verena Litsche nickte ihr zu, griff hastig nach dem Bier. Sie leerte es zur Hälfte, wischte sich den Schaum vom Mund.

»Um was geht es bei deinem Projekt?«

Michaela König erinnerte sich, wie abwehrend ihre Freundin in den letzten Monaten alle Fragen nach ihren neuen journalistischen Untersuchungen behandelt hatte – ganz im Gegensatz zu früher, wo sie geradezu begierig darauf gewesen war, von ihrer Arbeit ausführlich zu berichten. Sie nahm den Wein, nippte daran. »Oder willst du immer noch nicht darüber reden?«

Litsche hielt das Glas in ihrer zitternden Hand, starrte zum Nachbartisch. »Ich glaube, es ist besser für dich, wenn du nicht weißt, um was es geht.«

Sie trank erneut von dem Bier, stellte es zurück auf den Tisch. »Erzähle lieber du, was du jetzt in deinen Semesterferien treibst.«

Michaela König lachte. »Oh, da gibt es nicht viel. Lesen, Seminararbeiten korrigieren, bei ihrer Erstellung beraten ...«

»Männer?« Verena Litsche versuchte, lustig zu klingen. Ihre fahrigen Bewegungen verrieten deutlich, wie aufgesetzt ihre vermeintliche Fröhlichkeit war.

»Nein.«

»Wie alt ist er?«

»Dreiundzwanzig.«

»Knackiger Hintern?«

»Hm, ja. Kommt auf die Position an, aus der du ihn betrachtest.«

»Er studiert bei dir?«

»Das gehört zu den Geheimnissen einer Beziehung, die sich nur zwischen zwei Menschen abspielt.«

»Also ja. Wie heißt er? Boris, Felix, Adrian?«

Michaela König nahm einen kräftigen Schluck von ihrem Wein, prustete vor Lachen. »Beruhige dich. Thomas genügt. Aber du brauchst nicht länger abzulenken. Um was geht es bei deinem neuen Projekt, das es so gefährlich macht?«

Die Gruppe junger Leute, die am Nachbartisch Platz genommen hatten, redete mit lauten Stimmen aufeinander ein. Verena Litsche betrachtete sie misstrauisch.

»Ende nächster Woche bringt es die *tageszeitung*. Den Anfang«, erklärte sie. »Und dann Samstag für Samstag.«

»Die *tageszeitung*?« Michaela König überlegte. »Der Journalist, der getötet wurde ...«

»Harry Nuhr. Ich traf mich mit ihm in Winnenden, weil er heute sowieso in den Süden kam. Wir wollten genau festmachen, wie viel Zeit ich noch benötige und wie sie es veröffentlichen. Mitten in unserem Gespräch wurde er ermordet.« Sie nahm ihr Glas, trank es vollends aus.

»Im Radio sprachen sie davon, dass er für eine Untersuchung recherchierte.«

Verena Litsche nickte. »Er hatte Fotos erhalten. Ein Minister der Landesregierung beim Kauf eines Kindes. Sexueller Missbrauch.«

»Ein Minister?«

»Nuhr zeigte sie mir, Minuten bevor es geschah. Die Polizei muss sie gefunden haben. Die Fotos sind nicht die Ursache. Absurd. Hätte der Killer verhindern wollen, dass sie bekannt werden, hätte er sie Nuhr wegnehmen müssen, logisch? Ihn einfach über den Haufen zu fahren, ohne die Bilder an sich zu reißen, bringt doch nichts. Jetzt liegen die Fotos bei der Polizei und die Öffentlichkeit wird erst recht neugierig. Nein, der Anschlag galt Nuhr und mir. Meinem Projekt. Letzte Chance, es zu verhindern.«

»Und jetzt?«

»Morgen früh werde ich mich mit der Redaktion der *tageszeitung* in Verbindung setzen. Ich war so schockiert über den Mord, dass ich noch kein vernünftiges Gespräch zustande brachte. Mein Projekt ist der Wahnsinn, der reine Wahnsinn. Ich hoffe, sie bringen es trotzdem. Jetzt erst recht. Ich bin noch nicht ganz fertig – vier, fünf Tage Arbeit vielleicht noch.

Außerdem muss ich ihnen noch das ganze Material bringen, es liegt bei mir.«

»Bei dir? Ist das nicht gefährlich? Ich meine, wenn es wirklich ...«

»Ich habe zwei Kopien. Auf Diskette. Eine habe ich weitergegeben, die andere liegt seit heute Morgen in einem Safe. Du erinnerst noch das Schatzsucherspiel, von dem ich dir erzählte? Absolut sicher verwahrt. Für den Fall ...« Litsche blickte nervös um sich, betrachtete den Bärtigen, der hinter ihr saß, den Stuhl weit von seinem Tisch weggeschoben. »Ich bin nicht verrückt, Micha, wirklich. Ich weiß, wovon ich rede.«

»Du solltest zur Polizei ...«

»Let it be. Ich weiß nicht, ob das die Sache nicht noch gefährlicher macht.«

Michaela König starrte sie fragend an. »Wieso?«

»Mein Projekt entlarvt einige Konzerne. Mächtige. Sehr mächtige. Sie drohen mir seit Wochen. Auch mit der Polizei. Glaubst du, unser Staat hat Interesse, jemandem zu helfen, der Machenschaften der größten Firmen zur Sprache bringen will? Die schmieren Parteien mitsamt einflussreicher Politiker. Ich habe Angst. Seit heute Mittag habe ich wirklich Angst. Aber ich muss es durchstehen. Ich benötige noch vier, fünf Tage. Dann ist alles komplett.«

Die Gruppe am Nachbartisch lachte schallend. Sie klopften mit ihren Gläsern auf den Tisch, schrien sich gegenseitig deftige Sprüche zu.

Litsche duckte sich erschrocken. Ihre Hände zitterten. Sie hielt das leere Glas, schwenkte die letzten Tropfen hin und her. Die Haut in ihrem Gesicht war bleich, die Knochen ragten spitz aus ihren Wangen.

»Du kommst zu mir«, erklärte Michaela König unvermittelt, »bis du fertig bist mit deinem Projekt und die *tageszeitung* alles veröffentlicht hat.«

»Zu dir?« Litsche starrte ihre Freundin überrascht an. »Aber ...«

»Jetzt gleich. Heute Nacht noch.«

Sie schwiegen, musterten sich gegenseitig. Die Gruppe nebenan lärmte weiter.

»Du glaubst mir also.«

Michaela König nickte. »Dein Aussehen spricht Bände. So kannst du nicht mehr weitermachen.«

»Ich weiß. Vielen Dank für dein Vertrauen.«

»Du kennst meine Wohnung, sie ist groß genug. Das Sofa im Wohnzimmer eignet sich gut als Bett. Bleibt nur das Problem, ob du bei mir arbeiten kannst. Mein Computer ist okay.«

»Ich muss nur meine Unterlagen holen.«

»Gut, dann gehen wir. Ich bin verdammt müde. Außerdem halb betrunken von dem vielen Trollinger. Höchste Zeit, dass ich ins Bett komme.«

Sie trank den Rest ihres Weines, winkte der Bedienung. Beide zahlten, erhoben sich dann. Der Bärtige am Nachbartisch erzählte mit kreischender Stimme seinen neuesten Witz.

7. Kapitel

Der Taxifahrer hatte Mühe, den Namen der Straße zu verstehen.

»A bissle viel getrunken, wie?«, fragte er lächelnd.

Er hatte rabenschwarze Haare, einen dunklen, dichten Schnurrbart, gebräunte Haut, sprach gebrochen Deutsch. Auf der Konsole neben dem Steuerrad lag ein dickes Buch. *Goethe. Sämtliche Werke.*

Michaela König sah sich außerstande, den Titel genauer zu entziffern.

»Schon, ja«, bestätigte sie seine Vermutung, »aber nur, weil ich solange auf meine Freundin warten musste.« Sie lachte, hatte Mühe, sich gerade zu halten. »Fünf oder sechs Trollinger.«

»Aber die Straße existiert trotzdem«, ergänzte Verena Litsche, »in Bebenhausen am Ortsrand. Nicht weit vom Kloster.« Sie blickte sich nervös um, suchte den im Dämmerlicht mehrerer Straßenlampen liegenden Platz nach Verdächtigen ab.

Der Taxifahrer nickte, steuerte den Wagen aus der Innenstadt.

»Und Sie warten bitte, bis wir zurück sind. Wir holen nur etwas Gepäck und wollen dann wieder in die Stadt. Es geht schnell.«

Bebenhausen liegt wenige Kilometer von Tübingen entfernt, umgeben von den dichten Wäldern des Schönbuch. Die Häuser der kleinen Ortschaft gruppieren sich um eine der besterhaltenen Klosteranlagen Deutschlands, die aus dem 12. Jahrhundert stammende Zisterzienserabtei Bebenhausen.

Der ursprünglich romanische Bau hat durch Umgestaltungen in der Gotik die sonst oft beängstigende Schwere frühmittelalterlicher Bauten verloren, zugleich mit feingegliederten Spitzbögen und einem kunstvollen Netzwerk in den Gewölben und den Säulen ungewohnte Anmut gewonnen. Zum besonderen Juwel der Klosteranlage ist der Kreuzgang mit der Brunnenhalle erwachsen, deren unverfälschte Ursprünglichkeit ausstrahlende Atmosphäre vor allem in den Sommerwochen große Scharen auch auswärtiger Besucher anlockt.

Eine der heißbegehrten Wohnungen in den wenigen rund um das Kloster und das königliche Jagdschloss gelegenen Häusern zu ergattern, gehörte zum spannendsten Lotteriespiel Tübinger Professoren und Dozenten. Verena Litsche durfte sich glücklich schätzen, zum Kreis der Auserwählten zu gehören, war es ihr doch vor jetzt schon fast acht Jahren gelungen, sich in eine kleine Zwei-Zimmer-Wohnung in einem ruhigen alten Haus am Ortsrand einzumieten. Der Wald mit seinen von den kalten Monaten noch deutlich gelichteten Laubbäumen begann wenige Meter hinter dem Gebäude.

Das Taxi hatte Bebenhausen erreicht, bog in die Schönbuchstraße ein. Der Ort lag im Dunkeln, von wenigen Lampen schwach beleuchtet.

»Dort ist es«, erklärte Verena Litsche.

Umgeben von Hecken und dichtem Gebüsch tauchte ein kleines Haus auf. Stil und Gestaltung der Fassade wiesen auf die Mitte des vergangenen Jahrhunderts hin. Kleine quadratische Fenster, die Eingangstür durch ein winziges Vordach geschützt, rankender Efeu entlang der Regenabflussrohre.

Nirgendwo brannte Licht. Im Erdgeschoss waren die Fenster hinter Läden verborgen, im oberen Stockwerk wiesen nur die Vorhänge darauf hin, dass dort jemand wohnte. Außer dem sanften Murmeln eines nahen Wassers lag die Umgebung in völliger Stille. Eine einzelne Straßenlampe, etwa dreißig Meter entfernt, warf einen schwachen Lichtkegel.

Der Taxifahrer hatte sein Fahrzeug gerade abgebremst, als der Polizeiwagen aus dem Dunkel auftauchte. Erstaunt starrten sie auf das grüne Auto, das direkt auf sie zuhielt und in wenigen Metern Abstand stoppte. Zwei Polizeibeamte sprangen aus dem Fahrzeug.

»Was ist passiert?«, rief Verena Litsche. Sie riss die Tür des Taxis auf, rannte auf die Straße. »Schon wieder ein Attentat?«

Die Polizisten schüttelten die Köpfe.

»Nur ruhig Blut, Frau«, erklärte der eine, ein großer, kräftiger Mann mit mächtigem Bart und auffallend tiefer Stimme, »was machen Sie hier mitten in der Nacht?«

Er baute sich direkt vor dem Taxi auf, wandte den voll aufgeblendeten Scheinwerfern den Rücken zu.

»Das ist meine Wohnung«. Verena Litsche deutete auf das einzeln stehende Gebäude in der Nähe.

»Sie können sich ausweisen?«

Sie nickte, zog ihren Ausweis aus der Hosentasche. Ihr ganzer Arm zitterte, als sie ihm das Dokument reichte.

»Litsche, Verena«, sagte der Beamte mit kräftiger Stimme.

Sein Kollege nickte ihm zu, ließ Michaela König und den Taxifahrer aussteigen. »Papiere, bitte.«

Er hatte seine Mütze weit ins Gesicht gezogen, war mehr als einen Kopf kleiner als der andere Beamte. Eine intensive Wolke herben Rasierwassers hüllte ihn ein. Michaela König riss den Kopf zurück, als ihr der penetrante Duft in die Nase waberte.

»Ich habe keinen Ausweis dabei«, erklärte sie.

»Das sehr schlecht.« Er sprach mit deutlichem Akzent, hatte Schwierigkeiten, sich korrekt auszudrücken.

»Ich wohne in Tübingen. Sie können es gern überprüfen.«

»Name?«

»Michaela König.«

Er wiederholte ihren Namen laut, warf seinem Kollegen einen Blick zu. »Das wir später nachsehen. Und du?«

Der Taxifahrer reichte ihm seine Dokumente.

»Dein Fahrzeug?«

»Nein. Ich bin Student, fahre Nachtschicht. Für meinen Chef.«

Der Beamte hatte Schwierigkeiten, die Papiere im dämmrigen Licht zu überprüfen, winkte sie in den Scheinwerferkegel des Taxis zu seinem Kollegen. »Georgio, du kontrollieren.«

Der bärtige Polizist studierte die Dokumente des Taxifahrers, musterte ihn mit scharfem Blick. »Sie sind Türke?«

»Kurde«, antwortete der Mann.

»Seit wann in Deutschland?«

»Zwei Jahre.«

»Was studieren Sie?«

»Medizin.«

»Sie kennen Ihre Fahrgäste gut?« Der Beamte trat zwei Schritte zurück aus dem Scheinwerferkegel, wies auf die beiden Frauen.

»Wen? Sie?« Der Taxichauffeur wusste nicht, was er antworten sollte. »Aber nein, ich fahre sie heute zum ersten Mal.«

Er klang aufgeregt. Ein fremder Akzent schlug jetzt durch.

»Und Sie?« Der Polizist winkte die Frauen zu sich her. »Seit wann haben Sie mit diesem Mann Kontakt?«, fragte er.

Michaela König stand dicht neben ihrer Freundin und dem Taxifahrer. Geblendet vom gleißenden Licht der Scheinwerfer versuchte sie, den Beamten zu erkennen, der noch einen Schritt weiter zurückgetreten war.

»Was meinen Sie mit Kontakt?«, antwortete sie. »Wir ließen ein Taxi rufen. Dass er uns fährt, ist Zufall.«

Sie spürte die Auswirkungen des Alkohols, hatte Schwierigkeiten, sich gerade zu halten. In einem kurzen Anfall von Bewusstseinsvernebelung taumelte sie zwei, drei Schritte zurück.

»Zufall. So. Behaupten Sie.«

Das Gesicht des Beamten war kaum noch zu erkennen.

»Aber wieso denn?«, fragte Verena Litsche ängstlich, »warum halten Sie uns hier fest? Wir kennen den Mann ...«

Der Motor des Taxis heulte laut auf, übertönte ihre Stimme. Das Auto raste mit quietschenden Reifen urplötzlich los, streifte Michaela König an der Seite. Sie flog ins Gras, sah im Fallen, wie der Mercedes nach vorne schoss und Verena Litsche und den Taxifahrer zu Boden warf. Der schrille, markerschütternde Schrei eines Menschen gellte durch die Luft. Michaela König starrte nach vorne, sah, wie das schwere Gefährt holpernd über die beiden Körper hinweg rollte. Das Taxi jagte weiter, verschwand in der Dunkelheit.

Sie spürte das Brennen an ihren Händen, ihren Armen, überall, wo ihre Haut durch die Wucht des Aufpralls aufgerissen war. Ihr ganzer Körper zitterte, vibrierte vor Angst. Der Schrei hing noch immer in der Luft. Sie hatte Schwierigkeiten zu begreifen, was gerade geschehen war.

Plötzlich hörte sie die Stimme, wenige Meter von sich entfernt.

»Du Arschloch«, zischte der Mann, »da liegen nur zwei auf der Straße, der Kerl und die eine Frau. Die andere ist nicht dabei. Komm sofort zurück, wir müssen sie finden.«

Irgendetwas quietschte, dann hörte sie die Antwort aus einem Handy.

»Aber wieso, ich die alle erwische.«

»Eben nicht, du Idiot, komm sofort zurück.«

Sie hörte Schritte, die sich entfernten, dann das Knallen einer Autotür. Grashalme schnitten ihr ins Gesicht, in die Brust, in die Beine. Brennnesseln taten das ihre. Die Haut brannte jetzt überall.

Sie richtete sich vorsichtig auf, sah das Licht einer Taschenlampe über die Straße huschen. Von links näherte sich der Scheinwerferkegel eines Fahrzeugs.

Der große bärtige Polizist stand mitten auf der schmalen Straße, suchte das gesamte Gelände ab.

»Du bist vielleicht eine Kacke«, schimpfte er in gedämpftem Tonfall, als das Auto direkt neben ihm stoppte, »vom Killen hast du wirklich keine Ahnung, wie?«

Michaela König erkannte das Taxi, sah den kleinen Beamten am Steuer, erinnerte sich an sein penetrant riechendes Rasierwasser. Sie musste weg, so schnell als möglich.

»Wo die Frau?«

»Was weiß ich«, zischte der Bärtige, »hier liegen jedenfalls nur zwei.«

Sie erhob sich vorsichtig, krabbelte auf allen Vieren davon: Stachlige Grasbüschel schnitten ihr in die Beine, lehmige Erdklumpen klebten zwischen ihren Fingern. Die Pflanzen waren feucht, durchnässten ihre Kleidung. Sie robbte über das Gelände, gewann langsam Abstand zur Straße.

Der Himmel war hinter Wolken verborgen, die Umgebung nur in Umrissen zu erkennen. Ein schmales, glitschiges Tier schnellte dicht unter ihrem Gesicht in die Höhe, klatschte voll auf ihren Mund. Erschrocken sprang sie auf, prustete laut, um das Tier von sich abzuschütteln, wedelte heftig mit den Armen. Im gleichen Moment hatte der Kegel der Taschenlampe sie erfasst.

»Dort hinten«, hörte sie die Stimme des Bärtigen, »die will abhauen. Die lebt!«

Michaela König sprang vollends hoch, rannte über die holprige Wiese. Im rechten Knöchel spürte sie ein heftiges Stechen, spitzen Nadeln ähnlich. Sie versuchte, nicht darauf zu achten, biss die Zähne zusammen. Schweißtropfen perlten ihren Körper hinab.

Jetzt ging es steil bergan. Michaela König fühlte das heftige Pochen ihres Herzens, kletterte das feuchte Gras hoch auf eine schwarze Masse zu, die sich breit vor ihr auftürmte. Die Nacht war so dunkel, dass sie nicht erkennen konnte, um was es sich handelte. Das Gelände verengte sich mehr und mehr, führte geradewegs auf die unheimliche Anhöhe zu. Es schien keinen anderen Weg zu geben.

Die Stimmen der Männer hinter sich, warf sie sich in Panik unmittelbar vor der dunklen Masse auf den Boden, hechtete mitten in ein stachelndes, stinkendes Dickicht. Sie drückte ihr Gesicht nach unten, robbte vorsichtig vorwärts. Äste, Stacheln, Dornen, ein unentwirrbares Geflecht von Zweigen und Pflanzen, alle paar Sekunden das blitzschnelle Zur-Seite-

Huschen eines winzigen Tieres.

Plötzlich waren sie in ihrer Nähe. Sie hörte das Trampeln schwerer Schritte, die direkt auf sie zuhielten, dann das laute Keuchen unmittelbar über sich. Erschrocken presste sie sich auf den morastigen Boden, gab keinen Laut von sich.

»Verdammte Scheiße«, brüllte der Mann, keine fünf Meter von ihr entfernt, »ich kann überhaupt nichts mehr erkennen.«

Das Kribbeln in ihrer Nase begann urplötzlich, aus heiterem Himmel. Sie spürte die leichte Bewegung in den feinen Härchen des linken Nasengangs, fühlte den Reiz immer stärker werden.

Verzweifelt schob sie ihren Arm durch die Dornenschlingen nach oben, versuchte, ihre Nase zuzudrücken.

»Wo ist die verschwunden?«, schrie der Mann.

Es war der Bärtige, sie erkannte ihn an der Stimme.

Sie drückte ihre linke Gesichtshälfte fest auf den Boden, hielt die Luft an. Das wuchtige Stampfen hatte aufgehört, der Mann stand unmittelbar in ihrer Nähe. Sein heftiges Keuchen war laut und deutlich zu vernehmen.

»Sie hier«, kam die Antwort, wenige Meter unterhalb, »garantiert.«

Das Kribbeln in ihrer Nase verstärkte sich, ließ sich nicht länger ignorieren. Sie rang um Luft, drückte ihr Gesicht noch tiefer in den Morast des Bodens, spürte, wie ihre Nase zu explodieren drohte.

Plötzlich dröhnte das laute Röhren eines Motors durch die Stille der Nacht. Der Lichtkegel eines vorüberrasenden Autos tauchte die unterhalb des Dickichts gelegene Bundesstraße für Sekundenbruchteile in ein gespenstisches Licht. Das Dröhnen des Fahrzeugs wurde immer lauter, übertönte für wenige Momente jeden anderen Laut.

Michaela König konnte dem Reiz nicht länger widerstehen. Das Niesen riss ihren Kopf in die Höhe, schleuderte ein winziges Insekt zurück in den Humus. Das Röhren des Autos kam jetzt aus der Lichtung genau unter ihr.

Sie atmete tief durch, starrte nach oben. Dunkelheit, undurchdringlicher Dämmer. Der Angstschweiß rann ihr die Achseln herab auf die Brust, klebte in ihrer Kleidung fest.

Erschöpft wartete sie auf die Reaktion ihrer Verfolger.

8. Kapitel

Wenige Minuten nach Zehn war Steffen Braig nach Hause gekommen, müde, abgekämpft und mit Schmerzen in Kopf und Magen. Er hatte zwei Brote mit Käse belegt, sie mit einem schnell gekochten Tee lustlos heruntergewürgt, sich dann ausgiebig geduscht und einen Schlafanzug übergestreift.

Obwohl er kaum noch dazu fähig war, einen klaren Gedanken zu fassen, wusste er aus langjähriger Erfahrung, dass es ihm nicht gelingen würde, schnell Schlaf zu finden. Seine Nerven waren von der Anspannung des Tages zu überreizt, um ihn sofort zur Ruhe kommen zu lassen.

Braig lief in die Küche, holte einen Rotwein aus dem kleinen Regal, entkorkte ihn. *Kleinaspacher Kelterberg Trollinger mit Lemberger* verkündete das Etikett.

Barbara hatte ihn ihm geschenkt, eine der letzten Aufmerksamkeiten, bevor sie sich endgültig getrennt hatten. Barbara Sorg, die er im letzten Jahr auf der Rückfahrt von Hamburg kennen gelernt und die monatelang versucht hatte, ihn zu einer gemeinsamen Zukunft zu überreden – vergeblich. Braig wusste bis heute nicht, warum er sich ihr letztendlich verweigert, die Beziehung nicht hatte zum Blühen kommen lassen. Er fand Barbara sympathisch, sehr sympathisch sogar, war sich zeitweise auch sicher, in sie verliebt zu sein, scheute aber vor einer endgültigen Bindung zurück. Waren es die unübersehbaren Bemühungen ihres Ehemanns, ihre Beziehung doch noch zu retten, die Braig davon abhielten, sich zu ihr zu bekennen?

Er wusste es nicht, vermochte auch im Rückblick nicht, sein Verhalten logisch zu analysieren. Aber ließen sich menschliche Beziehungen überhaupt nach rationalen Maßstäben beurteilen?

Steffen Braig schenkte sich ein Glas voll, hielt es unter seine Nase, genoss das fruchtige Aroma des Weines. Er nahm eine der Kassetten, die ihm der Chefredakteur des Rundfunksenders als Beleg für Hans Breidles Arbeit mitgegeben hatte, erinnerte sich an die Worte des Mannes. »Cool ist *Kult*.«

Braig steckte die Kassette in seine Stereoanlage. *Kult*, überlegte er, von besonderer Klasse also?

Die Donnerschläge aggressiven Techno-Sounds machten jeden weiteren Gedanken unmöglich. Braig sprang auf, eilte zum Lautstärkeregler, drehte ihn zurück. Er wohnte in einem Acht-Familien-Haus und hatte kein Interesse, bereits schlafende Nachbarn eine knappe Stunde vor Mitternacht aus dem Bett zu werfen.

Braig ließ das Hämmern und Wummern der Bässe stark gedämpft über sich ergehen. Auch in dieser Lautstärke war es wirklich nicht seine Musik. Techno, Hard-Rock und ähnlich aggressive Rhythmen mochten Menschenmassen in ihren Bann ziehen, er zählte sich nicht dazu, konnte diesen Musikstilen keinerlei Faszination abgewinnen. Wie mancher Technofan, Kopfhörer über den Ohren, sich freiwillig Lärm diesen Ausmaßes antun konnte, blieb Braig weitgehend unbegreiflich. Er stand eher auf Irish Folk, liebte die sanfteren Töne, dazu auch Klassik, kam aber durch seine starke berufliche Beanspruchung nur selten dazu, sich musikalischen Genüssen hinzugeben.

»Hallo, liebe Leute, einen wunderschönen Vorfrühlingstag! Die Sonne scheint, die Luft ist lau, um nicht zu sagen warm, der Tag heute ist einfach wonderful. Genießt jede Sekunde, knutscht miteinander, solange ihr Lust habt, und widmet euch Jack Cool!«

Die Worte des Moderators, von Musik untermalt, rissen Braig aus seinen Gedanken. Der Mann redete und redete, wollte überhaupt nicht mehr aufhören. Cool präsentierte ein wahres Feuerwerk mehr oder weniger belangloser Gedanken, sprudelte wie ein Wasserfall, war kaum zu bremsen – und das alles in einer Zeitspanne von maximal eineinhalb bis zwei Minuten, bevor die nächste musikalische Welle, diesmal deftig-fetziger Rap auf die Hörer losbrandete.

Cools Bemerkungen waren, wie Braig fand, weder originell noch von besonderer Komik, es handelte sich einfach um oberflächliches, weitgehend sinnloses Geschwätz, wie man es von den Musikwellen der meisten Sender gewohnt war – oder zeigte er mit dieser Wertung nur wieder einmal, dass er einfach zu alt war und die Gesetze dieser neuen, *wonderfullen* Zeit nicht mehr verstand? Mit nahezu vierzig Jahren ein halbverkalkter Tattergreis?

Er nippte an seinem Wein, ließ Musik, Werbung und Moderation über sich ergehen. Je länger er sich die Cassette anhörte, desto mehr verfestigte sich in ihm die Überzeugung, dass es sich bei Cools Worten um einen dämlichen Mischmasch aus Nonsens und hohlem Geschwätz, *locker-flockigem* Gelaber ohne Sinn und Ziel handelte, einzig mit der Intention, die Zeit zwischen Musikblöcken und Werbung zu überbrücken. Das sollte *Kult* sein?

»Das ist euer Tag heute, lasst ihn euch nicht nehmen, fletzt euch mit einer scharfen Braut in die nächste Ecke und hört nicht auf das Gemecker der Alten, lasst sie einfach auflaufen, die blicken eh nicht mehr durch, wo es lang geht. Lebt euer eigenes Leben, wer motzt, ist alt und verkalkt, wer lebt, ist jung und in!«

Danach Werbung für irgendein Deo-Spray, eine Techno-CD, zwei Computer-Spiele, eine Automarke; anschließend Musik, eine Art Hardrock.

Braig verstand beim besten Willen nicht, was an Cools Sprüchen *Kult* sein sollte, er fand sie nur dämlich. Dämlich und unverschämt, teilweise sogar menschenverachtend, was die Attacken gegen Ältere anbelangte. Mit der intellektuellen Potenz des Mannes konnte es wohl nicht weit her gewesen sein.

War es wirklich normal, dass man Leute mit derlei geistigen Tiefschlägen an die Öffentlichkeit ließ? Was war das für eine Zeit, in der Rundfunksender solch hanebüchen niveaulose Querschlägereien ungeniert als *Kult* zu verkaufen wagten? Er schüttelte den Kopf, überlegte, ob Cools Hörer nicht wussten, dass der Moderator selbst längst zu der Altersgruppe gehört hatte, die er mit seinen hohlen Tiraden ständig veralberte. Ein 50-jähriger, der sich bei Twens und Teenies anbiederte, indem er Leute seiner eigenen Generation madig machte.

Braig spürte, wie Erschöpfung und Schläfrigkeit immer stärker von ihm Besitz ergriffen. Er trank sein Glas leer, schaltete die Stereoanlage aus. Vielleicht sollte er sich die übrigen Kassetten am Tag, bei voller Konzentration anhören, um auf

Aussagen Cools zu stoßen, die für die Drohungen gegen ihn verantwortlich sein konnten. Jetzt war er einfach zu müde, um eventuelle Zusammenhänge zu erkennen.

Er gähnte laut, löschte das Licht, lief zum Schlafzimmer, als das Telefon läutete. Zwanzig vor Zwölf, kurz vor Mitternacht. Was war jetzt wieder los?

Braig fluchte laut, als er den Hörer abnahm.

9. Kapitel

Wie der Lärm begonnen hatte, so urplötzlich verstummte er wieder. Das Röhren des Motors ließ an Intensität nach, wurde leiser und leiser, verlor sich schließlich irgendwo weit entfernt im Wald.

Michaela König lag erschöpft im Unterholz des Dickichts, lauschte in die Umgebung. Ihre Kleidung war feucht, vom Schweiß verklebt, der Boden kalt, von unzähligen spitzen Wurzeln und Zweigen übersät. Die Stimmen der Männer entfernten sich, ihre Schritte verstummten.

Sie verharrte in ihrer unbequemen Position, spürte, dass sie am ganzen Körper zitterte. Ab und an, alle paar Minuten vielleicht, störte das Geräusch eines Autos die Stille der Nacht. Jedes Mal erfasste sie eine neue Welle der Panik. Sie starrte dann auf die Bundesstraße, sah den Lichtkegel des Fahrzeugs über den Asphalt huschen, hörte, wie das Tosen des Motors langsam nachließ und sich ein paar Sekunden später weiter oben im Wald verlor. Fast alle Autos fuhren stadtauswärts, von rechts nach links, nur selten kam ein Wagen in der Gegenrichtung. Sie wagte nicht, sich zu bewegen, hatte Angst davor, sich zu verraten, falls die Männer doch noch irgendwo in der Nähe wären.

Wie viele Ewigkeiten sie so völlig erschöpft in der kalten Nacht inmitten der stachligen Hecken auf dem Boden gelegen hatte, konnte sie später nicht sagen. Irgendwann nahm sie allen Mut zusammen, kroch langsam vorwärts auf die Straße zu. Dornen streiften ihr Gesicht, spitze Zweige bohrten sich in ihre Haut. Sie musste es wagen, das Dickicht zu verlassen.

Michaela König richtete sich vorsichtig auf, folgte in gebückter Haltung dem Buschwerk in Richtung Tübingen. Sobald sich ein Kfz ankündigte, warf sie sich auf den Boden, presste sich ins Gras. Dazwischen lief sie, so schnell sie konnte, stolperte, kämpfte sich am Waldrand entlang vorwärts. Der Weg war mühsamer, als sie es sich vorgestellt hatte. Ständig neue Hindernisse ließen sie taumeln, aus dem Gleichgewicht geraten, unbekannte Geräusche alle paar Meter zur Seite springen, völlig verängstigt auf potentielle Verfolger lauschen. Mehrfach suchte sie in einer Mulde, auf den Boden gekauert, Zuflucht, bis das Pochen ihres Herzens und ihre völlig überreizten Nerven sich wieder etwas beruhigt hatten.

Wann sie die Häuser der Stadt erreichte, konnte sie sich später nicht mehr erinnern. In der ersten Telefonzelle, die sie entdeckte, bestellte sie ein Taxi.

Sie versteckte sich im Schatten, wenige Meter von der Zelle entfernt, klopfte sich notdürftig den Schmutz von der Kleidung, wischte sich mit der Hand übers Gesicht. Als der Wagen endlich vorfuhr, musterte sie ihn kritisch, bevor sie sich zu erkennen gab.

»Zur Polizei, bitte«, verlangte sie.

Der Fahrer betrachtete sie mit erstauntem Blick: »Wurden Sie überfallen?«

»Sieht man es mir an?« Sie spürte das Zittern in ihren Gliedern, fühlte die Angst. Ihr Herz hämmerte noch immer viel zu stark.

»Wollen Sie in den Spiegel sehen?«, fragte der Mann.

Sie schüttelte den Kopf.

Die wacheführenden Beamten empfingen sie in hektischer Atmosphäre.

»A Ufo«,erklärte der große schlanke Mann, dessen schmaler Schädel von auffallend weißblonden Haaren gekrönt war, »bei Eana im Garten.« Er saß an einem Schreibtisch, den Telefonhörer in der Hand, starrte mit glasigem Blick durch seine Brille auf den Aktenberg vor sich.

Michaela König war zu erschöpft nachzudenken, was sie

an dem Beamten irritierte.

»Aha, also net im Garten«, fuhr er mit lauter Stimme fort, »sondern auf dem Feld.«

Sein Gesprächspartner bearbeitete seinen Hörer mit solch kräftigem Bass, dass sie es deutlich hören konnte. Er stammelte etwas von einem unbekannten Objekt, das sich seit fast einer halben Stunde in einem nahen Weinberg niedergelassen habe.

»Und was sollet mir jetzt tun?«, fragte der Beamte in aggressivem Ton.

Der Mann am anderen Ende der Leitung drohte zu kollabieren. »Das fragen Sie noch?«, brüllte er hysterisch. »Prüfen Sie endlich nach, was das zu bedeuten hat. Vielleicht handelt es sich um eine ausländische Verbrecherbande!«

»Die Kollegen werden sich freuen«, konterte der Polizist, »wieder ein Liebespaar beim Vögeln zu erwischen!«

Er donnerte den Telefonhörer auf den Apparat, verständigte eine Funkstreife. Mit mürrischem Gesicht wandte er sich Michaela König zu.

»Zu viel getrunken, wie?«, eröffnete er das Gespräch, »oder hams ebenfalls a Ufo mit ausländischen Gangstern entdeckt?« Er starrte mit zusammengekniffenen Augen hinter seiner Brille vor, sah müde aus.

Sie fühlte sich zu schwach, ihn zu kontern. Ihre Glieder waren schwer wie Blei.

»Alkoholiker hamma besonders gern«, fuhr er fort.

»Ich wurde überfallen«, erklärte sie, »in Bebenhausen am Ortsrand.«

»Schön. Und was tun's so spät in der Nacht dort draußen?«

»Ich war mit einer Freundin unterwegs. Wir wollten in ihre Wohnung.«

»Lesbisch, aha. Wenigstens Spaß miteinander gehabt?«

Sie blieb still, ließ sich nicht aus der Ruhe bringen. Ihr wurde bewusst, was sie an dem Mann irritierte. Er sprach bayrischen Dialekt, mitten in Tübingen.

»Vor dem Haus hielten uns zwei Polizisten an, um unsere Ausweise zu überprüfen.«

»Na und? Keinen dabeigehabt, wie?«

Ein anderer Polizist kam aus einem Nebenraum.

Der Beamte schaute seinen Kollegen fragend an, winkte ihn zu sich.

»Und wahrscheinlich noch besoffen Auto gefahren, ja?«

»Wir nahmen ein Taxi. Das ist erlaubt, oder?«

»Was ist Ihr Problem?«, fragte der andere Polizist. Im Gegensatz zu seinem Kollegen trug er eine grüne Dienstmütze. Unter ihrem Rand lugten die Ansätze dunkler Haare vor. Sein Gesicht war schmal, ein dünner Bart verdeckte Kinn und Wangen. Er hielt eine brennende Zigarette in seiner Linken, blies eine Rauchfahne zur Seite. Vom Alter her stand er seinem Kollegen kaum nach, war nur etwas fülliger und zeigte einen deutlichen Ansatz zum Bierbauch.

»Sie hat gsuffa«, erklärte der Mann am Schreibtisch.

»Und?«

»Ich wurde überfallen.«

»Wo?«

»In Bebenhausen.«

»Wann?«

Sie überlegte. »Es muss kurz nach Mitternacht gewesen sein.«

»Sie waren allein?«

»Ich saß in einem Taxi, zusammen mit einer Freundin. Als wir ausstiegen, wurden wir von zwei Polizisten festgehalten und überprüft.«

»Ja und? Wollen Sie sich über die Kollegen beschweren?« Seine Stimme verfiel in einen aggressiveren Tonfall.

»Ich glaube nicht, dass es Polizeibeamte waren. Wir standen auf der Straße, als der eine in das Auto sprang und meine Freundin und den Taxifahrer überfuhr.«

»Wie bitte?« Die beiden Beamten rührten sich nicht von der Stelle, starrten sie entgeistert an.

Sie nutzte die Stille, berichtete, was geschehen war.

»Sie! Sie wollen also behaupten«, stotterte der Mann am Schreibtisch, »zwoa von unsere Kollegen ham versucht, Sie umzubringen.«

Sie schüttelte den Kopf. »Ich glaube nicht, dass es sich um Polizei handelte.«

»Aber Sie behaupten doch, dass es Polizeibeamte waren!«, erwiderte der andere.

»Ich sagte nur, sie hatten Uniformen an, außerdem ein Polizeifahrzeug bei sich. Aber das war wohl Tarnung.«

Der bärtige Beamte sog an seiner Zigarette, betrachtete sie mit zusammengekniffenen Augen und zerfurchter Stirn.

»Um was für ein Fahrzeug handelte es sich?«, fragte er.

»Sie meinen die Marke des Wagens?«

Er nickte.

»Keine Ahnung, wer achtet so genau darauf? Es ging auch alles viel zu schnell.« Sie spürte die Müdigkeit in ihren Gliedern, das Zittern in ihren Beinen, hatte weder Lust noch Kraft, das Gespräch ewig fortzusetzen.

»Wie sahen die beiden angeblichen Polizisten aus?«

Michaela König überlegte. »Groß und kräftig, mit Vollbart, ähnlich wie Sie«, erklärte sie, den fülligeren Beamten im Visier, »er hatte eine tiefe Stimme, war um die Vierzig. Der andere kam mir wesentlich kleiner vor. Er trug seine Mütze tief ins Gesicht gezogen, sodass ich ihn kaum sehen konnte. Was mir auffiel: Er roch penetrant nach Rasierwasser.«

»Nach Rasierwasser«, wiederholte der Mann verblüfft, »so. Aber die Sorte kennen Sie nicht?«

Sie zauderte, wusste nicht, was sie antworten sollte. »Sie glauben mir nicht, wie?«

Der bärtige Polizist zuckte mit der Schulter. »Wie viel haben Sie getrunken?«

Michaela König schüttelte den Kopf. »Ich habe getrunken, richtig. Eine Menge sogar. Fünf oder sechs Trollinger, weil meine Freundin so lange nicht kam. Aber ich bin noch bei vollem Bewusstsein und ich war das auch, als wir von den beiden Männern überfallen wurden.« Sie schwieg, spürte, dass ihre Glieder immer mehr schlackerten.

»Als meine Freundin spät, kurz vor Mitternacht, in dem Lokal auftauchte, war sie völlig aufgelöst und redete nur davon, dass sie bedroht und verfolgt würde. Keine Stunde später der Überfall. Ist das so schwer zu verstehen?«

Sie schrie fast.

Der Beamte am Schreibtisch griff in eine Schublade, zog etwas vor, kam dann auf sie zu und reichte ihr einen kleinen Apparat. »Hier, blasen Sie erst mal.«

»Wie bitte?« Sie trat einen Schritt zurück, schaute ihn ungläubig an. »Sie glauben tatsächlich, ich erzähle Märchen, wie? Warum überprüfen Sie nicht, ob eines ihrer Fahrzeuge gestohlen wurde? Vielleicht ...«

Das Telefon läutete, brachte sie vollends aus der Fassung.

»Uns fehlt weder ein Dienstwagen noch kamen uns zwei Kollegen oder ihre Uniformen abhanden, junge Frau. Wir sitzen hier in der Zentrale. Wenn irgendwo etwas passiert, erfahren wir es zuerst. Die Welt ist schlimm und die Menschen sind schlecht. Aber hier in Tübingen überfallen Polizisten nicht unschuldige Bürger und fahren sie dann über den Haufen. Dafür tauchen alle paar Tage und Nächte irgendwelche depperten Studenten der wunderbaren Universität hier auf und erzählen uns Märchen von Hinz und Kunz. Hinterher prahlen sie dann bei ihresgleichen, wie viele Bullen sie wieder verarscht haben. Deshalb hams uns zwoa Idioten letztes Jahr von Ludwigsburg hierher versetzt, damit wir uns mit dene Idioten rumplagen dürfen. Stimmts, Retterle?«

Er schaute zu seinem Kollegen, dann wieder zu Michaela König. »Hier, zeigen Sie erst mal ihre Promille, dann bekommen's von uns einen ruhigen Platz, wo Sie sich ausschlafen können und anschließend reden wir vernünftig weiter.«

Der Beamte hielt immer noch den kleinen Apparat in der Hand, starrte zu seinem Kollegen, der am Telefon heftig mit einem Anrufer diskutierte.

»Wo haben Sie die gesehen?«, rief der Mann. »Im Puff oder wo?« Er schüttelte heftig den Kopf, winkte den anderen zu sich her. »Melden Sie sich bei der Bahnhofsmission«, unterbrach er seinen telefonischen Gesprächspartner, »und fragen Sie dort, ob die noch was zum Anziehen übrig haben für ihre perversen Brüder.« Er donnerte den Hörer auf den Apparat, schlug mit seiner Linken auf den Schreibtisch. »Da beschwert sich ein Idiot darüber, dass wieder irgendwelche Verrückten nackt durch die Fußgängerzone rennen. Nachts um halb Drei. Weil wir sonst keine Sorgen haben. Aber ich darf jetzt wieder ein Protokoll darüber aufsetzen, dass uns diese nackten Affen gemeldet wurden.«

Er hockte sich auf den Drehstuhl, zog einen Bogen Papier

zu sich her. »Überfall? Was soll das?« Er deutete auf das Protokoll. »Wer hat das gemeldet?«

Sein Kollege legte den Apparat auf den Tisch, lief zu ihm hin. »Irgendein Idiot, vor einer halben Stunde etwa. Ich schickte Manfred und Jörg hin, war eine Ente. Die Leute lagen im Bett, hatten keine Ahnung von Tuten und Blasen. Beschwerten sich natürlich über die nächtliche Ruhestörung durch die aufdringliche Polizei. Drecksbande, elende!«

»Schleifmühlenweg 12?«

Der andere Beamte nickte. »Gaben die jedenfalls an.«

»War da nicht gestern Nacht schon mal ein Anruf, ebenfalls wegen derselben Adresse?«

Sie kramten in einem Berg Papiere, suchten nach den Ereignissen der letzten Nacht.

Michaela König überlegte nicht lange. Ihre Alkoholprobe konnten sie sich sparen. Sie hatte keine Lust, noch länger mit den Männern zu streiten.

Sie schlich leise, auf Zehenspitzen aus dem Raum, drückte sich über den Flur. Die Eingangstür quietschte. Nicht umdrehen. Einfach weitergehen.

Sie stieg die Stufen hinunter, folgte der Straße nach rechts. Die Lampen warfen schwache Lichtkegel. Autos parkten, reflektierten mit ihren Scheiben die Straßenbeleuchtung.

Sie hielt das Gesicht gesenkt, um sich vor unverhofften Blicken zu schützen, schielte sorgsam nach allen Seiten. Kein Mensch war zu sehen. Irgendwo, in einer Nebenstraße, brummte ein Motor, verschwand dann in eine andere Richtung.

Sie war vollkommen erschöpft und todmüde, matt und schwach, wollte nur noch ins Bett. Ihre Wohnung lag jenseits des Neckars auf der Anhöhe über der Stadt. Sie musste sich ausruhen, schlafen, von dem Wahnsinn erholen, den sie gerade erlebt hatte und dann bei Tag, mit klarem Kopf wieder bei der Polizei melden, um genau zu erklären, was in Bebenhausen geschehen war.

Plötzlich heulte hinter ihr ein Motor auf, Reifen quietschten. Erschrocken sprang sie in den nächsten Hauseingang, drückte sich in den Schatten des Vordachs. Das Fahrzeug raste geradewegs auf sie zu.

10. Kapitel

Hast du es gesehen?« Ihre Stimme klang gereizt, kündete von ihren Aggressionen.

Steffen Braig stöhnte laut auf. »Mama, weißt du, wie spät es ist?«

»Ob du es gesehen hast?«

Er warf sich in den Sessel, der nahe beim Telefon stand, lehnte den Kopf zurück. »Wovon sprichst du?«

»Das fragst du noch?« Ihre Worte waren ein einziger Vorwurf.

»Wir haben zwei neue Morde. Zwei«, konterte er.

»Zwei?« Ihr schrilles Lachen schmerzte in seinen Ohren. »Was sind schon zwei gegen viele Tausend? Warum schaust du es dir nicht an?«

Er versuchte, ruhig zu bleiben, seine Wut zurückzuhalten. Sie war seine Mutter, hatte viele Jahre ihre Kraft und Gesundheit geopfert, ihn aufzuziehen. Er musste ihr zuhören. Sie hatte ihm sein Leben geschenkt, ihm trotz aller widrigen Umstände hier, in dem ihr fremden Land eine glückliche Kindheit beschert und mit mühsamer Schufterei eine hochwertige Ausbildung finanziert. Er war es ihr schuldig zuzuhören und einen Teil ihres Frustes und ihrer Ängste auf sich zu nehmen, auch wenn es ihm schwer fiel.

»Was meinst du?«, fragte er bemüht freundlich.

»Deine Freunde haben das Land, in dem du geboren bist, verseucht. Mit Atom. Fast genauso wie damals in Japan.«

»Mama, bitte, fang doch nicht wieder damit an, jetzt, so spät ...«

»Sie haben es im Fernsehen gezeigt. Ganz genau!«

Er wusste, worauf sie hinauswollte. Seit Wochen war es ihr neues Thema.

Die NATO hatte bei ihren Angriffen auf Jugoslawien vor wenigen Jahren Munition verschossen, deren harter Kern aus abgereichertem Uran bestand, eine Spezialwaffe zur Bekämpfung von Panzern. Der Urankern, so lautete die Erklärung der Militärs, durchdringe den Panzerstahl, zerstäube anschließend und entzünde sich, worauf der Innenraum des getroffenen Panzers sofort verbrenne.

Die Boulevard-Medien hatten nach dem Bekanntwerden des Einsatzes dieser Munition mit großen Schlagzeilen eine atomare Verseuchung des Kosovo, ja ganz Jugoslawiens annonciert, was von den Nationalisten des Balkan-Staates dankbar als neues Propaganda-Argument gegen den Westen aufgegriffen worden war. Braig wusste, dass sich diese Berichte inzwischen als unhaltbare Gräuelmärchen herausgestellt hatten. So sehr er das Vorgehen der NATO gegen das Land kritisierte, verabscheute er es dennoch, mit offensichtlich falschen Behauptungen in eine neue Propagandaschlacht einzutreten.

Seriöse Wissenschaftler, auch solche, die sich aktiv gegen Atomwaffen engagierten, hatten den Vorwurf einer atomaren Verseuchung Jugoslawiens und des Kosovo als indiskutablen Unsinn abgetan. Allein die Besatzung der Panzer war, ihren Ermittlungen zufolge, einer drastischen Strahlenbelastung unterworfen, nach dem Brand des Kriegsfahrzeugs hatte sich das Pulver jedoch soweit verteilt, dass es nach Berechnungen unabhängiger Studien radiologisch keine Rolle mehr spielte. Braig hatte gelesen, dass sich viele Wissenschaftler über die marktschreierische Darstellung der Gefahren der Uranmunition empörten, lenke dieses Geschwätz doch von den real existierenden und wirklich katastrophalen Folgen des Krieges im Kosovo ab: Der weitgehenden Verminung ganzer Landstriche.

Auch wenn sich seine Mutter noch so sehr aufregte, war er deshalb nicht bereit, ihrer Kritik zuzustimmen.

»Wie geht es deinen Beinen?«, fragte er, um sie auf andere Gedanken zu bringen. Durchblutungsstörungen und rheumatisch bedingte Schmerzen machten ihr immer mehr zu schaffen.

»Du brauchst nicht abzulenken!« schimpfte sie. »Sonst kümmert dich meine Gesundheit doch auch nicht.«

»Du weißt, dass das nicht stimmt.«

»Nicht stimmt?« Ihre Stimme drohte sich zu überschlagen. »Wenn ich heute sterbe, wird mein eigener Sohn es vierzehn Tage lang nicht merken. Du hast doch überhaupt kein

Interesse an deiner Mutter!«

»War es das, was du mir sagen wolltest«, brummte er müde, mit schmerzendem Schädel, »zehn Minuten vor Mitternacht?«

»Eines Tages wirst du daran denken! Wenn ich tot in der Wohnung liege und du dich dann fragst, warum du deine eigene Mutter vergessen hast. Wer weiß, ob es noch lange dauert, bis es so weit ...« Sie setzte zu einer neuen Tirade an, ließ ihrem Frust in einer Schimpfkanonade freien Lauf.

Braig war nicht bereit, sich ihren Vorwürfen noch länger zu unterwerfen, donnerte den Telefonhörer auf den Apparat. Sollte sie sich ein anderes Opfer suchen, ihre aufgeputschten Emotionen zu beruhigen, er war zu erschöpft, sich über Mitternacht hinaus dafür zur Verfügung zu stellen.

Einige Monate lang war es besser gegangen, hatte sie sich beruhigt und ihre ewigen, von Einsamkeit und Langeweile geschürten Vorwürfe vergessen, freilich nicht ohne ihn auf andere Art zu beunruhigen: War sie doch in Kreise geraten, die – ekstatisch, voll religiösen Wahnes – Wochenende für Wochenende zu angeblichen Erscheinungen Marias, der Mutter Gottes, nach Marpingen, einem kleinen Dorf im Saarland, pilgerten, um dort die neusten Anweisungen der Heiligen in Empfang zu nehmen. Braig erinnerte sich voller Widerwillen an das abgestandene Wunderwasser, das sie ihm von dort zum Trinken mitgebracht hatte, um auch ihrem Sohn den Schutz der Muttergottes persönlich zukommen zu lassen. In einem günstigen Moment hatte er es weggeschüttet, ohne dass sie es bemerkte und ihr seine Dankbarkeit für ihre Fürsorge vorgegaukelt.

Er lief in die Toilette, putzte seine Zähne und legte sich ins Bett, als das Telefon erneut läutete. Diesmal gab er ihr oder wer immer am anderen Ende steckte, nicht nach. Zehn Minuten später hatte er die Sorgen des Tages vergessen.

11. Kapitel

Sie hatten ganze Arbeit geleistet. Der Bildschirm des Computers war zertrümmert, die Tastatur wie der Drucker vom Schreibtisch gestoßen und auf dem Boden mit Wasser übergossen worden. Zerbrochene CDs und Disketten schwammen in Lachen auf dem Parkett, zerfetzte Bücher und verschmierte Manuskript-Blätter daneben. Dem Benjamini fehlten fast sämtliche Blätter, die alte, fast mannshohe Palme ragte entwurzelt aus einer geöffneten Schreibtischschublade. Die Erde der Pflanzen bedeckte Teile des Schreibtischs, der Bücherwand und des Bodens. Zwischen den Schubladen steckte kopfüber der CD-Player, die Anschlüsse zu einem wirren Kabelsalat verknäuelt. Umgestürzte, durch die Luft geschleuderte Aktenordner mit und ohne Inhalt bedeckten große Teile des Raumes. Das ganze Zimmer glich einer großen, ungeordneten Müllkippe.

Michaela König wagte es nicht, einen Schritt in das Chaos zu tun, lehnte mit vor Schrecken verzogenem Gesicht, völlig verwirrt am Türpfosten. Es war *saubere*, wohlüberlegte Arbeit. Weder im Treppenhaus noch an der Eingangstür hatte sie irgendeine Spur der Eindringlinge bemerkt, kein Fleck, kein zur Seite gestoßener Gegenstand, keine Zerstörung.

Nur in ihrem Arbeitszimmer hatten sie gewütet wie die Vandalen. Hier, wo ihre empfindlichste Stelle lag, der Ort, wo man sie entscheidend treffen konnte, weil ihre berufliche Arbeit, ihr Fortkommen, ihre Karriere weitgehend von ihren Aufzeichnungen abhing. Sie kannten sie, wussten genau über sie Bescheid.

Ihre Hände zitterten, ihre Ohren sausten. Angst, nichts als Angst. Hatten die Verfolger Verena Litsches es jetzt tatsächlich auch auf sie abgesehen?

Sie klammerte sich an den kalten Türpfosten, ließ ihren Tränen freien Lauf. Eine halbe Stunde lang war sie auf Nebenwegen durch die Stadt geirrt, hatte sich von Hauswand zu Hauswand geschleppt, um sich vor jeder Begegnung mit Autos und Menschen zu schützen, nur den einen Wunsch im Sinn, sich ins Bett legen und ihrem tiefen Schlafbedürfnis nachgeben zu können. Hätten die Eindringlinge die Tür zu ihrem Arbeitszimmer nicht weit geöffnet, sodass sie die Spuren ihrer Zerstörung schon vom Flur her erkennen musste, sie wäre sofort vor Erschöpfung ins Bett gesunken. Jetzt aber ...

Sie wusste nicht, was tun. Ruhig bleiben und schlafen? Oder die Wohnung verlassen und irgendwo Zuflucht suchen, der Polizei den Einbruch und die Morde melden?

Das Telefon läutete, laut und schrill. Das Telefon. Jetzt, mitten in der Nacht. Das Telefon?

Sie zuckte zusammen, rieb sich verwundert die Augen, schielte auf ihre Uhr. Zwanzig nach Drei. Frühmorgens. Telefon, jetzt?

Es läutete zum dritten, zum vierten Mal.

Instinktiv, ohne lange zu überlegen, nahm sie ab. Vielleicht war alles, was sie seit gestern Abend erlebt hatte, ein seltsamer, böser Traum. Das Telefon konnte Aufklärung bringen, sie in die Realität zurückholen.

Sie hielt den Hörer in der Hand, vernahm das Geräusch im Hintergrund. Klassische Musik. Wagner, Tannhäuser, die Ouvertüre. Tatata, tatata. Noch bevor der Mann das erste Wort äußerte, überkam sie panikartige Angst. Warum nur hatte sie auf das Läuten reagiert?

»So, schon zuhause?«, sagte die Stimme.

Sie kannte den Mann nicht, hatte ihn noch nie gehört. Ihr Stimmengedächtnis war fotographisch gut, nichts an seinem Tonfall war ihr geläufig. Er hatte nichts Gutes im Sinn, von Anfang an klang ein spöttisch-drohender Unterton mit. Sie gab keine Antwort.

»Sie werden hoffentlich gut nach Hause gekommen sein.«

Ihre Hand zitterte, der Hörer drohte ihr zu entfallen. »Was wollen Sie?«

Sie erschrak über ihre eigene Stimme, hatte Mühe, die Worte herauszupressen. Ihre Angst war nicht zu überhören.

»Oho, wir machen auf Dummchen, wie? Nichts wissen, nichts hören, nichts sehen.«

Er schwieg für fünf, sechs Sekunden, ließ Tannhäuser den Vortritt. Seine Drohung traf sie ohne jede Vorwarnung.

»Wir wollen das Material«, erklärte er, »Sie wissen, wo es

ist. Sie haben zwei Stunden. Geben Sie es nicht freiwillig her, geschieht mit Ihnen dasselbe wie mit Ihrer Freundin, dem Journalisten und dem Taxifahrer. Zwei Stunden. Unsere Leute sind schon vor Ihrem Haus. Sie haben keine Chance.«

Sie wusste nicht, was sie antworten sollte, schwieg. Tannhäusers Ouvertüre donnerte ihrem Höhepunkt entgegen.

»Und machen Sie keine Dummheiten. Nichts mit Polizei und so. Das wäre tödlich. Sie haben genau zwei Stunden Zeit, uns das Material auszuhändigen. Dann werden die Beamten sowieso bei Ihnen auftauchen.«

»Die Beamten?« Ihre Stimme drohte endgültig zu versagen.

»Wegen Ihres Mordes an Frau Litsche.«

»Wie bitte?« Sie schluckte, schnappte nach Luft.

»Sie haben Frau Litsche getötet«, erklärte der Mann mit eiskalter Stimme.

»Ich?«

»Wir werden der Polizei die Beweise in genau zwei Stunden vorlegen. Oder besser: Die Beamten darauf stoßen lassen. Sie haben Frau Litsche heute Nacht mit Ihrem Auto überfahren. Die Spuren an Ihrem Wagen sind eindeutig.«

Sie wusste nicht mehr, ob sie dem Wahn verfallen war oder die Worte wirklich hörte. »Mein Auto?«

»VW Polo. Rote Farbe.« Er nannte das Kennzeichen.

Sie nickte, bestätigte sich selber seine Angaben.

»In zwei Stunden wird die Polizei das Fahrzeug finden. Frau Litsches Leiche davor. Ihr Blut an Ihrem Wagen. Sie haben keine Chance, verstehen Sie?«

»Aber er steht«, sie stotterte erbärmlich, »er steht vor dem Haus.«

»So?« Der Mann lachte laut, übertönte Tannhäuser.

»Dann sehen Sie mal nach!«

»Wie?«

»Sehen Sie nach! Los!« brüllte er.

Sie ließ den Telefonhörer auf die Tischplatte fallen, erschrak über das laute Geräusch, das der Aufprall verursachte, rannte durch ihr Arbeitszimmer Richtung Fenster, rutschte aus, fiel auf den Boden. Ihr Kopf knallte gegen das Gehäuse des Druckers, der inmitten all des Durcheinanders lag. Ein höllischer Schmerz nahm ihr vollends das Bewusstsein. Sekunden später kam sie wieder zu sich, rappelte sich mühsam auf, kämpfte sich zum Fenster.

Die beiden Männer in dem dunklen Wagen schienen zu schlafen. Er stand genau an der Stelle, wo sie ihren Polo geparkt hatte.

»Was ist los?«, geiferte die Stimme aus dem Telefon.

Sie suchte die Straße mit den Augen ab, spürte die Tränen über ihre Wangen fließen. Der Mann hatte Recht, vollkommen. Ihr Auto war spurlos verschwunden. Sie hatte keine Chance.

»Glauben Sie mir jetzt?«, brüllte er, als sie sich wieder meldete.

Sie war nicht fähig zu antworten.

»Das Material. Sie haben zwei Stunden. Machen Sie keine Dummheiten.«

Plötzlich war Tannhäuser verstummt, die Stimme weg. Sie starrte ungläubig auf den Hörer, ließ ihn fallen. Er schlug laut auf den Apparat auf.

Sie hatte Angst, nur noch Angst. Ihre Knie gaben zuerst nach, dann ihre Beine. Sie rutschte der Wand entlang auf den Boden, blieb erschöpft sitzen, dämmerte ein.

Der helle Mercedes stand wenige Meter von ihr entfernt. Seine Scheinwerfer tauchten die Menschen vor ihm in gleißendes Licht. Sie sah zwei Männer und eine Frau, hörte ihre Stimmen.

»Ausweis«, erklärte der Große, Kräftige, »zeigen Sie den Ausweis.«

Er hatte einen mächtigen Bart, trug eine grüne Uniform, stand fordernd vor den beiden anderen. Sein Gesicht wirkte drohend. Die Frau vor ihm protestierte. Sie schien Mitte Vierzig, hatte einen dünnen, fast schmächtigen Körper. Neben dem muskulösen Hünen wirkte sie wie eine wehrlose, zerbrechliche Puppe.

»Ihren Ausweis«, wiederholte der Mann.

Die Frau schien aufgeregt, schüttelte den Kopf.

Michaela König betrachtete sie genauer, merkte, dass sie sie schon einmal gesehen hatte.

»Schon wieder ein Attentat?«, rief die Frau mit angsterfüllter Stimme, »warum halten sie uns hier fest?«

Plötzlich fiel es Michaela König wie Schuppen von den Augen. Die Frau, die hier abgemagert und zerfressen von Furcht und Sorgen vor ihr auf der Straße stand, war ihre Freundin Verena Litsche. Sie wollte schreien und sie warnen, aber es war schon zu spät. Der helle Mercedes mit seinen gleißenden Scheinwerfern raste los, geradewegs auf die beiden Menschen zu, warf sie auf den Boden und überrollte sie. Ein schriller markerschütternder Schrei hing in der Luft und der stechend-intensive Geruch eines herben Rasierwassers waberte ihr in die Nase. Sie wollte aufspringen und Verena Litsche vor den heranrasenden Rädern des Fahrzeugs in Sicherheit bringen, als sie selbst zurückgeworfen wurde und mit dem Kopf gegen einen harten Gegenstand prallte. Sie spürte die Schmerzen in ihrem Schädel, hörte das Läuten des Telefons.

Erschrocken schlug sie die Augen auf, fasste sich an den Hinterkopf. Die Schmerzen in ihr brannten wie ein mächtiges Feuer. Sie sah ihr zerstörtes Arbeitszimmer vor sich, fühlte die Tür in ihrem Rücken. Das hartnäckige Läuten des Telefons entriss sie vollends ihrem schlimmen Traum.

»Noch dreißig Minuten«, erklärte die böse Stimme, als sie den Hörer in der Hand hielt, begleitet von wagnerianisch schweren Klängen, »ich hoffe, Sie haben das Material bereitgelegt?«

Die Angst breitete sich wieder in ihr aus, wanderte durch den ganzen Körper. Ihr Hals war zugeschnürt, der Mund ausgetrocknet. Sie brachte keinen Ton über die Lippen.

»Oder etwa nicht?«

Der drohende Unterton ließ die Panik in ihr wachsen. Noch dreißig Minuten?

»Sie wissen doch, was Ihrer Freundin passiert ist. Ruckzuck, vorbei. Wollen Sie, dass wir mit Ihnen dasselbe tun?«

Sie schrie leise auf, hörte das Lachen des Mannes.

»Na also, dann sind wir uns einig. Sie übergeben uns das Material. Und keine Tricks dabei! Vergessen Sie nicht, in wenigen Minuten wird die Polizei erfahren, dass Frau Litsche von Ihrem Auto überfahren wurde. Sie haben keine Chance.«

Sie sah das startende Taxi, die Körper ihrer Freundin und des Taxifahrers, hörte den schrillen markerschütternden Schrei. Tränen liefen ihr über die Wangen, Tränen der Verzweiflung, Tränen der Angst.

Plötzlich kam die Wut in ihr hoch, eine irrsinnige unbändige Wut.

»Das Material«, erklärte der Mann, »können wir es abholen?«

Sie wusste nicht, um was es ging, wusste nicht, wer die Verbrecher waren. Sie hatte keine Ahnung, womit Verena Litsche sich in den letzten Monaten so intensiv beschäftigt hatte. Sie wusste nur, dass sie sich jetzt zusammenreißen und die Angst, diese schreckliche, alles erdrückende Angst beiseiteschieben musste, wenn sie den Hauch einer Chance bewahren wollte, nicht auch noch Opfer dieser kriminellen Bande zu werden. Trauer, Schock, Verzweiflung, alles zu seiner Zeit, nur nicht jetzt. Nicht jetzt, in dieser Minute.

Für den Bruchteil einer Sekunde kamen die Erinnerungen an schlimme Momente in ihrer kurzen Internatszeit in ihr hoch, in denen Mitschülerinnen wie eine verschworene Meute über sie hergefallen waren und sie in einem Alptraum aus Angst und Verzweiflung zu ersticken drohten. Irrsinniger bestialischer Hass über die Brutalität ihrer Peinigerinnen hatte sie jedes Mal aus der scheinbar unentrinnbaren Zwangslage befreit, ein Hass, der irgendwo in ihr verborgen ruhte und nur in Situationen höchster Bedrohung zum Ausbruch kam.

Sie wischte sich mit dem Handrücken übers Gesicht, versuchte, sich auf den Mann am Telefon zu konzentrieren.

»Sind wir uns einig?«, übertönte er Wagners Donnerhall.

»Also, was ist los?«

Sie holte tief Luft, hustete sich den Angstkloß aus dem Hals. »In zwanzig Minuten, okay?«, hörte sie ihre eigene Stimme, zittrig noch und verkrampft, aber weitaus sicherer als ihr selbst zumute war. Sie musste die Angst besiegen, es war ihre einzige Chance.

»Keine Sekunde später«, bestätigte der Mann, »unsere Leute stehen vor der Tür.«

Sie legte das Telefon auf seinen Platz, erhob sich schwerfällig, löschte das Licht. Der neue Tag machte sich immer deutlicher bemerkbar.

Michaela König lief auf Zehenspitzen in ihr Schlafzimmer, spähte nach draußen. Ihr Auto war immer noch verschwunden, an seiner Stelle parkte der dunkle BMW mit den beiden Männern, den sie vor wenigen Stunden bereits bemerkt hatte.

Sie waren wach, starrten in die Richtung ihres Arbeitszimmers. Ob sie trotz der Drohungen des Verbrechers bei der Polizei anrufen und um Hilfe bitten sollte?

Sie überlegte nicht lange, entschied sich impulsiv dagegen. Was sollte ein Anruf bringen, wenn wieder die beiden Idioten von vorhin am Apparat waren? Plötzlich fiel ihr ein, wie sie unbeobachtet verschwinden und wo sie Zuflucht finden könnte.

Sie bewegte sich vorsichtig vom Fenster weg, riss sich die verschwitzten Kleider vom Leib, duschte sich im Bad den Angstschweiß weg.

Innerhalb weniger Minuten war sie frisch angezogen. Schwarze Jeans, ein graues unauffälliges Sweat-Shirt, dunkelbraune Lederjacke, stabile Sportschuhe. Ihre Schlüssel, Ausweise, das Verzeichnis ihrer Guthaben bei der Bank, Scheckkarte, Adressenliste, das gesamte Bargeld, das sie vorrätig hatte, alles in einem Gürtelsafe verstaut, den sie direkt auf dem Leib trug. Ein zweites Sortiment aus Kleidung und Schuhen, eine Flasche Wasser, Schreibzeug und Papier in ihrem kleinen Rucksack. Sie wunderte sich selbst, woher sie die Kraft nahm, alles so genau zu durchdenken.

Auf der Straße ertönte ein Motor, dann ein startendes Fahrzeug. Sie musste sich beeilen. Michaela König nahm den Rucksack in die Hand, sah sich ein letztes Mal um. Das Chaos im Arbeitszimmer trieb ihr erneut die Tränen in die Augen.

Sie schüttelte den Kopf, wischte sich mit der Hand übers Gesicht. Das Dachfenster in der Toilette auf der rückwärtigen Seite des Hauses war ihre einzige Chance. Es ließ sich etwa dreißig Zentimeter weit öffnen, bot ihr die Möglichkeit, wie eine Schlange aufs schräge Dach zu kriechen.

Sie zog den Rucksack hinter sich her, schnallte ihn draußen auf den Rücken, schob das Fenster, soweit es ging, wieder zu. Die Sonne wartete noch hinter dem Horizont, allzu lange würde es nicht mehr dauern und die ersten Strahlen beleuchteten das Dach. Dank seiner weit überstehenden Fläche war es vom Garten her nicht einzusehen.

Sie robbte auf allen Vieren über die von Wind und Wetter gezeichneten schmutzig grau überzogenen Ziegel, überquerte das Nachbarhaus, das ohne Übergang unmittelbar angebaut war. Probleme konnte nur der Abstieg bringen.

Sie erinnerte sich noch gut an jene Nacht vor wenigen Jahren, als sie nach ausgiebiger Kneipentour mit einem neuen Freund ihren Schlüssel nicht auftreiben konnte und sie auf die Idee verfallen waren, über die Balkonbrüstungen der Rückseite des Nachbarhauses in ihre Wohnung zu gelangen. In der Euphorie der freudvollen Erwartungen einer gemeinsamen Nacht hatte die Exkursion auf Anhieb geklappt, zumal alle Nachbarn längst zu Bett gegangen und ihr Dachfenster wie üblich einen Spalt breit geöffnet gewesen war.

Jetzt aber, von oben, sah der zu bewältigende Abstieg weitaus unangenehmer aus. Sie ließ sich vorsichtig die flache Dachschräge herab, baumelte mit den Beinen über dem Abgrund, suchte mit den Füßen krampfhaft nach Halt.

Irgendwo in den Wohnungen unter ihr rauschte die Toilettenspülung. Sie musste darauf achten, keinem der Nachbarn zu begegnen, um lautstarke Diskussionen zu vermeiden.

Als ihre Füße endlich auf der Balkonbrüstung aufkamen, lief ihr der Schweiß über den ganzen Körper. Sie hangelte sich vorsichtig die Hauswand hinab, spähte nach unten. Nichts war zu hören und zu sehen, die Bewohner schienen noch zu schlafen. Vorsichtig bewältigte sie Stockwerk um Stockwerk, sprang dann vom untersten Balkon in den Garten, drückte sich an die Wand.

Die Straße vorne verlief an dieser Stelle in einer leichten Krümmung, sodass sie gefahrlos, ohne die Befürchtung, von den Männern in dem dunklen BMW gesehen zu werden, aus der Hofeinfahrt auf den Gehweg treten konnte.

Alles lag im sanften Schlummer, friedlich und ohne Lärm. Vögel zwitscherten, die Blätter der Bäume bewegten sich im kühlen Wind.

Michaela König schlich die Straße entlang, schaute sich sorgsam nach allen Seiten um. Von vorne näherte sich langsam ein Fahrzeug. Sie spürte ihr Herz klopfen, fühlte die Angst. Es hatte keinen Sinn, die Straßen waren noch zu leer. Eine einzelne Person um diese Zeit würde auffallen, ganz gleich, wie sie sich bewegte.

Sie sprang mehrere Meter zurück, warf sich hinter eine

große Mülltonne, wartete, bis das Auto vorbei war. Es dauerte Minuten, bis sie sich wieder beruhigt hatte. Sie musste zum Bahnhof, dann raus aus der Stadt. Ihr Ziel lag ihr klar vor Augen, sie würden nie darauf kommen.

Der *Alte Botanische Garten* war ihre Rettung. Sie flüchtete sich hinter einen der Büsche, lehnte sich an einen Stamm, hörte das nicht weit entfernte Plätschern der Ammer, döste vor sich hin. Langsam belebte sich der Verkehr auf der nahen Wilhelmstraße, Motoren heulten auf, Fahrzeuge lärmten vorbei, die ersten Passanten eilten durch die Grünanlage.

Michaela König schrak auf, als sie die Schritte hörte. Der große, schon frühlingshaft luftig gekleidete Mann querte den Park keine fünf Meter von ihr entfernt. Sie fuhr sich mit der Rechten übers Gesicht, folgte ihm mit ihrem Blick. Er trug eine dünne Aktentasche in der Hand, verschwand Richtung Hölderlindenkmal.

Sie quälte sich mühsam hoch, zog ihre Hose zurecht. Die Sonne sandte jetzt zaghaft die ersten warmen Strahlen des Frühlingstages. Vögel zwitscherten, aromatischer Duft von Pflanzen lag in der Luft.

Sie atmete tief durch, schaute sich sorgsam um. Der Mann war nicht mehr zu sehen, eine junge Frau auf einem Mountainbike näherte sich von der anderen Seite. Sie ließ die Radfahrerin passieren, folgte dann dem Weg zum Ausgang.

Auf der Wilhelmstraße herrschte dichter Verkehr. Michaela König mischte sich in den Strom der Fußgänger, richtete den Blick auf den Boden. Zehn Minuten später hatte sie den Hauptbahnhof erreicht.

Die kleine Halle war voller Menschen. Berufstätige, Studenten, einige wenige Touristen. Sie sah die Schlange im Reisezentrum vor dem Fahrkartenschalter, suchte einen Automaten. Den Code für *Stuttgart* hatte sie schnell gefunden. Sie zog ihren Geldbeutel vor, steckte einen Schein in den Schlitz. Der Automat sog das Papier in sich auf, druckte die Fahrkarte, gab sie mitsamt dem Wechselgeld frei.

Sie schaute auf die Uhr, verglich sie mit dem Fahrplan. Bis zur Abfahrt des nächsten Zuges blieben noch acht Minuten. Sie atmete erleichtert auf, mischte sich in die Gruppe der

Reisenden, die zum Bahnsteig strömten.

Draußen fand sich die für den Tübinger Bahnhof übliche Menschenansammlung. Reisende mit Aktenmappen, kleinen Koffern, Rucksäcken, eine Gruppe von Jugendlichen, in intensive Diskussionen vertieft, lärmend, hüpfend, tanzend.

Die Lautsprecher kündigten die Ankunft des Regionalexpress aus Stuttgart an, wiesen auf die sofortige Rückfahrt des Zuges hin. Bewegung kam in die Menschenmenge, Abschiedsszenen, Suche nach den Gepäckstücken, aufgeregtes Starren nach dem einfahrenden Zug.

Michaela König entdeckte den Mann, als der erste Wagen die Ausläufer des Bahnsteigs erreicht hatte. Er stand breitbeinig an der Wand des Bahnhofsgebäudes, musterte mit starrem Blick die Reisenden.

Sie erkannte ihn sofort, auch ohne die Polizeiuniform von heute Nacht. Sein großer schwarzer Bart, der massige kräftige Körper. Er war es, ohne jeden Zweifel. Keine dreißig Meter von ihr entfernt.

Das Entsetzen begann in den Knien, setzte sich die Oberschenkel hoch fort, fraß sich in ihren ganzen Leib. Der Mann stand leicht erhöht auf einer Ansammlung von Steinen und suchte den Bahnsteig mit seinen Augen ab – nach ihr. Michaela König spürte, wie ihre Beine zu versagen drohten, fühlte, wie ihr Magen revoltierte. Sie waren in die Wohnung eingedrungen, nachdem sie auf ihre Forderung nicht reagiert hatte und jetzt überwachten sie den Bahnhof, das einzige Tor, durch das sie ihnen entkommen konnte.

Der Zug fuhr ein, die Menge setzte sich in Bewegung. Sie wusste nicht, was tun. Einsteigen, mit dem Risiko, von dem Bärtigen entdeckt, verfolgt, vielleicht gar getötet zu werden? Oder stehenbleiben und dadurch erst recht auffallen, weil sie sich so von der Gruppe der dem Zug entgegeneilenden Leute isolierte?

Sie überlegte nicht länger, reihte sich in die reisewillige Menge ein. Der Zug hielt, die Türen wurden geöffnet, mit Aktentaschen und Koffern bepackte Frauen und Männer stiegen aus.

Plötzlich hatte sie den herb-stechenden Geruch in der

Nase. Erschrocken drehte sie sich um, sah den Mann keine fünf Meter von sich entfernt. Er starrte ihr voll ins Gesicht. Panik erfasste sie, von den Zehen bis zur Stirn. Er war es, ohne Zweifel. Obwohl sie heute Nacht nur einen Teil seines Gesichts gesehen hatte, die Haare und die Stirn unter der Mütze verborgen, erkannte sie ihn sofort wieder. Die Augen, klein, schmal, leicht in die Breite gezogen, unnahbar, kalt. Struppige Koteletten auf den Backen. Der angebliche Polizeibeamte mit dem deutlich fremdländischen Akzent, der das Steuer des Mercedes übernommen und Verena Litsche und den Taxifahrer kaltblütig überfahren hatte. Der Mann gaffte sie immer noch an, offenbar genauso überrascht wie sie selbst, unfähig zu reagieren. Menschen, beladen mit Reisegepäck, drückten sich an ihnen vorbei. Ein Schwall seines Rasierwassers ließ das Bild des schrecklichen Geschehens neu entstehen, raubte ihr fast die Besinnung.

Michaela König reagierte impulsiv, ohne jede Überlegung. Die vornehme ältere Dame, die mit einer leichten Sommerjacke und einem langen hellen Rock bekleidet aus dem Zug auf sie zukam, war kaum über Sechzig. Sie kämpfte sich durch die Menschenmenge, strebte dem Bahnhofsgebäude zu.

Michaela König handelte blitzschnell. »Ich bitte um Entschuldigung«, stammelte sie, packte die Frau an der Schulter und schob sie zwei, drei Schritte zur Seite, direkt auf den Mann zu. Die Frau wusste nicht, wie ihr geschah, riss die Augen weit auf, starrte Michaela König an.

»Verzeihung, bitte, Verzeihung«, hauchte sie, stieß die Dame dann mit aller Kraft von sich weg. Diese rutschte zur Seite, ruderte mit den Armen nach Halt suchend in der Luft, prallte mit dem Ellbogen voll auf den Leib des Mörders. Ihr Schreien übertönte die Geräusche der Umgebung, zog die Aufmerksamkeit der Leute auf sich.

Michaela König sah das vor Schmerz verzerrte Gesicht des Mannes. Er taumelte, versuchte mühsam, Halt zu finden. Hilfe suchend krallte sich die Frau an ihm fest.

Michaela König spurtete über den Bahnsteig, direkt auf die Eingangstür der Bahnhofshalle zu. Sie boxte sich rücksichtslos durch die Menge, von üblen Beschimpfungen und lauten

Flüchen begleitet. Haken schlagend quer durch die Halle, auf der anderen Seite zum Ausgang, dann direkt zu den Taxis.

Das erste Fahrzeug war belegt, zwei Männer luden Gepäck in den Kofferraum. Michaela König stürzte auf das zweite Auto zu, riss die Tür auf, ließ sich auf den Sitz fallen.

»Zum Kupferbau«, rief sie laut, »bitte, schnell.«

Der Fahrer warf ihr einen kurzen Blick zu, nickte. »Verspätet, wie?«

Sie war zu einer Antwort nicht fähig, starrte zur Seite, dann nach hinten, suchte den Bahnhofsplatz mit ihren Augen ab. Menschen, überall Menschen. Der Taxifahrer hatte Mühe, sein Fahrzeug in Bewegung zu setzen.

»Bitte«, flehte sie, »schnell.«

Er riss das Steuer nach links, hupte kräftig, fuhr im weiten Bogen um seinen Kollegen herum, der immer noch mit Gepäckstücken hantierte. Als er sich endlich in den Verkehr eingereiht hatte, sah sie den Mann vor dem Bahnhofsgebäude auftauchen. Er starrte nach allen Seiten, suchte die Straßen mit seinen Augen ab. Zwei Sekunden später schob sich ein großer Lastwagen zwischen ihn und das Taxi.

12. Kapitel

Die Berliner *tageszeitung* war weder von der Auflage noch von der finanziellen Ausstattung des Verlags her eine der großen Zeitungen des Landes. Ganz im Gegenteil: Über sechzig- bis siebzigtausend verkaufte Exemplare kam das Blatt selten hinaus und die Gewissheit, über kein gesichertes finanzielles Fundament zu verfügen, gehörte zu dem Unternehmen wie die Schienen zur Eisenbahn.

Dennoch handelte es sich bei der *tageszeitung* wohl um eines der bekanntesten Presseorgane Deutschlands. Fast an jedem Kiosk, auch in vielen Intellektuellen-Haushalten war das Blatt zu finden. Bekannt dafür, unabhängig von den Interessen großer Konzerne arbeiten zu können und deshalb auch besonders brenzligen politischen Verstrickungen auf den

Grund zu gehen, entwickelte sich das kleine Verlagshaus innerhalb weniger Jahre zu einem Symbol freien radikaldemokratischen Journalismus.

Die *tageszeitung* war erst 1979 im damaligen West-Berlin gegründet worden. Ins Leben gerufen von Intellektuellen und Studenten, die in den Jahren des RAF-Terrorismus und der darauf einsetzenden Verschärfung vieler Gesetze durch staatliche Organe die Meinungsvielfalt in Gefahr sahen, wurde das Blatt bald zu einem Hort des basisdemokratischen Widerstands gegen den drohenden autoritären Obrigkeitsstaat. Als mit dem Erstarken der Ökologie-Bewegung das rücksichtslose profitorientierte Agieren vieler Industriekonzerne langsam ins Bewusstsein einer kritischer gewordenen Öffentlichkeit geriet, war es oft die *tageszeitung*, die mit akribischem Fleiß und viel Mut heimliche Machenschaften scheinbar allmächtiger Multis offenlegte. Mehr und mehr sahen sich viele Betriebe gezwungen zu reagieren. Der Bekanntheitsgrad des kleinen, aber schlagkräftigen Mediums wuchs. Zwar gelang es dem David selten, einen Goliath zur Strecke zu bringen, wohl aber, ihm einen deutlichen Hieb zu versetzen. Mancher der Giganten zeigte nur Wut, viele aber auch Respekt vor dem *Winzling* aus Berlin.

Dabei waren es oft Eigentore, welche die *tageszeitung* davon abhielten, noch engagierter ins politische Geschehen eingreifen zu können: Ein Dutzend Jahre etwa verzichtete das Blatt auf eine offiziell ernannte und bevollmächtigte Redaktionsspitze, die radikaldemokratische Struktur selber praktizierend, die man in weiten Teilen der Gesellschaft verwirklicht sehen wollte. Erst das immer mühsamere tägliche Austarieren im Kreis der festangestellten Mitarbeiter, welche Themen von wem bearbeitet werden sollten und welcher Stellenwert ihnen zukam, hatte dann die Installation einer Chefredaktion notwendig gemacht, die zur Zeit von Klaudia Kunst geführt wurde.

Nicht weniger mühsam war der jahrelang ausgeübte Brauch der Zeitung, alle Hauptworte mit weiblichen statt männlichen Endungen zu versehen. Galt diese Schreibweise bei vielen AbonnentInnen des Blattes anfangs als revolutionäre, in der deutschen Presse einzigartig emanzipatorische Innovation, verlor sie im Lauf der Zeit bei immer mehr LeserInnen an Faszination, weil sie das Schriftbild und die Lektüre deutlich beeinträchtigte, manchmal auch den Sinn des Inhalts ins Lächerliche Verkehrte. *Könnten ProstituiertInnen ihre KundInnen ohne Zutun von ZuhälterInnen auswählen, wären SozialarbeiterInnen für die StricherInnen geeignetere AnprechpartnerInnen als PolizeibeamtInnen* lautete einer der Spottsätze, mit denen die Praxis der *tageszeitung* kritisiert wurde. Nach über einem Jahrzehnt solch feministisch, emanzipatorischer Sprachkorrektur kehrte das Blatt daher – gegen den heftigen Widerstand einiger RedakteurInnen – zur allgemeinüblichen Ausdrucksweise zurück.

Ein Sachverhalt aber wurde immer deutlicher: Fehlten der aus einer aussichtslosen Position gestarteten Zeitung auch das finanzielle Polster und die für viele Informationen wichtigen Beziehungen zu den Einflussreichen der Republik, so verfügte sie quasi als Ausgleich über das wertvollste Kapital eines Mediums: Mutige Journalisten und Journalistinnen, von denen sich die meisten weniger narzistischer Selbstbespiegelung als vielmehr einem aufklärerischen, demokratischen Ethos verpflichtet fühlten. Keine Frage daher, dass die Aufdeckung der Hintergründe, die zum Tod des Kollegen Nuhr geführt hatten, sich bald zum wichtigsten Anliegen der Mitarbeiter der *tageszeitung* entwickelte.

Steffen Braig hatte sich gerade über den neusten Stand der Untersuchungen informiert, als die Chefredakteurin der Berliner Zeitung, Klaudia Kunst und ihr Mitarbeiter Gerd Nolski kurz nach Neun bei ihm im Landeskriminalamt eintrafen. Sie stellten sich gegenseitig vor, nahmen Braigs Angebot, einen Kaffee zu trinken, sofort an.

Der Kommissar schenkte ein. »Sie hatten eine angenehme Fahrt?«

»Wir nahmen denselben Zug wie Nuhr. Nur vierundzwanzig Stunden später. Makabre Sache, wie?« Klaudia Kunst war eine kleine, energisch wirkende Frau mit kurzen, dunklen Haaren. Sie füllte Milch in ihren Kaffee, rührte ihn um.

Braig holte seinen Schreibtischstuhl, setzte sich zu seinen Besuchern.

»Haben Sie neue Erkenntnisse?«, fragte Klaudia Kunst.

»Wir wissen jetzt, was Ihren Kollegen veranlasste, nach Winnenden zu kommen.«

Am späten Abend, unmittelbar im Anschluss an die Pressekonferenz, hatten sie es erfahren. Ein leitender Redakteur der *Winnender Zeitung* war auf sie zugekommen und hatte Beck ausführlich Rede und Antwort gestanden. Nuhr habe das Treffen mit einer Kontaktperson im Raum Stuttgart, so seine Aussage, zum Anlass genommen, alte Freunde bei der Zeitung zu besuchen, bei der er vor seiner Berliner Zeit jahrelang tätig gewesen war. Sie hatten annähernd zwei Stunden miteinander gesprochen, alte Erinnerungen ausgetauscht und über ihre derzeitige berufliche Tätigkeit diskutiert. Um wen es sich bei der Person handelte, die Nuhr nach seinem Redaktionsbesuch treffen wollte, sei leider nicht zur Sprache gekommen, auch nicht, welcher Art die Recherchen waren, die der Berliner Journalist durch diesen Kontakt zu erhalten hoffte.

Braig berichtete seinen Gesprächspartnern von dieser Information, fragte dann nach dem Computerbild der Frau, nach der sie suchten. »Sie haben das Foto gesehen?«

Beide nickten. »Sie ist uns unbekannt«, erklärte Gerd Nolski, »niemand kann mit dem Bild etwas anfangen.«

»Vielleicht haben wir hier bei uns mehr Glück«, hoffte Braig, »wenn Ihr Kollege sich hier mit ihr traf, ist anzunehmen, dass sie im Raum Stuttgart lebt. Irgendjemand wird sich an sie erinnern.«

Klaudia Kunst trank von ihrem Kaffee, steckte sich eine Zigarette an. »Ist es erlaubt?«

Braig nickte. »Sie haben wirklich keine Ahnung, um was es bei Nuhrs Story geht?«

Sie sah das Misstrauen in seinem Gesicht, seufzte laut. »Ich weiß, dass es unglaubwürdig klingt, aber es ist leider so. Natürlich wollten wir mit Harry über sein neues Projekt diskutieren, aber er wies ausdrücklich darauf hin, dass seine Informantin die Bedingung stelle, er dürfe mit niemand über das zentrale Thema ihrer Arbeit sprechen. Sie sah sich bedroht und fürchtete im Fall eines vorzeitigen Bekanntwerdens von Informationen um ihre leibliche Existenz. So erklärte Harry es uns. Er verbürgte sich persönlich für die Integrität seiner Informantin. Sie sei eine absolut verlässliche, mit seriösen Methoden arbeitende Journalistin. Genau dasselbe Urteil, das in unserem Haus jeder über Harry ausstellen würde, wenn Sie danach fragen. Er ist, entschuldigen Sie, er war, absolut integer, was seine Tätigkeit als Journalist betrifft. Das ist der Grund, weshalb wir uns in dieser Sache voll und ganz auf ihn verließen.«

»Die Frau ist namentlich niemand bekannt?«

Klaudia Kunst schüttelte den Kopf, stieß eine blaue Rauchwolke weit von sich.

»Gibt es einen anderen Ansprechpartner? Eine Person, die Kontakt zu der Frau hält?«

»Leider nein. Wir wissen jedenfalls von niemandem.«

Braig trank von seinem Kaffee, überlegte. »Ist das nicht außergewöhnlich, dass selbst die Chefredaktion nicht darüber informiert ist, was ihr Blatt in wenigen Tagen an exponierter Stelle veröffentlichen wird?« Die Frage brachte seine immer noch vorhandene Skepsis deutlich zum Ausdruck.

Die Frau ließ sich Zeit mit ihrer Antwort. »Ja, das ist außergewöhnlich, in der Tat«, sagte sie dann, »auch für unser Haus. Aber die Bedingungen, unter denen Harrys Informantin arbeitete, waren es offensichtlich auch. Sie ist, wenn ich seine Aussagen richtig wiedergebe, seit über einem Jahr mit Recherchen beschäftigt. Harry betonte mehrfach, dass die Frau um ihr Leben fürchte. Auf unsere Nachfrage hin wollte er nicht ausschließen, dass ihre psychische Situation auch eine Folge zu intensiver Arbeit sein könne, sie muss ihre Recherchen ohne jede Pause durchgezogen haben. Stress bedingte Paranoia, sozusagen. Aber er hatte ihr verbindlich zugesagt, der Redaktion erst kurz vor der Drucklegung genaueren Einblick in ihr Projekt zu geben. Nächsten Donnerstag etwa, weil der erste Teil ihrer Untersuchungen am kommenden Samstag erscheinen sollte. Das hätte uns genug Zeit gegeben, zu überlegen, ob wir die Sache wirklich bringen. Obwohl ich diese Option von meinem heutigen Standpunkt aus weitgehend ausschließen kann, einfach weil ich Harry und seine Arbeit zu lange kenne.«

»Halten Sie es für möglich, dass sich bestimmte Leute von der Arbeit eines Journalisten oder einer Journalistin so bedroht fühlen, dass sie bereit sind, ihn oder sie zu töten? Hier bei uns in Deutschland wohlgemerkt, nicht in Russland oder den USA?«

Klaudia Kunst wandte sich ihm zu, schaute ihn ruhig an. »Meinen Sie diese Frage wirklich ernst?«

Braig gab keine Antwort.

»So naiv können Sie selbst hier in Stuttgart nicht sein, die Bedrohung, der kritische Journalisten fast alltäglich ausgesetzt sind, wirklich infrage zu stellen.« Sie nahm einen Zug, blies den Rauch von sich. »Wenn eine Firma oder eine Organisation sich durch eine drohende Veröffentlichung bloßgestellt fühlt, werden die alles unternehmen, eine Publikation zu verhindern. Alles, verstehen Sie? Die mehr oder weniger subtilen Methoden der Lobbyisten erleben wir jede Woche. Müssen wir darüber diskutieren? So viel Zeit haben wir nicht.«

»Vorausgesetzt, Ihr Kollege wurde wirklich seiner Recherchen wegen ermordet, wo sollen wir nach den Verantwortlichen suchen? Haben Sie Vorschläge?«

Braigs Besucher blickten ihn ratlos an. »Da gibt es prinzipiell niemand, den ich von vornherein ausschließen würde«, meinte Gerd Nolski.

»Politiker?«, fragte Braig. Er wagte es nicht, den Namen des Ministers zu nennen, wollte keine schlafenden Hunde wecken. Noch war nicht belegt, dass es sich bei den Bildern wirklich um Originalaufnahmen handelte.

»Sie denken an eine konkrete Person?«, fragte Klaudia Kunst.

Braig bemühte sich, möglichst unverbindlich zu antworten. »Ich leider nicht, vielleicht aber Sie?«

»Wie kommen Sie auf Politiker?«, fragte Nolski.

Braig wurde es unbehaglich zumute. »Zufall«, sagte er, »ich warte auf Hinweise von Ihrer Seite.«

Die beiden Journalisten betrachteten ihn misstrauisch,

schüttelten dann den Kopf.

»Sie können uns überhaupt keinen Anhaltspunkt liefern?«

Gerd Nolski trank den Rest seines Kaffees, blickte aus dem Fenster. »Harry und ich waren weitläufige Freunde«, erklärte er, »ab und an gingen wir zusammen in eine Kneipe, manchmal auch ins Theater, wie es sich ergab. Vor drei oder vier Wochen etwa kamen wir darauf zu sprechen, wie er seine Zukunft sehe, nun, wo er beim *Stern* unterschrieben hatte. Wir sprachen über seine Zeit bei uns, seine Erfolge, die Veröffentlichungen. Er erklärte mir, dass er einen aufsehenerregenden Abgang plane, eine Sache, die die *tageszeitung* über Monate hinweg wieder ins Gespräch bringe, bundesweit, mit Schlagzeilen im ganzen Land. Es stamme nicht von ihm, betonte er noch, aber er habe die Person, die das recherchiere, an der Hand. Die Sache sei äußerst brisant und gefährlich, aber sehr wichtig, müsse unbedingt an die Öffentlichkeit, sie sei genau das Richtige für die *tageszeitung*.«

Braig starrte den Mann mit großen Augen an. »Er deutete das Thema dieser Recherchen an?«

Nolski atmete tief durch. »Krieg«, sagte er, »irgendwelche Verwicklungen bestimmter Konzerne und Personen in einen Krieg.«

13. Kapitel

Die Pressekonferenz der Tübinger Kriminalpolizei war auf zehn Uhr anberaumt. Der Termin schien nicht besonders klug gewählt, erreichte man ohne rechtzeitige Ankündigung so früh am Morgen doch nur einen Teil der Journalisten. Im Kreis der Polizeiführung sah man sich dennoch außerstande, auf einen späteren Termin auszuweichen, die Ergebnisse der in den letzten Stunden in mühsamer Arbeit zusammengetragenen Untersuchungen erwiesen sich als dermaßen brisant, dass man die Öffentlichkeit so schnell wie möglich einschalten wollte.

Trotz des ungeschickt anberaumten Zeitpunkts erregte die Meldung der Polizeidirektion genügend Aufsehen, gab es im weitgehend braven Tübingen zum Glück nur selten wenig mehr an kriminellen Delikten außer Alltäglichem. Als sich dann auch noch das Gerücht verbreitete, eine Dozentin der Universität, des mit Abstand wichtigsten Arbeitgebers der Stadt, sei in die Angelegenheit verwoben, war plötzlich großes Interesse an der Konferenz zu verspüren. Der große Saal zeigte sich schon zehn Minuten vor Beginn mehr als zur Hälfte gefüllt.

»Es ist leider kein erfreulicher Anlass, was uns bewog, Sie heute Morgen einzuladen«, eröffnete der Pressesprecher der Polizei die Konferenz, »aber das sind Sie bei uns wohl gewohnt.«

Sein süffisantes Lächeln wirkte krampfhaft aufgesetzt. »Um es kurz zu machen: Wir fanden heute Morgen gegen sechs Uhr nach einem Hinweis eines Hundebesitzers, die Leiche einer jungen Frau, die heute nacht von einem Auto überfahren und getötet wurde.«

Der Sprecher fuhr sich über seine glatten, dunklen Haare, rückte seine Krawatte zurecht, trank aus einem kleinen Glas einen Schluck Mineralwasser. Er war um die Fünfzig, dezent mit einem modischen Zweireiher bekleidet, geübt darin, seine Botschaft und vor allem sich selbst in Szene zu setzen.

Betont nüchtern setzte er seine Ausführungen fort. »Fundort der Leiche: Ortsrand von Bebenhausen. Durch den Gerichtsmediziner ermittelter Zeitpunkt ihres Todes: Zwischen null und drei Uhr früh. Name der getöteten Person: Verena Litsche. Alter: 37. Geburtsort: Karlsruhe. Beruf: Journalistin.«

Der Pressesprecher unterbrach seine Ausführungen, weil ein deutliches Gemurmel unter den Zuhörern zu vernehmen war.

»Journalistin?«, rief ein junger Mann mit kräftiger Stimme, »für wen tätig?«

Der Referent schüttelte den Kopf: »Das ist uns bislang nicht bekannt.«

Er wies weitere Meldungen mit ausgestreckter Hand ab, deutete auf die Kripobeamten an seiner Seite. »Gestatten Sie mir jetzt doch bitte, in meinen Ausführungen weiter fortzufahren. Einzelfragen beantworten in gewohnter Manier meine weit besser informierten Kollegen in wenigen Minuten.«

Die Journalisten beruhigten sich nur langsam.

»Das Fahrzeug, mit dem Frau Litsche überfahren wurde, ist von uns identifiziert worden. Es handelt sich um einen VW Polo, der etwa fünfhundert Meter vom Ort des tödlichen Geschehens entfernt gefunden wurde. Das Auto ist mit außergewöhnlich breiten Reifen bestückt, die durch Überfahren eindeutig den Tod Frau Litsches verursachten. Offensichtlich auf der Flucht blieb der oder vielmehr die in Panik geratene mutmaßliche Täterin«, erneut machte sich deutliches Getuschel breit, »an einem Baumstamm im Wald am Rittweg Richtung Tübingen stecken.«

»Heißt das, Sie wissen bereits, wer für die Tat verantwortlich ist?«, rief eine junge Frau.

Der Pressesprecher schüttelte bedächtig den Kopf. »Ich bitte um etwas Geduld.«

Das Gemurmel unter den Anwesenden nahm zu.

»Das aufgefundene Tatfahrzeug befindet sich im Besitz einer Dozentin unserer Universität.«

Die Unruhe im Saal verstummte für einen kurzen Moment, nahm dann aber an Intensität zu.

»Von welcher Fakultät?«

»Name?«

»Wer ist die Frau?«

Die Fragen kamen von allen Seiten.

»Meine Damen und Herren!« Der Pressesprecher ließ sich das Heft nicht aus der Hand nehmen. Er wartete einige Sekunden, bis sich der Tumult und das eifrige Getuschel wieder gelegt hatten, fuhr dann langsam mit seinen Ausführungen fort.

»Wie wir inzwischen ermitteln konnten, standen beide Frauen, also die getötete Verena Litsche und die Halterin des Tatfahrzeugs, in einem freundschaftlichen Verhältnis zueinander.«

Wieder wurde Unruhe laut, Zwischenrufe unterbrachen ihn.

»Verhältnis?«

»Was heißt das konkret?«

»Eine lesbische Beziehung also?«

Die Beamten neben dem Pressesprecher rückten nervös auf ihren Stühlen hin und her.

»Meine verehrten Kolleginnen und Kollegen, ich möchte doch bitten!« Er nippte wieder an seinem Mineralwasser, ließ die Runde zur Ruhe kommen. »Leider wurde die Beziehung der Frauen durch eine schwere Auseinandersetzung zwischen den beiden getrübt. Die Ursache hierfür ist uns bisher nicht bekannt.«

»Lesbisches Eifersuchtsdrama?«

Der Zwischenruf des Korrespondenten einer weit verbreiteten Boulevardzeitung mit übelstem Leumund brachte den Redefluss des Pressesprechers erneut zum Erliegen.

»Ihre Phantasie in Ehren«, erwiderte der kurz angebunden, »aber wir sollten uns wieder den Tatsachen zuwenden.« Er nestelte an seiner Krawatte, blickte auf sein Manuskript. »Wir vermuten folgenden Tathergang: Verursacht durch das erwähnte Zerwürfnis kam es gestern Abend wohl kurz vor Mitternacht in der Wohnung der Dozentin zu einem Streit zwischen den beiden Frauen, in dessen Folge Teile des Mobiliars zerstört wurden. Was der Inhalt der Auseinandersetzung war und wie diese geführt wurde, wissen wir noch nicht. Wir fanden die Wohnung heute Morgen stark verwüstet vor, zudem konnten wir lediglich die Fingerabdrücke beider Frauen identifizieren. Unsere Schlussfolgerung: Der Streit eskalierte schließlich so sehr, dass er außerhalb des Hauses fortgesetzt und Frau Litsche von ihrer Freundin mit deren Wagen überfahren und getötet wurde.«

»Also doch: Lesben-Drama.«

Der Pressesprecher ließ sich nicht beirren. »Da sich am Steuer sowie im Inneren des Tatfahrzeugs nur die Fingerabdrücke der Halterin des Wagens fanden, vermuten wir, dass sie die mutmaßliche Täterin ist. Uns liegt allerdings kein Geständnis vor – auf diese Feststellung legen wir Wert. Die Frau ist seit heute Nacht spurlos verschwunden. Da sie der Tat dringend verdächtig ist, schreiben wir sie hiermit zur Fahndung aus. Wir bitten Sie inständig, meine Damen und Herren, uns bei der Verbreitung ihres Fotos und der persönlichen Daten zu helfen:

Es handelt sich um Frau Dr. Michaela König, 36 Jahre alt, schlank, dunkelblonde, lockige Haare, blaue Augen. Geburtsort: Heilbronn. Beruf: Dozentin an der Germanistischen Fakultät der Universität Tübingen.

Frau Dr. König wird dringend gesucht. Sie wird verdächtigt, ich wiederhole den Tatbestand hier noch einmal, ihre Freundin, Frau Verena Litsche, heute Nacht getötet zu haben. Wir bitten um ihre Mitarbeit. Ich danke Ihnen, meine Damen und Herren.«

14. Kapitel

Das Haus in der Olgastraße lag von der Stadtbahnhaltestelle *Österreichischer Platz* keine dreihundert Meter entfernt. Steffen Braig und Bernhard Söhnle waren sofort im Anschluss an Braigs Gespräch mit den Redakteuren der *tageszeitung* in den Randbereich des Stuttgarter Zentrums gefahren, um Hans Breidles Büro zu durchsuchen.

Gerd Nolski hatte versprochen, Kontakt zur neuen Freundin Harry Nuhrs in Hamburg aufzunehmen, die er zwar flüchtig gesehen, an deren Namen er sich aber nicht mehr erinnern konnte. Vielleicht hatte Nuhr ihr gegenüber Andeutungen über das Thema der geplanten Veröffentlichung gemacht oder sie wusste sogar, wer die Frau war, von welcher der Journalist das Material zu erhalten hoffte. Nolski hatte zugesagt, sich schnellstmöglich darum zu bemühen.

Braig suchte Breidles Namen neben den Klingelknöpfen, fand ihn im vierten Obergeschoss eines modernen Hauses. Breite, großzügige Fensterflächen, eingerahmt von schmalen Metallfassungen prägten das Gebäude. Marmorierte Stufen im Treppenhaus, ein breiter, auf allen Seiten mit Spiegeln ausgestatteter Eingangsbereich, dazu die Namen und Berufsangaben der übrigen Bewohner.

Braig ahnte, dass es sich um eine hoch angesehene Bürolage handelte. Rechtsanwälte, Notare, eine Facharztpraxis im Erdgeschoss.

»Breidle muss sehr gut verdient haben«, meinte Söhnle, als der Fahrstuhl mit einem melodischen Gong das vierte Obergeschoss anzeigte, »diese Lage kann sich nicht jeder leisten.«

Sie traten in einen breiten, mit hellen Fliesen ausgelegten Korridor, fanden den Eingang zu Breidles Büro auf den ersten Blick. Der in fetten Großbuchstaben ausgeführte Name des Journalisten neben einer breiten, hellgrün lackierten Etagen-Tür war nicht zu übersehen.

Söhnle bemerkte den Riss neben dem Schloss zuerst. Ein fingerbreiter Spalt im Holz. Er zog eine schmale Taschenlampe aus seiner Hose, beleuchtete die Tür. Die Herkunft der Beschädigung schien eindeutig.

»Da hat sich jemand zu schaffen gemacht«, erklärte er, »sieht relativ frisch aus.«

Braig untersuchte die Stelle, stimmte Söhnle zu. »Fragt sich nur, wer. Breidle selbst, weil er seine Schlüssel vergessen hatte, oder Einbrecher. Wir sollten bei den Kollegen nachfragen, ob eine Anzeige vorliegt.«

Sie öffneten vorsichtig die Tür, standen in einem riesigen, etwa acht auf zehn Meter großen Raum, der mit seinen fast bis auf den Boden reichenden Fenstern einen prächtigen Ausblick über unzählige Dächer hinweg auf den Stuttgarter Talkessel bot. Braig erkannte den Turm der Stiftskirche, sah die großzügige Anlage des Neuen Schlosses, dann, weiter rechts, das weitläufige Areal des Hauptbahnhofes, das in wenigen Jahren zugunsten einer kleinen unterirdischen Station verschwinden sollte.

Das Zimmer war mit teurem Mobiliar ausgestattet. Ein breiter, auf zwei kräftigen Metallsockeln postierter, stabiler Schreibtisch mit einer schmalen Schubladenbox, drei dunkelbraune Ledersessel mit einem kleinen runden Tisch an der Wand, dazu ein schmaler, gut drei Meter breiter Schrank auf der gegenüberliegenden Seite – die Einrichtung betonte geschickt die großzügige Weite des Raumes. Neben dem Schreibtisch der obligatorische Computer samt Bildschirm, sowie eine Ansammlung in durchsichtigen Kladden gesammelter Papiere.

Ein Telefon war nirgends zu finden, auch nicht in der kleinen Küche, die durch eine schmale Tür neben dem Schrank erreicht wurde.

»Der hat wohl nur mit seinem Handy gearbeitet«, brummte Braig.

Sein Kollege reagierte nicht.

Sie inspizierten die Räume, warfen auch einen Blick in die Dusche, das dahinter folgende WC, sowie eine kleine Küche. Spuren von Verwüstung durch Einbrecher waren nicht zu entdecken.

Söhnle studierte die Papiere auf dem Schreibtisch, sah den Inhalt der Schubladen durch, Braig machte sich mit dem Schlüsselbund am Schrank zu schaffen. Die Tür quietschte, als er sie öffnete. Schubladen und Regale wurden sichtbar, die meisten mit Papierstapeln gefüllt, dazu eine ganze Reihe Aktenordner, Bücher, Couverts. So vielfältig der Inhalt des Schrankes ausfiel, eine ordnende Hand war nicht zu übersehen.

»Wenn die Beschädigung von einem Einbruch stammt«, überlegte Söhnle, »muss die Sache schon länger gelaufen sein. Sieht alles jedenfalls ziemlich okay aus.«

Braig zog sein Handy vor, wählte die Nummer des städtischen Einbruchsdezernats, gab Breidles Namen und die Adresse seines Büros durch. »Vielleicht hat er es nicht einmal gemeldet. Was kann ein Einbrecher hier schon stehlen?« Er verstummte, weil ihm der Beamte ins Wort fiel.

»Breidle, Hans. Anzeige eines Einbruchs ins Büro in der Olgastraße.«

»Wann war das?«, fragte Braig überrascht.

»Erster März.«

»In welchem Jahr?«

»Jetzt. Letzte Woche.«

»Letzte Woche?«, Braig wiederholte die Worte, damit Söhnle das Ergebnis seiner Recherchen mitbekäme. »Hat er angegeben, ob etwas gestohlen wurde?«

»Einbruch und Verwüstung, mehr ist nicht verzeichnet.«

»Irgendein Hinweis auf den oder die Täter?«

»Tut mir Leid, nein.«

»Keine Zeugen oder sonstige Hinweise?«

»Nichts.«

»Fingerabdrücke?«

»Tut mir Leid.«

Braig bedankte sich bei dem Kollegen, begann mit der Durchsicht der Papierstapel, die er dem Schrank entnommen hatte. Es handelte sich um Zeitungsartikel verschiedener Blätter aus den vergangenen Jahren, von verschiedenen Journalisten, nur in wenigen Fällen von Breidle selber verfasst. »Von was lebte der Typ eigentlich? Womit bezahlte er dieses teure Büro? Ich finde kaum Artikel mit seinem Namen.«

Söhnle sah ratlos zu seinem Kollegen. »Keine Ahnung. Die Schubladen geben auch nichts her.« Er wandte sich ebenfalls dem Schrank zu, durchsuchte den Inhalt. »Was ich mich frage: Letzte Woche der Einbruch hier und acht Tage später wird er ermordet. Sollte das ein Zufall sein?«

Braig blickte von den Papieren auf. »Er hat es jedenfalls nicht auf die leichte Schulter genommen, sonst hätte er es nicht angezeigt.«

»Warum hat uns seine Frau nichts von dem Einbruch erzählt?«

»Vielleicht hat sie es im Schock über den Tod ihres Mannes schlicht und einfach vergessen? Wenn sie es denn wusste!«

Söhnle gab keine Antwort. Braig sah zu seinem Kollegen hinüber, bemerkte, wie der Kriminalmeister fasziniert auf den Inhalt einer Schublade starrte.

»Ich werde wahnsinnig«, stammelte Söhnle, »weißt du, was ich gefunden habe?«

Braig blickte neugierig auf die Blätter in den Händen des Kollegen. »Um was geht es?«

»Vielleicht haben die beiden Verbrechen doch einen gemeinsamen Hintergrund.« Söhnle legte die Papiere nebeneinander auf den Schreibtisch. »Die Morde an Breidle und an Nuhr, dem anderen Journalisten.«

Braig wartete immer noch auf eine Erklärung.

»Was Breidle hier gesammelt hat, sind alles Artikel über eine einzige Person. Vorwürfe, Anklagen, Beschuldigungen. Rate mal, um wen es geht.«

»Du willst doch nicht sagen ...«

»Doch. Der Minister.«

Braig brauchte nicht nachzudenken, um zu verstehen, was die Entdeckung des Kollegen bedeutete. Zwei Menschen wurden ermordet, Journalisten, die – jedenfalls soweit sie es bisher feststellen konnten – nur eine einzige Gemeinsamkeit aufwiesen: In ihrem Besitz befanden sich belastende Materialien über den Minister der Landesregierung hier in Stuttgart. Sie durften diese Tatsache nicht länger beiseite schieben, den Mann außen vor lassen, nur weil er eine solche exponierte Stellung innehatte. Langsam wurde die Sache brisant. »Jetzt müssen wir die Papiere genau durchsehen«, stöhnte er, »und dann sofort Hofmann verständigen. Belastende Materialien bei zwei Mordopfern. Das kann doch kein Zufall mehr sein.«

15. Kapitel

Am Kupferbau ließ sie das Taxi anhalten, schaute sich sorgsam nach allen Seiten um. Autos, Menschen, Häuser. Sie konnten ihr nicht gefolgt sein, so schnell, wie sie den Bahnhof verlassen hatte, unmöglich.

»Suchen Sie jemanden?«, fragte der Fahrer.

Michaela König schrak zusammen, schaute den Mann überrascht an. »So ähnlich, ja«, murmelte sie.

Er warf ihr einen prüfenden Blick zu, zuckte mit der Schulter. »Wenn ich helfen kann ...«

Sie schüttelte den Kopf, zahlte den Fahrpreis, stieg aus. Niemand konnte ihr helfen, überhaupt niemand. Sie hatte Angst vor der Mörderbande, die ihrer Freundin zum Verhängnis geworden war und jetzt sogar den Bahnhof überwachte, um sie nicht aus der Stadt zu lassen.

Das Taxi wendete, fuhr davon. Sie stand auf dem Gehweg, wusste nicht, was tun. Eine ältere Frau schob ihr Fahrrad mit einem übervoll beladenen Korb auf dem Gepäckträger an ihr vorbei, streifte ihre Hand. Erschrocken sprang sie zur Seite, überquerte die Gmelinstraße.

Zur Polizei gehen, das Verbrechen endlich melden.

Sie dachte an die Szene heute nacht auf dem Revier, erinnerte sich an die seltsame Warnung Litsches. *Mein Projekt läuft den Interessen großer Konzerne zuwider, weiß ich, auf welcher Seite die Polizei steht?*

Ein kleiner struppiger Hund stand breitbeinig vor ihr, bellte sie drohend an. Sie griff sich an ihr Herz, spürte, wie es heftig schlug.Das Tier bellte weiter, fletschte die Zähne. Zwei ältere Männer blieben stehen, verfolgten die Szene. Studentinnen und Studenten liefen vorbei, ein Radfahrer klingelte sich den Weg frei. Der Hund tobte immer noch, weitere Passanten wurden aufmerksam.

Es half alles nichts, sie konnte sich nicht länger davor drücken. Sie musste zur Polizei gehen und den Mord an Verena Litsche und dem Taxifahrer endlich melden. Zudem die Zerstörung ihrer Wohnung und die Bedrohung durch die unbekannten Männer. Es war viel zu gefährlich, auf eigene Faust vor den Mördern davonzulaufen, nur weil sie der Polizei nicht vertraute.

Unfähig noch irgendwie logisch zu denken, lief sie einfach weiter, achtete nicht länger auf den kläffenden Köter. Plötzlich sah sie sich selbst in die Augen.

Sie blieb stehen, blickte ungläubig auf ihr Konterfei, das mitten auf der Glaswand der Bushaltestelle angebracht war. Das Plakat zeigte ihr Gesicht, begleitet von einem kurzen Text, der sie des Mordes an Verena Litsche bezichtigte und sie zur Fahndung ausschrieb.

Sie wollte es nicht glauben, schaute sich erschrocken um, überlegte, ob sie träume. Menschen hasteten an ihr vorbei, ein Mann studierte den Bus-Fahrplan. *Sie wurde gesucht, weil sie Verena Litsche ermordet haben sollte. Sie!*

Michaela König schüttelte den Kopf, starrte auf das Fahndungsplakat. Kein Irrtum. Ob man sie bereits erkannt hatte? Sie schaute sich vorsichtig um, studierte die Reaktion der Passanten. Niemand achtete auf sie, alle hatten es eilig.

Was jetzt?

Zur Polizei gehen, sich verhaften lassen? Der Albtraum der Diskussion heute nacht: Sie wusste, wie schwer es ihr fallen würde, angesichts der kaum nachvollziehbaren Ereignisse die

Wahrheit zu erklären.

Zwei kräftige Jungen in Sportkleidung spurteten auf sie zu, ließen sich mit lautem Schreien auf die Bank der Bushaltestelle fallen.

Sie musste weg, raus aus der Stadt. Das mit der Polizei hatte Zeit. Zuerst sich selbst in Sicherheit bringen. Sie wusste genau, wo.

Es gab einen Weg, eine Chance. Alle Bahnhöfe konnten sie nicht überwachen, dazu brauchten sie ein ganzes Heer von Spitzeln. Oder waren sie so mächtig? Sie musste das Risiko eingehen.

Michaela König riss sich vom Anblick des Plakates los, folgte der *Langen Gasse* in die Fußgängerzone. Unterwegs, am Bankautomaten Geld holen. Noch war ihr Konto nicht gesperrt. Dann kreuz und quer Richtung Weststadt. Weg von den breiten Straßen, rein in die schmalen Gassen. Jedes Mal, wenn ein Auto vorbeifuhr, zuckte sie zusammen. Ihr Gang wurde automatisch schneller, der Schweiß lief in Strömen. Nach zehn Minuten hatte sie den Westbahnhof erreicht.

Sie drückte sich in eine Nische neben dem urigen Lokal im Anbau des Stationsgebäudes, suchte den Bahnsteig mit ihren Augen ab. Zwei Frauen, drei Männer. Beladen mit Körben und Taschen, einem Rucksack. Unverdächtig.

Sie blieb in ihrer Nische, wartete, bis der Zug einfuhr, spurtete erst dann los. Keine Reaktion.

Der Zug, ein moderner Triebwagen, war gut besetzt. Sie lief nach vorne in Richtung Fahrer, suchte einen freien Platz. Das Sweat-Shirt klebte auf ihrer Haut. Sie nahm den Rucksack ab, tupfte sich mit einem Taschentuch den Schweiß vom Hals.

Der Zug hielt auf allen Bahnhöfen, zuckelte langsam das Ammertal hoch. Auf dieser Strecke dauerte die Fahrt mehr als doppelt so lange. Egal. Hauptsache, sie entkam ihnen, konnte wieder in Ruhe leben. Sie lehnte sich zurück, döste langsam ein.

Die Stimme eines Mannes riss sie aus ihrem Dämmerschlaf. Erschrocken starrte sie zu ihm hoch.

»Verzeihung«, bat er freundlich, »ich sollte Ihre Fahrkarte sehen.«

Sie kramte in ihrer Hosentasche, zog Geldscheine, Münzen, ein Taschentuch hoch. Auf der anderen Seite Schlüssel, Pfefferminzpastillen, einen Labello-Stift. Sonst nichts. »Ich fahre nach Stuttgart«, erklärte sie und begann, in ihrem Rucksack zu suchen.

»Stuttgart«, sagte der Kontrolleur, »da müssen Sie in Herrenberg umsteigen.«

Sie stellte den Rucksack auf den Kopf, kippte seinen Inhalt auf den kleinen Tisch. »Ich weiß. Ich muss zuzahlen. Meine Fahrkarte aus dem Automaten ...« Plötzlich fiel es ihr wieder ein. Sie hatte die Szene plastisch vor Augen. Die vornehme ältere Dame, die vom Zug her auf sie zukam, der Mörder mit seinen breiten Koteletten, die Fahrkarte in ihrer rechten Hand. Dann der Moment, als sie die Frau an der Schulter packte und sie mit aller Kraft von sich weg stieß. Irgendetwas, ein kleiner Zettel, flatterte durch die Luft. Die Fahrkarte ...

»Ja?«, fragte der Kontrolleur.

Sie zückte einen Schein, zeigte ihre Bahncard. »Einmal Umweg nach Stuttgart«, sagte sie.

16. Kapitel

Das Material über den Minister bestand aus einer umfangreichen Sammlung von Zeitungsartikeln und computergeschriebenen Texten, die das politische Wirken und das Privatleben des Mannes teils kritisch begleiteten, teils vorwurfsvoll in Frage stellten. Stück für Stück waren die wunden Punkte des Mannes aufgeführt und die im Verlauf eines langen Politikerlebens recht zahlreichen Verfehlungen akribisch aufgelistet.

Breidle oder wer immer diese Sammlung angelegt hatte, musste Monate damit verbracht haben, dermaßen viele Quellen über ein und dieselbe Person zu erschließen. Die Absicht, die hinter der umfangreichen Arbeit stand, trat Blatt für Blatt unübersehbar zu Tage: *Den Minister zu demontieren, ihn politisch zu erledigen.*

Und jetzt war der Besitzer dieser brisanten Sammlung tot, ermordet von einer Person, der er – aus welchen Gründen auch immer – im Weg gestanden hatte. War sein widernatürlicher Tod also die Konsequenz seiner aufwendigen journalistischen Arbeit? Wo anders als im unmittelbaren Umfeld des Politikers sollten sie nach dem Mörder suchen?

Steffen Braig spürte den ersten Anflug mittäglicher Müdigkeit, stand von seinem Stuhl auf, lief zur Kaffeemaschine. Er war sofort nach seiner Rückkehr aus Breidles Büro bei Hofmann gewesen, hatte ihm das umfangreiche Material vorgelegt und ein gemeinsames Gespräch mit dem Minister vereinbart. Angesichts der neuen Funde, so die Meinung des Oberstaatsanwaltes nach einer ersten Überprüfung der Papiere, war dieses Treffen nicht länger zu vermeiden, auch wenn sie immer noch keinen Beweis hatten, dass die Fotos mit dem Politiker und den Kindern wirklich echt waren. Zwei ermordete Journalisten innerhalb eines Tages, die einzig und allein die Tatsache zu verbinden schien, dass beide den Minister belastende Materialien in ihrem Besitz hatten, waren Anlass genug, auch ein Mitglied der Landesregierung genauer unter die Lupe zu nehmen – und sei es offiziell nur zu einem informellen Gedankenaustausch.

Die Sekretärin des Politikers hatte sich Braigs vorsichtig verklausulierte Worte am Telefon geduldig angehört, ihn dann – wie erwartet – mit der angeblichen beruflichen Überlastung ihres Vorgesetzten auf einen Termin in einer der nächsten Wochen vertrösten wollen. Erst als er seinen Tonfall geändert und hartnäckig auf die Federführung Hofmanns verwiesen hatte, war die Frau zugänglicher geworden. Die Tatsache, dass der Oberstaatsanwalt persönlich in die Untersuchung involviert war, hatte ihr wohl signalisiert, dass die gewohnte Verzögerungs- und Vertuschungstaktik in diesem Fall nur eingeschränkte Erfolgsaussichten versprach. Sie hatte Braig nach langem Hin und Her schließlich zugesagt, im Verlauf der nächsten vierundzwanzig Stunden zurückzurufen, um einen baldigen Gesprächstermin mit dem Minister zu vereinbaren.

Ohne die Beteiligung Hofmanns, dessen war sich der Kommissar vollkommen sicher, hätte er wohl kaum die

Chance gehabt, so bald an den Politiker heranzukommen. Ein kleiner Kriminalbeamter und sei er auch vom LKA, war im Schwäbischen kein Hindernis, nicht einmal ein Stolperstein auf dem Weg eines Ehrgeizlings nach oben. Was in den nächsten Stunden seitens des Ministers hinter den Kulissen inszeniert wurde, um Braig dennoch auszubremsen, vermochte niemand abzuschätzen. Er hoffte, mit dem Beistand des Staatsanwalts auf jeden Fall einiges unternehmen zu können, was zur Aufklärung der geschehenen Verbrechen notwendig war.

Braig lief zur Kaffeemaschine, der Duft des aromatischen Getränks lag verlockend in der Luft. Er nippte an seiner Tasse, als Söhnle ins Zimmer trat.

»Ich weiß immer noch nicht, wie Breidle zu seinem Geld kam«, erklärte der Kollege, »ich habe alles getan, es herauszufinden,nichts! Der Mann verfügte nach meiner bisherigen Erkenntnis über kein festes Einkommen, hatte aber hohe Ausgaben. Dreitausendfünfhundert Mark benötigte er jeden Monat allein für das Büro. Er hat es seit fast vier Jahren gemietet, zahlte pünktlich per Dauerauftrag. Keinerlei Beschwerden. Das Auto erwarb er vor zwei Jahren, Achzigtausend auf einen Schlag. Dabei konnte ich auf seiner Festplatte, den Disketten und in all den Papieren in seinem Büro kaum einen Artikel finden, den er wirklich selbst geschrieben hat. Gerade mal zwanzig Texte in den letzten vier Jahren. *PRINZ* und *Lift*, dazu vier Beiträge in den *Stuttgarter Nachrichten*, einen in der *Sonntag aktuell*. Sonst nichts. Der Job beim Radio brachte erst seit drei Monaten wirklich Geld. Vorher war es ein kleines Zubrot, gerade mal fünfhundert Mark im Monat.«

»Vielleicht haben wir nicht alle Artikel gefunden. Wir sollten seine Frau anrufen ...«

»Habe ich getan. Nichts. Beruf und Privatleben waren bei ihm streng getrennt. Seine Artikel verwahrte er im Büro auf, meinte sie. Wir sollten genauer nachsehen, vielleicht hätten wir einige Disketten übersehen.«

»Und?«, fragte Braig. »Hast du es überprüft?«

Bernhard Söhnle schüttelte den Kopf. Sein Gesichtsausdruck wirkte angespannt, die Wangenknochen ragten spitz aus der Haut. »Es gibt keine weiteren Disketten in seinem Büro. Nirgends. Außerdem habe ich mit sämtlichen Zeitungen und Magazinen hier in unserem Raum telefoniert. Breidle war kein fleißiger Schreiber, im Gegenteil. Ab und an ein Artikel, genau in der Größenordnung, wie ich sie auf seiner Festplatte und in den Papierstapeln identifizierte. Außerdem kein besonderes Talent, wie ich immer wieder zu hören bekam. Mit Schreiben käme der niemals auf einen grünen Zweig, im Radio, ja, da sei er vielleicht besser aufgehoben. Aber auch nur für ein bestimmtes Programm und einen speziellen Adressatenkreis. Das Geld muss aus anderen Quellen stammen.«

»Seine Frau«, warf Braig ein, »ist sie berufstätig?«

»Sie besitzt einen Teeladen. Wein, Tee, Geschenke. *Leben könne sie davon kaum*, meinte sie. *Ohne die Zuwendungen ihres Mannes ...*« Söhnle fuhr sich müde über die Stirn. »Tut mir Leid. Wir müssen sein Konto überprüfen. Einzahlungen, ihre Herkunft und Größenordnung. Ich denke, Hofmann sollte sich um die richterliche Erlaubnis bemühen.«

Braig nickte, verstand, worauf der Kriminalmeister hinauswollte. »Du denkst an Erpressung, ja?«

»Was hält Hofmann von der Sache?«

»Wir haben ein Gespräch mit dem Minister vereinbart. Sobald wie möglich.«

»Na also. Dann geht es doch vorwärts.«

»Du kümmerst dich um Breidles Konto?«

Bernhard Söhnle nickte. »Sofort. Ich will vorher nur noch etwas essen. Du hast schon?«

»In der Kantine. Lasagne.« Braig schaute auf die Uhr, sah, dass es kurz vor Drei war. »Aber dazu ist es jetzt zu spät. Wo willst du hin?« Er betrachtete die bleiche Haut des Kollegen, machte sich Sorgen um dessen angeschlagene Gesundheit. »Du solltest dir Zeit nehmen ...«

»Jaja« Söhnle winkte ab, lief vor sich hin grummelnd aus dem Zimmer, »Zeit nehmen, du bist gut.«

Der Mann war krank, es war nicht zu übersehen: Eingefallene Augen, bleiche, faltige Haut, ungewohnt fahrige, unsichere Bewegungen. Braig wusste nicht, ob er einfach weiter darüber hinwegsehen oder Söhnle schon wieder mahnen sollte. Er wollte den Kollegen nicht noch zusätzlich belasten, ihm aber auch nicht das Gefühl geben, er schätze ihn lediglich als fleißigen Mitarbeiter, lasse dessen Sorgen und Probleme jedoch außer Acht.

Er lief zur Kaffeemaschine, schenkte noch eine Tasse voll, gab Milch dazu.

Die undurchsichtige Herkunft von Breidles Geld beschäftigte ihn: Sollten sich Söhnles Erkenntnisse bestätigen, war Jack Cool alias Hans Breidle entgegen dem bisherigen Anschein wohl ein zwielichtigerer Mensch, als sie sich das bisher vorgestellt hatten. Wie war er zu seinem Geld gekommen? Womit hatte er seinen aufwendigen Lebensstil finanziert? Steckten tatsächlich kriminelle Quellen dahinter? Machenschaften, die ihm bisher Geld ohne Arbeit, jetzt aber den Tod gebracht hatten?

Braig dachte an die Sammlung des den Minister belastenden Materials. War hier die Erklärung für Breidles hohe Einkünfte zu finden? Erpressung eines weit nach oben gelangten Politikers, der sich auf diese Weise das Schweigen eines hartnäckigen Kritikers erkaufte?

Ein hoher Preis, überlegte er, Monat für Monat seine Karriere zu sichern und dennoch niemals völlig darauf vertrauen zu können, dass der Mann mit dem gefährlichen Material auch wirklich still hielt.

Was hatte dann – vorausgesetzt, diese Spekulation entsprach der Wahrheit – Breidles Tod verursacht? Noch höhere Forderungen? Der plötzliche Unwille des Politikers, weiter Geld an eine Person zu zahlen, die ihm nur Übles wollte oder das Auftauchen eines weiteren Kriminellen, der dem Minister noch gefährlicher zu werden drohte?

Nuhr, überlegte Braig, was hatte *der* mit Breidle zu tun?

Er rührte versunken seinen Kaffee um, als das Telefon läutete. Braig griff zum Hörer, hatte Becks Stimme am Ohr.

»Ich bin noch in Tübingen«, erklärte der Kollege, »es ist tatsächlich wieder eine Journalistin.«

Am späten Vormittag hatten die Tübinger Kollegen sie über den Mord an einer im Medienbereich tätigen Frau informiert. Beck war sofort in die Universitätsstadt gefahren.

Braig kannte die näheren Einzelheiten bereits, ihn interessierte nur: »Was ist mit der Täterin? Hat sie gestanden?«

Becks sarkastisches Lachen drang durchs Telefon. »Mal langsam, junger Freund. Die König ist flüchtig, sie wird überall gesucht. Die Fahndung läuft.« Er machte eine kurze Pause, sprach dann etwas leiser weiter. »Wenigstens in diesem Fall scheint alles klar: Es handelt sich um eine Beziehungstat. Private Auseinandersetzung zwischen den beiden Frauen.«

»Dann hat es also nichts mit uns zu tun«, stellte Braig fest. Er spürte die Erleichterung, fühlte, wie seine Anspannung nachließ.

Vorsichtig nippte er an seiner Tasse, trank ein paar Schluck. Die Mischung war ihm sehr gut gelungen. Neunzig Prozent Kaffee, der Rest Milch. Einfach ein wohlschmeckendes Gebräu.

»... zuerst auch.«

Braig löste sich von seinem Kaffee, merkte, dass er Becks Worte verbummelt hatte. »Wie bitte?«

»Ja, ich glaubte es zuerst auch«, wiederholte der Kollege etwas unwillig.

»Was?«

»Hältst du gerade deinen Mittagsschlaf?«

»Ich hätte es nötig, ja. Tut mir Leid«, brummte Braig, »was ist mit der Frau?« Er stellte die Tasse ab, konzentrierte sich ganz auf seinen Gesprächspartner.

»Ich denke, ich habe sie erkannt«, erklärte Beck, »du wirst es kaum glauben, aber diese Litsche ist unser Phantombild. Nuhrs Kontaktperson in Winnenden.«

»Die??« Braig schrie die Worte in den Hörer. »Du bist dir sicher?«

»Die Ähnlichkeit ist verblüffend. Natürlich ist das kein Beweis. Aber sie hat auch schon für die Berliner *tageszeitung* gearbeitet, ich fand Artikel in ihrer Wohnung; allerdings vor mehreren Jahren geschrieben. Die Zimmer sind völlig verwüstet, irgendjemand hat alles auf den Kopf gestellt. Angeblich ihre Freundin, diese König. Scheint mir aber noch nicht völlig geklärt.«

»Du meinst, wir sollten den Zusammenhang mit unseren

beiden Fällen nicht ...«

»Ist doch logisch«, fiel ihm Erwin Beck ins Wort, »wenn Nuhr die Fotos in Winnenden wirklich von ihr erhalten hat, hängt die Frau voll bei uns drin. Wir müssen sofort dem Kellner und den übrigen Augenzeugen in Winnenden Bilder der Toten vorlegen, ob sie sie wirklich erkennen. Könntest du das übernehmen?«

Braig stöhnte laut auf.

»Ich maile alles, was ich finde, zu dir rüber. Ich denke, das ist wichtig, oder?«

»Okay, ich erledige die Sache. Wenn Nuhr die Fotos tatsächlich von der Toten erhalten hat ...« Braig stoppte mitten im Satz, stellte seine Tasse auf den Schreibtisch. »Mein Gott, ich will gar nicht daran denken.«

»Ich glaube, du hast die Brisanz des Falles erfasst. Beziehungstat? Private Auseinandersetzung zwischen zwei Frauen? Wenn ich Eins und Eins zusammenzähle und mir die Verwüstung des Arbeitszimmers vorstelle, komme ich zu einem anderen Ergebnis.«

»Jedenfalls ist sie der dritte Journalist, der innerhalb zweier Tage ermordet wurde: Breidle, Nuhr, Litsche. Und alle, wenn ich dich richtig verstanden habe, auf dieselbe Weise getötet. Mit einem Auto überfahren. Das kann kein Zufall sein. Hofmann hat Recht behalten. Mein Gott, wenn wir damit an die Presse gehen!«

Braig schob die Tasse zur Seite, schüttelte den Kopf. »Was ist mit dieser flüchtigen Freundin? Hängt sie mit bei uns drin?«

»Mir fehlen noch genauere Informationen zu der Frau. Aber ausschließen will ich das nicht. Wir müssen unbedingt das Tatfahrzeug von Winnenden überprüfen, ob sich in ihm nicht die Fingerabdrücke der König finden. Wäre doch vorstellbar, dass die Frau ...«

»Du hältst das für möglich?«, rief Braig. »Diese König als Mörderin nicht nur der Litsche, sondern auch von Nuhr?«

Er dachte an das den Minister belastende Material, das sie in Breidles Büros gefunden hatten, informierte Beck darüber. »Dann können wir nicht einmal ausschließen, dass sie vielleicht auch Breidle ...«

»Wir müssen die Fingerabdrücke in seinem Wagen mit ihren vergleichen. Kannst du bitte die Spurensicherer verständigen, dies sobald als möglich zu tun?«

Braig stöhnte leise. »Schöffler erschlägt mich, wenn ich ihn schon wieder ...«

»Schöffler wird überhaupt nichts. Der ist unterwegs hierher. Ich habe ihn gebeten, die Wohnungen der getöteten Journalistin und ihrer flüchtigen Freundin mit seinem Team noch einmal genauer unter die Lupe zu nehmen, obwohl die Tübinger beide untersucht haben. Du kannst dir vorstellen, dass die Kollegen hier nicht sonderlich erfreut darüber waren. Aber auch wenn die jetzt wieder über uns LKA-Schnösel schimpfen, scheint mir die Sache zu brisant, den Mord einfach als Beziehungstat abzutun. Die Tote als die Frau mit den Fotos – das kann kein Zufall sein. Und zu unseren Technikern habe ich einfach größeres Vertrauen.«

Braig stimmte Beck insgeheim zu, weil er aus der Erfahrung der letzten Jahre heraus die hervorragende Arbeit ihrer Techniker-Teams um Markus Schöffler und Helmut Rössle nur zu gut kannte. Wo andere Kriminalisten oft längst mit ihrem Latein am Ende waren, hatten die Spezialisten des LKA in akribischer Arbeit Spuren entdeckt, die letztendlich dazu führten, die wahren Täter zu ermitteln und zu überführen. »Ich werde die Überprüfung in die Wege leiten«, versprach Braig. »Sofort. Hoffentlich erwischen wir diese König bald.«

Er setzte sich an seinen Schreibtisch, nahm ein leeres Blatt, notierte in Stichworten, was er alles erledigen wollte:

Fingerabdrücke Königs mit denen der Tatfahrzeuge vergleichen.

Augenzeugen in Winnenden mit dem Foto der ermordeten Litsche konfrontieren.

Schiek nach dem Stand der Überprüfung des Fotos mit dem Minister und den Kindern fragen.

Vernehmung des Ministers.

Vernehmung?

Braig malte ein dickes Fragezeichen hinter die Notiz, strich diese dann kreuz und quer durch, ersetzte sie durch *Gespräch mit dem Minister.*

Ob es überhaupt einen Sinn hatte, den Mann aufzusuchen?

Er dachte an seine bisherigen Begegnungen mit einflussreichen Politikern: An *Hägele*, den Ministerialdirigenten etwa, den er vor ein paar Jahren in dessen festungsartig abgeschirmter Villa unweit des Ludwigsburger Schlossparks aufgesucht und auf seine Kontakte zu einer im jugoslawischen Bürgerkrieg tätigen Mörderbande befragt hatte. Die personifizierte Arroganz war ihnen begegnet, erinnerte sich Braig, ein eiskalter Politprofi, der alles tat, ihn die Einflussmöglichkeiten seines Amtes spüren zu lassen, um ihn von weiteren Ermittlungen abzuhalten. Es hatte ihm nichts genutzt. Trotz seiner Gegenwehr war es ihnen gelungen, seine Beteiligung an den Verbrechen zu belegen.

Oder *Orchitis*, ein Kollege Hägeles, nicht weniger arrogant, noch windschnittiger und stromlinienförmiger, dazu verlogener und ebenso dreist im Einsatz seiner Mittel. Orchitis, das Ekelpaket, das er und seine Kollegin Neundorf nur so zu ertragen wussten, dass sie sich bei jeder Begegnung mit dem schleimigen Widerling die Bedeutung seines aus dem Lateinischen stammenden Familiennamens in Erinnerung riefen: Orchitis = die Hodenentzündung.

Warum hatte Braig bei so vielen Politikern den Eindruck, dass es sich bei ihnen um besonders schmierige, anbiedernde, hohltönende, ja, verlogene Personen handelte? Zog es vor allem Menschen mit ausgeprägten charakterlichen Defiziten in diese Profession oder war es der Beruf, der normale Existenzen zu Polit-Monstern verformte?

Braig dachte an die unerbittlichen, jede Persönlichkeit verändernden Rituale, denen Politiker Tag für Tag unterworfen waren, an die Kameras und Mikrofone sensationsgeiler Medien, deren Vertreter ungeachtet des Wahrheitsgehaltes ihrer angeblichen Information oft nur das Ziel hatten, mit immer neuen, oft abstrusen Provokationen und Enthüllungen auf ihr Blatt bzw. ihren Sender aufmerksam zu machen. War es nicht völlig normal, dass Menschen, die täglich solchen Mediengewittern ausgeliefert waren, zu unsensiblen, nur an Äußerlichkeiten hängenden Showmastern mutierten? Das

Polit-Chamäleon als Preis, den die Gesellschaft der Medien-Demokratie zahlte?

Nein, er durfte sich nicht zu viel versprechen von dem Gespräch oder der Vernehmung des Ministers. Wenn der Mann wirklich mit den Morden zu tun hatte, vielleicht gar ihr Auftraggeber war, mussten sie andere Wege finden, ihm die Verbrechen nachzuweisen. Auf ein freundliches Gespräch oder ein Geständnis zu hoffen, bedeutete Blauäugigkeit pur. Vielleicht hatten sie Glück und die flüchtige Frau König war in die ganze Angelegenheit involviert. Dann war es nur eine Frage der Zeit, bis die Frau ihnen endlich in einen ihrer hunderttausend ausgestreckten Fangarme lief.

17. Kapitel

Das erste Fahndungsplakat in Stuttgart fiel ihr schon in der S-Bahn-Station in die Augen. Michaela König war in Herrenberg umgestiegen, hatte die S 1 genommen und war direkt zur *Schwabstraße* gefahren. Als sie den Bahnsteig der unterirdischen Haltestelle betrat, sah sie ihr Konterfei auf dem Glas des Servicehäuschens mitten in der Station. Erschrocken machte sie einen großen Bogen um das Plakat, lief in der falschen Richtung aus dem Bahnhof.

Die Rolltreppe am oberen Ausgang der Haltestelle schien endlos in die Höhe zu schweben. Als sie das nächste Stockwerk endlich erreicht hatte, sah sie das Telefon.

Michaela König wusste genau, was sie vorbringen musste, um schnell zu ihm durchzukommen. Er meldete sich sofort, nachdem die Sekretärin das entscheidende Stichwort gehört hatte.

»Er ist tatsächlich zu sprechen, der hohe Herr«, spottete sie.

»Ich warte auf einen dringenden Anruf.«

»Der findet gerade statt.«

»Das ist richtig, ja. Wo bist du?«

»Nicht weit von der *Hasenbergsteige*.«

»Oh.« Er konnte seine Überraschung nicht verbergen.

»Ist die Wohnung frei?«

»Du willst bleiben?«

»Ich habe Probleme, ja.«

»Für dich immer. Der Code ist unverändert.«

»Tatsächlich?« Sie lachte laut. »Und was sagen deine Neuen dazu?«

Im Abstand von wenigen Metern schlenderte ein etwa 40-jähriger, mit einer dunklen Jeansjacke bekleideter Mann vorbei, betrachtete sie auffallend neugierig. Michaela König verstummte augenblicklich, drehte sich von dem Gaffer weg. Ob sie mich doch hierher verfolgt haben? Ihre Beine zitterten plötzlich, die Knie wurden weich.

Beeilung, schaffte es in ihr, ich muss von hier verschwinden.

»Du bist nach wie vor die Größte.«

»Danke«, presste sie hervor. Ihre Stimme drohte zu versagen. Sie drehte sich vorsichtig um, sah den Mann die Rolltreppe zur Station betreten. Er schenkte ihr keine Beachtung mehr, starrte einer anderen Frau hinterher.

Zufall, fragte sie sich, war es Zufall?

»Nur ...« Ihr Gesprächspartner am Telefon zögerte, überlegte.

Sie konzentrierte sich wieder auf ihn, versuchte es jedenfalls.

»Ich muss heute Abend noch auf Geschäftsreise.«

»Lass dich nicht abhalten.« Es kam ihr gerade recht. Sie wollte ihn nicht auf dem Hals haben. Nicht jetzt, in dieser Situation. »Ich benötige Ruhe. Wirklich.«

»Okay. Nächste Woche bin ich zurück. Sehen wir uns?«

»Vielleicht«, antwortete Michaela König. *Wenn ich noch lebe. Oder noch nicht verhaftet bin.*

»Lass es dir gut gehen. Ruhe dich aus.«

»Danke. Der Code ist wirklich ...«

»Ja, sagte ich doch: Alles ist unverändert.« Er lachte laut, als er den Hörer auflegte.

Michaela König sah sich nach allen Seiten um, verließ das Telefon. Auf der Rotebühlstraße herrschte wie üblich dichter Verkehr. Sie ärgerte sich über sich selbst, den falschen Ausgang aus der Station genommen zu haben, brauchte mehrere

Anläufe, bis sie die Straße endlich überquert hatte. Ein Auto hupte, bremste erst wenige Meter vor ihr ab.

Sie folgte der Straße abwärts, kaufte in verschiedenen Läden, was sie benötigte. Sie hielt sich nicht lange auf, bediente sich aus dem Regal, zahlte an der Kasse. Niemand sollte sich an die Frau erinnern können, die auch hier bereits auf Plakaten präsentiert wurde.

Die *Rötestraße* mit der anschließenden Staffel zu finden gelang ihr auf Anhieb. Sie war die steilen Treppen so oft hinauf- und hinuntergeschlendert, dass sie den Weg mit verbundenen Augen gefunden hätte. Irgendwann einmal hatte sie die Stufen gezählt. Zu welchem Ergebnis sie gekommen war, wusste sie heute nicht mehr. Irgendeine Zahl um die Hundert, erinnerte sie sich, als sie den Berg hinaufkeuchte.

Das Haus in der Hasenbergsteige stand keine hundert Meter oberhalb der Einmündung der Staffel auf der anderen Seite der Straße mitten auf dem schmalen Bergkamm zwischen dem Stuttgarter Westen und dem südlich gelegenen Stadtteil Heslach.

Michaela König erinnerte sich noch genau an den Moment vor mehr als zehn Jahren, als er ihr das Haus zum ersten Mal gezeigt hatte: Eine halbe Stunde nach Mitternacht, an einem der wärmsten Maiabende, den sie je erlebt hatte. Seine Verführungskünste hatten ihr Ziel erreicht, ohne dass er ihr einen einzigen Tropfen Alkohol hatte einflößen müssen, was Wunder bei diesem Traum von Haus, was Wunder bei diesem Irrsinn einer Wohnlage.

Wie ein verwunschenes Märchenschloss erhob sich der drei Stockwerke hohe, im Stil eines altenglischen Landhauses ausgeführte, von einem quadratischen, in dunklem Holz errichteten Turm gekrönte Bau mitten auf dem schmalen Bergrücken. Die Aussicht von einem der verschachtelt eingefügten, bei jedem Windstoß knackenden Holzbalkone oder aus einem der großen, mehr als 2,50m hohen Zimmer war so einzigartig, dass sie der auf derlei Zauber unvorbereitete Verstand so schnell gar nicht verarbeiten konnte: Der gesamte Talkessel der Stuttgarter Innenstadt mit den nördlichen Vororten, dem Neckarumland bis hin zu den Anhöhen des

Schwäbischen Waldes auf der einen, die enge Schlucht des Heslacher Tales mit den am gegenüberliegenden Hang errichteten Villen von Degerloch bis zu den fernen Kuppen der Schwäbischen Alb auf der anderen Seite.

Rings um das von Klinkersteinen und Fachwerkstruktur geprägte Gebäude rankte dichtes Gebüsch; ein lichter Wald aus schlanken Laubbäumen rahmte das Traumhaus auf allen Seiten ein. Nach Süden hin fiel das Gelände steil ab, hin zu einer Kante von Obstbäumen und einem schmalen Weinberg; von der Straße her wurde es von einer hohen Steinmauer abgeschirmt. Allein das stabile, schmiedeeiserne Tor erlaubte einen Einblick in das Pflanzendickicht und den kleinen Garten, der das Gebäude umgab.

Während sie versuchte, irgendwie einen klaren Kopf zu bekommen, träumte sie von der ersten Nacht, die sie hier verbracht hatte als läge sie nicht Jahre, sondern nur wenige Tage zurück, die Momente, in denen sie gemeinsam in dieses Traumreich vorgedrungen und die knarzenden Stufen bis ins oberste Stockwerk hoch gestiegen waren.

Michaela König trat vor den Eingang, betrachtete das Anwesen. Von außen hatte sich nichts verändert. Die leicht vergammelte, an vielen Stellen von Efeu und anderen Pflanzen überrankte Steinmauer, das dunkle, von einem überaus kunstsinnigen Schmied gefertigte Tor.

Sie tippte ihr Geburtsdatum in die Tastatur, hörte das Summen, das die Tür öffnete. Er hatte das System in Paris entdeckt, damals, vor vielen Jahren, als es im technikbegeisterten Nachbarland als der neueste modische Schrei galt.

Die Methode war absolut sicher, solange niemand den richtigen Code kannte. Gab man auch nur eine Ziffer falsch ein, ertönte sofort ein durchdringender Heulton, der jeden unberechtigten Aggressor verjagte. Ihr zu Ehren hatte er für die schönste Wohnung ihre persönlichen Daten einprogrammiert.

Sie schob das Tor zurück, trat in den von blühenden Osterglocken gesäumten Hof, schob das Portal hinter sich ins Schloss. An der Haustür wiederholte sie die Prozedur, trat dann ins Innere, schnaufte langsam die Treppen hoch. Die

Stufen knarrten wie damals. In der Luft lag das Aroma frischen Bienenwachses.

Die Wohnung war frisch renoviert, mit neuen Tapeten und Vorhängen ausgestattet. Sie schlenderte durch die drei Räume, sah, dass er bis auf das Bett nichts verändert hatte: Anstelle des alten stählernen Futon-Ungetüms machte sich im Schlafzimmer jetzt ein massives Vollholz-Exemplar breit, das gut zu den dunkelblauen Vorhängen passte.

Der Wohnraum war mit dem altvertrauten Mobiliar bestückt, das sie kannte: Das bequeme halbrunde Polster von IKEA, der breite Tisch mit massivem Sockel und die schlanke Kiefernholz-Vitrine an der Wand, die mehrere Porzellan- bzw. Glas-Garnituren zum Essen und Trinken barg. Dazu eine Aussicht aus den großen breiten Fenstern, die alles, was sie sonst kannte, in den Schatten stellte: Das Häusermeer des Stuttgarter Talkessels, die umliegenden Höhen, das Vorland, im Hintergrund die Berge.

Küche und Bad glänzten in neuen Farben: Helle Tapeten mit gelblichem Einschlag nahmen den abgeschrägten Wänden den Eindruck einengender Begrenzung, ließen sie größer erscheinen.

Sie packte den Rucksack aus, lagerte die Lebensmittel in der Küche und wandte sich dem Bad zu. Ihre Haare zu schneiden, bereitete ihr keine großen Schwierigkeiten, sie hatte es als Studentin ebenso oft selbst praktiziert wie später als Dozentin.

Sie nahm den Spiegel, den sie kurz vorher erworben hatte, riss die neue Schere aus ihrer Packung. Es dauerte annähernd zwei Stunden, bis ihre Haare auf die Hälfte gestutzt waren und in neuer, fast rabenschwarzer Farbe aufleuchteten. Sie starrte in das Gewirr ihrer Ebenbilder, die sich bei Veränderungen der Kombination der beiden Spiegel immer aufs Neue ergaben, erschrak über die Frau, die ihr entgegenblickte: Müde Augen, von Falten umgeben, bleicher, fast kranker Teint.

Sie war todmüde, wollte nur noch ins Bett, schlafen, ausruhen, alles vergessen.

Als sie das Schlafzimmer betrat, läutete das Telefon. Sie schrak zusammen, starrte ängstlich zur Tür. Telefon, hier?

Wussten sie schon, dass sie sich hier verbarg?

Nein, sie konnten es nicht wissen. Nicht Stuttgart, nicht die Straße, nicht das Haus. Unmöglich.

Sie setzte sich auf den Stuhl neben dem Bett und hörte dem Läuten zu. Zehnmal, zwölf, fünfzehn. Es wollte nicht aufhören. Wer konnte es sein, außer ihm?

Sie lief ins Wohnzimmer, nahm den Hörer ab, lauschte in die Muschel.

»Hallo«, sagte er, »du hast schon geschlafen?«

Ihr ganzer Körper streckte sich, sie atmete tief durch, entspannte. »Ich war gerade dabei«, antwortete sie.

»Tut mir Leid, wirklich.« Er schwieg einen Moment, hielt die Hand vor den Hörer, sagte etwas zu einer anderen Person. Dann war er wieder da. »Entschuldige bitte, aber ich muss gleich weg. Sonst hätte ich dich nicht mehr gestört.«

»Ist schon gut.« Sie relaxte mehr und mehr, legte sich auf das Sofa.

»Alles okay?«

»Es geht.« Sie schob ihren Fuß unter ein breites Kissen, lehnte sich zurück. »Wo fährst du hin?«, fragte sie.

»Paris. Dämlicher Kongress.«

»Die Geschäfte laufen immer noch gut?«

»Liest du ab und zu Zeitung?«

Sie lachte, wusste, was er meinte. Ende der achtziger Jahre hatte er sich mit Freunden selbständig gemacht, neben seiner Tätigkeit als Mathematik-Dozent eine kleine Firma für Computer-Software gegründet, die seitdem unaufhaltsam expandierte. Sie beschäftigten inzwischen ganze Heere von Informatikern, ihr Aktienkurs bewegte sich trotz des letztjährigen Börsen-Crashs immer noch in schwindelerregenden Höhen.

»Wie viele Häuserzeilen in Stuttgart gehören dir inzwischen?«

Er lachte. »Du überschätzt mich gewaltig. Ich bin nur ein kleiner Teilhaber hier. Die City kaufen andere.«

»Du armer Schlucker.«

»Zum Geldausgeben bleibt mir leider keine Zeit.«

»Keine Frauengeschichten mehr?«

»Ich konnte dich nie vergessen.«

»Lügner.«

Er lachte aus vollem Hals. »Und du?«, fragte er.

»Ein Student nach dem anderen«, feixte sie, obwohl ihr nicht danach zumute war.

»Das glaube ich dir aufs Wort. Aktiv wie immer.«

Sie gab ihm keine Antwort. Er hatte angefangen damals, nicht sie. Er, der Leiter des Anfänger-Seminars in Mathematik, nicht sie, die junge, noch schüchterne Studentin der ehrwürdigen Tübinger Universität. Er hatte sie verführt nach Strich und Faden, wie im Roman. Sie überfallen mit Charme, Zuneigung, Zärtlichkeit, Geld und seinem Märchenschloss. Es hätte ihn den Job kosten können, damals. Stattdessen hatten sie – beide – ihr gemeinsames Glück genossen. Vier, fünf, sechs Semester lang. Bis sie sich auseinandergearbeitet hatten, er mit seinem immer aufwendigeren Engagement in der neuen aufblühenden Firma, sie mit ihrem endgültigen Umstieg von den Natur- zu den Geisteswissenschaften. Irgendwann war sie verblüht, vorbei, die gemeinsame Zeit, die nur ihnen gehört hatte, sonst niemandem bekannt war, außer einigen wenigen intimen Freunden.

»Du musst unbedingt ins Café *Graf Eberhard*«, sagte er, »genau das Richtige für dich.«

»Glaubst du wirklich?«

»Ich kenne doch deinen Geschmack. Du wirqt dich wohlfühlen. Es liegt am Rand der Altstadt. Ecke Nesenbach- und Christophstraße.«

»Danke für den Tipp.«

»Wir sehen uns, Ende der Woche?«, fragte er.

»Hoffentlich«, erwiderte sie. *Wenn ich noch lebe.*

»Alles Gute«, meinte er, dann hatte er aufgelegt.

Sie wusste, dass sie hier sicher war. Wenn nicht hier, wo dann?

Sie lief ins Schlafzimmer, legte sich ins breite Bett, versank in tiefen Schlaf.

18. Kapitel

Michael Felsentretter stand mit weit nach vorne gerecktem Kopf vor Braigs Büro, als dieser aus dem Fahrstuhl trat. Der Kriminalkommissar war vor wenigen Wochen zu ihnen gestoßen, nachdem die Kollegin Neundorf ihren Mutterschaftsurlaub angetreten hatte.

Felsentretter war annähernd zwei Meter groß, dazu kräftig, muskulös, von langjährigem Kraftsporttraining von der breiten Schulterpartie bis zu seinem durch die außergewöhnlich entwickelte Beinmuskulatur bewirkten, leicht watschelnden Gang geprägt. Er hatte dünne Haare, ein breites Gesicht, war Mitte Dreißig.

»Jetzt hängt das Albanerpack mit drin«, donnerte er Braig entgegen, wedelte mit mehreren Blättern Papier durch die Luft.

Braig blieb impulsiv stehen, bedachte Felsentretter mit einem kritischen, abweisenden Blick. Der Abstand zu dem Kollegen betrug mehr als drei Meter; Braigs verkrampfte Körperhaltung sprach Bände. Er konnte den Mann nicht leiden, hatte bisher keinen Zugang zu dessen – wie er fand – grobschlächtiger, oft unbeherrschter Art gefunden, verhielt sich ihm gegenüber deshalb sehr reserviert.

»Wer hängt wo drin?«, fragte er in gereiztem Ton. Seine Stirn lag in Falten.

»Albaner«, erklärte Felsentretter, »die Krönung des Kontinents.«

Er baute sich vor seinem Kollegen auf, schlug mit der linken Hand auf seine Brust.

Braig verabscheute die oftmals vulgäre, oft auch rassistische Ausdrucksweise des anderen, ärgerte sich, nach seiner Rückkehr aus Winnenden jetzt direkt auf den Mann zu treffen. Er hatte die Augenzeugen besucht, die Nuhr mit der bisher unbekannten Frau auf der Terrasse des Cafés in der Fußgängerzone beobachtet hatten, war mit Fotos, die sie in Verena Litsches Wohnung gefunden hatten, bei ihnen vorstellig geworden. Zwei von den Dreien glaubten, die in Tübingen Ermordete als die Person zu erkennen, die mit Nuhr geredet hatte, auch wenn sie im Vergleich zu den Fotos inzwischen deutlich gealtert und dünner geworden war.

»Das ist die Frau, hundert Pro!« hatte der Kellner des Cafés beteuert, den Braig zuhause in seiner Wohnung in Schelmenholz, einem Vorort von Winnenden aufgesucht hatte, »zehn Kilo schwerer, aber sie ist es.«

Es gab keinen Grund, an den Aussagen der Leute zu zweifeln, durfte somit als gesichert gelten, dass sowohl Nuhr als auch seine Gesprächspartnerin Opfer zweier im Abstand weniger Stunden ausgeübter Verbrechen geworden waren. Zweier Verbrechen, die garantiert in einem Zusammenhang miteinander standen.

Braig sah auf, sah Felsentretter vor sich stehen. »Wo sind Albaner?«

»Fingerabdrücke. Im Mörder-BMW in Winnenden.«

»Wer sagt das?«

»Hier«, Felsentretter wies auf die Papiere in seiner Hand, »der abschließende Untersuchungsbericht.«

Braig war wohl oder übel gezwungen, das Schreiben anzunehmen, drückte sich an dem Kollegen vorbei in sein Büro. Der Bericht umfasste mehrere Seiten, beinhaltete die Untersuchung des gestohlenen Autos, mit dem der Journalist Nuhr in Winnenden getötet worden war. Helmut Rössle und Markus Schöffler hatten ihn gemeinsam unterzeichnet.

Braig überflog die Papiere, fand die Aussage Felsentretters bestätigt. Einer der zahlreichen Fingerabdrücke, die sie im Innenraum des Fahrzeugs gefunden hatten, ließ sich nach dem Datenabgleich mit der Interpol-Fahndungsliste auf einen Kosovoalbaner, namens Hasim Foca, zurückführen. Der Mann war eines Doppelmordes wegen, den er in Italien an einem Fabrikantenehepaar verübt haben sollte, festgenommen und erkennungsdienstlich behandelt worden, dann jedoch, vor genau zwei Jahren, wie Braig an den Daten erkannte, bei der Überführung in eine andere italienische Haftanstalt seinen Bewachern entflohen.

»Pack«, zischte Felsentretter, »elendes Pack.« Er stellte sich neben Braigs Schreibtisch, ließ einen Kugelschreiber im Kreis herumtanzen.

»Woher haben Sie die Papiere?«, fragte Braig.

»Von den Technikern durchgefaxt. Vor einer Stunde etwa.«

Braig griff zum Telefon, wählte Rössles Nummer. Er schaute auf seine Uhr, sah, dass es spät geworden war. Zwanzig nach Sechs. Rössle war wohl längst gegangen.

»Alle achtzig Deifel von Sindelfinge«, hörte er im selben Moment, »was isch jetzt schon wieder los?«

»Braig. Ich habe deinen Bericht über das Tatfahrzeug von Winnenden.«

»Der stammt nicht nur von mir. Schöffler war genauso beteiligt.«

»Prima, tolle Arbeit. Ihr habt tatsächlich einen Albaner identifiziert.«

»Das hent ihr net erwartet.«

»Nein«, gestand Braig, »das nicht.«

»Es war auch sehr mühsam«, bruddelte Rössle, » a Saugschäft.«

Braig glaubte ihm aufs Wort, weil er wusste, wie fleißig der Kollege war.

»Der Karren war voll mit Abdrücken. Oben, an der Scheibe, der Konsole, den Sitzen. Allesamt von dem Besitzer, seiner Frau und seinen Kindern. I wollt schon aufgebe, hätts beinahe übersehe. Der Albaner war unte am Fahrersitz. Dort, wo du das Ding vor- oder zurückschiebsch.«

Der Kommissar ahnte, dass die Techniker das Fahrzeug stundenlang untersucht hatten. Schöffler und Rössle gemeinsam, damit ja nichts übersehen oder vergessen wurde. Schwäbische Gründlichkeit, eines der Fundamente für die hohe Aufklärungsquote des Stuttgarter Landeskriminalamtes.

»Der Schöffler war drei Stund dabei, ich heut noch Mal dasselbe. Wenn's reicht.«

»Vielen Dank.« Braig überlegte, äußerte dann das Problem, das er bei der Durchsicht der Papiere nicht geklärt sah. »Woher habe ich die Garantie, dass dieser Albaner am Tag des Mordes in dem Auto saß?«

»Garantie? Alle achtzig Deifel von Sindelfinge, der Herr will eine Garantie!«

»Theoretisch kann der Mann also schon vor längerer Zeit seinen Abdruck hinterlassen haben.«

»Wenn der Besitzer nix Besseres zu do hat als kriminelle Albaner ins Auto zu lasse, bestimmt. Ruf ihn halt an!«

Braig dankte Rössle nochmals für seine Arbeit, sah zu Felsentretter auf, der immer noch an seinem Schreibtisch lehnte. »Der Besitzer des Fahrzeugs, wissen Sie zufällig noch seinen Namen?«

Der bullige Kollege lachte. »Sie wollen ihn fragen, ob er was von einem Albaner weiß?«

»Wir müssen klären, ob der Abdruck wirklich ...«

»Habe ich schon erledigt«, unterbrach ihn Felsentretter, »ich telefonierte mit dem Mann. Schmitt heißt er, mit Doppel-T.«

»Und?« Braig versuchte, seine Überraschung zu verbergen.

»Mit Albanern hat er nichts am Hut. Er war sich absolut sicher, dass niemand an seinem Wagen war.«

»Es sei denn ...«

»Die Werkstatt. Vor drei Monaten hatte er eine Inspektion. Ich habe dort nachgefragt. Vor zehn Minuten. Sie haben keine Albaner beschäftigt. Nicht heute und nicht früher. Niemals.«

Braig staunte im Stillen über die Cleverness des Kollegen. »Dann können wir fast davon ausgehen, dass dieser Typ mit dem Mord zu tun hat. Sie haben die Fahndung nach ihm aktualisiert?«

Felsentretter nickte. »Höchste Alarmstufe, ja.«

Ein Albaner, überlegte Braig, in dem Fahrzeug, mit dem Nuhr getötet worden war. Von dieser Tatsache konnten sie jetzt wohl mit einiger Sicherheit ausgehen. Ein Albaner. Änderte die neue Erkenntnis etwas an ihrer Vorgehensweise?

»Waffenschieber- oder Drogenbande, wie? Und die Journalisten kamen dem Pack auf die Spur,« bemerkte Felsentretter.

Braig zuckte mit der Schulter. Gesucht wegen Doppelmordes an einem Fabrikantenehepaar in Italien, dann vor zwei Jahren dort entflohen.

Er ertappte sich bei dem Gedanken, es für typisch italienisch zu halten, einen Verbrecher dieses Kalibers entkommen zu lassen. Wahrscheinlich war gerade eine hübsche, junge Signorina vorbeigekommen, hatte die Beamten zu bewundernden Blicken und einem intensiven Pfeifkonzert veranlasst und der Verbrecher hatte die Gelegenheit genutzt, sich aus dem Staub zu machen. Italien live. Chaos pur.

Aber waren es nicht gerade nationalistische Vorurteile, deren unverhohlene Äußerung ihn an Felsentretter so nervte?

Was hatte ein Albaner mit dem Mord an einem Journalisten zu tun? Gab es in dem vorliegenden Fall einen wichtigen Teilaspekt, den sie bisher noch nicht erkannt oder einfach übersehen hatten?

Braig blickte zu seinem Fax, sah das Blatt in der Ablage. Er zog es zu sich heran, las es durch. Rössle hatte es vor mehr als zwei Stunden abgeschickt, um ihn darüber zu informieren, dass sie weder in Breidles Auto noch in dem Fahrzeug, mit dem Nuhr getötet worden war, Spuren bzw. Fingerabdrücke der flüchtigen König entdeckt hatten.

Dafür aber die eines Albaners, überlegte er.

Er griff zum Telefon, wählte nochmals Rössles Nummer.

Der Techniker war immer noch in seinem Labor. »Ja?«

»In Breidles Auto habt ihr nicht zufällig ebenfalls Spuren von diesem Albaner entdeckt?«, fragte Braig, ohne sich erst vorzustellen.

»In Sindelfinge gibt es unzählig viele Idiote«, brummte Rössle, »aber zufällig keine Abdrücke von dem Kerl. Keine. Null. Wenn ihr feine Herre aber glaubet, dass i den Karre jetzt au nochemal durchsuch ...«

»Nein, vielen Dank, wirklich nicht!« Braig legte auf, gab sich mit der Auskunft zufrieden. Er musste sich jetzt intensiv mit der neuen Erkenntnis beschäftigen, dass sie die Spuren eines Albaners in dem Mordauto von Winnenden entdeckt hatten. Vorausgesetzt, der Mann war wirklich der Mörder, was hatte ihn zu der Tat veranlasst? War Nuhr einer albanischen Gang, die mit Drogen oder Waffen handelte, auf die Schliche gekommen, wie Felsentretter vorhin erwähnt hatte, oder handelte es sich um einen Killer, der im Auftrag eines anderen, eventuell auch eines Deutschen tätig geworden war?

Das Verbrechen in Italien gab darüber keine Auskunft, aber hatten sie wirklich alle Informationen erhalten, die es dazu gab? Vielleicht lohnte es sich, dort nachzufragen.

Braig sah auf, beobachtete Felsentretter, der einen Kaugummi aus einem Silberpapier wickelte und in den Mund steckte.

»Wie steht es um Ihr Italienisch?«, fragte er. Braig wusste, dass der Kollege mehrere Jahre in der *Organisierten Kriminalität* tätig gewesen war, einer der größten Abteilungen des LKA, die sich mit mafiosen Vereinigungen, die auch in Baden-Württemberg agierten, beschäftigte. Italienische Banden, russische Gangs, türkische und albanische Gruppierungen bildeten den Schwerpunkt ihrer Ermittlungen.

»Für die Mafia reicht es«. erklärte Felsentretter, kaute mit breitem Grinsen auf seinem Kaugummi.

»Würden Sie bitte nachfragen, was man diesem Albaner konkret vorwirft?«

»Sie glauben, die Herren Kollegen in Italien verfügen über so moderne Errungenschaften wie Aktenordner oder gar Computer, wo man bestimmte Fakten speichern kann?«

»Es könnte uns vielleicht helfen.«

Felsentretter nickte, sah auf seine Uhr. »Heute ist es wohl zu spät. Ich werde es aber versuchen. Spätestens morgen früh.« Er drückte sich von Braigs Schreibtisch weg, lief zur Tür.

»Wer kennt sich bei uns am besten mit Albanern aus?«, rief Braig hinterher.

Der Kollege blieb stehen, drehte sich um. »Karl Heinz Reinhardt«, sagte er, »der Mann erstickt in Arbeit.«

Braig kannte Reinhardt gut. Er nickte Felsentretter zu, der in den Flur hinaustrat, suchte im Computer nach Reinhardts Nummer.

Der Hauptkommissar nahm bereits beim ersten Läuten ab. Braig begrüßte ihn, äußerte seinen Wunsch, merkte, dass der Mann gerade in einer wichtigen Besprechung war.

»Ich rufe zurück«, erklärte Reinhardt, »in zehn Minuten, okay?«

Braig bedankte sich. Er hatte gerade aufgelegt, als das Telefon läutete.

»Du hast es dir anders überlegt?«, fragte er in der Hoffnung, der Kollege habe doch noch Zeit gefunden.

»Tut mir Leid, wenn ich dazwischen funke«, erklärte

Jürgen Hofmann, »ich will auch nicht lange stören.«

Braig entschuldigte sich, nutzte die Gelegenheit, dem Oberstaatsanwalt von der neuen Spur zu berichten, die aus dem Fingerabdruck resultierte.

»Albaner?« Hofmanns schrille Stimme brachte seinen Schock deutlich zum Ausdruck.

»Ich kann noch nicht viel sagen, versuche gerade, mir genauere Informationen zu verschaffen. Aber der Fingerabdruck im Tatfahrzeug von Winnenden ist eindeutig gesichert. Der Mann wird seit zwei Jahren gesucht. Wir haben die Fahndung neu ausgeschrieben.«

»Dann können wir nur hoffen, dass wir Erfolg haben. Obwohl ich nicht daran glaube.«

Braig ahnte, wie realistisch die Befürchtung des anderen war.

»Wir haben einen Termin beim Minister«, fuhr Hofmann fort. »Seine Sekretärin hat mich gerade informiert. Morgen Abend um 18 Uhr im Ministerium. Passt Ihnen die Zeit?«

Braig notierte sich den Termin, sagte zu. »Wollen wir uns dort treffen?«

Der Oberstaatsanwalt zögerte mit seiner Antwort. »Könnten wir uns vorher noch kurz absprechen, wie wir vorgehen?«

»Ich rufe Sie morgen früh an. Einverstanden?«

Hofmann verabschiedete sich, bat zuvor Braig darum, ihn dann auch über den neuesten Stand der Ermittlungen bezüglich des Albaners zu informieren.

Braig lief zum Wasserhahn, ließ ein Glas voll laufen, trank es bis auf den Grund leer. Er spürte seine anschwellenden Kopfschmerzen und die zunehmende Müdigkeit. Dann fiel ihm ein, dass er seit heute Mittag in der Kantine nichts mehr gegessen hatte, nicht einmal eine Kleinigkeit zwischendurch.

Er beschloss, auf den Anruf Reinhardts zu warten, dann nach Hause zu gehen und die Ermittlungen zu vergessen. Abschalten und wieder Mensch werden, dachte er, einfach den ganzen Kram zurücklassen. Wenn das nur so einfach wäre ...

Zehn Minuten später läutete das Telefon. Braig sah auf die Uhr. Zwanzig nach Sieben. Er nahm ab, nannte seinen Namen.

Karl Heinz Reinhardt entschuldigte sich für die Verspätung. »Wir haben gerade eine wichtige Besprechung. Das geht wohl bis in die Nacht. Du musst entschuldigen, ich bin nur auf einen Sprung raus.«

»Dann verschieben wir es auf morgen. Wir haben die Abdrücke eines Albaners. Ich dachte, du bist der beste Mann auf dem Gebiet.«

»In einem Mordfall?«

»Die Sache mit den Journalisten.«

Reinhardt zeigte sich informiert. »Ich habe davon gehört. Der Albaner ist identifiziert?«

Braig schaute auf das Papier, las den Namen vor. »Hasim Foca. Er soll in Italien vor zwei Jahren ein Ehepaar ermordet haben, konnte dann aber entkommen. Und jetzt fand Rössle seine Abdrücke in dem Mordauto in Winnenden.«

»Er ist also von den Italienern zur Fahndung ausgeschrieben?«

»Leider erfolglos, ja. Was mich interessiert ...«

»Du willst wissen, ob der Kerl einer Bande zuzuordnen ist?«

»Genau. Ich fürchte, die Journalisten kamen einer Waffenschieber- oder Drogenbande auf die Schliche und wollten sie hochgehen lassen. Um das zu vermeiden ...«

»Damit musst du rechnen. Die lassen sich prinzipiell nicht in ihre Geschäfte pfuschen. Von niemandem.«

Braig hörte, wie aus dem Hintergrund jemand auf Reinhardt einredete, bot seinem Gesprächspartner an, ihn morgen nochmals anzurufen.

»Nein, so viel Zeit muss sein«, wehrte der Kollege ab, »wenn ihr wirklich die Abdrücke eines Albaners habt, müssen wir alles tun, um den Kerl zu kriegen. Wenn es so weiter geht, spielen die mit uns Katz und Maus. Die albanischen Banden haben bald halb Europa im Griff.«

»Ihre Aktivitäten reichen in unseren Raum?«

»Stuttgart entwickelt sich zu einem ihrer wichtigsten Zentren. Es wird immer schlimmer. Was wir noch vor ein paar Jahren aus Süditalien oder Russland zu uns kommen sahen, haben wir im Griff. Dafür aus Albanien und dem Kosovo ...«

»Drogen?«

Karl Heinz Reinhardt lachte bitter. »Drogen, vor allem Heroin, sind nur ein Teil des Geschäfts dieser mafiosen Banden. Waffenschmuggel, Geldwäsche, Menschenhandel gehören genauso dazu. Wir können inzwischen die Wege vieler dieser Waren genau nachvollziehen: Von Afghanistan über den Kosovo bis Stuttgart, gesteuert von Netzwerken mit Führungspersönlichkeiten der albanischen organisierten Kriminalität. Die Drahtzieher sitzen im Kosovo. Von der NATO befreit und von unseren Kfor-Soldaten aufmerksam beschützt. Damit die Killer besser agieren können.« Er ließ wieder sein kurzes, bitteres Lachen hören.

»Ihr kennt die Bosse?«

»Einige, ja. Die meisten allerdings nicht. Wir kommen nicht an sie heran. Albanische Kriminelle sprechen Dialekte, die Außenstehenden kaum verständlich sind. Die Clans sind Fremden zudem verschlossen. Natürlich will ich nicht sagen, dass alle Albaner kriminell sind, das nicht. Aber durch die jahrhunderte lange Unterdrückung durch Fremde im Kosovo und Nordalbanien waren die Leute gezwungen, sich ein eigenes Rechts- und Sozialsystem zu schaffen, um sich ihre Eigenständigkeit zu bewahren. So entstand ein Prinzip, das genau definiert, wer neben der Blutsverwandtschaft zur Solidargruppe gehört und deren Schutz genießt. Auf Verrat steht der Tod. Deshalb haben wir kaum Chancen, an die Leute ranzukommen. So gut wie nie vertraut ein Albaner einem Polizisten, der nicht zu seinem Clan gehört. Und ein Krimineller, auch ein Mörder, kann sich auf den Schutz seiner Gruppe verlassen. Ich komme mir vor wie Sisyphos: Wir arbeiten Tag und Nacht und dennoch fließen immer neue Heroinmengen und Waffen ins Land. Gelingt es uns trotzdem einmal zuzuschlagen, erwischen wir nur die Handlanger, die kleinen Fische. Was können wir denen schon nachweisen? Es reicht höchstens für ein paar Monate. Und kaum sind die Typen frei, sind sie auch schon verschwunden, spurlos. Dann kämpfen sie sich in ihrer Organisation nach oben. Bis sie ein paar Jahre später in einem anderen Land zufällig in eine Polizeikontrolle geraten. Neuer Ausweis, neuer Name, neue Adresse. Bis die Kollegen eruiert haben, dass die Fingerabdrücke mit denen eines im Nachbarland wegen Mordes gesuchten Killers identisch sind, ist von dem Kerl nichts mehr zu sehen. Verschwunden, irgendwo im weiten Netz ihrer Organisationen. Was wir mit all unseren Aktivitäten bisher erreicht haben, sind Nadelstiche. Kleine, harmlose Nadelstiche. Und die Bosse im Kosovo werden immer reicher und mächtiger und die Kfor-Soldaten beschützen ihre Aktivitäten. Mit unseren Steuergeldern.«

»Das klingt nicht gerade optimistisch.«

»Nein, dazu gibt es wirklich keinen Grund. Aber was red ich ...« Reinhardt schwieg einen Moment, wurde wieder von einer Stimme aus dem Hintergrund bearbeitet. Er gab eine kurze Antwort, meldete sich dann wieder. »Ich habe mir den Namen notiert. Sollte ich zufällig irgendwelche Informationen dazu haben, gebe ich euch Bescheid. Spätestens morgen früh.«

Braig bedankte sich, stand auf, lief zum Wasserhahn, füllte sich noch ein Glas voll. Hunger, Durst und Müdigkeit machten ihm immer stärker zu schaffen. Was er von Reinhardt erfahren hatte, klang nicht gerade hoffnungsvoll. Falls Litsche und Nuhr den Aktivitäten einer albanischen Bande auf die Schliche gekommen waren, wie sollten sie die Drahtzieher der Clique ausfindig machen? Er musste sich bei der Organisierten Kriminalität genau nach den Gangs erkundigen, die im Raum Stuttgart tätig waren.

Braig nahm das Glas auf, da schoss Felsentretter ins Büro.

»Oh, Sie sind noch hier?«

Braig stellte das volle Glas ab, drehte sich wortlos zu dem Kollegen um. Er sah ihm deutlich an, dass er etwas Wichtiges entdeckt hatte.

»Die Italiener sind fitter als man glaubt.«

Braig blieb am Wasserbecken stehen. »Wieso? Haben Sie jemanden erreicht?«

Felsentretter nickte triumphierend. »In der Tat. Nicht nur, dass deren Büro noch besetzt war, auch ihre Computer sind ordentlich programmiert. Ich sprach mit einem Commissario Fabrici in Venedig. Er ist zuständig für Gewaltverbrechen in der Lagunenstadt und ihrer Umgebung. Hasim Foca war ihm sofort ein Begriff. Unser Killer hat nicht nur ein

Fabrikantenehepaar in der Nähe von Venedig ermordet, sondern zwei weitere Menschen.«

Braig streckte seinen Arm aus, stützte sich an der Wand ab. Felsentretters Worte machten ihm erschreckend deutlich, in welche kriminellen Gefilde ihre Ermittlungen vorstießen.

»Der eine ist ein Politiker, wenn ich richtig verstanden habe, so etwas wie ein Landtagsabgeordneter, Mitglied einer sozialistischen Partei. Und der andere ...« Felsentretter schwieg, schob seinen Kaugummi im Mund hin und her.

»Wer ist der andere?«, fragte Braig ungeduldig. »Spannen Sie mich doch nicht so auf die Folter.«

»Es ist ein Journalist.«

»Ein Journalist?« Braig begriff die Parallele sofort. Ein Journalist, genau wie im vorliegenden Fall.

Er versuchte, einen klaren Kopf zu bewahren, löste sich aus seiner unbequemen Haltung. »Wissen Sie Genaueres über den Mann?«

Felsentretter nickte mit dem Kopf. »Er war Mitglied der Redaktion einer großen Tageszeitung in Mailand, wie Fabrici erklärte. Den Titel des Blattes habe ich vergessen, aber der Kollege faxt uns morgen früh die ganze Akte zu. Ja, ein Journalist.«

Braig trank das Glas zur Hälfte leer, schüttete den Rest des Wassers weg. Mussten sie nach Zusammenhängen mit dem Mord in Italien suchen? »Der Albaner ist in allen vier Fällen als Täter identifiziert?«

»Ohne jeden Zweifel.« Felsentretter nickte. »Fabrici legte Wert darauf, dass der Kerl eindeutig als Mörder überführt wurde. Er selbst hatte ihn aufgespürt und verhaftet. Durch einen Zufall allerdings, wie er sagte. Wie es dem Killer gelang, sich zu befreien, ist auch klar. Er schoss sich seinen Weg aus dem Gefängnis buchstäblich frei, tötete einen der Wärter, verletzte einen anderen schwer. Woher er die Waffe hatte, weiß allerdings niemand. Fabrici war sehr vorsichtig in der Wahl seiner Worte. Wenn ich ihn richtig verstanden habe, hängt das Entkommen des Verbrechers wohl mit der Person zusammen, die als Auftraggeber der Morde angeklagt wurde. Jedenfalls wird das vermutet. Bewiesen konnte es bis heute noch nicht werden, obwohl die Sachlage eigentlich vollkommen klar ist.«

»Und wer war der Auftraggeber der Morde? Eine albanische Drogenbande?« Braig lief zu seinem Schreibtisch, lehnte sich an seinen Stuhl.

»Albanische Bande?« Felsentretter lachte laut. »Sie brauchen ihre Phantasie nicht zu bemühen, Kollege. Mir kommt alles bekannt vor. Sehr bekannt. Der Auftraggeber, so erklärte Fabrici, sei ein Politiker. Um es genauer zu formulieren, ein Minister.«

»Minister?«, rief Braig. Er ließ sich auf den Stuhl fallen, sah zu dem anderen hoch.

Felsentretter wiederholte seine Aussage. »Ein Minister der Regionalregierung, beinahe hätte ich gesagt, der Landesregierung, ja.« Er klopfte mit seiner Faust an die Tür, schob seinen Kaugummi im Mund hin und her. »Ein ehemaliges Mitglied der Democratia Cristiana. Diese Partei wurde inzwischen aufgelöst, wie Sie vielleicht wissen.«

»Sie haben ihn überführt?«

»Wenn ich Fabrici richtig verstanden habe, saß der Kerl zwei Jahre in Untersuchungshaft.«

»Und jetzt?«

»Ich glaube, der kam wieder frei. Weil Beweismittel verschwanden. Und der, der die Aufträge hätte bestätigen können ...«

19. Kapitel

Harry Nuhrs Telefon in der Redaktion der Berliner *tageszeitung* läutete fünf Mal. Entnervt griff Bettina Markey nach dem Apparat, zog ihn zu sich her, nahm ab.

»*tageszeitung*, Markey. Was kann ich für Sie tun?« Sie schaute auf die Uhr, sah, dass es zwei Minuten nach Acht war. Höchste Zeit, endlich zu einem Ende zu kommen. Sie spürte ihren müden Kopf, schob den Stapel Akten, den sie für eine neue Reportage aufarbeitete, zur Seite, wartete auf eine Antwort.

Die Anruferin ließ sich Zeit. »Haben Sie Interesse am Mordfall Verena Litsche?«

Markey, eine hochaufgeschossene Mittvierzigerin in schwarzem Hosenanzug, benötigte einige Sekunden um zu begreifen. »Mordfall? Wer sind Sie?«, fragte sie. Sie starrte auf den Strauß dunkelroter Rosen, der mitten auf Nuhrs Schreibtisch stand.

»Das tut nichts zur Sache.«

Es handelte sich um eine Frau, so viel war ihr klar. Die Stimme klang tief, sehr tief sogar, aber sie gehörte einem weiblichen Wesen, ohne Zweifel.

»Bearbeiten Sie den Fall?«

»Warum?«

»Weil ich Ihnen vielleicht helfen könnte. Ich verfüge über einiges an Material.«

Bettina Markey war elektrisiert. Nervös schwang sie sich auf dem Drehstuhl hin und her. »Was für Material?«

Die Frau schwieg einen Moment. Im Hintergrund schienen Autos vorbeizufahren.

»Bearbeiten Sie den Fall?«

Dämliche Frage. Wer bei der *tageszeitung* war nicht mit dem »Fall« Harry Nuhr/Verena Litsche beschäftigt? Seit die Polizei gegen Mittag den Namen der Frau und ihren Tod bekanntgegeben hatte, gab es im ganzen Haus nur noch das eine Ziel: Litsches Untersuchungen ausfindig zu machen, um so auf die Hintermänner des gewaltsamen Todes von ihr und Harry Nuhr zu stoßen. Klaus Weidmann, der Süddeutschland-Korrespondent, hielt sich seit einigen Stunden in Tübingen auf, um die Aktivitäten der Polizei vor Ort zu verfolgen und selbständig weiter zu recherchieren.

»Natürlich bearbeite ich den Fall«, erklärte Markey mit fester Stimme.

Autos fuhren vorbei, Motoren dröhnten. Dann kam wieder die Stimme der Frau. »Sie haben Interesse an dem Material?«

»Muss ich das noch betonen?« Die Person am anderen Ende der Leitung lachte. Ein böses, hämisches Lachen. »Nein, das müssen Sie nicht betonen. Das ist mir schon klar.«

Vera Basedow betrat den Raum, wollte an ihrer Kollegin vorbei. Markey packte sie am Arm, deutete mit rollenden Augen auf den Telefonapparat. »Sie haben das gesamte

Material von Frau Litsche?«, fragte sie laut.

Basedow riss den Kopf zur Seite, starrte sie überrascht an, presste dann ihr Ohr mit an den Telefonhörer.

Markey deutete auf die Lautsprecher-Taste, sah Basedows heftiges Abwinken. Sie verstand die Bedenken der Kollegin. Sie durften die Anruferin nicht verunsichern.

»Direkt von ihr. Sie hat die Diskette vorgestern bei mir hinterlegt.«

»Wo sind Sie?«

»Das tut nichts zur Sache.«

Basedow kniete sich auf den Boden, lehnte sich an den Drehstuhl, ihr Ohr am Hörer.

»Wie kommen Sie auf uns?«, fragte Bettina Markey.

»Sie gab mir ihre Nummer«, erklärte die Frau, »wenn irgendetwas wäre, sollte ich anrufen. Das ist jetzt der Fall mit ihrem Tod, wie?«

Motoren brummten, Autos fuhren vorbei. Sie stand wohl in einer Telefonzelle.

Markey wusste nicht, was sie antworten sollte.

»Also, was ist, haben Sie Interesse an der Diskette? Verena meinte, für Ihre Zeitung sei es sehr wichtig.«

Verena. Sie war per Du mit ihr. Verwandt oder bekannt.

»Sie wollte es bei uns veröffentlichen. Monatelange Arbeit steckt in der Sache. Wir warten seit Tagen auf das Material.«

»Also«, sagte die Frau, »dann können wir ja miteinander ins Geschäft kommen.«

»Sofort«, erklärte Markey, »wo dürfen wir die Diskette abholen?«

Die tiefe Stimme am anderen Ende der Leitung lachte. »Das klingt ganz vernünftig. Aber erst sollten wir die Hauptsache klären.«

»Ja?« Markey wartete gespannt.

»Was zahlen Sie dafür?«

»Zahlen?« Ihre Stimme überschlug sich fast. »Hören Sie ...«

»Wenn Sie es nicht wollen, biete ich das Material einer anderen Zeitung an.«

»Wie stellen Sie sich das vor? Wir sind kein reiches Blatt. Wir zahlen das Honorar, das wir mit Frau Litsche vereinbart haben.«

»Eine Million. Mindestens.«

Bettina Markey schnappte nach Luft. Basedow sprang auf, starrte sie mit großen Augen an.

»Hören Sie, wir zahlen das Honorar für die Veröffentlichung. Das wird eine ziemlich große Summe sein, schließlich ist die Arbeit umfangreich und sehr brisant, jedenfalls soweit ich weiß.«

»Eine Million. Umfangreich und sehr brisant, sie sagen es selbst.«

Basedow hatte sich wieder gefangen, ging in die Knie, hörte erneut mit.

»Eine Million ist zu viel. Das können wir nicht zahlen. Kennen Sie die *tageszeitung*? Dann wissen Sie, dass dies unsere Möglichkeiten übersteigt.«

Die Frau zögerte einige Sekunden, wiederholte dann ihre Forderung. »Eine Million. Oder ich biete die Diskette einer anderen Zeitung an.«

Bettina Markey überlegte fieberhaft. Hinhalten. Scheinbar auf sie eingehen. Runterhandeln. »Moment«, sagte sie, krampfhaft nach den passenden Worten suchend, »ich weiß nicht, wer Sie sind.«

Ein Lastwagen dröhnte am anderen Ende der Leitung vorbei.

»... werden Sie auch nie erfahren.«

»Gut. Aber gleichgültig, wer Sie sind, wenn Sie Frau Litsches Material haben, befinden Sie sich in größter Gefahr.«

»Gefahr?« Die Frau lachte. »Sie wollen mir Angst machen.«

»Unser Kollege, dem sie ihre Recherchen übergeben wollte, wurde ebenfalls ermordet.«

»Na und? Vielleicht hatte er Streit mit dem Ehemann seiner Geliebten.«

Bettina Markey widersprach sofort. »Nein, ganz bestimmt nicht. Er wurde ermordet, als er mit Frau Litsche zusammensaß und mit ihr über ihr Projekt redete.«

Die Frau am anderen Ende verstummte für einen Moment.

»Und Sie wissen selbst, dass Frau Litsche ebenfalls ermordet wurde«, fuhr Markey fort, »Sie glauben doch nicht an Zufall, oder?«

»Ach was! Sie wollen mir einen Bären aufbinden. Sie wurde von ihrer Freundin getötet.«

»Freundin? Was für eine Freundin?«

»Was weiß ich. Sie brachten es im Radio.«

»Freundin! Das glauben Sie doch selbst nicht. Sie arbeitet seit Monaten an einer äußerst brisanten Untersuchung und als sie die Unterlagen übergeben will, wird erst der Journalist ermordet, der das Material veröffentlichen will und kurz darauf sie selbst. Freundin?«

Die Anruferin schwieg einen Moment, schien zu überlegen.

Basedow richtete sich mühsam auf, lehnte sich an Markeys Stuhl, um das Gespräch weiter zu verfolgen.

»Ich will eine Million«, erklärte die Frau dann wieder, »mindestens.«

Markey seufzte laut. »So viel können wir nicht zahlen. Wir sind kein ...«

»Ich gebe Ihnen 15 Stunden. Morgen Mittag rufe ich noch mal an.«

»Wir müssen uns treffen. Sie sind in Gefahr ...«

Bettina Markey hörte nur noch das Abläuten des Telefons. Die Frau am anderen Ende hatte aufgelegt.

20. Kapitel

In der Nacht hatte sich der Wind gedreht. Er wehte jetzt aus Nordwest, führte kalte Luft und Feuchtigkeit mit sich. Über Stuttgart hingen dicke Wolken, Straßen und Gehwege waren nass, als Braig kurz vor halb Acht aus dem Fenster blickte.

Er hatte den Wecker später läuten lassen, um sich von seiner bleiernen Müdigkeit zu befreien. Lieber eine halbe Stunde länger schlafen und dadurch einen einigermaßen klaren Kopf bekommen als überhastet und mit bohrenden Schmerzen die Ermittlungen vorantreiben, hatte er im Lauf der Jahre gelernt – leider jedoch nur selten danach gehandelt. Die Befürchtung, von Gübler, seinem seit Monaten wegen eines Jagdunfalls krank gemeldeten Vorgesetzten, als faul, untätig oder verschlafen gerügt zu werden, war zwar mit zunehmender beruflicher Praxis mehr und mehr gewichen, doch hatte ihn sein ausgeprägtes Pflichtbewusstsein fast immer daran gehindert, seine Erkenntnis in die Tat umzusetzen.

Es war spät geworden in der Nacht. Zwanzig Minuten vor Neun hatte Braig gemeinsam mit Felsentretter die Beamten der Fahndungsabteilung zu einem sofortigen Einsatz mobilisiert, bei dem sämtliche verdächtigen Adressen überprüft und alle einschlägigen Kontaktpersonen nach dem albanischen Verbrecher befragt worden waren. Wohnungen in der gesamten Umgebung von Stuttgart wurden durchsucht, Wirtschaften, Spielhöllen und Szenetreffs gefilzt, Asylbewerberheime inspiziert. Die Aktionen reichten bis in den frühen Morgen, sorgten für Aufsehen und Unruhe, signalisierten einer speziellen Klientel, dass es sinnvoll wäre, der Polizei – falls möglich – die gewünschten Auskünfte zu erteilen, um wieder in Ruhe leben und arbeiten zu können.

Als Braig völlig erschöpft und übermüdet kurz vor ein Uhr nach Hause gekommen war, hatten sich noch keinerlei Informationen über den Verbleib des Gesuchten ergeben. Der Bericht aus Italien, dass der Albaner dort im Auftrag eines Ministers Menschen, darunter einen Journalisten getötet hatte, war den ganzen Abend nicht mehr aus seinen Gedanken gewichen.

Wenn Felsentretter den Sachverhalt korrekt verstanden und wiedergegeben hatte – und daran gab es wohl kaum einen Zweifel – waren die Morde vor wenigen Jahren nicht deshalb geschehen, weil eine jener albanischen Banden, über deren Expansion und Praxis er sich mit Reinhardt unterhalten hatte, sich in ihren Drogen- oder Waffengeschäften bedroht sah, sondern weil ein Politiker einen Killer gesucht und bezahlt hatte, der ihm mehrere Menschen aus dem Weg räumen sollte. Keine Banden- , eher Auftragsmorde also. Auftragsmorde dazu, die unübersehbare Parallelitäten zu ihrem vorliegenden Fall aufwiesen. Hier wie dort je ein Minister, je ein Journalist, dazu der bezahlte Killer. Doch durfte man die beiden Verbrechensserien wirklich so einfach miteinander vergleichen?

Braig hatte versucht, seinen wirren Kopf aus der

Gedankenflut in den Schlaf zu retten, war jedoch lange damit beschäftigt gewesen, sich von den undurchschaubaren Spekulationen zu lösen. Wieder und wieder hatte sich ihm beim Versuch, sich aus der Realität auszublenden und in die Welt der Träume einzutauchen, das Gefühl in den Weg gestellt, dass die Lösung weit komplizierter, erst über viele zusätzliche Umwege zu finden war, eine Erfahrung, die er im Verlauf seiner langjährigen beruflichen Praxis verinnerlicht hatte.

Braig ließ sich vom nasskalten Wetter nicht abschrecken, lief die paar Meter von seiner Wohnung in der Hermannstraße in der Stuttgarter Innenstadt zur S-Bahn-Station *Feuersee*. Ein heftiger Regenschauer prasselte nieder, als er vom Bad Cannstatter Bahnhof zum Landeskriminalamt spurtete, um sich Bewegung in frischer Luft zu verschaffen.

Er rettete sich aus dem Regen in die Empfangshalle des Amtes, schüttelte die Feuchtigkeit von sich ab. Der diensthabende Beamte nickte freundlich, als der Kommissar die Pförtnerloge winkend passierte. Braig betrat den Fahrstuhl, fuhr ins oberste Stockwerk. Die hoch aufgeschossene Gestalt des Kriminalmeisters Stöhr stand vor der Tür seines Büros.

»Guten Morgen. Sie wollen zu mir?«, grüßte Braig.

Stöhr hatte Mühe, seine Gedanken in Worte zu fassen. »Hm, es ist so, ich soll Ihnen die Übersetzung des Fax aus Italien bringen.«

»So schnell? Wer hat es übersetzt?«

»Hauptkommissar Felsentrettter.«

Braig nahm die Papiere dankend entgegen, öffnete die Tür zu seinem Büro. Die Sonne blendete ihn, tauchte den Raum in ein grelles unwirkliches Licht. Der April ließ grüßen.

Braig, noch nass vom letzten Regenguss, hängte seine Jacke an die Garderobe, legte die Blätter auf den Schreibtisch. Der Kopf des Schreibens signalisierte, dass es noch gestern Abend kurz vor 21 Uhr im Amt eingegangen war. Die spinnen vor Eile, die Italiener, dachte Braig.

Er wischte eine Hand voll nasser Tropfen aus seinen Haaren, überflog Felsentretters Übersetzung. Der Kollege legte in einem einleitenden Satz Wert darauf, dass er sich zwar um korrekte Übersetzung, nicht jedoch um die literarisch wohl ausgefeilte Formulierung bemüht und den Text mittels seines gewohnten Sprachprogramms in den Computer eingegeben habe.

Die kurze Abhandlung bestätigte die geschilderte Darstellung der in Italien geschehenen Verbrechen bis ins Detail. Der Albaner Hasim Foca war in der Nacht vom 3. auf den 4. Juni 1997 in die Villa des Fabrikantenehepaars Faletti eingedrungen und hatte die Frau und den Mann im Schlaf getötet, dabei durch bewusste Verwüstung mehrerer Räume einen Raubmord vorgetäuscht. Zwei Wochen später hatte er den Abgeordneten des Parlaments der Lombardei, Fabio Trisimento erschossen, eine Woche darauf den Journalisten Claudio Caltrine, der im Auftrag mehrerer überregionaler Blätter mafiose Strukturen in der Regionalpolitik aufzudecken versuchte.

Braig stockte beim Lesen dieses Abschnitts, dachte sofort an Nuhr. War die *tageszeitung,* nicht gerade durch ihre auffallend kritischen Berichte über etablierte und einflussreiche Politiker bekannt geworden? Zielten die Fotos, die den Minister in das Kindersex-Milieu involviert zeigten, zudem die Sammlung kritischer Berichte über den Mann, die sie in Breidles Büro gefunden hatten, nicht in dieselbe Richtung wie die Arbeit dieses italienischen Journalisten?

Das Läuten des Telefons riss ihn aus seinen Gedanken. Karl Heinz Reinhardt war am Apparat. »Tut mir Leid, ich bin schon wieder auf dem Sprung. Ich habe aber eine wichtige Neuigkeit für Dich. Es geht um Deinen Albaner.«

»Du hast etwas über ihn ermitteln können?«

Regenfontänen klatschten an die Scheiben. Die Weinberge über Untertürkheim, vielleicht zwei bis drei Kilometer vom Landeskriminalamt entfernt, glänzten dagegen im gleißenden Sonnenlicht.

»Gleich mein erster Versuch war erfolgreich. Ich ließ mir vom Labor die Abdrücke geben, verglich sie mit unserem Kosovo–Programm. Volltreffer. Der Kerl war auch im Kosovo aktiv. Wird von der Polizei dort gesucht unter anderem wegen Fahrerflucht, Schusswechsel mit italienischen Kfor-Soldaten und Mord an zwei Serben. Allerdings unter anderen Namen. Die Morde erledigte er als Baton Raxhi, den Schusswechsel und die Fahrerflucht als Azem Hiroghu. Alle Vorfälle gehen in den September und Oktober des letzten Jahres zurück.«

»Ihr habt Zugang zu den Polizei-Daten des Kosovo?«

»Seit Anfang des Jahres. Es gibt Bestrebungen, alle dort ermittelten Fakten an Interpol weiterzuleiten. Wird aber wohl noch zwei, drei Monate dauern.«

»Das bedeutet, dass unser Killer nach seiner Flucht aus Italien im Kosovo Zwischenstation einlegte, um dann nach Deutschland zu kommen. Richtig?«

»Diese Art Tourismus scheint im kriminellen Milieu weit verbreitet. Die Verbrecher erledigen ihre Aufträge, verschwinden dann sofort, manchmal für immer, in Sizilien, Kalabrien oder heute eben im Kosovo oder Albanien. Bei Bedarf werden sie wieder aktiviert, mit neuer Identität. Frischer Ausweis, anderer Name, neue Frisur. Dein Kandidat scheint von besonderer krimineller Energie bei seiner Liste von Delikten.«

»Dann müssen wir wohl damit rechnen, dass er längst aus Deutschland abgetaucht ist?«

»Falls er keinen dringenden Anschlussauftrag hat, ja. Aber seine Erfolge in Italien lassen die Lösung nicht unbedingt zwingend erscheinen.«

»Du hältst es für möglich ...« Braig spürte die Schauer, die ihm über den Rücken liefen. Ihm wurde heiß und kalt zugleich. Wenn der albanische Mörder sich noch in Deutschland aufhielt, hatten sie zwar die Chance, den Kerl zu fassen, aber zugleich bedeutete das ...

Beispiel Italien: Zuerst das Fabrikantenehepaar, dann der Politiker, später der Journalist.

Der Regen prasselte in heftigen Kaskaden an die Scheiben. Das Licht am Horizont war verblasst.

»Ich kann das Verhalten dieses Kerls nicht beurteilen«, erklärte Reinhardt, »auf jeden Fall ist er ein größeres Kaliber. Der Typ ist gefährlich, sehr gefährlich.«

»Wer erteilt ihm die Aufträge? Läuft das außerhalb organisierter Banden?«

Reinhardt wusste keine Antwort. »Das haben wir nicht im

Griff. Leider. Da gibt es jedes Modell. Einzelgänger mit speziellen connections, Bandenmitglied, Spezialkommando. Ich weiß es nicht. Wir haben zu wenig Einblick in die Szene.«

»Wie steht es mit Fotos? Gibt es die im Kosovo-Programm?«

»Zwei verschiedene. Du glaubst nicht, dass die beiden Gesichter vom selben Planeten stammen. Chinesen und Europäer sehen dagegen aus wie geklont.«

»Dann ist das Foto auf unserem Fahndungsplakat ebenfalls daneben.«

»Das ist wohl anzunehmen, ja.«

Reinhardt verabschiedete sich, versprach Braig, ihm die neuen Namen des Verbrechers sowie die beiden Fotos sofort rüber zu mailen.

Sie mussten die Fahndung sofort ändern, die neuen Informationen bekannt geben. Braig hörte den Signalton des Computers, der das Eintreffen der Botschaft meldete, bestätigte sein Interesse. Als er auf den Bildschirm schaute, ließen gleißend helle Sonnenstrahlen die Zeilen im Einheitsblau des Monitors verschwinden.

Entnervt erhob sich Braig von seinem Stuhl, rückte den Bildschirm in den Schatten. Reinhardt hatte vollkommen recht. Die beiden Gesichter auf dem Monitor hatten nichts miteinander gemein.

Braig ließ die Fotos samt Namen ausdrucken, verglich sie mit dem Bild, das sie von Interpol erhalten hatten und mit dem sie nach dem Verbrecher fahndeten. So sehr er sich bemühte, er konnte keinerlei Gemeinsamkeiten feststellen. Keine Ähnlichkeit der Augen, nichts Verbindendes an der Nase, kein charakteristisches Merkmal am Kinn oder auf den Wangen, das die drei Gesichter als das Abbild eines einzigen Menschen erkennen ließ. Es schien, als habe der Mann die Köpfe verschiedener Personen für seine jeweilige Identität benutzt.

Plötzlich entdeckte Braig den Hauch eines Muttermals in der rechten Gesichtshälfte unterhalb des Auges. Regen prasselte wieder an die Scheiben, der Lichteinfall war drastisch gedämpft. Das winzige Muttermal ließ sich bei genauem Hinsehen auf allen drei Fotos erkennen.

Er drehte den Bildschirm wieder in die gewohnte Richtung, gab seine Entdeckung in den Computer ein. Das Muttermal war das einzige Kennzeichen, durch das sie den Mann identifizieren konnten. Falls sie ihn je in die Hände bekamen.

Braig zog das Telefon her, wählte die Nummer von Daniel Schiek. Eine ihm unbekannte weibliche Stimme, die sehr angenehm klang und sich als Ann-Katrin Räuber vorstellte, erklärte ihm, dass Schiek heute nach Wiesbaden zum Bundeskriminalamt gefahren war. Braig entschuldigte sich, bat die Kollegin, sich um die Änderung der Fahndungsdaten zu kümmern. Er legte auf, mailte ihr die Fotos und Namen.

Schiek war in Wiesbaden beim BKA, Braig hatte es vollkommen vergessen. Die Fotos mit dem Minister hielten den besten Grafiker, über den das LKA nach Auffassung Braigs verfügte, seit ihrem Auffinden in Beschlag. Er hatte gestern und vorgestern mehrfach mit Schiek telefoniert, sich über den neusten Stand seiner Untersuchungen informiert. Der Grafiker, der jede nur erdenkliche Maßnahme ergriffen hatte, um die Authentizität der Bilder zu überprüfen, war trotz aller Versuche noch immer nicht zu einem abschließenden Ergebnis gelangt.

»Wenn die Fotos gefälscht sind«, hatte er Braig noch gestern Nachmittag erklärt, »dann verteufelt clever. Dann waren Profis am Werk, um die sich das LKA bemühen sollte. Leute dieser Qualifikation sollten eigentlich für uns arbeiten.«

Das sah nicht gut aus für den Minister, wusste Braig. Wenn Schiek trotz seiner Untersuchungen immer noch keinen Hinweis auf eine Fälschung entdeckt hatte, wurde der Schatten des Verdachts, der den Politiker zu zermalmen drohte, immer gewaltiger. Ein Minister, der sich Kinder für sexuelle Spielereien kaufte, hatte nicht den Hauch einer Chance, in seinem Amt zu bleiben, falls sein Verhalten ins Licht der Öffentlichkeit geriet. Das war dem Mann bekannt. Was würde er tun, wenn Journalisten sein schlimmes Geheimnis zu enthüllen drohten?

Die Antwort war klar. Braig war nervös, er lief ans Fenster, betrachtete die Umgebung, die ihm zu Füßen lag. Die Wolkendecke war aufgerissen, die hellen Strahlen der Sonne tauchten die Berge mit ihren Rebhängen und die Silhouetten der Fabrikanlagen darunter in ein grelles Licht.

Dass sie hier im obersten Stockwerk des Amtes residierten und diese grandiose Aussicht genossen, war der Energie und dem Beharrungsvermögen seines Vorgesetzten, Kriminalrat Gübler, zuzuschreiben. Entgegen dem ursprünglichen Willen der Amtsleitung hatte der kleine grauhaarige Mann bei der Neuordnung der Zimmerverteilung vor einigen Jahren darauf bestanden, sich und seine Mitarbeiter in einer Höhenlage zu platzieren, die ihnen einen weiten Blick über Bad Cannstatt und das Neckartal bis hin zum von der Grabkapelle der Königin Katharina gekrönten Württemberg erlaubten. Er benötige das Panorama zur vollen Entfaltung seines kriminalistischen Spürsinns, hatte Gübler allen Einwänden zum Trotz erklärt. Wer die kleine, stets in unauffällig graue Anzüge gekleidete Person kannte, wusste, dass mit ihr nicht leicht Kirschenessen war. Nach langen Querelen und viele die Arbeit des Amtes lähmenden Auseinandersetzungen hatten Güblers Widersacher schließlich resigniert und ihm das Recht auf die Zimmerflucht in der obersten Etage eingeräumt.

Braig starrte aus dem Fenster, sah die dunkle Wolke, die sich von Nordwesten her überraschend schnell vor die Sonne schob. In wenigen Minuten würde es wieder zu regnen beginnen, schätzte er, typisches Aprilwetter jetzt schon, im März. Er dachte an den Minister, überlegte, welche Fragen er ihm stellen sollte. Einerseits musste er darum bemüht sein, auch gegen den Widerstand des Mannes, die Wahrheit über dessen Verhalten herauszufinden, andererseits diplomatisch bleiben, um einer Person mit dieser Machtfülle gegenüber nicht zu aggressiv aufzutreten. Noch hatten sie keine Beweise, dass er hinter den Morden stand, noch war er nicht überführt. Die Fotos mit den Kindern mochten *Hinweise* auf ein Motiv liefern, sie waren jedoch – zumindest juristisch – keine *Beweise*, mit denen der Politiker überführt und verurteilt werden konnte. Noch nicht einmal ihre Authentizität war belegt. Vielleicht gelang es Schiek heute in Wiesbaden, mit den Kollegen des BKA und deren ausgefeilter Technik, doch noch zu einem abschließenden Urteil zu gelangen.

Als die nächsten Regentropfen an die Scheibe klopften, sah Braig das Fax in der Ablage. Er lief zu seinem Schreibtisch, nahm das Blatt hoch, erinnerte sich, dass ihn Kriminalmeister Stöhr vorhin beim Betreten des Büros empfangen und von der Überprüfung der eingegangenen Schreiben abgehalten hatte.

Das Fax enthielt keine großen Neuigkeiten, lediglich die vom Chef der Fahndungsabteilung unterzeichnete Mitteilung, dass sich im Zuge ihrer nächtlichen Aktion zwar insgesamt vier Verhaftungen seit langem gesuchter Personen, jedoch nicht ein einziger ernsthafter Hinweis auf den gesuchten albanischen Gewalttäter ergeben hatten. Das war keine große Überraschung; Braig wunderte sich jedenfalls nicht über den Misserfolg, hatte er insgeheim doch kaum erwartet, einen Verbrecher dieses Kalibers so schnell überraschen zu können. Sie durften es jedoch keinesfalls bei dieser einen Aktion belassen, mussten vielmehr dafür sorgen, sie so schnell als möglich auf Bundesebene auszudehnen und auch möglichst viele Nachbarländer darin einzubeziehen.

Braig schaute auf seine Uhr, erschrak. Fünf nach Zehn. Er musste sich mit Hofmann zusammensetzen, das Gespräch mit dem Minister vorbereiten.

Braig verließ sein Büro, ging nach nebenan, wo Felsentretter in Neundorfs Büro während deren Abwesenheit logierte. Der groß gewachsene Mann hatte die Einrichtung des Zimmers geringfügig verändert, den Schreibtisch näher ans Fenster gerückt, Aktenstapel vom Tisch auf den Boden ins Eck verpflanzt, sich dazu einen von der Höhe her passenden, eigenen drehbaren Stuhl beschafft, saß dort jetzt breitbeinig vor dem Computer, gaffte auf den Monitor.

Braig bedankte sich bei dem Kollegen für die schnelle Übersetzung des Berichts der italienischen Polizei, bat ihn, sich um die Koordination der Fahndung nach dem Albaner zu kümmern. Kaugummi kauend, den Kopf zur Seite gedreht, sagte Felsentretter zu.

Als Braig in sein Büro zurückkam, läutete das Telefon. Er spurtete zum Schreibtisch, nahm ab. Bernhard Söhnle meldete sich mit müder Stimme aus Tübingen.

»Ich bin mit Beck und Schöfflers Team hier. Schon wieder.

Die stellen immer noch alles auf den Kopf. Wir haben Neuigkeiten im Zusammenhang mit der ermordeten Litsche.«

»Fingerabdrücke des Albaners?«

»Nein, damit kann ich nicht dienen. Aber ein neuer Aspekt, der die Behauptung einer Auseinandersetzung zwischen zwei Frauen ins Wanken bringt. Zum einen haben wir mehrere Augenzeugen, von der Bedienung bis zu anderen Gästen, die Frau Litsche und Frau König in der Mordnacht in einem Lokal namens *Ammerschlag* friedlich miteinander sprechen sahen. Keine Spur von Streit. Und dann ist da noch eine Vermisstenmeldung, die die ganze Sache in ein neues Licht rückt. Seit der Mordnacht ist nämlich ein ausländischer Student verschwunden, der als Taxifahrer arbeitete. Seit Jahren sehr zuverlässig, wie der Besitzer des Fuhrunternehmens äußerte. Die letzte Mitteilung, die von ihm um 0,20 Uhr an die Zentrale durchgegeben worden war, besagte, dass er zwei Frauen nach *Bebenhausen* fahre. *Bebenhausen*, verstehst Du, dort wo diese Litsche wohnte. Zwanzig Minuten nach Mitternacht. Das entspricht in etwa auch der Zeit, in der Litsche gemäß Arztbericht überfahren wurde. Seither gibt es kein Lebenszeichen von dem Mann mehr.«

Braig versuchte, Söhnles Worte zu überdenken. »Das heißt, der Taxifahrer hängt mit in der Sache drin. Entweder als Täter oder als Opfer.«

»Genau«, bestätigte Söhnle, »das denken wir auch. Vielleicht wissen wir mehr, wenn wir das Taxi finden. Das ist nämlich ebenfalls verschwunden.«

»Woher stammt der Mann? Haben wir was über ihn?«

»Erkan Okrim. Ein Kurde mit türkischem Pass. Er scheint absolut sauber, wir fanden bisher jedenfalls nichts.«

»Auf jeden Fall kein Albaner. Aber vielleicht eine Verbindung zu diesen Kreisen?«

»Wir wissen noch nichts. Er studierte Medizin, lebte seit zwei Jahren in Deutschland, sprach fast perfekt Deutsch, wie sein Arbeitgeber erklärte. Ich werde jetzt versuchen, die Nachbarn in dem Studentenwohnheim zu erreichen, in dem er lebte. Die haben zwar Semesterferien, aber vielleicht finde ich doch jemand.«

»Gut. Hoffentlich kommt ihr weiter. Ich werde Hofmann über die neue Sachlage informieren, damit ihr weiter freie Hand habt.«

»Okay. Ich melde mich, sobald es etwas Neues gibt.«

Braig legte das Telefon zurück, spürte das Stechen in seinem Kopf. Er musste sich Zeit lassen, die Fülle der neu eintreffenden Informationen zu verarbeiten und sie in die richtige Beziehung zueinander zu bringen.

Warum war der Kurde verschwunden? Hatte er mit dem Mord an dieser Journalistin zu tun? Verdiente er sein Geld ebenso wie der Albaner als Auftragskiller, sobald sich nur die passende Gelegenheit dazu ergab? Wie viel mochte ein solcher Mord bringen? Fünfzigtausend? Hunderttausend? Oder mehr?

Hunderttausend waren viel für einen Mann aus Kurdistan, es sei denn, er stammte aus einer betuchten Familie. Doch wer hatte schon dieses Glück?

Vielleicht hatte der Mann nur pro forma als Student in Tübingen gelebt, dazu als Taxifahrer gejobbt, bis sich ein großer, wirklich Geld bringender Auftrag ergab? Der Mord an Frau Litsche, die Gelegenheit, endlich richtig zuzuschlagen, große Kohle zu machen und dann abzutauchen. Vielleicht war es gar nicht sein erster Mord, vielleicht hatte er Jahre oder Monate vorher irgendwo in einer anderen Region Europas schon einmal gezeigt, wie *sauber und schnell zu arbeiten* er fähig war?

Braig wusste nicht, warum ihm plötzlich seine Mutter einfiel. Er sah sie vor sich, hörte sie rufen, wunderte sich über sich selbst. Was hatte seine Mutter mit dem verschwundenen Taxifahrer zu tun?

Er seufzte laut auf, lief zur Kaffeemaschine, füllte Wasser für zwei Tassen ein, zog einen Filter aus der Packung, gab Kaffeepulver dazu. Blubbernd setzte das Gerät zu seiner gewünschten Tätigkeit an.

Braig lief zurück, überlegte, dass er seine Mutter eher schimpfend und nörgelnd als um Hilfe rufend kannte, sah, wie das Fax langsam ein Papier ausspuckte. Vielleicht, nein ganz bestimmt, war ihr dauerndes Schimpfen und Nörgeln nichts anderes als ein einziger Hilferuf, sie aus ihrer Einsamkeit und Isolation zu befreien. Er musste sich mehr um sie kümmern.

Er nahm das Blatt aus der Ablage, sah, dass es von Nolski, dem Redakteur der *tageszeitung* stammte, mit dem er sich gestern Morgen unterhalten hatte. Der Mann berichtete in kurzen Worten von seiner Unterhaltung mit der neuen Freundin des ermordeten Nuhr, einer gewissen Anja Spohr, die er in Hamburg ausfindig gemacht hatte. Sie war bereit gewesen, ihn sofort zu einem Gespräch zu empfangen, hatte darüber Bescheid gewusst, dass Verena Litsche die Frau war, von der Nuhr in Winnenden wichtige Informationen für eine große Reportage hatte in Empfang nehmen wollen. Zum Inhalt dieser Story wusste sie nur zu berichten, dass es sich um eine äußerst brisante Angelegenheit handele, einen *Krieg*, so die wörtliche Aussage der Frau. Mehr hatte Nuhr ihr nicht verraten wollen, um sie nicht selbst in Gefahr zu bringen. Nolski schrieb abschließend, dass er hoffe, den Ermittlungen der Polizei mit dieser Information gedient zu haben und versprach, sich zu melden, sobald er Neuigkeiten wisse.

Krieg, überlegte Braig, die Freundin Nuhrs äußerte dieselbe Vermutung wie Nolski selbst bei seinem Besuch gestern im Amt. Zwei Menschen, die dem ermordeten Journalisten besonders nahe gestanden hatten, die also wohl über den besten Einblick in seine beruflichen Vorhaben verfügten und beide sprachen von einem *Krieg*.

Von welchem *Krieg*?

Braig lief zur Kaffeemaschine, schenkte seine Tasse voll, gab Milch dazu.

Hatte die Sache mit dem Kosovo zu tun? War der Albaner deshalb in Winnenden aufgetaucht, weil Nuhr Informationen über den Kosovo-Krieg zu erhalten gehofft hatte, deren Veröffentlichung unbedingt verhindert werden sollte? Oder hatten gar die sexuellen Eskapaden des Ministers mit dem Kosovo-Krieg zu tun? Kinder aus dieser seit Jahren umkämpften Region etwa als Opfer perverser Triebtäter?

Er schrak zusammen, als das Telefon läutete. *Krieg*, arbeitete es in ihm, *irgendein Krieg*.

Hatte die ganze Angelegenheit etwa wieder mit der Verwicklung einiger Personen in einen Krieg zu tun, so wie es vor wenigen Jahren schon einmal von ihnen aufgedeckt worden war? Braig erinnerte sich an Hägele, den Ministerialdirigenten in Ludwigsburg, der zusammen mit Freunden mordend und vergewaltigend im Bosnienkrieg tätig gewesen war. Reichte der Fall diesmal nicht nach Bosnien, sondern in den Kosovo?

Er lief zu seinem Schreibtisch, nahm ab. Kriminalmeister Stöhr war am Apparat.

»Hm, der Mann scheint gefunden.« Stöhr wiederholte den Satz zum zweiten oder dritten Mal.

»Welcher Mann?«, fragte Braig, immer noch in Gedanken.

»Hasim ...«

»Hasim Foca, der Albaner?«

Stöhr gab keine Antwort, hustete kräftig.

»Wo wurde er entdeckt?«

Der Kriminalmeister hustete immer noch, hatte Mühe, wieder zu einer geordneten Aussprache zu finden. »Fellbach«, stotterte er, »in Fellbach in der Bahnhofstrasse. Das Sondereinsatzkommando ist schon unterwegs.«

Braig stellte die Tasse auf seinem Schreibtisch ab, fuhr sich nervös mit dem Handrücken über den Mund. »Bahnhofstrasse? Welches Haus genau?«

Stöhr nannte ihm die Nummer, wies darauf hin, dass der Mann von zwei verschiedenen Nachbarn unabhängig voneinander beobachtet worden war. Ein vielversprechender Hinweis darauf, wirklich auf den Gesuchten gestoßen zu sein.

Braig griff nach seiner Jacke, schnallte seine Pistole um, fragte Stöhr, ob er ihn begleiten könne. Der Kriminalmeister hustete kräftig, verwies mehrfach darauf, dass das Sondereinsatzkommando schon vor über zehn Minuten ausgerückt sei. Entnervt warf Braig das Telefon auf die Gabel, spurtete aus seinem Büro, nahm den Aufzug, holte seinen Dienstwagen. Zehn Minuten später hatte er Fellbach erreicht.

Die Straßen und Gehwege waren trocken, schienen vom Regen unberührt. Er stellte das Auto hundert Meter vom Einsatzort ab, sah die Männer schon von weitem. Sie schlichen sich von zwei Seiten an den Hauswänden entlang auf ein mehrstöckiges Gebäude auf der rechten Seite der Straße zu. Passanten standen in sicherem Abstand aufgeregt gaffend auf dem Gehweg.

Kurz bevor Braig seine Kollegen erreicht hatte, stürmten sie auf ein unsichtbares Signal hin los, spurteten zur Tür, dann ins Innere des Wohnhauses. Zwei Autos fuhren im Schritttempo vorbei, neugierige Gesichter hinter den Scheiben. Braig blieb stehen, gehorchte den Anweisungen eines uniformierten Kollegen, der ihn und zwei andere Passanten am Weitergehen hinderte.

Was sich dann ereignete, geschah so schnell, dass er es nur bruchstückhaft mitbekam. Von der anderen Straßenseite her ertönten die Glocken des nahen Kirchturms. Irritiert schaute Braig nach oben, sah, dass die Zeiger der großen Uhr halb Zwölf signalisierten. Die Glocke schlug zweimal an, verstummte dann mit lange nachhallendem Klang. Wer derweil das Fenster im zweiten Obergeschoss des gestürmten Gebäudes geöffnet hatte, blieb Braig verborgen; bis er seinen Blick auf diese Straßenseite gerichtet hatte, war der Mann schon über die Brüstung geklettert und mit einem Bein in der Luft. Der Kommissar erkannte ihn sofort, hatte er das Gesicht doch seit gestern zumindest als Foto unablässig vor Augen gehabt – jetzt beim Sprung schien der flüchtige Mann allerdings um Jahre gealtert. Der Albaner stieß sich genau in dem Moment endgültig von der Fensterkante ab, als die barschen Stimmen im Zimmer unmittelbar hinter ihm zu hören waren. Laut schreiend flog er durch die Luft, prallte dann mit einem harten Schlag ungeschützt auf die Platten des Bürgersteigs. Entsetzensschreie, schrilles Kreischen aus der Umgebung, verzweifelte Rufe, für einen Augenblick bleierne Stille.

Braig löste sich als erster aus seiner Erstarrung. Er stürzte auf den Mann zu, der in seltsam verkrümmter Haltung auf dem Boden lag, hörte dessen Stöhnen. Der Verunglückte lebte noch.

Braig schaute sich um, sah den uniformierten Beamten mit schreckensbleicher Miene auf sich zukommen. »Braig vom LKA«, rief er, »wer ist hier der Einsatzleiter? Haben Sie einen Arzt?«

Der Beamte zuckte hilflos mit der Schulter, zeigte nach vorne. »Ich, ich ...«

Braig riss sein Handy aus der Tasche, wählte den Notruf,

rief nach einem Arzt, gab die Adresse und seine Personalien durch. »Schnell, verdammt schnell«, brüllte er in den Apparat.

Schritte, eine herrische Stimme über ihm. Er sah auf, erkannte den Kollegen sofort.

»Scheiße, was?«, brummte Kurt Kälberer. »Springt der Idiot aus dem Fenster.« Er schüttelte den Kopf. »Braucht ihr ihn lebendig?«

Das Stöhnen des Verunglückten wurde lauter. Braig erhob sich, betrachtete stirnrunzelnd den Kollegen. Kälberer war für sein ungehobeltes Auftreten bekannt. Natürlich brauchten sie den Mann lebendig. Wie sollte ein Toter den Minister als Auftraggeber identifizieren?

Bevor Braig antworten konnte, läutete sein Telefon. Er nahm das Gespräch an, kannte die Stimme nicht.

»Hier ist das Städtische Krankenhaus ...«

»Mein Gott, was soll das?«, unterbrach er den Mann, »wir brauchen einen Arzt, hier, in der Bahnhofstraße.«

»Arzt?«, antwortete der Mann. »Ja, die Ärztin will sie sprechen. Ich verbinde.«

»Sie will mich sprechen?«, Braigs Stimme drohte sich zu überschlagen. Bevor er loslegen konnte, war die Frau schon in der Leitung.

»Mein Name ist Ohlrogge. Ich bin die Stationsärztin ...«

Braig hörte die Sirene des Krankenwagens, sah das Fahrzeug mit eingeschaltetem Blaulicht auf die Unfallstelle zu rasen. Die uniformierten Polizisten, die das Gebäude verlassen hatten, traten zur Seite.

»Ich spreche mit Herrn Braig?«

Er begriff überhaupt nichts mehr.

Das Auto bremste abrupt ab, Arzt und Sanitäter sprangen auf die Straße. Braig hörte immer noch die Stimme aus dem Handy. »Bitte, spreche ich mit Herrn Steffen Braig?«

»Was soll das?«, blaffte er verärgert zurück. »Wer sind Sie überhaupt?«

»Ihre Mutter«, erklärte die Frau, »sie hatte einen Herzanfall, wahrscheinlich einen Infarkt. Sie liegt bei uns auf der Station. Wir können für nichts garantieren. Sie sollten so schnell wie möglich kommen.«

21. Kapitel

Die *tageszeitung* lag in Stuttgart an vielen Presseverkaufsständen aus. Michaela König schlich mit geducktem Kopf vom Grundstück, folgte der Hasenbergsteige und der Hohentwielstraße, versuchte, trotz des wolkenverhangenen Himmels den Ausblick auf die Umgebung wahrzunehmen. Die prächtigen, kleinen Schlössern ähnlichen Komplexe oberhalb der Straße gehörten zu den schönsten Gebäuden, die Stuttgart zu bieten hatte.

Sie betrachtete die Häuser, erinnerte sich an die Zeit, als er ihr voller Stolz die Umgebung präsentiert hatte. Jedes Gebäude ein kleines Juwel, eingebettet in eine parkähnliche Gartenlandschaft, die sich bis ins dicht besiedelte Tal erstreckte.

Als sie die steil abfallende Taubenstaffel erreicht hatte, begann es heftig zu regnen. Sie duckte sich unter einen alten, leicht verbogenen Schirm, den sie in der Kleiderablage in der Diele entdeckt hatte, stieg langsam die Stufen hinab. Keine fünf Minuten später war sie in der Möhringer Straße angelangt.

In Heslachs Zentrum herrschte wie immer dichter Verkehr. Der Himmel hatte sich wieder beruhigt, die Sonne strahlte gleißend hell. Michaela König besorgte sich die aktuelle Ausgabe der *tageszeitung*, lief zu den Telefonzellen auf dem Platz vor der Matthäuskirche, weil die beiden Häuschen am unteren Ende der Taubenstaffel leider defekt waren, wählte die Nummer der Chefredaktion. Sie hatte die ganze Nacht fest geschlafen, war erst zu sich gekommen, als die Sonne schon hoch am Himmel stand. Der Blick in den Spiegel hatte ihr genügt, sich trotz der Fahndungsplakate auf die Straße zu wagen. Die Frau, die ihr entgegenblickte, war selbst ihr völlig fremd.

So sicher sie sich fühlte, ihr Handy oder den Apparat der Wohnung wollte sie nicht benutzen. Man wusste nie.

»Die *tageszeitung*, Kunst.«

Sie schluckte, überlegte, wie sie anfangen solle. »Sie hatten vor, mit Frau Litsche zusammenzuarbeiten?«

Die Frau am anderen Ende war offensichtlich überrascht. »Das ist richtig, ja.«

»Frau Litsche ist tot.«

»Sie wurde ermordet, ja.«

Ein Auto fuhr mit laut knatterndem Auspuff vorbei. Michaela König verfolgte es mit ihrem Blick.

»Sie wissen mehr darüber?«, fragte die Frau.

»Ja und nein.« Sie zögerte. »Ich wollte mich bei Ihnen erkundigen, wer dafür verantwortlich ist.«

Sie hörte das Getuschel am anderen Ende der Leitung, schaute sich nach allen Seiten um.

»Das wüssten wir selbst gerne«, antwortete Klaudia Kunst, »darf ich fragen, wer Sie sind?«

»Später. Arbeiten Sie mit der Polizei zusammen?«

Die Antwort kam schnell. »Das ist nicht gerade unsere starke Seite. Wenn Sie die *tageszeitung* kennen, sollten Sie darüber Bescheid wissen.«

Natürlich kannte sie das Blatt. Sie hatte es oft genug – meist mit großer Zustimmung – gelesen. Die *tageszeitung* war wahrlich nicht das staatstragendste Presseorgan.

»Verena Litsche hatte wahnsinnige Angst wegen ihrer Recherchen, die sie bei Ihnen veröffentlichen wollte. Sie fürchtete, ermordet zu werden.«

»Was dann auch geschah.«

»Ich war dabei.«

Am anderen Ende war Ruhe, keine Reaktion. Drei, vier, fünf Sekunden. Dann kam die verzerrte Stimme der Redakteurin. »Können Sie das wiederholen?«

»Sie nehmen das Gespräch auf Band?«

»Kennen Sie die *tageszeitung* nicht besser?«

»Doch.« Michaela König beruhigte sich, entspannte. »Ich war dabei, als sie ermordet wurde«, wiederholte sie.

»Sie kennen den Mörder?«

»Ich habe die Männer gesehen, ja. Sie ermordeten Verena und einen Taxifahrer. Ich konnte entkommen. Seitdem sind sie hinter mir her.« Sie spürte die Angst, das ungute Gefühl in sich, sah sich misstrauisch um. Eine Gruppe von Schülern strömte zur Stadtbahnhaltestelle *Schreiberplatz*.

»Wir werden alles tun, Ihnen zu helfen. Wenn wir können.«

»Danke. Ich habe trotzdem Angst.«

»Wie ist es geschehen? Die Polizei behauptet, eine Freundin habe Frau Litsche getötet. Können Sie es kurz erzählen?«

»Die Version mit der Freundin ist eine Lüge. Von den wirklichen Tätern manipuliert.« Michaela König berichtete von der Taxifahrt, den angeblichen Polizisten, ihrer Flucht.

»Wer sind die Männer? Wie sehen sie aus?«

Ein Auto stoppte unweit der Telefonzelle, zwei muskulöse Gestalten stiegen aus.

»Sie waren als Polizisten verkleidet. Der eine groß, schätzungsweise 1,90 Meter, kräftig, dunkler, großer Bart.«

Sie sah, wie das Auto weiterfuhr. Die Männer blieben stehen, diskutierten miteinander, liefen dann in die andere Richtung davon. Erleichtert atmete sie auf.

»Der andere klein, stechende Augen, breite Koteletten. Ein schmaler, verkniffener Mund, Hakennase. Er stinkt widerlich nach herbem Rasierwasser.« Sie hatte den Duft unwillkürlich in der Nase. Draußen vor der Zelle stand ein Mann, fixierte sie mit strengem Blick. Michaela König spürte, wie ihre Knie zitterten.

»Ich habe ihre Angaben notiert. Das ist aber nicht genug. Sie müssen einem Zeichner Gelegenheit geben, die Typen vor ihnen zu entwickeln. Kommen Sie zu uns nach Berlin. Dann veröffentlichen wir die Bilder. Morgen, in der nächsten Ausgabe. Zusammen mit Ihrem Bericht über die Morde. Einverstanden?«

»Das geht nicht. Ich fühle mich nur sicher, solange ich hier bin.« Sie starrte nach draußen, betrachtete den Mann, der sich gerade eine Zigarette anzündete.

»Dann komme ich zu Ihnen. Heute noch. Mit einem Fachmann, der die Bilder zeichnet.«

Michaela König schwieg, drehte sich von dem Mann weg, der sie offen angaffte.

»Sie müssen uns helfen«, beharrte Klaudia Kunst, »wir können die Mörder nur gemeinsam überführen. Oder wollen Sie zur Polizei?«

»Das sagen ausgerechnet Sie?«

Klaudia Kunst fing an zu stottern. »Entschuldigen Sie, ich weiß nicht ...«

»Ich kann nicht zur Polizei. Jetzt nicht.« *Ihr habt gut reden. Hinter euch sind sie nicht her.*

»Würden Sie die beiden Männer noch einmal beschreiben?«

Sie versuchte es, so gut es ging, hörte die Bemühungen der Frau am anderen Ende, alles genau zu notieren.

»Sie kannten Frau Litsche näher?«, fragte die Redakteurin.

»Wir waren befreundet.«

»Dann wissen Sie, worum es in ihren Recherchen ging.«

»Das wollte ich von Ihnen erfahren.«

»Sie wissen es nicht?« Die Stimme in Berlin klang schrill.

Der Mann gaffte sie jetzt von der Seite an, sog an seiner Zigarette. Michaela König wurde langsam nervös.

»Das Projekt war dermaßen delikat, dass sie von unserem zuständigen Redakteur absolute Geheimhaltung verlangte. Er wurde ermordet.«

»Ich weiß. Verena erzählte es mir. Sie war dabei.« Sie hörte das Getuschel am anderen Ende der Leitung, sah, wie der Mann draußen sich bewegte. Er öffnete die Tür der Telefonzelle, blickte sie überraschend freundlich an.

»Dauert es noch lange?«, fragte er.

Sie zitterte plötzlich am ganzen Leib. »Einen Moment bitte, ja?«

Er nickte, trat zurück.

»Sie können uns vielleicht helfen«, sagte Klaudia Kunst, »wenn Sie Frau Litsche näher kannten. Wir wollen die Mörder finden, unbedingt. Bitte.«

»Was soll ich tun?« Sie behielt den Mann die ganze Zeit im Blick. Er war um die Vierzig, groß, kräftig, hatte kurze Haare und einen Ansatz zur Stirnglatze.

»Wir erhielten gestern einen anonymen Anruf von einer Frau. Angeblich hat sie die gesamten Recherchen auf Diskette. Direkt von Frau Litsche. Sie will eine Million dafür. Heute ruft sie wieder an. Wir nehmen ihre Stimme auf Band. Vielleicht kennen Sie die Frau. Wenn Sie uns später noch einmal anrufen könnten?«

»Ich will es versuchen.« Der Mann stand zwei Meter von der Zelle weg. *Wenn ich noch lebe.*

»Bitte melden Sie sich wieder. Helfen Sie uns. Bitte.«

Er lächelte ihr zu, als sie vom Telefon weglief. Er nickte, schaute ihr nach. Irgendwie kam er ihr bekannt vor. Sie wusste nur nicht, woher.

Langsam machte sich die Angst wieder in ihr breit. Waren sie doch hinter ihr her? Hier in Stuttgart? In Heslach?

Sie schaute sich sorgsam um, sah, dass der Mann eine Nummer eintippte. Wie sollten sie sie gefunden haben? Durch die Fahrkarte, die ihr im Gedränge des Bahnsteigs entfallen war?

Sie musste sofort wieder in die Wohnung zurück. Dort allein war sie sicher. Vorher aber im Zickzack durch die Stadt, um sie zu verwirren.

Sie lief zur Haltestelle der Stadtbahn, sah, dass sich ein Zug Richtung Vaihingen näherte. Ihre Münzen reichten für eine Fahrkarte. Sie programmierte den Automaten, wartete, bis alle Passagiere eingestiegen waren, sprang dann in letzter Sekunde in den Wagen. Der Mann in der Telefonzelle reagierte nicht, sprach konzentriert in den Hörer.

Bis nach Vaihingen waren es nur wenige Minuten. Sie verließ die Bahn am Schillerplatz, bummelte zur nahe gelegenen Buchhandlung, beobachtete im Schaufenster, ob ihr jemand gefolgt sei. Unzählige Passanten kamen vorbei. Sie drehte sich um, konnte keine verdächtigen Personen erkennen. Vielleicht war es nur Einbildung und sie wussten nichts von ihrer Anwesenheit in Stuttgart. Sie musste in die Wohnung, sich ausruhen, die Aufregung vergessen. Vielleicht war es doch besser, das Haus in der Hasenbergsteige während der nächsten Tage nicht mehr zu verlassen.

Michaela König folgte den Schienen der Stadtbahn zum Vaihinger Bahnhof, sprang in die Unterführung, drehte sich blitzschnell um. Nichts. Kein Mensch. Niemand, der ihr folgte.

Trotzdem fühlte sie sich nicht wohl, als sie die S-Bahn an der *Schwabstraße* verließ und die Rötestaffel hinaufstieg.

22. Kapitel

Das Städtische Krankenhaus in Mannheim befand sich nur wenige Straßenbahn-Minuten vom Hauptbahnhof entfernt. Braig hatte den nächsten Zug genommen und war ohne jede weitere Überlegung zum Bett seiner Mutter geeilt.

Sie war nicht ansprechbar, lag isoliert in einem Raum der Intensivstation, angeschlossen an ein Gewirr verschiedener

Kabelstränge. So oft er auch im Verlauf seiner Ermittlungen Menschen in ähnlich ausweglosen Situationen begegnet war, so schockierend traf ihn ihr Anblick, hatte er es jetzt doch nicht mit einer weitgehend anonymen Gestalt, sondern mit der wichtigsten Bezugsperson seines Lebens zu tun. Bleich und abwesend wirkte ihr Gesicht, der Brustkorb hob sich kaum merklich, wenn sie verhalten atmete.

»Wir konnten einen Infarkt gerade noch vermeiden«, erklärte ihm die Ärztin, die sich schon am Telefon als Dr. Claudia Ohlrogge vorgestellt hatte, »aber die Sache ist noch nicht ausgestanden. Danken Sie Gott oder dem Schicksal, dass es unmittelbar vor einer Arztpraxis geschah.«

Seine Mutter war auf der Straße zusammengebrochen, mitten im Gewimmel der Fußgängerzone, wie es der Zufall wollte, vor der Eingangstür zu einem Facharzt für Urologie. Die aufgeregten Rufe hatten den Mediziner zu schneller Hilfe animiert und Braigs Mutter – so weit es im Moment absehbar war – das Leben gerettet.

»Wir hoffen es jedenfalls«, schloss Dr. Ohlrogge ihre Ausführungen, »eine Garantie darauf haben wir natürlich nicht.«

Braig strich seiner Mutter über die bleiche Stirn, blieb ein paar Minuten, tröstende und besänftigende Worte vor sich hin murmelnd vor ihrem verhalten atmenden Körper stehen und folgte dann der Ärztin auf deren Bitte aus dem Raum.

»Wir haben sie mit Medikamenten in Schlaf versetzt, damit ihr Körper sich erholen kann«, hatte sie ihm vorher erklärt.

Braig setzte sich auf einen der Stühle vor der Glasscheibe, die den Blick in die Intensivstation frei gab, versuchte, sich zu beruhigen. Die Beziehung zu seiner Mutter war in den letzten Jahren nicht gerade von gegenseitigem Verständnis und Harmonie geprägt gewesen, weiß Gott nicht. Eifersucht und ständige Vorwürfe durchzogen ihr Verhältnis wie ein roter Faden, seit er sich vor mehreren Jahren mit seinem beruflichen Wechsel nach Stuttgart räumlich von ihr getrennt hatte. Die Abnabelung von ihrem dominierenden Einfluss war für ihn die Basis zum Aufbau einer eigenständigen, selbstverantworteten Existenz, für sie dagegen das egoistische Davonstehlen ihres undankbaren allein seiner eigenen Lust frönenden einzigen noch lebenden Kindes – nach dem langsamen Dahinsiechen seiner krebskranken Schwester umso unerträglicher und unverantwortlicher. So sehr er sich bemüht hatte, die Spannungen abzubauen und für mehr Harmonie zu sorgen, waren den Wochen eines freundlichen Miteinander bald wieder Monate der Zerrüttung gefolgt – anscheinend ein unabwendbares Schicksal, das ihrer Beziehung auferlegt war. Und jetzt dieser abrupte, unerwartete Zwischenfall.

Offensichtlich waren Leib und Seele seiner vor mehr als fünfunddreißig Jahren von Jugoslawien ins fremde Land gewechselten Mutter im Verlauf der vergangenen arbeitsreichen Jahrzehnte weit mehr geschwächt und in Mitleidenschaft gezogen worden, als er es bisher bedacht hatte. Drei Berufe gleichzeitig, dazu die Erziehung und Versorgung zweier Kinder, der frühe Tod der Tochter, vielleicht auch der Wegzug des Sohnes – all das hatte mehr Kraft gekostet, als ihre oft nach außen getragenen Aggressionen das hatten sichtbar werden lassen. Vielleicht war ihr Zusammenbruch ein Hinweis darauf, dass er sich mehr als bisher darum bemühen musste, das beiderseitige Verhältnis auf eine neue Grundlage zu stellen. Blieb nur die Hoffnung, dass es noch eine Chance dafür gab.

Wie viel Zeit er auf dem Stuhl vor der Intensivstation verbracht hatte, teils in Gedanken, später dann in einen unruhigen Mittagsschlaf versunken, wusste Braig später nicht mehr. Irgendwann kurz nach drei Uhr war er zu sich gekommen, müde und verschwitzt, und hatte einen Blick auf seine Uhr riskiert, dabei erschrocken festgestellt, dass es höchste Zeit war, nach Stuttgart zurückzufahren, weil um 18 Uhr das Gespräch mit dem Minister auf sie wartete. Er verabschiedete sich von seiner ruhig schlafenden Mutter, stellte sein Handy wieder an und machte sich auf den Weg zum Bahnhof. Unterwegs informierte er Hofmann über sein familiäres Problem, entschuldigte sich für seine Verspätung.

»Ich fürchte, Sie sind über die neueste Entwicklung unserer Fahndung nicht informiert«, erklärte der Oberstaatsanwalt.

»Foca ist tot?«, fragte Braig. Er hatte befürchtet, dass der Albaner den Sprung aus der Wohnung nicht überleben würde.

»Foca?«, antwortete Hofmann. »Ich weiß es nicht. Der

Mann, der in Fellbach auf die Straße stürzte, erlag seinen Verletzungen. Leider ist es nicht Foca. Es handelt sich um einen völlig unbescholtenen Kurden, der Foca verblüffend ähnlich sieht. Sah, muss ich jetzt formulieren. Er litt unter einem Verfolgungstrauma, das auf seine Flucht vor türkischen Militärs und langer Folter in Gefängnissen am Bosporus zurückgeht. Deshalb sprang er vor lauter Angst aus dem Fenster, als unsere Leute in seine Wohnung eindrangen. Tut mir Leid, Braig, dass ich Ihnen keine erfreulichere Nachricht übermitteln kann.«

23. Kapitel

Sie hatte lange mit sich gerungen. Im Haus war sie sicher. Niemand außer *ihm* wusste, dass sie sich hier aufhielt. Das Traumschloss in der Hasenbergsteige bot ihr den unauffindbaren Zufluchtsort, der es ihr in der gegenwärtigen Situation erlaubte, zu überleben. Gleichgültig, wie intensiv die Mörder nach ihr suchten.

Ob sie schon wussten, dass sie in Stuttgart war?

Michaela König glaubte es nicht. Woher sollten sie es erfahren haben?

»Helfen Sie uns. Bitte«, hatte sie die Worte der Redakteurin der *tageszeitung* in den Ohren. »Bitte melden Sie sich wieder.«

Sie schwankte hin und her, wusste nicht, was tun. Von der Wohnung oder ihrem Handy aus telefonieren? Nein, so leichtfertig wollte sie ihr Versteck nicht aufs Spiel setzen. Gab es nicht neue Methoden, den Standort eines Anrufers schnell zu lokalisieren? Vielleicht überwachten sie die *tageszeitung*, weil sie wussten, dass Litsches Recherchen dort erscheinen sollten.

»Wir erhielten einen anonymen Anruf von einer Frau. Angeblich hat sie die gesamten Untersuchungen auf Diskette. Direkt von Frau Litsche. Heute ruft sie wieder an. Wir nehmen ihre Stimme auf Band. Vielleicht kennen Sie die Frau. Bitte melden Sie sich wieder. Helfen Sie uns. Bitte.«

Eine Frau, die angeblich das ganze Material Verenas

auf Diskette hatte. Sämtliche Recherchen, derentwegen sie, der Journalist und der Taxifahrer ermordet worden waren.

Wer konnte das sein? Um welche Frau handelte es sich?

Michaela König spürte, dass es keine andere Möglichkeit gab. Wenn sie je erfahren wollte, was so brisant war, dass skrupellose Verbrecher Menschen ermordeten, um eine Veröffentlichung zu verhindern, blieb ihr kein anderer Weg. Sie musste sich wieder mit der Zeitung in Verbindung setzen. Vielleicht kannte sie die Stimme der Frau tatsächlich und konnte dazu beitragen, den Hintermännern auf die Spur zu kommen?

Sie nahm all ihren Mut zusammen und verließ das Haus. Die Dämmerung war vor wenigen Minuten angebrochen, der Stuttgarter Talkessel lag in einem glitzernden Lichtermeer unter ihr. Michaela König hielt den Kopf streng auf den Boden gesenkt, versteckte sich unter dem dunklen Schirm, um neugierigen Blicken und vereinzelten Regentropfen zu entgehen. Sie folgte der Hasenbergsteige aufwärts, nahm einen anderen Weg, um allen Eventualitäten vorzubeugen. Die Stufen der Hasenbergstaffel führten in stark abschüssigem Lauf zur Röckenwiesenstraße hinunter. Wenige Minuten später hatte sie eine Telefonzelle erreicht.

Sie schlüpfte vorsichtig in das erleuchtete Häuschen, drückte sich den Schirm vors Gesicht. Die Chefredakteurin der *tageszeitung* war sofort am Apparat.

»Wir haben auf Ihren Anruf gewartet. Danke.«

»Sie glauben, ich kann helfen?«

»Ich hoffe es. Die Frau hat sich wieder gemeldet, vor zwei Stunden etwa.«

»Und? Haben Sie sie auf Band?«

Sie hörte Getuschel am anderen Ende, vernahm verschiedene Stimmen.

»Verzeihung«, meldete sich Klaudia Kunst, »mein Kollege brachte den Recorder. Wir würden Ihnen die Stimme der Frau gern vorspielen. Einverstanden?«

»Fangen Sie an.«

Michaela König blickte sich prüfend um. Auto auf Auto schob sich die Reinsburgstraße hinunter. Die Fahrbahn war nass, eine Regenkaskade peitschte an die Scheibe.

»Haben Sie es sich überlegt?«, hörte sie die Stimme fragen. Sie klang tief, sehr tief sogar, fast männlich, trotz der Verzerrung durch die Telefonleitung.

»Sie können die Million haben«, antwortete eine andere Frau, langsam, fast getragen, »wir versuchen, das Geld aufzutreiben.«

Die Stimme am anderen Ende ließ auf sich warten. »Oh, das klingt auf einmal ganz anders.« Die Person war offensichtlich überrascht.

»Die Diskette ist für uns extrem wichtig. Wir wollen die Untersuchungen Frau Litsches unbedingt veröffentlichen.«

»Gut«, sagte die Frau, »Sie sollen das Material haben. Von mir aus heute noch. Aber erst will ich das Geld sehen. Bis wann sind Sie soweit?«

Die Stimme war ihr bekannt, sie hatte sie schon gehört. Live, nicht verzerrt durchs Telefon. Michaela König überlegte fieberhaft, wann sie der Frau begegnet war.

»Heute Abend«, antwortete die Gesprächspartnerin, »wir können Ihnen eine erste Anzahlung übergeben.«

»Anzahlung?« Die Stimme klang ärgerlich. »Was heißt Anzahlung?«

Sie hatte sie gehört, sie war sich absolut sicher. Wo, in welchem Zusammenhang?

»Kennen Sie die Frau?«, unterbrach Klaudia Kunst die Tonbandaufzeichnung. »Sie scheint mit Frau Litsche per Du gewesen zu sein.«

Michaela König zögerte. »Moment«, erwiderte sie, »kann ich noch ein Stück hören?«

Das Band lief weiter.

»Fünfzigtausend. Heute Abend noch. Wir benötigen Zeit, den Rest ...«

»Fünfzig? Sie können sich jedes weitere Wort sparen. Eine Million, sonst läuft nichts.«

»Natürlich, eine Million«, die Frau in Berlin hatte es eilig. »Sie bekommen die Million. Wir dachten, als Anzahlung heute Abend ...«

»Keine Tricks. Mit mir nette. Eine Million, oder ...«

Mit mir nette. Mit mir nette. Mit mir nette.

»Ich kenne die Frau«, erklärte Michaela König.

Ein großer Mann schlenderte an der Telefonzelle vorbei, ein Handy am Ohr. Er diskutierte lautstark, gestikulierte mit seiner freien Hand, schaute in ihre Richtung. Sein schwarzer Bart bebte, als er den Kopf schüttelte, Wasser perlte von seinen Haaren. Er hatte keinerlei Schutz gegen den Regen, starrte immer noch zur Telefonzelle. Sie spürte das Zittern in ihren Knien.

»Sie kennen sie?,« brüllte die Redakteurin am anderen Ende der Leitung. Das Band verstummte augenblicklich. Hektik und Getuschel, aufgeregte Stimmen.

»Ja«, sagte Michaela König.

Der Bärtige stolzierte zu ihr her, palaverte in sein Handy. Die Ähnlichkeit mit dem angeblichen Polizisten der Mordnacht war unübersehbar.

Sie schluckte, spürte, wie ihr die Angst den Hals zuschnürte.

»Und?« Der Tonfall in Berlin grenzte an Hysterie.

»Gänsmantel heißt die Frau. Sie betreibt einen Bauernhof. Am Rand von Unterjesingen. Verena Litsche kaufte bei ihr. Ab und an, nicht regelmäßig. Gemüse, Kartoffeln, Salat. Und Eier. Eier vor allem. Von frei laufenden Hühnern. Verena schwor auf die guten Eier.«

»Sie sind sich sicher?«

»Absolut«, sagte Michaela König, »ich war selbst auf dem Hof. Zwei- oder dreimal. Zusammen mit Verena.«

Mit mir nette, hatte die Bäuerin erklärt, *mit mir nette.* Mehrfach, weil die Lebensbedingungen ihrer Hühner angezweifelt und eine Untersuchung ihrer Ställe eingeleitet worden war. *Mit mir nette.*

Sie hatte sich noch darüber gewundert. Die tiefe Stimme der Bäuerin vom Gänsmantel-Hof.

24. Kapitel

Der Minister ließ nicht eine einzige Minute auf sich warten. Punkt 18 Uhr, sie waren kurz vorher bei seiner Sekretärin vorstellig geworden, bat er sie in sein Arbeitszimmer.

Braig hatte im Speisewagen des Zuges einen kleinen Imbiss zu sich genommen, war dann sofort ins LKA geeilt, um sich kurz frisch zu machen, eine Krawatte anzulegen und mit dem Oberstaatsanwalt zu sprechen. Sie hatten sich schnell auf eine gemeinsame Strategie geeinigt, wollten den Politiker offen über alle heiklen Punkte unterrichten, die ihn dem Verdacht aussetzten, in der aktuellen Verbrechensserie eine wichtige Rolle zu spielen.

Der Minister empfing sie freundlich, führte sie in einen großen, von unzähligen reichhaltig bestückten Bücherregalen dominierten Raum, bat sie, in einer Sitzgruppe mit vier Sesseln um einen kleinen runden Tisch, Platz zu nehmen. Braig betrachtete den Mann, sein Auftreten, sein Verhalten, konnte auf den ersten Blick nichts Abstoßendes entdecken.

Der Politiker fragte nach ihren Wünschen, ließ dann drei Mineralwasser bringen. Er bedankte sich bei seiner Sekretärin, nahm Braig gegenüber Platz, bat darum, die Ursache ihres Besuches kundzutun. Seine Körperhaltung, seine Gestik, die Stimmlage, alles entsprach genau dem Bild, das sich der Kommissar bisher durch die Berichterstattung im Fernsehen von dem Mann gemacht hatte. Keine von vielen Politikern gewohnte mediengerechte Theatralik, keine vorlaute Schmeichelei, kein plumpes Anbiedern, auch nicht die sonst so häufig erlebte übertriebene Jovialität. Wäre Braig dem Mann privat begegnet, er hätte ihm wohl eine freundliche, vielleicht sogar Sympathie erweckende Ausstrahlung attestiert.

Zugleich war er sich aber der Gefahr bewusst, dass der erste Eindruck oft völlig über den wahren Charakter eines Menschen hinwegtäuscht, auch wenn der Volksmund das anders zum Besten gab. Der Mann vor ihm war Profi durch und durch; wie er gelesen hatte, seit annähernd zwei Jahrzehnten im politischen Geschäft, damit befasst, nicht nur Entscheidungen in seinem Sinn durchzusetzen, sondern auch, seine Person in ein Licht zu rücken, das ihm das politische Überleben ermöglichte und zu neuen Machtbefugnissen verhalf. Sich natürlich zu verhalten, vom gewohnten, viele Menschen abstoßenden Klischee des aufgeblasenen, nach jeder Windrichtung dehnbaren Politikers abzusondern, konnte eine bewusste Masche sein, mit der er Ehrlichkeit und Offenheit suggerieren und kritischen Fragestellern von vorneherein den Wind aus den Segeln nehmen wollte. Braig musste sich in Acht nehmen, ihm nicht zu viel Vertrauen entgegen zu bringen.

»Wir ermitteln im Fall der ermordeten Journalisten«, erklärte Hofmann, »Breidle, Nuhr und Litsche. Darf ich voraussetzen, dass Sie über die aktuellen Vorgänge informiert sind?«

Der Minister nickte. »Soweit ich mir aus den Zeitungen ein Bild darüber verschaffen konnte, habe ich das getan.«

Hofmann stellte die Zusammenhänge zwischen Nuhr und Litsche, soweit sie bisher recherchiert waren, dar, versuchte, auf die von ihnen vermuteten Hintergründe einzugehen. »Für uns erhob sich der Verdacht, dass einige dieser Vorgänge – ich sage es gerade heraus – mit Ihrer Person zu tun haben könnten.«

»Mit mir?«

War es schauspielerisches Talent? Die Überraschung wirkte echt. Braig musterte ihn angestrengt, sah, wie sich seine Stirn mit Falten überzog.

»Was wir Ihnen jetzt mitteilen, weiß nur eine Handvoll ausgewählter Personen. Sie werden verstehen, dass wir keinem Pressevertreter auch nur die geringsten Andeutungen zukommen ließen.«

Hofmann nickte dem Kommissar zu, wartete auf die Reaktion des Politikers. Braig zog das Couvert aus seiner Tasche, legte drei Fotos nebeneinander auf den Tisch.

Der Minister erbleichte augenblicklich, starrte entsetzt auf die Bilder. Braig und Hofmann ließen ihm Zeit.

»Darf ich fragen, woher Sie das haben?« Er hatte Mühe, sich verständlich zu machen, Seine Stimme klang gepresst.

»Harry Nuhr, der ermordete Journalist«, sagte Braig. »Ich habe sie persönlich bei ihm gefunden.«

»Das ist eine Manipulation. Alles, was mir wertvoll ist, ich versichere Ihnen, das sind Fälschungen.«

Braig sah, wie die Finger des Mannes zitterten. »Sie sehen die Fotos zum ersten Mal?«

Der Minister nickte. »In der Tat, ja.« Er schwieg einen Moment, schüttelte dann schwer atmend den Kopf. »Gibt es eine Möglichkeit, die Fälschung nachzuweisen?«

»Schwierig. Sehr schwierig. Wir versuchen es seit Tagen.«

Der Mann erhob sich, lief zu seinem Schreibtisch am anderen Ende des Raumes, dann wieder zurück. »Entschuldigen Sie bitte. Ich muss versuchen, mich zu beruhigen.«

»Das ist nicht alles«, sagte Braig. »Bei Hans Breidle, der einige Stunden vor Nuhr getötet wurde, fanden wir eine umfangreiche Materialsammlung. Zeitungsartikel, Kritiken, private Recherchen. Zielpunkt der Papiere: Eine einzelne Person.« Er hatte den Mann die ganze Zeit beobachtet, ihn keine Sekunde aus den Augen gelassen.

Der Minister folgte seinen Worten mit unverminderter Aufmerksamkeit, begriff sofort. »Ich.« Er sagte das Wort im sachlich feststellenden, nicht im fragenden Tonfall.

Hatte er von Breidles Aktivitäten gewusst? War ihm in höchster Bedrängnis der verheerende Einfall gekommen, den Mann zu töten?

Braig nickte. »Wir haben den Eindruck, dass der Reporter eine groß angelegte Kampagne gegen Sie plante. Offensichtlich stand er kurz davor, das Material zu veröffentlichen.«

Der Minister stützte sich auf die Lehne des Sessels, holte tief Luft. »Darf ich den Inhalt der Papiere wissen?«

»Ich wüsste nichts, das dagegen spricht«, sagte Hofmann, ermunterte Braig mit einem Kopfnicken, den Mann zu informieren.

»Alles, was sich im Verlauf eines Lebens so ansammelt und entsprechend aufbereitet dazu benutzen lässt, eine Karriere zu zerstören«, erklärte der Kommissar. »Vorgänge und Verhaltensweisen, die einzeln gesehen vielleicht nicht einmal besonders ins Gewicht fallen würden. Kombiniert man sie aber, setzt man sie – in zugegebenermaßen bösartiger Absicht – miteinander in Verbindung, sozusagen als roten Faden eines Politikerlebens, können sie vernichtende Wirkung zeigen. Jedenfalls im Licht der Öffentlichkeit.«

»Ich verstehe.« Der Politiker stützte sich noch immer, den Kopf nach vorne gestreckt, auf den Sessel. »Was ist mit diesen ekelerregenden Bildern – Kindersex, so ist das wohl zu bezeichnen, ja?«

Braig nickte.

»Fanden sich Vorwürfe dieser Richtung in dem gesammelten Material?«

»Nein.«

»Nicht?«, der Minister wirkte überrascht.

War es Schau? Hatte er es gewusst?

»Dann kommen die Angriffe von verschiedenen Seiten.« Er lief um den Sessel, ließ sich langsam, wie in Zeitlupe, nieder.

»Ein dritter Punkt«, erklärte Braig, »der mutmaßliche Mörder Nuhrs. Ein Albaner, namens Hasim Foca. Er wird seit Jahren wegen mehrerer Morde in Italien gesucht. Bezahlte Morde. Alles deutet darauf hin – im Auftrag eines italienischen Ministers.«

Der Politiker griff nach seinem Glas, trank langsam, in kleinen Schlucken, stellte das Wasser zurück. »Ich fürchte, ich benötige etwas Zeit, um das zu begreifen.«

Er lehnte sich in seinem Sitz zurück, richtete die Augen auf einen fernen, imaginären Punkt irgendwo im Raum. Seine Haut war bleich, sein Gesicht schien innerhalb weniger Minuten um Jahre gealtert.

Braig kannte diesen Anblick aus Erfahrung. Die Körperhaltung des Mannes sprach Bände. Es war die typische Pose eines Menschen, der begreift, dass er der Last der Anschuldigungen nicht länger gewachsen ist und deshalb seine Verstrickung in die geschehenen Verbrechen offenlegen muss. Der Moment vor dem Ende, die Einsicht in die ausweglose Situation.

Braig trank von seinem Mineralwasser, wartete auf das Geständnis des Politikers.

25. Kapitel

Die Adresse der Frau zu finden, war einfach. Klaus Weidmann, der Süddeutschland-Korrespondent der *tageszeitung,* überprüfte ihren Namen im örtlichen Telefonbuch, suchte die Straße dann auf dem Tübinger Stadtplan. Sie lag am Rand von Unterjesingen.

Er nahm ein Taxi vom Tübinger Hauptbahnhof, informierte die Redaktion in Berlin mit seinem Handy. Mehrfach hatten sie ihn das Band mit der Stimme der Frau hören lassen, in der Hoffnung, er könne sie aufspüren und zu einer fairen Übergabe der Diskette überreden.

»Sei vorsichtig«, bat Klaudia Kunst, »vielleicht steckt die Frau in finanziellen Schwierigkeiten und reagiert unberechenbar. Oder sie ist Mitglied einer kriminellen Gang. Die rechnet garantiert nicht damit, dass wir sie aufspüren. Du traust es Dir allein zu?«

Natürlich war er sich der Risiken bewusst, die der persönliche Kontakt mit einer Erpresserin beinhaltete. Die Gefahr, dass diese Gänsmantel ausrastete und die Kontrolle über sich verlor, wenn sie sich plötzlich entlarvt sah, war nicht von der Hand zu weisen. Woher sollte sie auch ahnen, dass sie ihr so schnell auf die Schliche gekommen waren? Noch gefährlicher war der Besuch, wenn sie als Mitglied einer größeren Bande arbeitete. In diesem Fall schien es leichtsinnig, auf eigene Faust zu handeln, ohne die Polizei zu informieren.

Weidmann war dennoch entschlossen, die Frau sofort aufzusuchen, ohne Hilfe. Der Tod von Harry Nuhr und Verena Litsche sollte verhindern, dass die *tageszeitung* kritische Recherchen veröffentlichte, die die Verwicklung einiger mächtiger Personen in einen *Krieg* offenzulegen drohten. Er wollte so schnell als möglich an die Arbeit Litsches herankommen, ohne Behinderung durch bürokratische Polizeiverordnungen. So gefährlich dies sein mochte, Weidmann vertraute auf seine langjährige journalistische Erfahrung.

»Ich nehme den Taxifahrer mit«, erklärte er am Telefon, »er wird vor dem Haus warten.«

Beim Gänsmantel-Hof handelte es sich um eine riesige

Anlage: Ein großes Wohnhaus, dessen Fachwerkstruktur nur an einigen Stellen zu erkennen war, ein noch gewaltigerer Stall und eine hohe, breite Scheune platzierten sich rings um einen rechteckigen Hof, der in der vorderen Hälfte mit Asphalt, im hinteren Teil mit alten Quadersteinen ausgelegt war. Obwohl der gesamte Komplex weitgehend im Dunkeln lag, vom Licht einer Straßenlaterne nur notdürftig erleuchtet, konnte Weidmann deutlich erkennen, dass der Putz von den Fassaden der Gebäude blätterte und auf den weitläufigen Dächern viele Ziegel fehlten. Dachrinnen baumelten, aus ihrer Verankerung gerissen, an den Wänden, Pilzmatten und Schimmel wucherten an den Fundamenten. Die Türen waren alle geschlossen, nur ein paar Fenster im oberen Stock des Wohnhauses standen offen.

In den freien Räumen zwischen Scheune und Stall sowie Stall und Haus verrotteten alte landwirtschaftliche Geräte, denen Rost und Spinnweben schon von weitem anzusehen waren. Vorne, zur Straße hin, öffnete sich der Hof fast in seiner ganzen Breite, nur ein baufälliger, halb verfallener Schuppen und mehrere knorrige Äste eines verkrüppelt gewachsenen Baumes bildeten eine Art Eingangstor.

Trotz der Dunkelheit fiel es Weidmann schon beim Eintreten in den Hof auf, dass es mit dem Gänsmantel-Besitz nicht zum Besten stand: Verrostete Fahrräder und Werkzeugteile, vergammelte alte Kisten, modrige Kartons verteilten sich über das gesamte Areal. Er ließ den Taxifahrer warten, lief über den asphaltierten Teil des Hofes zur Haustür, drückte auf die Klingel. Sie funktionierte nicht.

Weidmann trat einige Schritte vom Haus zurück, blickte nach oben zu den teilweise geöffneten Fenstern. Seine Augen hatten sich an die dämmrige Umgebung gewöhnt, er sah, dass ein älterer, farbig gemusterter Vorhang im Wind baumelte.

»Frau Gänsmantel!«

Die Wände rings um den Hof warfen Weidmanns Stimme als Echo zurück. Kein Laut außer dem Heulen der Motoren draußen auf der Straße war zu hören.

»Frau Gänsmantel!«

Der Wind strich über die Dächer, setzte Dachrinnen und

Teile des abgeblätterten Putzes in Bewegung. Ein Schwall kalten Wassers klatschte neben dem Journalisten zu Boden. Weidmann trat zwei Schritte zurück, sah sich ratlos um. Keinerlei Reaktion. Sein Rufen verhallte ungehört.

Er lief wieder zur Eingangstür, klopfte, drückte die Klinke nieder. Die Tür gab nach, war nicht verschlossen. Überrascht öffnete er sie, trat vorsichtig ins Haus.

Modriger Geruch vom ersten Schritt an. Ein schmaler, dunkler Flur, der nur in Umrissen zu erkennen war. Weidmann wartete, suchte dann nach einem Lichtschalter. Er fand ihn, erschrak, als die Glühbirne an der Wand neben ihm aufleuchtete. Rechts eine gewundene Holztreppe nach oben, unter ihr eine verbogene Holztür. Links ein schweres Eichen-Portal mit abgerundeter Kante. Weidmann blieb stehen, lauschte.

»Frau Gänsmantel?«

Keine Reaktion.

Er trat vor die massive Eichentür, öffnete sie vorsichtig, machte Licht. Das Zimmer, ursprünglich wohl der Wohnraum des Hauses, glich einer Gerümpelsammlung. Teller, Tassen, Puppen, Plastikfiguren, Bilder, Scherben, kreuz und quer über den Raum verteilt. Mittendrin ein mächtiger umgestürzter Schrank, die Schubladen herausgerissen, übereinandergestapelt. Stühle, Kissen, Zeitungen auf einem Haufen – ein Ort mutwilliger Zerstörung.

Weidmann betrachtete das Schlachtfeld, hörte plötzlich ein leises, zaghaftes Geräusch. Erschrocken starrte er auf den Schrank, der ihm die Sicht auf die hintere Hälfte des Raumes versperrte.

»Frau Gänsmantel?«

Er stieg vorsichtig über einen umgestürzten Stuhl, versuchte, nicht in das Bild zu treten, das an der Schrankwand lehnte, sah plötzlich die Bewegung. Eine lange schwarze Masse schoss auf ihn zu, knallte ihm auf die Brust, warf ihn zur Seite. Erschrocken klammerte er sich an der massiven Tür fest, fuhr sich übers Gesicht. Eine schwarze Katze stand im Flur, miaute leise. Weidmann zitterte vor Schreck.

Er verließ den völlig verwüsteten Raum, löschte das Licht,

schloss die Tür. Als er aus dem Haus trat, schoss das Tier an ihm vorbei in die Dunkelheit, sprang über den Hof. Er versuchte, ihm mit seinen Blicken zu folgen, sah, dass es auf den Stall zulief und dort an der kleinen Tür Halt machte. Sie richtete sich auf, kratzte mit beiden Vorderpfoten am Holz, miaute laut.

Weidmann schüttelte die Feuchtigkeit von sich ab, die in feinen Tropfen vom Himmel fiel, atmete tief durch. Der Modergeruch der Wohnung steckte in seinen Kleidern.

Das Zimmer war mutwillig zerstört worden, so viel war klar. So wenig gepflegt sich das gesamte Anwesen hier auch präsentierte, der chaotische Zustand des Wohnraumes war das Resultat bewussten Vandalismus, nicht langsamen Dahingammelns. Dass die Katze in diesem Chaos eingeschlossen war ...

Weidmann hörte das tiefe Maunzen des Tieres, das fast schon menschlich wehleidige Töne angenommen hatte, sah, wie es unruhig an der Stalltür kratzte. Vor dem Eingang zum Hof stand sein Taxi.

Er lief einige Schritte auf das Auto zu, signalisierte dem Fahrer, dass er noch einen Moment warten solle.

Die Katze gab keine Ruhe. Weidmann näherte sich ihr behutsam, sah die Aufregung in den Augen des Tieres. Er spürte, wie ihn ein Regenschauer völlig durchnässte, stakste an dem schwarzen Wollknäuel vorbei zur Tür, drückte die Klinke nieder. Knarzend gab sie nach. Die Katze verstummte, schoss ins Innere des Stalls.

Weidmann starrte ins Dunkle, tastete nach dem Lichtschalter.

Er sah die leeren Holzkisten, ordentlich aufeinander gestapelt, als befände er sich auf einem anderen, gepflegteren Anwesen, Unmengen leerer Kartoffelsäcke, ein mächtiges, mehrere Meter breites, mehr als mannshohes Regal, fast vollständig mit schmalen Eierkartons gefüllt. Auf dem Boden davor fester, gestampfter Lehm.

Weidmann näherte sich vorsichtig, hörte die Katze hinter einem Berg mit Holzscheiten bedeckter Kisten laut miauen. Er lief zu dem Stapel, starrte um die Ecke. Der Anblick raubte ihm den Atem.

Klaus Weidmann hatte viel gesehen, erst in vier Jahren als Lokalredakteur bei einer Dortmunder Zeitung, später bei einem Kölner Blatt, dann in Berlin bei der *tageszeitung*. Ein erfahrener Journalist. Weidmann war felsenfest davon überzeugt, dass ihn so schnell nichts umwerfen konnte.

Als der Taxifahrer ihn im Dämmerlicht über den Hof spurten sah, in einem Tempo, als seien hundert Teufel hinter ihm her, hatte er nur noch wenig Ähnlichkeit mit einem normalen Menschen. Er rannte zum Auto, stammelte irgendwelche unverständlichen Worte und schaffte es gerade noch, sich zur Seite zu drehen, als das komplette Menü des Bahnhofsrestaurants von Tübingen aus ihm heraussprudelte. Würgend gab er die halbverdaute Masse frei.

26. Kapitel

Die Nachricht aus Wiesbaden erreichte sie mitten in ihrem Gespräch mit dem Minister. Hofmann und Braig hatten sich bereits annähernd eine Stunde mit dem Mann auseinandergesetzt, waren von ihm dabei mit der unerwarteten Mitteilung überrascht worden, dass er selbst seit mehreren Monaten heftigen Drohungen ausgesetzt wäre. Gerade in dem Moment, als der Kommissar gehofft hatte, der Minister sei bereit, seinen Widerstand gegen ihre Verdachtsmomente aufzugeben, hatte der ihnen seine bisher geheim gehaltene unangenehme Situation eröffnet.

»Sie glauben, wir Politiker sitzen an den Schalthebeln der Macht und entscheiden über das Wohl und Wehe unserer Gesellschaft, unserer Zukunft, womöglich über das Schicksal unserer Welt?« Kopfschüttelnd war er vor ihnen hin- und hergelaufen, hatte sich all seinen Frust und seine Bitterkeit vom Leib geredet. »Das sind Illusionen, Träume, Phantasien. Politiker sind Marionetten, so machtlos, klein und erbärmlich wie jeder andere in dieser Gesellschaft auch. Sie glauben mir nicht? Nein, warum sollten Sie auch?«

Er hatte sie gemustert, ernst, mit bleicher, verkrampfter

Miene, ihre skeptisch-misstrauischen Blicke zur Kenntnis genommen, war dann wieder zu seinem Sessel gegangen, hatte sich ruckartig niedergelassen. »Wir tun natürlich alles, um diesem Eindruck entgegen zu wirken, spielen nach außen hin die große, starke, bedeutende Persönlichkeit, als die wir uns in tausend eitlen, selbstverliebten Träumen gern sähen, zelebrieren vor den Kameras je nach schauspielerischer Veranlagung den mobilen, durchsetzungsfähigen Potentaten und verfallen zeitweise wohl auch dem Wahn, uns für dergleichen zu halten. – Die Realität sieht völlig anders aus. Die wirklich wichtigen Entscheidungen treffen andere. Die Weichen unserer Gesellschaft werden nicht mehr in den Ministerien, den Parlamenten, den Kabinetten gestellt. Diese Zeiten sind vorbei. Heute regiert die Wirtschaft, bestimmen Industrieverbände, Banker und Vorstandsvorsitzende, wohin die Reise geht. Und wehe, ich als Politiker maße mir an, korrigierend einzugreifen oder mich gar den Wunschvorstellungen der Lobby zu widersetzen. Dann lerne ich sehr schnell, wo sich die Schaltzentralen der Macht heute befinden. Wir haben keine Chance, verstehen Sie, nicht den Hauch einer Chance, gegen die überall agierenden Interessenvertreter anzukommen.«

Der Minister hatte von seinem Wasser getrunken, dann auf die Fotos gedeutet. »Normalerweise läuft die Sache aber auf anderer Ebene. Nicht mit anonymen Drohbriefen oder manipulierten Bildern, nein, auf eine weit subtilere, sehr zivilisierte Art. Die Lobbyisten sitzen in fast allen Parteien, den Parlamenten, in etlichen Medien, unzähligen Verbänden. Die brauchen keine illegalen Hilfsmittel – dachte ich bisher jedenfalls.«

»Sie müssen Ihre Meinung revidieren?«

»Wie es aussieht, ja«, hatte er geantwortet, »ich habe mich wohl zu hartnäckig ihren Wünschen widersetzt.«

»Sie könnten sich vorstellen, wem Sie mit Ihrer Haltung im Weg stehen?« Hofmann war bereit, sich auf die Argumentationen des Mannes einzulassen. »Ich sehe Sie nicht gerade als eine der üblichen stromlinienförmigen Marionetten dieser Landesregierung.«

»Darum geht es. Genau darum«, hatte der Minister erklärt.

Er hatte sich mehrfach den hartnäckig vorgetragenen Forderungen von Industrie und Wirtschaftsverbänden nach einer Ausweitung ihres Einflusses widersetzt, war etliche Male mahnend über die Auswirkungen der eigenen Politik in der Presse zitiert worden.

»Eine Regierung, die sich nicht zu schade ist, sich die Leitlinien ihres Handelns direkt aus den Machtzentralen einiger Konzerne diktieren zu lassen und infolgedessen eine ihrer wichtigsten Aufgaben darin sieht, das Land in immer neuen Anläufen unter Beton und Asphalt zu versenken, kann wohl kaum davon reden, im Interesse des Gemeinwohls zu handeln.«

Die Sekretärin platzte mitten in die Ausführungen des Ministers, bat Braig ans Telefon. Der Kommissar entschuldigte sich, folgte ihr hinaus.

»Tut mir Leid, dass ich euer Gespräch unterbreche. Es ging nicht anders.« Daniel Schiek war noch beim BKA in Wiesbaden.

»Du hast Neuigkeiten?«, fragte Braig, wies darauf hin, dass er sein Handy wegen der Diskussion mit dem Minister ausgeschaltet habe.

»Um es kurz zu machen: Wir haben die Fotos jetzt der gründlichsten Analyse unterzogen, die heute technisch realisierbar ist. Die Apparaturen, über die das BKA verfügt, lassen uns in Stuttgart vor Neid erblassen. Dagegen leben wir in der Steinzeit. Diese Geräte besitzt bis jetzt angeblich nur noch das FBI. Das Ergebnis ist eindeutig.«

»Ja?«, fragte Braig.

»Sie sind gefälscht. Ohne jeden Zweifel. Der Kopf des Mannes wurde vertauscht. Zu unserer Ehrenrettung muss ich sagen: Die Arbeit von absoluten Profis. Wir im LKA konnten das nicht erkennen. Ich will dir die Einzelheiten nicht genau erklären, nur so viel: Die Anzahl der Bildpunkte, der so genannten Pixel, ist auf allen Elementen der Bilder fast identisch. Das schaffst Du mit einer Fälschung eigentlich nicht. Die Manipulation haben wir nur durch eine äußerst geringfügige, selbst unter dem Spezialmikroskop kaum bemerkbare Änderung der Farbnuance gemerkt. Eine der perfektesten Fälschungen, die mir bisher unterkam.«

»Ihr seid euch absolut sicher?«

»Hundertprozent. Es gibt keine Zweifel.«

Die Nachricht aus dem Bundeskriminalamt ließ den Minister sichtbar aufatmen. Seine Erleichterung war nicht zu übersehen.

»Ich bin kein guter Schauspieler, wie?«, fragte er, die Beine weit von sich gestreckt.

»Im Moment sieht es nicht danach aus, nein«, antwortete Braig, »aber das scheint mir heute für einen Politiker mit das wertvollste Kompliment. Und damit sind Sie in dieser Regierung leider weitgehend allein.«

»Glauben Sie, es gibt eine Chance, die Fälscher zu identifizieren?«

Hofmann holte tief Luft, fuhr sich mit der Rechten über die Stirn. »Wir werden alles tun, was möglich ist. Aber erwarten Sie, bitte, nicht zu viel. Wer solche Profis aufbieten kann, sitzt weit oben. Ich fürchte, Sie werden in einflussreichen Kreisen in diesem Land als störend empfunden. Und wir wissen ja nicht einmal, ob die Aggressoren innerhalb oder außerhalb Ihrer eigenen Partei sitzen.«

27. Kapitel

Die Titelseite der *tageszeitung* präsentierte an diesem Samstag nur ein einziges Thema. Michaela König hatte ihre Wohnung kurz nach zehn Uhr verlassen, um sich das Blatt in der Nähe des Feuersees zu besorgen. Vorsichtig nach allen Seiten spähend, war sie auf die Straße getreten, hatte die Hasenbergsteige zuerst aufwärts, dann in der Gegenrichtung durchforscht, war schließlich die steilen Stufen der Rötestaffel in den Talkessel hinuntergeeilt.

Sie hatte von Hunden geträumt, großen, gefährlichen Tieren, die sich mehrfach in der Nacht in Bewegung gesetzt und auf sie zugerannt waren. Ganze Rudel wilder, zähnefletschender Bestien hatten sie verfolgt, durch fremde unbekannte Straßen gejagt, in nervtötendem Stakkato ihre Aggressionen aus dem Leib gebellt. Michaela König zitterte jetzt noch, wenn sie daran dachte. Wohin sie auch gesprungen war, die wilden Köter hatten sie nicht zur Ruhe kommen lassen. Über Stunden hinweg war sie von furchterregenden Alpträumen geplagt worden.

Sie hielt die Zeitung in Händen, schrak zusammen. Links, über die gesamte obere Hälfte des Blattes hinweg das Bild des Mörders, verblüffend echt, nach ihren Angaben gezeichnet. Die breiten Koteletten, die markante Nase, der drohend-finstere Blick. Er war wirklich außergewöhnlich gut getroffen. Ob er sich jetzt noch offen auf die Straße wagte?

Rechts das Phantombild eines Fremden, mit Bart zwar, aber sonst leider völlig daneben, in keiner Beziehung als der zu erkennen, der seit Tagen hinter ihr her war. Er würde frohlocken, wenn er die Grimasse in der Zeitung entdeckte. Sie musste wieder Kontakt mit Berlin aufnehmen, die Redakteure darüber informieren.

Die Zeilen unter den Bildern schilderten die neueste Entwicklung der Ereignisse. Waltraud Gänsmantel war in ihrem Stall in Tübingen-Unterjesingen mit mehreren Messerstichen getötet worden, etwa 15 Minuten bevor – so der Befund des untersuchenden Arztes, – der Redakteur Klaus Weidmann auf dem Bauernhof aufgetaucht war. Nur das Zeugnis des Taxifahrers hatte den Journalisten vor einer Verhaftung bewahrt. Die Wohnung war auf den Kopf gestellt und dabei verwüstet worden, von einer Diskette oder anderem verwertbaren Material, das der Redakteur dort zu erhalten gehofft hatte, fand sich keine Spur.

Unmittelbar darunter in großer Aufmachung die Behauptung der *tageszeitung*, Verena Litsche sei entgegen den völlig haltlosen Darstellungen der Polizei nicht von ihrer Freundin Michaela König, sondern von zwei Männern ermordet worden, deren Aussehen oben in zwei Phantombildern skizziert war, Michaela König werde nunmehr von denselben Verbrechern verfolgt und bedroht.

Sie spürte, wie ihre Finger zitterten, faltete die Zeitung zusammen, sah sich vorsichtig um. Menschen mit gefüllten

Einkaufstaschen eilten an ihr vorbei, die Rotebühlstraße hoch. Autos bremsten vor der Ampelanlage, ein Stadtbus fuhr an einer Haltestelle vor.

Frau Gänsmantel ermordet, kurz bevor der Redakteur sie erreicht hatte. Wieso nur wenige Minuten vorher? War diese kurze Zeitspanne ein Zufall? Woher hatte der Mörder von Frau Gänsmantel gewusst?

Michaela König hielt die Hand über die Augen, um sich vor der Sonne zu schützen, lief Richtung Stadtmitte.

Die Diskette war nicht aufzufinden gewesen, also hatte der Mörder sie mit sich genommen. Derselbe Mörder, der auch hinter ihr her war? Wer sonst?

Der Himmel hatte sich aufgeklart, nur einzelne kleine Wolken waren zu sehen. Sie konnte keine verdächtigen Personen erkennen, lief die Treppe zur S-Bahn-Station hinunter, erreichte ein Telefon. Die Nummer musste sie nicht mehr nachschlagen.

»Ich bin es«, sagte sie.

Klaudia Kunst wusste sofort Bescheid. »Schrecklich, das mit der Gänsmantel, wie?«

»Woher hatten die ihre Adresse, ihren Namen?«

»Keine Ahnung. Wir fragen es uns auch schon die ganze Zeit. Vielleicht hat Frau Gänsmantel, ohne es zu wissen, mit ihren Mördern Kontakt aufgenommen, um die Diskette zu verkaufen.«

»Mit dem Mörder?«, Michaela Königs Stimme brachte ihre Skepsis zum Ausdruck. »Ausgerechnet mit dem?«

»Ich weiß es nicht.«

»Ihr Redakteur kam kurz nach ihrem Tod?«

Klaudia Kunst hustete laut. »Sie war noch warm, als der Arzt sie untersuchte.« Sie nahm einen Zug von einer Zigarette, blies den Rauch von sich, Michaela König konnte es genau mithören. »Die Polizei ist sich nicht einmal darüber klar, ob wirklich so viel Zeit vergangen war. Vielleicht handelte es sich sogar nur um fünf oder zehn Minuten.«

»Dann hätten sie beinahe noch Ihren Mitarbeiter getötet.«

Am anderen Ende blieb es für einen Moment ruhig. Dann kam wieder die Stimme der Chefredakteurin. »So kann man es auch sehen, ja.«

Michaela König hörte hastige Schritte hinter sich, sah sich um. Zwei junge Männer sprangen eilig auf die Rolltreppe, die zur S-Bahn hinunterführte.

»Wie sind die Bilder? Haben Sie sie gesehen?«

Sie drehte sich wieder zur Wand, versuchte, sich auf ihre Gesprächspartnerin zu konzentrieren. »Den Mörder haben Sie fast hundertprozentig getroffen. Besser geht es kaum. Genau so stand er vor mir.«

»Prima. Wenigstens ein Erfolg. Und der andere?«

Michaela König nahm die Zeitung hoch, musterte das Bild, beschrieb der Redakteurin bis ins Detail, was sie störte.

»Wir werden es sofort korrigieren und an die Kollegen vom Fernsehen sowie die Polizei weitergeben. Noch besser wäre es, unser Zeichner könnte das Aussehen des Mannes gemeinsam mit Ihnen am Bildschirm entwickeln. Dann hätten wir die Garantie, ihn wirklich korrekt zu treffen. Wollen Sie nicht ...«

»Im Moment habe ich nur den einen Wunsch: Die Sache heil zu überstehen und die nächsten Tage und Nächte zu überleben.«

»Das verstehe ich voll und ganz«, erklärte Klaudia Kunst. »Wir können Ihnen aber nur helfen, wenn Sie uns verraten, wo Sie sich aufhalten. Wenn Sie wollen, kommen wir mit der halben Redaktion. Die können nicht uns alle töten.«

Michaela König drehte sich vorsichtig zur Seite, musterte die Menschen in der Passage. Fast alle strebten eilig den Treppen zur S-Bahn oder der Stadtbahn zu, einige standen vor den verschiedenen Automaten und lösten sich eine Fahrkarte. Zwei Männer schauten interessiert zu ihr her. Sie betrachtete sie erschrocken, sah, wie sie sich lachend voneinander lösten und zu verschiedenen Ausgängen schlenderten.

»Sind Sie noch dran?«

Michaela König benötigte einige Sekunden, sich zu konzentrieren. »Ja«, sagte sie, »ich bin noch da.«

»Unser Mitarbeiter, Herr Weidmann ist noch in Tübingen. Vielleicht können Sie sich mit ihm in Verbindung setzen. Darf ich Ihnen seine Handy-Nummer geben?«

»Ich muss es mir überlegen. Geben Sie mir Zeit.«

»Okay. Aber eine wichtige Frage sollten Sie noch beantworten: Wo kann Frau Litsche ihre Untersuchungsergebnisse noch hinterlegt haben? Sie war sich der Gefahren ihrer Arbeit bewusst, sie muss vorgesorgt haben. Frau Gänsmantel als einzige Person, der sie das wertvolle Material anvertraute? Ich will es nicht glauben. So leichtsinnig kann sie nicht gewesen sein. Sie hatten persönlich Kontakt mit ihr. Wem vertraute sie, wo könnte sie eine Diskette oder schriftliche Aufzeichnungen verwahrt haben? Sie sind unsere letzte Hoffnung. Haben Sie sich nicht mit ihr darüber unterhalten?«

Zwei junge Männer bauten sich neben dem Telefon auf, schnitten Grimassen, deuteten auf das Foto einer nackten Frau, das der Größere in seiner Hand hielt. Lachend stolzierten sie vor ihr hin und her. Michaela König wandte den Blick von ihnen ab, überlegte fieberhaft.

»Sie haben keine Idee?«, fragte Klaudia Kunst. »Irgendeine Person, der sie in besonderem Maß vertraute, eine Frau oder ein Mann, die vielleicht ohne es selbst zu wissen, heute im Besitz ihrer gesamten Arbeit sind.«

Der junge Mann streckte ihr das Nacktfoto entgegen, formte seine Finger zu einer obszönen Geste. Lachend und grölend tanzten die Burschen ums Telefon. Sie schaute entnervt auf den Boden.

»Sie müssen mir Zeit geben«, erklärte sie, »ich werde überlegen, vielleicht fällt mir etwas ein. Ich weiß, wie wichtig es ist.«

Sie hängte ein, drückte sich an den Männern vorbei. Wem konnte Verena ihre Recherchen noch anvertraut haben?

Die Sonne blendete sie; genervt hielt sie sich die Zeitung vor die Augen. Sie musste in Ruhe darüber nachdenken, wem Verena Litsche eine zweite Diskette übergeben haben konnte. Welche Frau, welcher Mann kamen dafür in Frage?

Michaela König folgte der Sophienstraße, hatte die Stadtbahn-Station *Österreichischer Platz* vor Augen. Plötzlich fiel ihr das neue Café ein, das *er* ihr empfohlen hatte, *Graf Eberhard*. Seiner Beschreibung nach lag es hier gerade um die Ecke.

Ob sie es riskieren konnte? Sich unter eine Menschenmenge mischen und die Zeit verstreichen lassen, das Leben genießen? Wie lange hatte sie sich dieses simple Vergnügen schon nicht mehr gegönnt? Ewigkeiten, sagte sie sich, Lichtjahre, die nichts als Angst und Panik gebracht hatten.

Sie atmete tief durch, beschloss, den Besuch zu riskieren. Woher sollten sie wissen, dass sie sich in Stuttgart aufhielt?

Sie folgte der Gerberstraße, merkte, dass sie zu weit gegangen war, lief die Nesenbachstraße zurück, passierte eine Buchhandlung. *Undercover* prangte in großen Lettern auf der Eingangstür. Undercover, fragte sie sich, wirklich Undercover? Sie blieb stehen, betrachtete die Schaufenster, bemerkte, dass es sich um eine auf Krimis spezialisierte Buchhandlung handelte.

Das Café lag nur wenige Meter weiter. Michaela König überquerte den kleinen Vorplatz vor dem *Graf Eberhard*, betrat das Lokal, das trotz der relativ frühen Stunde fast bis auf den letzten Platz besetzt war. Sie musterte die Frauen und Männer, die an den zahlreichen Tischen hockten, konnte kein bekanntes Gesicht erkennen. Lachen, Rufen, der Lärm unzähliger Stimmen erfüllten den Raum, übertönt vom Klirren von Tellern und Tassen.

Sie fand einen Stuhl im rückwärtigen Teil des Cafés, bestellte und wurde überraschend schnell bedient. Wem hatte Verena eine zweite Diskette gegeben?

Sie sah sich um. Ein bunt gemischtes Publikum. Sie schaute durch die breiten Fenster auf die Passanten, die der Christophstraße meist stadteinwärts folgten. Familien, einzelne Frauen, hin und wieder eine Gruppe Jugendlicher. Wochenendeinkäufer, die in die Stuttgarter Innenstadt strömten. Welcher Person hatte Verena so vertraut, dass sie bereit war, bei ihr eine Diskette zu hinterlegen?

Michaela König trank von ihrem Kaffee, sah, wie der Schatten einer Wolke auf den Platz vor dem *Graf Eberhard* fiel. Hatten sie sich nicht sogar noch darüber unterhalten, spätabends im *Ammerschlag*, dass Verenas Recherchen sehr gefährlich wären und sie deshalb Sorge dafür tragen müsste, Disketten an sicheren Plätzen zu deponieren? Ich habe zwei

Kopien, hatte Litsche erklärt, auf Diskette. Eine habe ich ...

Michaela König dachte an den Abend im *Ammerschlag* zurück, versuchte sich zu erinnern. Es war spät gewesen, nicht mehr lange bis Mitternacht und sie hatte bereits einige Gläser Trollinger zu viel intus, weil ihre Freundin so lange nicht aufgekreuzt war.

Sie nippte an ihrer Tasse, hob den Arm, um sich einen Kuchen zu bestellen. Die Bedienung, dem Alter nach eine Studentin, reagierte prompt, kam an ihren Tisch. Sie äußerte ihren Wunsch, – und – sah draußen auf der Straße das breite Gesicht des Bärtigen!

»Den gedeckten Apfelkuchen?«, vergewisserte sich die junge Frau.

Michaela König nahm ihre Worte nicht wahr. Der Mann lief langsam am Café vorbei, beobachtete die Passanten, die ihm entgegenkamen. Der Kopf, der Bart, seine ganze Haltung – er war es, ohne jeden Zweifel. Genauso, wie sie ihn in Tübingen in der Nacht und morgens auf dem Bahnsteig gesehen hatte.

Sie schob erschrocken ihren Oberkörper zurück, starrte dem Mann ängstlich nach. Ihre Beine schlackerten, ihr ganzer Körper vibrierte. Der Verbrecher hier in Stuttgart. Auf der Suche nach ihr. Was sonst?

»Verzeihung, den gedeckten Apfelkuchen?«, wiederholte die Bedienung.

Michaela König schüttelte den Kopf. »Ich möchte zahlen«, sagte sie.

Die junge Frau schaute sie überrascht an. »Zahlen«, brummte sie, »ah ja.«

Michaela König reagierte nicht. Ihr Mund war trocken, im Hals ein dicker Kloß. Draußen auf der Straße spähte der Verbrecher die Passanten aus, in der Hoffnung, sie in die Hände zu bekommen. Ob er allein unterwegs war?

Wohl kaum. Wahrscheinlich hatten sie den Mörder fürs Erste aus dem Verkehr gezogen, weil das Foto in der *tageszeitung* ihn so deutlich entlarvte und dafür andere, ihr unbekannte Killer ausgesandt, sie aufzufinden und unschädlich zu machen. Jeder konnte zu ihnen gehören, jeder draußen auf der Straße, jeder hier im Café. Sie musste mit allem rechnen.

Michaela König fühlte, wie eine Gänsehaut ihre Arme und Beine überzog. Sie fröstelte am ganzen Körper, spürte, wie ihr schlecht wurde. Der ganze Raum schien sich zu drehen, Tische und Wände waren in Bewegung. Erschrocken klammerte sie sich an ihrem Stuhl fest.

»Ist Ihnen nicht wohl?«, fragte die Bedienung. Sie stand neben dem Tisch, nahm ihr den Blick aufs Fenster.

Michaela König atmete tief durch, versuchte, sich zu konzentrieren. »Nicht wohl?«, wiederholte sie gedankenverloren, wich den Augen der jungen Frau aus, die sie mit besorgter Miene taxierte.

»Doch, doch«, fügte sie schnell hinzu. Ihre Stimme krächzte trocken.

»Hier ist Ihre Rechnung.«

Sie nahm das Papier an sich, zog ihre Geldbörse, reichte der Bedienung irgendeinen Schein. Die Frau kramte in ihrer Tasche, gab mehrere Münzen zurück. Michaela König steckte sie kommentarlos ein.

Wie waren sie auf Stuttgart gekommen? Zufall?

»Schönen Tag noch«, sagte die junge Frau, nahm das Kaffeegedeck, verschwand hinter den Tresen.

Es war kein Zufall, garantiert nicht. Dass sie die Gänsmantel in Tübingen wenige Minuten vor dem Eintreffen des Journalisten aufgespürt hatten und jetzt hier am Rand der Stuttgarter Innenstadt nach ihr suchten, konnte nicht auf Zufall beruhen. So viele Glückstreffer kamen nicht einmal im Märchen vor.

Nein, es gab nur eine Erklärung: Das Telefon. Sie hatten ihre Gespräche mit der Redaktion abgehört. Das Telefon war der wunde Punkt.

Ein Pulk junger Leute, lachend, scherzend, einander ironische Bemerkungen zuwerfend, betrat das Café. Erschrocken sah sie auf, musterte die Gesichter. Ob sie die Restaurants, Lokale, Konditoreien ebenfalls schon überprüften?

Die neuen Gäste schoben sich bis zu ihrem Tisch vor, rückten Stühle zurecht. Michaela König erhob sich schwerfällig, suchte nach der Toilette. Im Waschraum betrachtete sie sich im Spiegel. Sie konnten sie nicht erkennen. Die rabenschwarzen, kurzen Haare, das bleiche, fast knochige Gesicht – sie hatte nicht mehr viel Ähnlichkeit mit der Frau, die an der Tübinger Universität germanistische Vorlesungen und Seminare anbot. Eher mit einer älteren Witwe, die ihre Tage in Lokalen verbrachte, um der totalen Langeweile zu entgehen. Selbst wenn sie die Grundzüge ihres Gesichts auswendig gelernt und sich ihren Anblick Tag und Nacht eingeprägt hatten, würden sie sie nicht identifizieren. Sie durfte sich nur nicht auffällig verhalten.

Die Tür zur Toilette ging auf, eine dicke Frau schob sich am Waschbecken vorbei. Michaela König schrak zusammen, betrachtete die verschwitzte Person mit weit aufgerissenen Augen. Die Frau kümmerte sich nicht um sie, verschwand in der kleinen Kabine.

Es war Zeit zu gehen. Michaela König wischte sich den Schweiß von der Stirn, trat auf die Straße.

Eine Gruppe junger Mädchen flanierte die Christophstraße stadtauswärts am *Graf Eberhard* vorbei, schwätzend, lachend, lärmend, ein älteres Paar folgte Arm in Arm.

Sie hielt den Kopf auf den Boden gerichtet, drückte sich hinter den großen, breitschultrigen Mann, passierte in dessen Schatten die Gerberstraße. Menschen mit leeren Einkaufstaschen, Familien mit kleinen Kindern kamen ihr entgegen.

Das Gesicht starr auf den Boden, wich sie ihnen aus, versuchte, in der Deckung des breitschultrigen Mannes zu bleiben. Erst kurz vor dem Österreichischen Platz löste sie sich von dem älteren Paar, schlich sich unter der auf Betonsäulen ruhenden Fahrbahn der Paulinenstraße durch, erreichte die St. Maria Kirche. Vor dem Karlsgymnasium lümmelten sich Jugendliche auf dem Boden, mit provokativen Bemerkungen und betont coolen Sprüchen um Aufmerksamkeit heischend.

Michaela König mischte sich in eine Gruppe älterer Leute, die in Wanderkluft der Silberburgstraße folgten, versuchte, in deren Schatten mitzuschwimmen. Er sah sie in dem Moment, als sie an der Kreuzung der Reinsburgstraße zur Seite trat, um die Fahrbahn zu überqueren.

Die Haare waren anders, vollkommen verändert, sowohl

die Farbe als auch der Schnitt. Die Kleidung ebenfalls, selbst die Schuhe passten nicht zu der Frau, die er in Tübingen zweimal von Angesicht zu Angesicht gesehen hatte. Dennoch erkannte er sie sofort: An ihrer Haltung, ihrer Bewegung, ihrer Art, sich umzusehen und die Leute in der näheren und weiteren Umgebung zu mustern. Er hatte sich ihre Figur eingeprägt, die Größe ihres Körpers, die Proportionen eintrainiert – jetzt im Frühling fiel es schwer, sich hinter allzu umfangreichen Stoffbergen zu verstecken. Seit sie dem Auftrag nachgingen, Litsche und alle Personen, mit denen die Frau Kontakte unterhielt, zu überwachen, hatte er sie verfolgt, ihr nachgespürt, sich mit ihrer Erscheinung vertraut gemacht.

Er sah sie aus der Gruppe der älteren Leute treten, die Silberburgstraße überqueren. Sie hielt den Kopf auf den Boden gesenkt, schielte auf den Gehweg, wo eine Handvoll Burschen damit beschäftigt waren, zwei in ultrakurzen Röcken an ihnen vorbei defilierenden Mädchen unter heftigem Gejohle ihre Aufmerksamkeit zu erweisen. Drei ältere Frauen beobachteten kopfschüttelnd das Geschehen, schimpften lauthals über das Verhalten der Jugendlichen.

Michaela König entdeckte den Mörder, als er seinen Kollegen mit einer heftigen Handbewegung auf sie aufmerksam zu machen suchte. Sie sah ihn aus den Augenwinkeln keine hundert Meter entfernt am Rand des Grüngeländes, das zur Karlshöhe hinaufführte stehen und in ihre Richtung starren. Er war es, ohne Zweifel. Sogar über die Straße hinweg erkannte sie seine feisten Backen, die dicken, widerlichen Koteletten, als er sich zur Seite wandte und auf einen ihr unbekannten Mann einredete.

Sie waren also zu zweit, mindestens. Ruhig bleiben, sagte sie sich, du hast nur dann eine Chance, wenn du jetzt nicht die Nerven verlierst. Die Angst ergriff ihren Körper trotzdem, innerhalb des Bruchteils einer Sekunde. Sie fühlte den dicken Kloß in ihrem Hals, spürte, wie alle Kraft aus ihren Beinen wich. Ruhig weitergehen und nicht umdrehen.

Sie lief geradeaus, die Reinsburgstraße entlang, überquerte diese dann und bog in die schmale Buschlestraße ab. Nur nicht zur Wohnung gehen, nicht verraten, wo diese sich befindet. Vielleicht wissen sie es noch nicht.

Die Buschlestraße, unter anderen Umständen eine der anmutigsten Szenerien der ganzen Stadt, war fast menschenleer, nur zwei ältere Frauen unterhielten sich eifrig miteinander. Michaela König fühlte die Panik in sich hochsteigen. Raus aus der toten Gasse, schrie es in ihr, schnell Richtung Innenstadt, wo es von Menschen wimmelt.

Sie bog in die Augustenstraße ein, folgte ihr stadteinwärts, überquerte die Silberburg- und die breite Paulinenstraße, blickte sich kurz um. Die Männer spurteten keine hundert Meter hinter ihr an parkenden Autos vorbei, gaben jetzt ganz offen zu erkennen, dass sie es auf sie abgesehen hatten. Michaela König rannte die Paulinenstraße entlang, bog in die Marienstraße ein, stürzte sich ins Getümmel der Fußgängerzone.

Menschenmassen strömten in beide Richtungen: Familien mit kleinen Kindern, mit vollen Einkaufstüten bepackte Frauen und Männer, einzelne Passanten mit angeleinten Hunden. Dazu alle paar Meter die bis in die Straßenmitte reichenden Hinweisschilder und Verkaufstafeln, ab und an auch die ersten Stühle und Tische angrenzender Cafés und Restaurants.

Sie drückte sich durch die Menschenmenge, schob, drängelte, wand sich an unzähligen Leibern vorbei. Dicke und Dünne, Große und Kleine standen ihr im Weg. Je weiter sie sich vorkämpfte, desto lauter wurde das Meckern und die Proteste hinter ihr.

»Was soll denn das?«

»He, pass doch auf!«

»Die elende Schindmähre, rennt mi`oifach über de Haufe!«

Sie erreichte den Anfang der Königstraße, sprang mitten durch die Menschenmassen durch. Hier waren noch mehr Passanten unterwegs, sodass es immer schwieriger wurde, schnell vorwärts zu kommen. Als sie die schmale Schulstraße hinunterdrängte, hörte sie Schreie. Der Abstand hatte sich kaum verringert, die Männer waren immer noch hinter ihr her.

Erschrocken drehte sie sich um, sah, wie sich der Bärtige mit hochrotem Kopf durch die Menschen boxte. Trotz des

Getümmels in der Königstraße hatten sie sie nicht aus den Augen verloren. Michaela König spürte, wie ihre Kräfte nachließen, wusste, dass sie es nicht mehr lange durchhalten konnte.

Mehr und mehr Menschen tauchten vor ihr auf. Kurz bevor sie den Marktplatz erreichte, bog sie in die Hirschstraße ab. Auch hier Trauben von Passanten. Die Verfolger waren keine fünfzig Meter mehr entfernt. Sie schob sich durch die Menschenmenge der Nadlerstraße zu, folgte dieser nach links, rannte an hupenden, ein- und ausparkenden Autos vorbei, sah plötzlich die beiden Muskelmänner vor sich: Knapp sitzende T-Shirts, kurze Haare, watschelnder Gang. Bodybuilder, gestählt von zu viel Proteinen, intensivem Körpertraining und dem weitgehenden Verzicht auf geistige Betätigung. Unsympathische Typen, deren hohle Sprüche ihr zur Genüge bekannt waren. Normalerweise wechselte sie die Straßenseite, wenn ihr solche Figuren entgegenkamen. Jetzt aber erkannte sie blitzschnell die Chance. Ihre einzige.

Sie rannte weiter, dem Kleinen der beiden Männer geradewegs in die Arme. »Bitte«, hauchte sie völlig erschöpft, wies mit ihrem Arm zurück, »die verfolgen mich. Helfen Sie mir.«

Tränen der Verzweiflung rannen über ihre Wangen, ihr ganzer Körper bebte. Sie war nur noch ein Bündel Elend. »Bitte, helfen Sie mir!«, wiederholte sie.

Die beiden Bodybuilder brauchten einige Sekunden, bis sie begriffen.

»Die?«, fragte der große bullige Mann, indem er auf die heranstürmenden Verfolger deutete. Er war mindestens zwei Meter groß, breit und ein einziges durchtrainiertes Muskelpaket.

Michaela König nickte, drehte sich vorsichtig um. Der Bärtige kam wenige Schritte von ihr entfernt zum Stehen, Luft schnappend, den Mund weit offen. Hinter ihm sein Kumpan, hager, völlig außer Atem. Sie fand keine Zeit, ihn zu betrachten.

»Aus dem Weg«, drohte der Bärtige.

Gänsehaut kroch ihr über den Rücken. Plötzlich ging alles sehr schnell. Der bullige Bodybuilder stieß einen eintrainierten markerschütternden Schrei aus, schnellte dann wie eine Feder auf den Bärtigen zu. So bedrohlich die Szene wirkte, der kräftige Angreifer hatte keine Chance. Seine Fäuste stießen ins Leere, über den Angegriffenen hinweg, der behände unter ihm abtauchte, dem Gegner dann in den Rücken fiel.

Michaela König löste sich aus den Armen des anderen Mannes, hörte den Hilfeschrei des Bulligen. Der Bärtige hatte sich von hinten an ihn gepresst, beide Arme fest um den Hals des Gegners geschlungen. Der große Bodybuilder rang keuchend nach Atem.

Ein dritter Muskelmann trat aus einem nahegelegenen Haus auf die Straße, mischte sich mit aggressiver Miene in die Auseinandersetzung ein. Er packte den Bärtigen am Rücken, riss ihn von seinem Kameraden weg, rammte ihm die geballte Faust voll in den Magen. Der Verbrecher schrie vor Schmerz laut auf, prallte rücklings auf seinen Kollegen.

Michaela König nutzte das Getümmel, rannte die Nadlerstraße in Richtung B 14 weiter, das Schreien und Fluchen hinter sich. *Haltet sie auf,* flehte sie, *lasst sie nicht durch.*

Sie spurtete um die Ecke, warf einen kurzen Blick zurück. Die Männer standen dicht beieinander, brüllten und schlugen wild aufeinander ein. Passanten umringten sie in gebührendem Abstand, schrien um Hilfe. Sie sah, wie der Bärtige von mehreren Fausthieben getroffen zu Boden ging, fühlte Erleichterung. Der Bodybuilder rammte ihm seinen Fuß in den Leib, sein Kollege drosch auf ihn ein. Weg mit allen Vorurteilen gegen Bodybuilder, arbeitete es in ihr, lass die Leute leben, wie sie wollen.

In diesem Moment sah sie den Mörder. Es war ihm offensichtlich gelungen, sich unbemerkt hinter ihnen herzuschleichen und sich von der Auseinandersetzung fern zu halten. In scharfem Spurt rannte er direkt auf sie zu.

Erschrocken taumelte sie weiter, erreichte die Eberhardstraße. Die Fahrbahn stieg leicht an, ihre Beine schmerzten. Der Abstand verringerte sich rapide. Ihr fehlte die Kraft, an Tempo zuzulegen. Das Schnaufen und Keuchen des Mannes hinter ihr wurde immer lauter.

Die Frau mit ihrem Kinderwagen, die mitten auf dem Gehweg in ein intensives Gespräch mit ihrem Säugling vertieft war, sah sie erst in letzter Sekunde. Michaela König sprang erschrocken nach rechts, wich dem Gefährt aus. Noch zehn Meter, dann hatte sie die Torstraße erreicht. Auto an Auto, in beiden Richtungen, hupend, einander überholend.

Nichts von all dem drang zu Michaela König durch. Sie stand atemlos am Fahrbahnrand, bemühte sich vergeblich, die Barriere aus Blech zu überwinden. Autos vorne, Autos links, Autos rechts. Brüllende Motoren, quietschende Bremsen, ohrenbetäubendes Hupen.

Hinter ihr, keine zwanzig Meter entfernt, der Verfolger. Es war nur noch eine Sache von wenigen Sekunden.

28. Kapitel

Als Braig am Samstagmorgen kurz nach Zehn sein Büro betrat, lag die aktuelle Ausgabe der *tageszeitung* mit einem kurzen Vermerk der Pressestelle des LKA auf seinem Schreibtisch. Ungläubig starrte er auf die Titelseite, betrachtete die beiden Phantombilder, las den Text. Der Mann links erinnerte ihn sofort an Hasim Foca, zeigten die Gesichtszüge doch vor allem im Bereich der Augen und der Nase unübersehbare Ähnlichkeit mit dem Fahndungsfoto des gesuchten Verbrechers, der Mann rechts daneben war Braig unbekannt. Was ihn zusätzlich verwirrte und schließlich voller Wut zum Telefon greifen ließ, war die Behauptung der Zeitung, Frau Litsche sei entgegen den Aussagen der Polizei nicht von ihrer Freundin Michaela König, sondern von den beiden abgebildeten Männern ermordet worden, Frau König werde zudem von diesen Verbrechern verfolgt und bedroht.

»Woher haben Sie diese Informationen?«, blaffte er in den Apparat, als er nach mehreren Minuten ständigen Hin- und Herschaltens endgültig zu Klaudia Kunst, der Chefredakteurin des Blattes, durchgestellt worden war, »haben Sie es nötig, Lügen zu verbreiten, um Ihre Auflage zu steigern?«

»Sie sollten uns besser kennen, Herr Kommissar. Eine Frau hat sich voller Verzweiflung anonym bei uns gemeldet und uns das Geschehen aus ihrer Sicht erklärt. Erst nach einer

Weile begriffen wir, dass es sich um Frau König handelt. Sie ist offensichtlich ohne eigenes Verschulden zwischen die Fronten geraten und kann sich Ihnen nicht offenbaren, weil Sie sie fälschlicherweise des Mordes an Frau Litsche verdächtigen. Zudem wird sie von diesen Männern verfolgt.«

»Wo hält Frau König sich auf? Sie wissen, dass Sie dazu verpflichtet sind, uns ...«

»Wir wissen es nicht.« Die Stimme der Journalistin klang hart und bestimmt. »Wir wissen nicht, woher sie uns angerufen hat und wo sie sich zur Zeit aufhält. Ich kann Ihnen nicht einmal sagen, ob sie sich noch einmal bei uns melden wird. Wir hoffen es. Mehr nicht. Frau König fühlt sich bedroht. Mir scheint, angesichts der bereits geschehenen Verbrechen, zu Recht. Ich kann Sie als Leiter der Ermittlungen nur darum bitten, die Fahndung nach ihr schnellstmöglich einzustellen, damit Frau König bei einer Polizeidienststelle Schutz suchen kann. Ich glaube, sie ist wirklich in Gefahr.«

Braig hatte Mühe, sich zu beruhigen. Er wusste nicht, was er von der Darstellung der *tageszeitung* halten, wie er die Ausführungen des Blattes beurteilen sollte. »Sie behaupten, Frau König habe ihre Freundin nicht getötet? Wieso fanden wir dann an der Frontpartie ihres Fahrzeugs Spuren, die eindeutig von Frau Litsche stammen?« Er hatte das Fax vor sich liegen, die Ergebnisse der Untersuchungen von Markus Schöffler schriftlich bestätigt.

»Frau König behauptet, das seien Manipulationen der wirklichen Mörder.«

Braig lachte laut. »Sie glauben der Frau wohl alles, wie? Meine Kollegen fanden Partikel, die eindeutig von einem Aufprall der Getöteten stammen, auf dem Polo Frau Königs. Wer soll Interesse haben, dies zu manipulieren?«

»Diejenigen, die Frau Litsche ermordet haben. Und Harry Nuhr, meinen Kollegen.«

Braig schwieg einen Moment, erinnerte sich dann an den Mord an Waltraud Gänsmantel und das abrupte Auftauchen des *tageszeitung*-Redakteurs. »Woher wusste Ihr Mitarbeiter von Frau Gänsmantel?«

»Frau König hatte ihre Stimme erkannt.« Klaudia Kunst

schilderte den Erpressungsversuch der Frau und die Enthüllung ihrer Identität.

»Sie hätten uns informieren müssen.« Braig wusste selbst, wie realitätsfremd seine Worte waren. Keine Macht der Welt würde einen Mitarbeiter der *tageszeitung* davon abhalten, alles zu versuchen, die Hintergründe des Todes ihres Kollegen zu ermitteln – zumal es der Polizei bisher in keiner Weise gelungen war, Licht in das Dunkel zu bringen. Das war nicht nur ihr Recht, vielmehr ihre journalistische Pflicht. Statt auf Konfrontation zu den Leuten zu gehen, musste er sich um sinnvolle Kooperation bemühen.

Er bat die Journalistin, ihn schnellstmöglich über neue Erkenntnisse zu informieren, beendete das Gespräch, sah, dass gerade eine neue E-Mail eingetroffen war. Braig bestätigte den Empfang, las den Text. Erwin Beck, der mit Markus Schöffler und dessen Team in Tübingen mit der Untersuchung des Gänsmantel-Bauernhofes beschäftigt war, meldete den Fund der Fingerabdrücke Hasim Focas im Stall unmittelbar neben dem Fundort der Leiche. Focas Spuren, eindeutig.

Der Albaner, überlegte Braig, jetzt auch als Mörder der Bäuerin in Tübingen. Warum hatte er in diesem Fall seine Spuren so offenkundig hinterlassen? Überheblichkeit eines zu selbstsicher gewordenen Serientäters oder Unachtsamkeit, die auch einem Profi unterlaufen konnte oder Zeitmangel?

Braig holte sich die vorläufigen Ermittlungsprotokolle vom Mord an Frau Gänsmantel auf den Bildschirm, studierte sie ausgiebig. Nur die Aussage des vor dem Anwesen wartenden Taxifahrers, er habe Weidmanns Erkundungsrundgang durch den Bauernhof fast lückenlos verfolgen können, weil der Journalist in den von ihm selbst hell erleuchteten Räumen gut auszumachen war, er sich unmittelbar vor dem Betreten des Stalles sogar noch kurz mit ihm verständigt hatte, auf jeden Fall auf ihn zu warten, hatte den Redakteur vor einer Verhaftung bewahrt – zu schnell nach dem gerade geschehenen Verbrechen war er dort eingetroffen.

War das die Erklärung für Focas Versäumnis? Mord in aller höchster Eile, den journalistischen Verfolger unmittelbar im Nacken spürend?

Braig fand keine Zeit, länger darüber nachzudenken, weil das Telefon läutete.

»Wir haben einen anonymen Anruf auf Band«, erklärte Bernhard Söhnle, »hast du Zeit?«

»Zum Fall Litsche?«

»Nicht direkt. Hör mal kurz zu.«

Braig wartete ein paar Sekunden, hatte die Stimme dann am Ohr. Es handelte sich um eine Frau, die krampfhaft darum bemüht war, ihr Schwäbisch in hochdeutsche Aussprache zu pressen.

»Ihr Herre von der Polizei hent wohl gar net gmerkt, dass der Breidle da, also der vom Radio, den sie jetzt ermordet hent, noch a ganz spezielles, ja, wie soll i bloß sage, hano, a Zimmer halt ghett hatt und zwar da bei uns in Esslinge am Marktplatz im vierte Stock. Ihr solltet euch mal drum kümmere, wer weiß, vielleicht findet ihr dann den Halunke, der ihn umbracht hat. Also nix für ungut.«

Braig hörte das Hupen eines Autos im Hintergrund, dann war der Anruf zu Ende.

»Und? Was meinst Du?«, fragte Söhnle.

»Klingt verblüffend echt. Wie schwäbisches Volkstheater.«

»Sollen wir es nachprüfen?«

»Wann kam der Anruf?«

»Vor wenigen Minuten. Die Esslinger Kollegen wollen wissen, ob wir es übernehmen.«

Eine weitere Bleibe Breidles, überlegte Braig, in Esslingen klang interessant. Warum sollte sich jemand, dazu noch eine der Aussprache nach einfache Frau die Mühe machen, sie für dumm zu verkaufen? »Ich denke an das viele Geld, über das Breidle verfügte. Von dessen Herkunft haben wir immer noch keinen blassen Schimmer. Vielleicht hilft uns der Tip weiter. Außerdem liegt noch der Schlüsselbund mit mehreren Schlüsseln bei mir, den mir seine Frau geliehen hat. Wir wussten nicht, wozu er die alle brauchte, du erinnerst dich?«

»Ja, natürlich.«

»Du hast Zeit?«

Söhnle sagte zu, fragte nach der Straße.

»Ich weiß, wo sie liegt. Keine fünf Minuten vom Bahnhof.«

Sie nahmen die nächste S-Bahn, liefen die belebte Esslinger Bahnhofstraße entlang, dann über die Neckarkanalbrücke halb rechts zum Marktplatz. Die alte Stadt zeigte sich hier von ihrer schönsten Seite. Frisch restaurierte Haus-Fassaden rings um den ganzen Platz, die St. Dionys-Kirche und der Neckarkanal an der Seite, das einladende Panorama der Burgmauer mit den Weinreben über den Dächern. Mitten drin bunte Marktstände, Scharen von Käuferinnen und Käufern, das laute Geschnatter unzähliger Stimmen.

Söhnle steuerte direkt auf eines der frisch hergerichteten Fachwerkhäuser zu, dessen prächtige Fassade sich über den Marktplatz erhob, las die Namen neben den Klingelknöpfen. »Straße und Hausnummer stimmen, nur der Name fehlt. Weder ein *Breidle* noch ein *Cool*.« Er nahm den Schlüsselbund, versuchte, die Tür zu öffnen. Beim dritten Schlüssel hatte er Erfolg.

Braig pfiff anerkennend »Mir scheint, wir haben Glück.«

Sie betraten das Haus, schlossen die Tür, stiegen die Treppen hoch. Die Stufen aus altem Eichenholz verrieten jeden Schritt. Im dritten Stock stand eine ältere Frau vor der geöffneten Tür, säuberte ihren Fußabstreifer. Braig sah ihren misstrauischen Blick, wollte gerade grüßen, als die Frau sich fluchtartig in die Wohnung zurückzog und die Tür hinter sich zuschlug. Überrascht schauten sie hinter ihr her.

»Was hat das zu bedeuten?«, fragte Söhnle, amüsiert und verunsichert zugleich.

Braig grinste, nahm die nächste Treppe in Angriff. »Wir wirken wohl nicht besonders seriös.«

Das vierte Stockwerk bildete den Abschluss: Eine Wohnungstür in der Mitte, links und rechts Mansarden. Ein Namensschild war nirgends zu finden, eine Klingel ebenso wenig.

Söhnle nahm den Schlüsselbund. »Probieren wir es einfach?«

Braig runzelte die Stirn, zeigte nach unten. »Oder lieber die Frau fragen?«

»Du glaubst, sie weiß Bescheid?«

»Traust du dir zu, an ihrer Wohnung vorbeizukommen, ohne bemerkt zu werden?«

Söhnle lachte laut, schüttelte den Kopf. »Das dürfte schwierig werden.«

Sie liefen die Stufen hinunter. Die Tür, vor der sich die Frau vor wenigen Augenblicken zu schaffen gemacht hatte, stand einen winzig kleinen Spalt offen. »Bertha Eisemann« stand auf dem Namensschild.

Braig läutete, war kaum überrascht, wie schnell die Wohnungsinhaberin reagierte.

Die Frau riss die Tür auf, betrachtete sie misstrauisch. »Sie ghöret net hierher«, brummte sie.

Braig kam die Stimme sofort bekannt vor. Er warf Söhnle einen kurzen Blick zu, schüttelte den Kopf, stellte sich und seinen Kollegen vor. Dann zog er seinen Dienstausweis aus der Tasche, zeigte ihn ihr. »Wir gehören nicht hierher. Nein. Aber wir suchen das Büro von Herrn Breidle. Können Sie uns zufällig weiterhelfen?«

Bertha Eisemann studierte eifrig Braigs Daten. »Des goht aber schnell«, erklärte sie, setzte dann in abfälligem Ton »Büro?« hinzu. Ihre tiefe Stimme dröhnte durchs ganze Treppenhaus. »Des isch doch koi Büro!«

»Was denn dann?«, erkundigte sich Braig.

Bertha Eisemann zeigte einen Stock höher. »Sie waret doch schon obe. Gucket se´s halt a, no wisset se´s!« Sie zog sich zurück, donnerte die Tür ins Schloss.

»Du hast die Stimme erkannt?«

Braig nickte. Der anonyme Anruf. Unüberhörbar Frau Eisemann.

Sie liefen wieder nach oben, probierten die Schlüssel aus. Söhnle hatte auf Anhieb Glück. Überrascht standen sie in der kleinen Wohnung des ermordeten Journalisten.

»Ich glaube, ich verstehe die Frau.« Bernhard Söhnle musterte die Einrichtung.

Die schmale Diele führte geradewegs zu einem üppig ausgestatteten Schlafgemach, dessen Mobiliar und gesamte Ausstattung eine Menge Geld gekostet haben mussten.

Der etwa sechs Meter breite und fünf Meter lange Raum war an den Wänden mit himmelblauen Tapeten geschmückt. Ein breites, mit einer dicken Plüschdecke überzogenes

Doppelbett ragte, von zwei mächtigen, in edlem Birkenholz ausgeführten Nachtkonsolen flankiert von der linken Seite her in das Zimmer. Über dem Bett prangte ein breiter, fast mannshoher Spiegel. Die andere Seite des Raumes dominierte ein breiter, mehrflügeliger Schrank in hellem Holz, dazu zwei protzige, dunkelbraune Ledersessel, die um einen kleinen runden Vollholztisch gruppiert waren. Den Boden dämpften gleich mehrere Lagen Teppiche, fast ausnahmslos Orientmuster in dunklen Tönen. Geradeaus blickte man durch ein breites Fenster direkt auf den Marktplatz und den mächtigen Bau der St. Dionys Kirche dahinter. Links und rechts davon das Panorama der Innenstadt Esslingens.

Vom hinteren Ende des pompösen Schlafgemachs führte eine abgerundete, von einem Bogenportal gekrönte Tür in eine langgezogene, mit einer modernen Einbaukombination ausgestattete Küche. Anrichte, Herd und Kühlschrank, Geschirrspüler, dazu die üblichen Haushaltsgeräte und Maschinen, nichts fehlte. Die Küche des Appartements ließ keinen Wunsch offen. Bad und Toilette, rechts von der Diele abgehend, ergänzten die Einrichtung.

Braig und Söhnle betrachteten erstaunt die Ausstattung der beiden Räume, durchstöberten dann mit Handschuhen die Nachtkonsolen, die Schränke, jeden Winkel der Zimmer. Bettbezüge, Handtücher, Herrenslips, Geschirr, Besteck, eine ganze Garnitur von Töpfen und Gläsern. Dazu in einer Schublade Fotos von Breidle, jungen Frauen, Partygästen.

»Für diese Wohnung gibt es nur eine Erklärung«, knurrte Söhnle, zwei große Packungen Kondome in der Hand, »diese!« Er wies auf die beiden Schachteln, grinste. »Scheint sehr eifrig gewesen zu sein, der Herr.«

Braig bückte sich unter das Bett, suchte den Boden, dann die Matratzen ab. »Ob seine Frau davon weiß?« Er erhob sich, sah sich weiter um. »Vielleicht sollten wir bei der netten Nachbarin einen Stock tiefer nachfragen, ob sie zufällig mitbekam, in welcher Weise Breidle dieses Appartement«, er gab seinen Worten einen hörbar anzüglichen Klang, »zu nutzen pflegte.«

»Gute Idee«, stimmte Söhnle zu, »Nachbarn, die häufig

ihre Fußabstreifer putzen, haben ein gutes Auge für das, was im Haus so läuft.«

»Und sei es, dass sie ihren Teppich nur deshalb säubern.« Braig dachte an den Psychoterror eines seiner Nachbarn, schloss die Wohnung sorgfältig ab.

Frau Eisemann ließ nicht lange auf sich warten. »Und? Glaubet Sie jetzt, dass des koi Büro isch?«

»Nein«, bestätigte der Kommissar, »danach sieht es nun wirklich nicht aus. Darf ich fragen, woher Sie davon wissen? Haben Sie Herrn Breidle schon besucht?«

Sie zeigte keine Spur von Verlegenheit. »Schleifet *Sie* alle paar Abend immer neue Weiber in Ihr Büro?«

»Alle paar Abende?«

»Manche Woche zweimal, manche dreimal. Wie der´s grad braucht hat.«

»Immer andere Frauen?« Braig zweifelte keine Sekunde, dass die Frau genau informiert war, was Breidles Begleitung anbelangte.

»Net immer«, antwortete sie, »aber lang hat der´s net mit derselbe ausghalte.«

»Wann kam er mit den Frauen an? Immer abends?«

»Manchmal auch mittags. Je nachdem.«

»Wie sahen sie aus?«

»Wie die ausgsehe hent? Ha, wie wohl? Wie junge Weiber halt aussehet.«

»Ich meine«, Braig versuchte, seine Frage genauer zu formulieren, »wie alt waren sie denn ungefähr?«

»Junge Dinger«, erklärte die Nachbarin voller Verachtung, »blutjung.«

Braig überlegte, wie alt *blutjunge* Frauen wohl waren. »Unter Dreißig?«

»Ahwa!« Bertha Eisemann winkte ab. »Blutjung, sag i doch!«

Wahrscheinlich weibliche Fans des coolen Radiomoderators, dachte Braig, Groupies, die sich von ihrem Idol gerne für eine oder mehrere Nächte abschleppen ließen. Ob seine Frau davon wusste? »Wie lange geht das schon?«

»Was weiß ich.« Sie verzog den Mund, schaute überlegend

von einem Beamten zum anderen. »Zwei, drei Jahre.«

»So lange?« Braig wunderte sich. Hatte der Chef des Senders nicht davon gesprochen, dass Breidle erst in den letzten Monaten so erfolgreich geworden war? Vielleicht handelte es sich um ganz gewöhnliche Frauenbekanntschaften, One-Night-Stands, bei Discobesuchen oder in den entsprechenden Etablissements aufgegabelt. »Wissen Sie, ob Frau Breidle auch hierher kam?«

Die freundliche Nachbarin schüttelte den Kopf. »Also, so gut kenn i dene ihre Familienverhältnisse net, dass i Ihne darüber Auskunft gebe könnt. Aber ...« Sie brach mitten im Satz ab, zeigte nach oben. »Vor zwei, drei Woche etwa, da ging´s heiß her.«

»Heiß her?« Braig wartete auf die Erklärung ihrer Andeutung.

»Miteinander rumbrüllt hent die und wie! Dass es koi Tote gab, wundert mich heut noch. Aber da könnt so mancher noch was lerne, wie die dem die Meinung geigt hat.«

»Frau Breidle?«

Bertha Eisemann stemmte die Hände in die Hüften, zuckte mit der Schulter. »Sie hat sich mir nicht vorgestellt«, kommentierte sie in gestelztem Hochdeutsch.

»Aber Sie haben die Frau gesehen?«

»Und ob!«, erklärte sie. »Die muss ja schließlich an meiner Tür hier vorbei, um in das *Büüürooo*«, sie dehnte die Vokale ins Unendliche, »zu komme.«

Sie mussten den Hinweis der neugierigen Nachbarin verfolgen, ihr Ilka Breidle gegenüberstellen.

»Sind Sie in den nächsten Stunden hier zu erreichen?«

»Ja, was glaubet Sie denn? Moinet Sie, i hätt heut no nett eikauft?«

»Doch, natürlich.« Braig versuchte, die Frau zu beruhigen. »Wir würden gerne noch mal mit Ihnen sprechen.«

»Heute Mittag?«

»Wenn es bei Ihnen geht.«

»Aber natürlich. I muss grad no sauber mache vorher.«

Sie verabschiedeten sich von Frau Eisemann, liefen die Treppe hinunter.

»Eifersucht?«, fragte Bernhard Söhnle, »glaubst Du das?«

»Ilka Breidle hätte wohl allen Grund dazu gehabt, oder?«

Söhnle nickte. »Das Schlafzimmer, die vielen Frauen, der Streit im Treppenhaus ...«

»Wir sollten uns Frau Breidle noch mal vornehmen. Vielleicht war es doch eine Beziehungstat. Ein Kurzschluss, weil er sie ständig betrog. Und Breidles Tod hat nichts mit dem der anderen Journalisten zu tun. Reiner Zufall, dass alle unmittelbar hintereinander und auf ähnliche Art getötet wurden. Und wir lassen uns von der Parallelität der Morde auf völlig falsche Spuren lenken.«

Sie hatten das Haus verlassen, liefen quer über den Marktplatz.

»Wir müssen Ilka Breidle hierher bringen und sie Frau Eisemann gegenüberstellen«, schlug Bernhard Söhnle vor, »dann wissen wir sofort, ob unser Verdacht begründet ist. Gegen diese neugierige Nachbarin hat sie keine Chance. Wenn sie es war, wird Frau Eisemann sie auf der Stelle bloßstellen.«

Braig nickte, zog sein Handy vor, gab Ilka Breidles Nummer ein. Söhnles Vorschlag war ein wichtiger Schritt zur Lösung des Problems. Sie mussten Frau Breidle hierher holen und sie Frau Eisemann präsentieren. Zwei Minuten später hatte er sich mit der Frau des Getöteten verabredet.

29. Kapitel

Das Auto raste wild hupend und mit laut aufheulendem Motor jäh beschleunigend aus der Fahrzeugschlange, überholte die wartenden Pkw auf der Gegenfahrbahn, schoss die Torstraße entlang. Der Fahrer trommelte mit vor Wut verzerrtem, hochrotem Gesicht auf das Lenkrad. Wartende Autos, überall wartende Autos.

Michaela König sah den dunklen Daimler auf sich zurasen, als es ihr endlich gelang, die Straße zu überqueren, sprang mit letzter Kraft zwischen zwei stehende Pkw, erreichte den Gehweg. Sie hörte den Schlag mitten im Hupen und Brummen. Die Bremsen des Daimler quietschten nervzerfetzend.

Michaela König drehte sich um, glaubte zu träumen. Der

Mann flog einem Stuntman in einem Action-Film gleich durch die Luft, von dem Auto weg, donnerte mit unvorstellbarer Wucht auf den Asphalt. *Er* war es, sie sah es deutlich. Der Mörder. Das satte Geräusch des Aufpralls ließ die Umgebung für einen Sekundenbruchteil verstummen: Wie ein Schrank oder ein Fernsehgerät, das aus einem höheren Stockwerk heraus auf die asphaltierte Straße knallt.

Dann aber kreischten unzählige Stimmen gleichzeitig. Menschen rannten von allen Seiten her auf die Straße, Autos blieben mit schleifenden Bremsen stehen, ihre Fahrer rissen die Türen auf, sprangen heraus. Hysterische Schreie, nervenaufreibendes Gehupe, bremsende Fahrzeuge.

Michaela König befand sich wenige Schritte von dem Tumult entfernt, wusste nicht, was tun. *Er* war es, arbeitete es in ihr, ganz sicher. *Ich sah ihn durch die Luft fliegen, direkt nach dem Aufprall. Der Mörder. Noch Fragen? Der ist weg, der macht so schnell keine Schwierigkeiten mehr. Mit dem ist es vorbei, ich habe den Schlag gehört. Wenigstens einer weg.*

Und die anderen? Was ist mit denen? Ob die Bodybuilder noch länger zuschlugen?

Sie starrte auf die Straße, in die Richtung, aus der sie gekommen war. Menschen strömten von allen Seiten auf die Unglücksstelle zu, Einkäufer, Passanten, Familien mit Kindern, alle neugierig, mit fragenden Gesichtern, lauten aufgeregten Stimmen:

»Ah, alles voller Blut!«

»Tu die Kinder weg!«

»Der ist tot!«

Michaela König schwankte hin und her zwischen dem Wunsch, sich mit eigenen Augen davon zu überzeugen, dass es den Mörder wirklich erwischt hatte und der Angst, dass sich die anderen Verfolger inzwischen aus der Hand der Bodybuilder hatten befreien können. Ihre Kraft war ohnehin zu Ende. Sie fühlte sich ausgelaugt, elend, verbraucht. Der Rummel um sie herum nervte. Ruhe, Abschalten, Schlaf, das war es, was sie jetzt brauchte.

Irgendwo heulten Polizeisirenen. Immer noch rannten Neugierige auf die Unglücksstelle zu.. Sie starrte über die

Straße, sah plötzlich das Gesicht des Bärtigen. Auch er erschöpft, mit lädierter, blutig geschlagener Wange.

Michaela König drehte sich um, schob sich durch die Menge neugieriger Gaffer, folgte der Hauptstätter Straße, bog dann in die Christophstraße ein. Sie wusste nicht, ob die Gangster sie entdeckt hatten, ihr weiter folgten, strebte auf dem schnellst möglichen Weg der Hasenbergsteige zu. Tübinger Straße, Sophienstraße, Reinsburgstraße. Am Johann-Sebastian-Bach-Platz hatte sie die Hasenbergsteige erreicht. Sie keuchte die Straße langsam hoch, spürte die Anstrengung. Autos fuhren vorbei, eine Gruppe Jugendlicher kam ihr entgegen. Als sie die Abzweigung der Hohentwielstraße erreicht hatte, sah sie den Mann keine hundert Meter hinter sich. Dunkle Jacke, blaue Jeans. Irgendwoher kam er ihr bekannt vor. Sie spürte Angst, floh erneut, sprang auf die andere Straßenseite, rannte die Stufen der Rötestaffel hinunter. Um Atem ringend erreichte sie die Reinsburgstraße, folgte ihr bergan. Als sie die Seyfferstraße erreicht hatte, sah sie den Mann wieder hinter sich, den Bärtigen im Schlepptau.

Ihre Hektik hatte sie verraten, so viel war ihr klar. Sie hatte ihnen den Weg zu ihrem Versteck gezeigt. Außer sich vor Wut und Angst rannte sie die Seyfferstraße entlang. Als sie die Rotebühlstraße überquerte, sah sie das Schild der S-Bahn-Station. Sie musste es versuchen.

Michaela König hechelte zur Unterführung, sprang die Stufen der langen Rolltreppe in den Untergrund, drückte sich an zwei älteren Frauen vorbei. Voller Angst drehte sie sich um, starrte nach oben, hörte die Stimmen zweier Männer.

Die Lautsprecherdurchsage kam in dem Moment, als sie den Bahnsteig fast erreicht hatte. »Bitte Vorsicht am Gleis 2, Zug nach Plochingen fährt ein.«

Sie sprang die Rolltreppe vollends hinunter, spurtete neben dem einfahrenden Zug her, erreichte die letzte Tür. Passagiere stiegen aus, andere ein. Als die Männer am Ende der Station auf den Bahnsteig stürmten, wurden die Türen geschlossen, der Zug fuhr ab.

Fix und fertig ließ sich Michaela König auf das Polster fallen, wie lange konnte sie das noch durchhalten?

30. Kapitel

Ilka Breidle schwor Stein und Bein, von der Esslinger Wohnung ihres Mannes nichts zu wissen. »Esslingen? Woher denn, Herr Kommissar?«

Bernhard Söhnle hatte sie in Schorndorf abgeholt und direkt in die Stadt am Neckar gebracht.

»Sie wissen nicht, wozu er sich das Zimmer hier hielt?«

Die Frau stand in dunkler Trauerkleidung vor dem Haus am Rand des Marktplatzes, blickte nach oben. »Warum sollte ich Sie anlügen?«

»Vielleicht, weil Sie uns etwas verschwiegen haben.«

Ilka Breidle schüttelte den Kopf. »Ich weiß nicht, wovon Sie reden.«

Sie hatte sich sofort bereit erklärt, mit ihnen zusammen zu arbeiten. Seit dem unverhofften Tod ihres Mannes war sie in der Wohnung ihrer Schwester, hielt ihren Teeladen geschlossen.

Braig zeigte ihr den Schlüsselbund ihres Mannes, schloss mit ihm die Haustür auf. »Er passt, sehen Sie?«

Ilka Breidle zuckte ratlos mit der Schulter.

»Haben Sie sich nicht schon gefragt, wofür er die vielen Schlüssel benötigte?«

»Für sein Büro«, antwortete sie, »die diversen Schränke dort.«

Braig seufzte laut, bat die Frau, mit Söhnle und ihm nach oben zu kommen.

Bertha Eisemann wartete mit neugierigem Gesicht vor ihrer Tür. »Sie bringet Besuch?«, tönte sie laut durchs Treppenhaus.

Braig blieb auf der letzten Stufe vor dem dritten Stockwerk stehen, ließ Frau Breidle passieren. »Sie kennen diese Dame?«, fragte er.

Bertha Eisemann schüttelte den Kopf. »Wieso denn? Müsstet mir voneinander wisse?«

Er hatte fest darauf gehofft, dass Ilka Breidles Widerstand bei einer Gegenüberstellung brechen würde. Auf diese Entwicklung war er nicht vorbereitet. »Ich dachte, vor zwei oder drei Wochen ...« Er wusste nicht recht, wie er es formulieren sollte. »Ich meine, der Streit ... Sie verstehen?«

Bertha Eisemann betrachtete ihn interessiert, deutete dann direkt auf Frau Breidle. »Ja, aber doch net mit dere da!«

»Nicht?« Er konnte seine Enttäuschung nicht länger verbergen.

»Noi«, rief die Frau, »die Schelle, mit der der grauft hat, isch koi so vornehme Person, wie die da.«

Ilka Breidle hatte das Gespräch aufmerksam verfolgt. »Sie scheinen mich zu verwechseln, Herr Kommissar.« Sie blickte sich fragend im Treppenhaus um. »Wollten Sie mir nicht die Wohnung meines Mannes zeigen?«

Braig bat Söhnle, Frau Eisemann eingehend betreffs der Person zu befragen, mit der Hans Breidle gestritten hatte, begleitete Ilka Breidle nach oben. »Tut mir Leid«, sagte er, »es ist sicher keine angenehme Überraschung, die wir für Sie haben.«

Er klopfte an die Tür, öffnete sie, sah Rössle unmittelbar vor sich am unteren Ende des Bettes knien und dort mit einem Werkzeug herumschrauben. Der Techniker arbeitete in Breidles Wohnung, untersuchte die Räume nach etwaigen Fingerabdrücken. Unter großem Murren hatte er sich bereit erklärt, die Arbeit am Samstagnachmittag trotz unzähliger Überstunden zu übernehmen. Schöffler und sein Team waren immer noch im Gänsmantel-Bauernhof beschäftigt.

Braig begrüßte den Kollegen, zeigte Frau Breidle die beiden Räume, bat sie, nichts zu berühren.

»Mein Mann?«, fragte sie zweifelnd. »die gehörte meinem Mann?«

Er nickte, ließ ihr Zeit. »Sie haben wirklich nichts davon gewusst?«

Sie schüttelte langsam, wie in Zeitlupe, den Kopf, stand vor dem breiten Bett, betrachtete den großen Spiegel. »Dass er andere Frauen hatte, war mir bekannt«, sagte sie dann, »aber das hier, nein.« Sie starrte auf die Bilder, die auf dem Tisch lagen – Breidle im Kreis verschiedener junger Frauen – trat einen Schritt zurück. »Sind alle Männer so?«

Braig wusste nicht, was er antworten sollte, sah, wie sie langsam am Bett vorbei in die Küche lief und dort alles sorgsam betrachtete.

»Vielleicht hätte ich nie davon erfahren«, meinte sie, als sie mit Tränen in den Augen wieder zurückkehrte.

Er spürte, wie elend ihr zumute war. »Es tut mir Leid. Wir mussten es Ihnen zeigen«, versuchte er sich zu entschuldigen.

Mussten sie es wirklich? Er wusste es nicht. Vielleicht hätten sie es ihr ersparen sollen.

»Brauchen Sie das wirklich?« Ilka Breidle stand vor ihm, schaute ihm mit großen Augen ins Gesicht. »Ich meine, ständig was Neues im Bett?«

Die Situation war ihm unangenehm. Was sollte er antworten, ohne sie zu kränken, vielleicht sogar tiefer zu verletzen?

Mit einem lauten Seufzer drehte sie sich von ihm weg. »Ich glaube, ich werde Männer nie verstehen«, sagte sie, die Augen auf einen imaginären Punkt in der Ferne gerichtet. Sie starrte durchs Fenster, wie in Trance.

Sie hatte ein Motiv, überlegte er, nein, nicht nur ein Motiv, vielleicht sogar das Recht, ihrem Mann Gewalt anzutun für all das, was er sie hatte erleiden lassen. Wenn nur ein Bruchteil von dem stimmte, was Frau Eisemann hier beobachtet und ihnen erzählt hatte, dann war es – abseits aller juristischen Vorschriften – verdammt noch mal ihr Recht, dem Kerl eine überzubraten.

Alle paar Abende, er erinnerte sich an die Worte der neugierigen Nachbarin, *schleift der neue Weiber bei.* Und *lang hat ders net mit derselbe ausghalte*. Waren Männer so?

»Nein, Männer sind nicht so«, sagte er, »nur einige. Aber vielleicht gibt es auch solche Frauen.«

Er wusste, wie billig diese Ausrede war. Eine dumme, überflüssige, sinnlose Bemerkung, die niemandem half, nichts verbesserte, die Realität nur scheinbar zu verklären suchte.

Ilka Breidle erwachte aus ihrer Trance, warf einen letzten Blick auf das Zimmer, wandte sich zur Tür. »Brauchen Sie mich noch?«

Er schüttelte den Kopf, bedankte sich für ihre Bereitschaft, die Wohnung zu begutachten, begleitete sie die Treppe hinunter.

»I muss Dir noch was zeige«, rief Rössle ihm hinterher, »i glaub, i han was Wichtiges entdeckt.«

»Ich komme sofort.«

Braig bat Söhnle, der sich lauthals im Treppenhaus mit Frau Eisemann unterhielt, Frau Breidle nach Hause zu bringen, stieg die Stufen wieder hoch.

»Du hast etwas entdeckt?« Er schloss die Tür hinter sich, betrachtete den Packen Papiere, den Rössle auf den Boden vor dem Tisch ausgebreitet hatte. »Wo hast Du das her?«

Rössle erhob sich mühsam, streckte sich, atmete tief durch. »Alle Idiote von Sindelfinge und die ka ma gar net zähle, weils so viele sind, i glaub, der Kerl hat was Brisantes entdeckt. Und ihr feine Herre schiebets auf sei Weib!«

Braig streifte sich Handschuhe über, betrachtete die Papiere. Es handelte sich um Kopien topographischer Karten, die alle mit Filzstiften gekennzeichnet und beschriftet waren. »Wo ist das?«

Er las die Namen der Städte, sah die Markierungen und Daten, die bei einigen von ihnen vermerkt waren.

»Mazedonien und Kosovo«, brummte Rössle.

Braig erinnerte sich an einen Teil der Orte aus den Nachrichten, glaubte die Verbindung zu ihren Ermittlungen zu erkennen. »Hasim Foca«, sagte er, »der Albaner.«

Die den Karten beigefügten Listen bestanden aus Aufzeichnungen der Standorte der in Mazedonien und im Kosovo stationierten internationalen Kfor-Soldaten. Dann folgten mehrere Blätter, die mit weiblichen Vor- und Nachnamen beschrieben waren und eine Art Lebenslauf der jeweiligen ausnahmslos sehr jungen Frauen, ja Mädchen, enthielten, ergänzt von einer Aufzählung verschiedener Kfor-Standorte, in zeitlicher Anordnung.

Ein dritter Packen enthielt die Auflistung verschiedener Städte in, wie Braig zu erkennen glaubte, Bulgarien und der Ukraine mit bestimmten Namen und Adressen sowie die Namen verschiedener Grenzstationen zwischen Bulgarien und Jugoslawien, denen Namen der Frauen und Daten aus den letzten Jahren zugeordnet waren. »Verstehst Du, um was es geht?«

Rössle kratzte sich am Hals. »Schmuggel, oder?«

Braig überlegte, blätterte die Papiere vorsichtig durch. Er

studierte die Zahlen, die den jeweiligen Kfor-Standorten beigefügt und meist mit einem Fragezeichen versehen waren, betrachtete die Lebensläufe der jungen Frauen. Plötzlich verstand er, was die Zahlen, die Pläne, die ganzen Aufzeichnungen bedeuten konnten. »Oh nein, das darf nicht wahr sein!« Er richtete sich auf, zog sein Handy vor, gab eine Nummer ein. »Wo hast du das her?«

Helmut Rössle deutete auf das Fußende des Bettes. »Ein klassischer Safe.«

»Im Bett?«

»Der Sockel, auf dem das Bett steht, isch mir einfach zu massiv gwese. No han i ihn untersucht.«

Braig klopfte dem Kollegen anerkennend auf den Rücken, hatte einen Gesprächspartner im Handy. »Braig. Danke. Den Knödler hätte ich gern. Ist der im Haus?«

Zwei Minuten später hatte er den Mann in der Leitung. Er entschuldigte sich für die Störung am Samstag Nachmittag, erfuhr, dass der Kollege ohnehin im Amt weilte, weil sie eine Razzia vorbereiteten, die am Abend stattfinden sollte. Günther Knödler war der Leiter des LKA-Dezernats Menschenhandel, Braig hatte schon mehrfach mit ihm zusammengearbeitet. Er erklärte ihm, was sie entdeckt hatten, schilderte ihm die Lage der Standorte, las ihm aus den Lebensläufen vor.

Knödler pfiff laut durch die Zähne. »Wie kommt ihr auf so was?«

Braig erklärte den Sachverhalt.

»Ich will nicht unverschämt sein«, erklärte Günther Knödler, »aber ich möchte das sofort haben. Das klingt nach einer recht großen Sache. Wir sind seit Monaten in der Richtung engagiert, tragen puzzleartig Stein für Stein zusammen. Da hat sich jemand ganz schön Mühe gemacht.«

Vierzig Minuten später saß Braig mit einigen der mit Menschenhandel befassten Kommissare und Sachbearbeiter des Amtes über den Papieren, wertete sie aus, hörte sich die Komplimente der Kollegen an. »Rössle müsst ihr loben, der hat das Zeug entdeckt.«

Sie versprachen, dem Techniker bei Gelegenheit einen Apfelmost, Rössles Lieblingsgetränk, auszugeben.

Was Breidle da zusammengetragen hatte, waren die Biografien junger, oft minderjähriger Frauen, die von skrupellosen Menschenhändlern in Bordells bei den Standorten der in Mazedonien und im Kosovo tätigen Kfor-Soldaten zwangskaserniert worden waren. Wie Knödler erklärte, hatten die professionellen Frischfleischbeschaffer sofort reagiert, wo immer in den letzten Jahren ein neuer Kfor-Standort gemeldet worden war. In unmittelbarer Nähe der Kaserne bot wenige Tage später schon ein spezielles Etablissement seine Dienste an. Die Frauen für die Bordells wurden aus völlig verarmten Regionen Bulgariens, Rumäniens, der Ukraine und Russlands rekrutiert, Ländern, die nicht all zu weit vom Einsatzgebiet der Liebesdienerinnen entfernt lagen. Die Grenzbeamten der betroffenen Staaten, durch marginale Löhne ohnehin kaum überlebensfähig, sahen gegen geringe Entgelte gern über die weiblichen Ex- und Importe hinweg. Je mehr Soldaten von der Kfor stationiert wurden, desto besser liefen die Geschäfte. Gewinnsteigerungen waren vor allem durch den Einsatz immer jüngerer Frauen möglich: Minderjährige Huren erzielten höhere Preise.

»Wir wissen inzwischen von 14-, 15-, 16-jährigen Mädchen, die in einer Größenordnung von mehreren Tausenden mit Versprechungen einer Tätigkeit als Verkäuferin oder Bedienung oder gar einer Model- und Filmkarriere in Deutschland oder Österreich aus ihrer Heimat weggelockt und in Mazedonien oder im Kosovo kaserniert wurden«, erläuterte Knödler auf Nachfrage Braigs. »Ausgerechnet für Soldaten, die nach dem NATO-Einsatz gegen Jugoslawien dort Recht und Ordnung, die Grundlagen eines zivilisierten Zusammenlebens wiederherstellen sollen.«

»Auch deutsche?«

»Soweit wir informiert sind, ja, auch wenn die offiziellen Stellen das vertuschen wollen.« Knödler schenkte sich Kaffee in eine Tasse, trank ihn schwarz. »Und die fähigsten Pferdchen, um im Jargon der Händler zu sprechen, werden nach Deutschland gebracht, um hier in besonderen Absteigen exklusive Kundschaft zu bedienen.«

»Auch hier bei uns?«

»In Stuttgart und Umgebung, ja.« Knödler trank die Tasse leer, füllte Kaffee nach. »Gegen ihren Willen übrigens. Die Mädchen werden wie Sklavinnen gehalten und unter schlimmen Drohungen von Stadt zu Stadt weiter verfrachtet. Letzte Woche gelang es uns erstmals, zwei von ihnen zum Reden zu bringen. 15 und 16 Jahre alt, in der Ukraine angeworben mit dem Hinweis auf eine Filmkarriere. Jugendliche Naivität. Nach einem halben Jahr im Kosovo und Mazedonien jetzt bei uns gelandet. Ohne Ausweis, ohne normale Kleidung, ohne einen einzigen Pfennig.«

»Die Gewinne kassieren die Händler.«

»Bis auf den letzten Heller. Den Mädchen bleibt nichts – außer Krankheiten und psychischer Verwahrlosung.«

»Dann war Breidle einer dieser Menschenhändler? Er verfügte über einiges an Geld.«

Knödler schüttelte den Kopf. »Menschenhändler? Diesen Papieren nach doch eher das Gegenteil. Ein Journalist, oder? Er hatte recherchiert, würde ich sagen, wollte das Schicksal der jungen Frauen enthüllen. Das sind doch noch halbe Kinder, schau dir die Geburtsdaten an. 16, 17 Jahre alt.«

»Woher hatte er das Geld?«

»Ihr habt seine Konten überprüft?«

»Noch nicht. Am Montag haben wir Termin.«

»Erpressung?«

Knödler zuckte mit der Schulter. »Vielleicht ließ er einige der Unterwelts-Bosse zahlen, drohte mit Veröffentlichung. Das kostete ihn schließlich das Leben.«

Braig schenkte sich eine halbe Tasse voll, gab Milch dazu, trank von dem Kaffee. »Wie kam er an die Daten ran?«

»Ihr habt keinerlei Informationen über ihn?«

»Wenig.«

»Wo war er tätig? Im Ausland? Als Korrespondent?«

»Keine Ahnung. Ich muss es überprüfen.« Er musste bei seiner Frau nachfragen, Breidles Leben genau ausleuchten. »Er arbeitete als Radiomoderator für ein eher jugendliches Publikum«. Dann fielen ihm die Worte Frau Eisemanns wieder ein. *Alle paar Abende neue Weiber. Junge Dinger, blutjung.*

Groupies, hatte er bisher gedacht, Fans seiner Sendungen.

Wie lange geht das schon?, hatte er die Frau gefragt.

Zwei, drei Jahre.

Er hatte sich noch gewundert. Zwei, drei Jahre, weit länger, als seine erfolgreichen Sendungen liefen.

»Er hatte ein Schlafzimmer eingerichtet, separat, als eigene Wohnung, schleppte dort nach Aussagen einer aufmerksamen Nachbarin ständig blutjunge Frauen an. Glaubst du ...«

Knödler nickte sofort. »Was denn sonst? Nach ihren Einsätzen in Mazedonien landen etliche der Mädchen hier. Via Italien. Über die Adria. Vielleicht hatte er ein Abonnement ... Du hast keine Ahnung, was auf dem Gebiet alles läuft. Mit der Zeit bekam er Mitleid. Er wollte den Mädchen helfen. Oder er witterte eine gute Story für sich. Wie war er als Journalist? Berühmt?«

»Eher das Gegenteil.«

»Dann war sie umso wichtiger: *Die Enthüllungsstory*. Er schmeichelte sich bei den Mädchen ein, lernte vielleicht ein paar Brocken ihrer Sprache, kümmerte sich um sie. Oder tat jedenfalls so als ob. Das ist einfach. Die Mädchen fallen auf jeden rein, der sich wenigstens ein kleines Stück weit als Mensch zeigt. Weißt Du, wie die die behandeln? Schläge, regelrechte Züchtigungen für den geringsten Widerspruch. Die wissen, dass sie illegal hier in Deutschland sind, sofort ausgewiesen werden, wenn die Polizei sie erwischt. Wie kommen sie dann zuhause an? Als erfolgreiche Filmdiva oder zumindest mit Haufen von Dollar und Mark von ihrer Arbeit als Verkäuferin oder Bedienung? Die Mädchen können es sich nicht leisten zu widersprechen.«

»Vielleicht hat es doch eine gewagt.« Braig schilderte die Beobachtung Frau Eisemanns vom Streit im Treppenhaus, beschrieb die Methode, wie Breidle getötet wurde: »Vom eigenen Auto überfahren.«

Knödler nickte. »Vielleicht. Nachvollziehbar wäre es. Er nimmt sich ein Pferdchen für unterwegs, lässt sie, um sie willig zu machen, ans Steuer. Und irgendwann muss er pinkeln. Sie nutzt die Gelegenheit ...«

»Ich könnte es dem Mädchen nicht einmal verdenken.«

»Nein. Ausgleichende Gerechtigkeit sozusagen. Aber

besonders realistisch scheint es mir trotzdem nicht. Ich tippe da eher auf eine vorbeugende Maßnahme seitens der Händler, du verstehst?«

Braig nickte. »Weil man Breidles Enthüllungen fürchtete?« Das war es doch, überlegte er. Das war vielleicht die Story, deren Veröffentlichung um jeden Preis verhindert werden sollte. Die lieben Westeuropäer und Amerikaner schickten Soldaten auf den Balkan, um den Barbaren dort endlich wieder die Grundlagen von Anstand und Zivilisation zu vermitteln und dann hatten etliche dieser tapferen Männer nichts Besseres zu tun, als sich mit halben Kindern und jungen Frauen aus armen Ländern zu vergnügen. Und rund um den Atlantik sang man weiter die frommen Lieder vom hehren Ideal der westlichen Welt. Deshalb mussten die Journalisten sterben. Weil sie dieser Heuchelei den Schleier der Verborgenheit entreißen wollten

»Genau«, meinte Knödler. »In diesem Metier wird nicht lange gefackelt. Da gelten harte Gesetze. Allein das Gerücht, er sei an so einer Sache dran, reicht aus, um ihn ein- für allemal auszuschalten. Wir sollten die Razzia heute Nacht nützen, das zu überprüfen. Wenn sein Tod eine vorbeugende Maßnahme war,« er betonte die Worte, »werden wir es herausfinden. Die Konkurrenz lässt sich das nicht entgehen. Einer singt immer. Spätestens morgen früh wissen wir Bescheid.«

31. Kapitel

Michaela König blieb trotz ihrer Erschöpfung nicht lange im Zug. Zum einen hatte sie keine Fahrkarte und wollte eine Auseinandersetzung mit Kontrolleuren unbedingt vermeiden, zum anderen fürchtete sie, dass der Zielbahnhof des Zuges ihren Verfolgern nicht unbekannt geblieben war. Was, wenn diese Kontakt zu ihren Auftraggebern aufnahmen und die Bahnhöfe an der Strecke nach Plochingen von anderen Verbrechern überwachen ließen? So reaktionsschnell und gut informiert wie bisher agiert wurde, musste sie mit allem rechnen.

Im Hauptbahnhof verließ sie die Bahn, nahm die Treppen zur Klett-Passage und weiter zu den Gleisen der Fernzüge. Sie musste raus aus der Stadt; Stuttgart schien ihr nicht mehr sicher. Eine unverzeihliche Dummheit nur, dass ihr der Fehler unterlaufen war, fast alles in der Wohnung in der Hasenbergsteige zurück zu lassen: Größere Geldscheine, Scheckkarte, Rucksack, Kleidung. Sie hatte sich nur die Zeitung besorgen und mit der Redaktion telefonieren wollen; ein nicht wieder gut zu machender Fauxpas, das Café aufzusuchen.

Michaela König studierte die Übersichtstafel der Züge, sah, dass die Abfahrt eines Regionalexpress nach Ludwigsburg unmittelbar bevorstand. Sie lief zum Automaten, löste ein Ticket in die nahe Barockstadt, suchte den Zug. Im vorderen Drittel waren noch Plätze frei.

Sie drückte sich ins Eck, starrte auf die Zeitung in ihrer Hand. Es gab nur eine Möglichkeit, woher sie wussten, dass sie sich in Stuttgart aufhielt. Waltraud Gänsmantel war ermordet worden, dem Bericht in der Zeitung nach keine Stunde, nachdem sie den Redakteuren der *tageszeitung* den Namen der Bäuerin am Telefon offenbart hatte. Der Mörder und seine Begleiter hatten Stuttgarts Stadtzentrum in ihr Visier genommen, kaum dass sie von hier aus mit der Zeitung in Kontakt getreten war. Gab es eine andere Erklärung?

Sie war nahe daran einzunicken, als der Zug in Ludwigsburg hielt. Erschrocken sprang sie auf, stürmte auf den Bahnsteig. Menschen strömten in die Wagen, andere stiegen aus. Sie lief ins Innere des von mehreren Geschäften besiedelten Bahnhofsgebäudes, sah die Telefonapparate auf dem Vorplatz. Sollte sie anrufen, den Redakteuren Bescheid sagen, obwohl sie ganz offensichtlich die Leitungen der Zeitung überwachten?

Nein, sie durfte es den Verbrechern nicht so leicht machen.

Michaela König suchte ihr Geld zusammen, kam auf wenig mehr als fünfzig Mark. Es half alles nichts, sie musste versuchen, in die Wohnung zurückzugehen und sich ihr Geld, ihre Karten, die Kleidung zu holen. Es sei denn, sie hatten das Haus bereits entdeckt und als ihren Zufluchtsort identifiziert, das Obergeschoss überprüft und ihre Spuren festgestellt. Dann brauchten sie nur auf sie zu warten, und die Falle schnappte zu.

Aber war das möglich?

Sie dachte zurück an den Moment, als sie den Mann hinter sich bemerkt und dann schnell die Rötestaffel als Fluchtweg benutzt hatte, fünfzig, sechzig Meter etwa, bevor sie an das Haus herangekommen war. Nein, sie konnten es nicht wissen, nicht herausbekommen haben – vielleicht die Straße, das Umfeld, die ungefähre Lage ihres Asyls, aber nicht das Haus selber, die Wohnung. Wenn sie dorthin zurück wollte ...

Plötzlich fiel ihr ein, wie sie es vielleicht bewerkstelligen konnte. Sie lief zum Abfahrtsplan des Bahnhofs, sah, dass in wenigen Minuten ein Zug nach Heilbronn fahren würde, löste sich eine Fahrkarte. Zehn Minuten später saß sie vorne im ersten Wagen, legte sich ihre Pläne zurecht. Sie würde in Heilbronn aussteigen, dort eine Kleinigkeit essen, dann bei der Zeitung anrufen und sofort zurückfahren, um bei Dunkelheit zu versuchen, in die Wohnung zu kommen. Wenn sie mit ihren Überlegungen nicht völlig daneben lag, würde sie ihre Verfolger in die Stadt am Neckar locken, währenddessen sie sich in Ruhe ein neues Quartier suchen konnte.

2 1/2 Stunden später war sie mit der Redaktion in Berlin verbunden. Sie hatte Heilbronn erreicht, einen Imbiss zu sich genommen, dann einen Kaffee getrunken, hatte nach einem öffentlichen Telefon gesucht.

»Sie wissen, wo ich bin. Seit heute Morgen sind sie wieder hinter mir her«, giftete sie in den Apparat. »Ihre Leitungen werden überwacht. Die verdammten Schweine sind immer mit dabei.«

»Wie bitte?« Die Chefredakteurin der *tageszeitung* schwieg überrascht. »Sie glauben ...«

»Es kann kein Zufall sein. Ich war achtzig Kilometer weg von Tübingen, in einer anderen Stadt. Wieso läuft der Mörder plötzlich hinter mir durch die Straßen?«

»Oh, mein Gott. Das darf nicht wahr sein!«

»Ich muss Ihnen wohl nicht erklären, was das für mich bedeutet.«

Sie versuchte, ihre Situation zu erklären, wies auf die

Ermordung Waltraud Gänsmantels hin. »Wie sonst sollen die meinen Zufluchtsort und die Identität der Bäuerin entdeckt haben, wie?«

Je länger sie sprach, desto hektischer wurden die Reaktionen am anderen Ende der Leitung. Ihre kurze Erwähnung, dass es den Mörder in Stuttgart erwischt hatte, dass er zumindest schwer verletzt sein musste, ging im Stress der Überlegungen fast unter.

»Wir werden das aufklären, garantiert, heute noch, sofort, das verspreche ich Ihnen!« erklärte Klaudia Kunst. »Wir werden alles in Bewegung setzen, um diesen Verdacht aus der Welt zu räumen.«

Sie sah sich prüfend um, musterte alle Passanten, die den Heilbronner Bahnhof verließen oder in seine Richtung liefen. »Ich war in Sicherheit«, erklärte sie, »aber jetzt sind sie wieder hinter mir her. Und wem habe ich das zu verdanken? Ihnen, weil sie unfähig sind zu verhindern, dass ihre Leitungen abgehört werden.«

Das heftige Getuschel, die aufgeregten Stimmen am anderen Ende der Verbindung. Es dauerte mehrere Sekunden, bis sie wieder zu einer ruhigen Gesprächsführung fanden.

»Wir werden wirklich alles tun, was in unserer Macht steht, diesen schrecklichen Verdacht aufzuklären«, versprach Klaudia Kunst nochmals, versuchte dann, ihre Gesprächspartnerin an ihren schon am Vortag und am Morgen geäußerten Wunsch zu erinnern. »Sie haben darüber nachgedacht, wo Frau Litsche die Diskette deponiert haben kann?«

»Wann denn? Auf der Flucht vor den durch ihre Nachlässigkeit informierten Mördern Verenas? Was glauben Sie, womit ich in der Zwischenzeit beschäftigt war? Noch bin ich am Leben, das ist im Moment das Einzige, was mich interessiert.«

Die Redakteurin versuchte, Michaela König zu beruhigen. »Ich wollte Sie nicht drängen, es tut mir Leid. Aber wir würden gern alles tun, Ihnen zu helfen. Unser Kollege Weidmann, wartet auf Ihren Anruf. Er hält sich die ganze Zeit für Sie bereit, kommt an jeden Ort, den immer Sie vorschlagen. Zu Zweit haben Sie größere Chancen. Bitte, sehen Sie es von dieser Seite. Und vielleicht finden Sie im gemeinsamen Gespräch doch noch zu einer Lösung, was den Aufenthaltsort der Disketten Frau Litsches betrifft. Darf ich Ihnen nochmals seine Handy-Nummer geben?«

Michaela König wusste, dass die Frau Recht hatte. Zu Zweit war die Chance zu überleben größer, vielleicht sogar das Versteck mit den Untersuchungsergebnissen Verenas zu finden. Ob sie den Mann sofort im Anschluss an das Gespräch mit Berlin anrufen sollte?

Sie sah auf die Uhr, beendete die Konversation, spürte die Angst. Mit dem Journalisten Verbindung aufnehmen konnte sie später noch. Jetzt musste sie schnellstmöglich von hier verschwinden. Wenn sie die Leitungen in Berlin tatsächlich überwachten, wussten sie inzwischen Bescheid, dass sie sich in Heilbronn aufhielt. Sie musste den nächsten Zug nehmen, aus der Stadt verschwinden, auf einem Umweg nach Stuttgart zurückfahren, falls sie auf die Idee kamen, die direkte Linie zu überwachen.

Michaela König lief die paar Schritte zum Bahnhof, erkundigte sich nach der Verbindung über Schwäbisch Hall, holte sich eine Fahrkarte. Fünfzehn Minuten später hatte der Triebwagen die Stadt verlassen. Sie drückte sich in einen der schmalen Zweier-Sitze, nickte ein, träumte, schrak auf. Draußen war es dunkel geworden, am Horizont wölbten sich die Umrisse des Schwäbischen Waldes. In Hessental wechselte sie den Bahnsteig, setzte sich in den weitgehend leeren letzten Wagen des Zuges nach Stuttgart.

Kurz nach 21 Uhr hatte sie den Hauptbahnhof der Landeshauptstadt wieder erreicht. Sie wusste genau, wie sie vorgehen wollte, hatte sich die Sache auf der Fahrt detailliert überlegt. Zuerst die Stadtbahn nach Heslach, dann die Taubenstaffel zur Hohentwielstraße hoch und anschließend durch die Gärten den steilen Hang hinauf bis zum Haus.

Als sie am Schreiberplatz ausstieg, spürte sie die Anspannung im ganzen Körper. Schweißausbrüche in den Achseln, unsicherer Gang, ein trockener, vor Angst belegter Hals, Hustenreiz, Naselaufen, rasendes Herzklopfen. Ob sie es wirklich riskieren sollte?

Ihre Kraftreserven waren völlig verbraucht. Sie versuchte,

gegen ihre Zweifel anzukommen, schlich sich durch die hell erleuchtete Böblinger Straße, bog in die Taubenstaffel ab. Ein Trupp angetrunkener, grölender Männer hatte die unteren Stufen in Besitz genommen, schrie sich unglaublich *witzige* Sprüche zu. Bis Michaela König begriffen hatte, dass sie die Treppe kaum unbehelligt erreichen würde, war sie bereits von schwankenden, nach Alkohol und Schweiß stinkenden Gestalten umringt. Schwaden von Bier und Urin waberten in ihre Nase. Als sie die Hand auf ihrer Schulter spürte, drehte sie sich blitzschnell um, sprang in die hell erleuchtete Böblinger Straße zurück.

Der Umweg über die Nachbarstraßen machte ihr noch mehr Angst. Überall hell leuchtende Straßenlampen, gleißende Autoscheinwerfer, die sie, wenn auch nur für Augenblicke, weithin sichtbar ins grelle Licht rückten. So schnell sie konnte, eilte sie die steilen Straßen hoch, tauchte auf dem letzten Stück in die Dunkelheit der obersten Stufen der Taubenstaffel ab.

Endlich hatte sie die Hohentwielstraße erreicht. Verschwitzt und mit jagendem Puls verharrte sie am oberen Ende der Staffel, musterte die Straße in beiden Richtungen. Sie war menschenleer, nichts zu sehen, nichts zu hören. Michaela König wollte sie gerade überqueren, als ein Auto um die Kurve schoss. Erschrocken glitt sie zurück, wartete im Dunkel der Treppe, bis das Fahrzeug außer Sichtweite war. Langsam wagte sie sich wieder vor. Sie lief über die Straße, läutete an mehreren Klingelknöpfen des prächtigen, schlossartigen Hauses. Der Lautsprecher quakte, eine weibliche Stimme fragte nach ihrem Wunsch. Sie faselte irgendwelche Lügen von einem Geschenk für eine Freundin, das sie gerne abgeben würde, hörte das Schimpfen. Die abweisende Antwort ging im Brummen eines Automotors unter. Erschrocken drückte sie sich an das Gitter, senkte den Kopf. Nur jetzt nicht entdeckt werden, nicht hier in dieser wehrlosen Situation.

Sie hörte, wie das Auto hinter ihr bremste, drückte verzweifelt auf weitere Knöpfe. Die Stimme des Mannes kam keinen Meter von ihr entfernt. Erschrocken schnappte sie nach Luft, schlug mit der flachen Hand auf das komplette Klingelbord.

»Wir suchen die Rebenreute«, sagte der Mann.

Ihre Achseln klebten vor Schweiß, Arme und Beine zitterten. Sie gab keine Antwort, hörte endlich die Frage aus dem Lautsprecher. »Bisch du es, Anna?«

Sie schrie so laut »ja«, dass es sie selbst schmerzte, spürte, wie das Gittertor nachgab, drückte es nach innen, donnerte es zurück ins Schloss. Fluchtartig sprang sie die Treppen zur Haustür hoch, öffnete sie, verbarg sich im Dunkel des Treppenhauses. Ihr Herz hämmerte, der Puls jagte. Sie lehnte sich an die Wand, schnappte nach Luft. Rebenreute, Rebenreute. Erst langsam wurde ihr bewusst, dass die Frage des Mannes einer Straße gegolten hatte.

Oben im Treppenhaus entstand Unruhe. »Anna, bisch du da?«

Licht flammte auf, stach ihr schmerzend in die Augen. Erschrocken kniff sie sie zusammen. Sie hörte Schritte, wusste, dass es höchste Zeit war zu verschwinden.

Michaela König öffnete die Tür, drückte sich leise nach draußen, zog sie hinter sich zu. Sie schwang sich auf die Mauer neben der Treppe, kletterte die Böschung hoch.

Der Hang war steil, von Büschen, Bäumen, Gestrüpp und Moosplatten übersät. Sie ließ sich auf alle Viere nieder, kraxelte im Schatten der Pflanzen hoch, gewann Abstand zu dem weitläufigen Gebäude, tauchte vollends ins Dunkel. Unten, Richtung Straße hörte sie das Rufen. Anna, woher auch immer sie kommen sollte, war offensichtlich noch nicht eingetroffen.

Völlig außer Atem kämpfte sie sich durch Obstbäume und Weinreben, erreichte die Spitze des Berghangs. Sie verharrte im Dunkeln, wartete darauf, dass ihr Herz sich beruhigte. Keine zehn Meter entfernt erhob sich ihr Märchenschloss.

Michaela König tastete die gesamte Umgebung mit ihren Blicken ab, musterte den Garten, das Umfeld des Eingangs, das Haus. Ihre Augen hatten sich an die Dunkelheit gewöhnt, nahmen fast jede Bewegung der Büsche und Äste wahr. Im zweiten Stockwerk des Gebäudes brannte Licht, ein Körper bewegte sich hinter einem Vorhang hin und her. Wahrscheinlich hatte er wie früher die beiden unteren Wohnungen vermietet. Sie musterte die Fenster ganz oben; kein noch so fahler Lichtschein, keine Bewegung, kein Leben. Es schien, als sei die Wohnung leer, unberührt von ihren Verfolgern. Oder warteten sie nur im Dunkeln?

Sie glaubte es nicht, versuchte, sich selbst Mut zu machen. Sie konnten es nicht wissen, hatten keine Möglichkeit gehabt, das Haus und die Wohnung ausfindig zu machen. Unmöglich. Sie musste es jetzt versuchen, es gab keinen anderen Weg.

Michaela König schlich sich vorsichtig zur Haustür, erschrak, als sie jenseits der Mauer ein Auto auf der Hasenbergsteige hörte. Das Geräusch schwoll an, erreichte einen kurzen Höhepunkt, entfernte sich langsam, verstummte dann nach wenigen Sekunden. Sie blickte sich vorsichtig um, bemerkte einen Schatten. Erschrocken blieb sie stehen.

Ein Windzug fuhr in die Äste, ließ den Schatten in Bewegung geraten. Eine Plastiktüte verfing sich an einem Zweig, wedelte in der Luft hin und her. Michaela König spürte das Pochen ihres Herzens, lief zur Haustür, versuchte, das Zahlenfeld neben den Klingelknöpfen zu erkennen. Schemenhaft nahm sie die Ziffern wahr, gab den Code langsam ein.

Die Tür schwang leise summend zurück, gab ihr den Weg ins Treppenhaus frei. Für einen Moment blieb sie stehen, musterte noch einmal die Umgebung des Gebäudes, drückte sich dann ins Innere, schloss die Tür.

Das Treppenhaus empfing sie mit dem gewohnten Geruch. Altes Holz, Bienenwachs, Bodenpolitur. Sie stieg vorsichtig die Stufen hoch, hörte die Musik im ersten Obergeschoss. Mozart. Fidelio. Sie kannte das Tremolo, erinnerte sich, dass er damals davon gesprochen hatte, ein Stockwerk an einen dem Haus völlig verfallenen Musiker vermieten zu wollen. Die Klänge, gedämpft zwar, doch alle anderen Geräusche übertönend, erfüllten das ganze Haus. Sie spürte die Anspannung, drückte sich langsam, wie in Zeitlupe, nach oben.

Der Eingangsbereich war unverändert. Ein großer, breitbauchiger Blumentopf, die kleine silberne Gießkanne, der Fußabstreifer mit den beiden Papageien, selbst im Dunkeln deutlich zu erahnen. Michaela König schob sich auf Zehenspitzen zur Wohnungstür, wartete. Fidelio, jagender Puls, zittrige Beine. Sie blieb stehen, drückte ihr linkes Ohr an die Tür.

Ein leichtes Rauschen, Fidelio, sonst nichts.

Sie wusste nicht, wie lange sie gewartet hatte. Irgendwann, nach mehreren Minuten, bediente sie die Tastatur, drückte die Tür vorsichtig nach innen, starrte durch den Spalt in die dunkle Diele. Der altvertraute Geruch der Wohnung zog ihr in die Nase. Wieder das Holz, das Wachs, die Politur.

Sie wartete einen Moment, konnte nichts Ungewöhnliches wahrnehmen, schob sich in die Diele, schloss leise die Tür. Kein fremder Geruch, kein alarmierendes Geräusch. Sie schlich sich von Zimmer zu Zimmer, kontrollierte die ganze Wohnung, sogar – durch die Scheiben hindurch – den Balkon. Niemand in den Schränken, kein Fremder unter dem Bett. Alles schien in Ordnung.

Michaela König sammelte ihre Habseligkeiten zusammen, packte alles in den kleinen Rucksack, lauschte. Fidelio war verstummt, dafür setzte eine andere klassische Kreation ein, noch gedämpfter in der Lautstärke, angenehm in Rhythmus und Klang, vielleicht Verdi oder Rossini, sie wusste es nicht. Sie spürte, wie sich ihre Nerven langsam beruhigten, der Stress, die Angst, das Zittern in ihr nachließen, fühlte die bleierne Müdigkeit in sich. Sie starrte auf das Ziffernblatt ihrer Armbanduhr. Zehn vor Elf. Zeit, ins Bett zu gehen.

Michaela König lief zum Schlafzimmer, betrachtete den dunklen Raum. Ob sie es wagen konnte? Wenigstens drei, vier Stunden und dann rechtzeitig noch in der Dunkelheit verschwinden?

Sie wusste es nicht, wollte das Risiko nicht eingehen.

Dann in ein Hotel?

Sie hatte Angst vor den dunklen Straßen, Angst vor fremden Gebäuden. Woher wollte sie wissen, ob sie nicht sogar Hotels überwachten? Sie, die scheinbar überall hinter ihr her waren?

Sie lief leise ins Schlafzimmer, zog die Decke weg, nahm sie mit, legte sie in der Diele auf den Boden, direkt vor die Tür. Sie würde sie hören, wenn sie kämen, würde rechtzeitig reagieren, über den Balkon klettern, verschwinden. Sie nahm den Rucksack, stellte ihn neben sich, legte sich auf die Decke, wickelte sich darin ein.

Mitten in der Nacht kam sie wieder zu sich. Sie hatte geträumt, sinnlos und wirr, fühlte sich ausgepowert, kraftlos und elend. Müde sah sie sich um, wusste sofort, wo sie war. Der Geruch der Wohnung, die dunklen Umrisse der Tür.

Sie blickte auf die Uhr. Fünf vor Fünf. Sie hatte viel zu kurz oder viel zu lange hier verbracht, mehr als sechs Stunden geschlafen. Bis zum Hellwerden blieb ihr kaum mehr Zeit.

Michaela König wickelte sich vorsichtig aus der Decke, trug sie ins Schlafzimmer, betrachtete sich im Spiegel. Ihre Augen waren kaum zu erkennen, schmale, dünne Schlitze, das Gesicht unförmig, wie ein zerdrückter Brei, die Haare verklebt. Entschlossen warf sie ihre Kleidung von sich, ging ins Bad, duschte, wusch ihre Haare. Den Fön einzuschalten, wagte sie nicht, der Lärm des fließenden Wassers war angesichts der frühen Stunde schon unerträglich laut. Sie trocknete sich ab, schüttelte die Feuchtigkeit aus den Haaren, nahm frische Wäsche, trank Wasser direkt aus der Leitung.

Zwanzig Minuten nach Fünf verließ sie auf Zehenspitzen die Wohnung. Sie stieg vorsichtig die knarrenden Holzstufen hinunter, schlich sich an der Wohnung des Musikers vorbei. Als sie aus dem Fenster neben seiner Eingangstür in die Umgebung blickte, sah sie den Bärtigen aus dem Licht einer Straßenlampe in die Dunkelheit der Hasenbergsteige abtauchen.

Erstarrt blieb sie stehen. Er war es, sie hatte es genau gesehen. Das war kein Traum, kein Spuk, keine Einbildung. Der Bärtige. Wo kam der her?

Die Antwort war klar. Sie hatten ihren Trick mit Heilbronn durchschaut. Vielleicht waren sie gestern Abend noch dort, hatten die Stadt, den Bahnhof, die Umgebung der Telefonzelle gefilzt. Spätestens nach ihrem Misserfolg hatten sie dann das getan, was nach ihrer Überlegung wohl doch noch auf ihre Spur führen konnte: Sie dort zu suchen, wo sie sie gestern Morgen nach der Flucht aus dem Stuttgarter Zentrum hatten abtauchen sehen: Am Anfang der Hasenbergsteige. Sie wussten nicht das Haus, die Wohnung, nur die ungefähre Lage. Die Hasenbergsteige oberhalb der Stelle, von der die Rötestaffel abwärts führte.

Michaela König spürte, wie ihr Herz jagte, der Schweiß

ausbrach, ihre Kleidung jetzt schon auf der Haut klebte. *Ich hätte mir die Dusche sparen können.*

Was jetzt?

Sie versuchte, sich zu beruhigen, zwang sich, ernsthaft, ohne Panik, über einen Ausweg nachzudenken. Sie starrte durchs Fenster. Der Bärtige war nach links verschwunden, sah sich dort wohl nach verdächtigen Hinweisen um. Ob er allein unterwegs war?

Michaela König riss sich aus ihren Gedanken, zwang sich, eine Entscheidung zu treffen. Sie musste das Haus verlassen, so schnell wie möglich. In der Dunkelheit hatten sie kaum eine Chance, sie aufzuspüren.

Sie stieg die Stufen langsam hinab, wartete unten, lauschte. Alles schien ruhig. Sie öffnete die Tür einen winzigen Spalt, starrte nach draußen, musterte den Garten, die Umgebung, das Eingangstor. Dies war der einzige, wirklich gefährliche Moment: Wer von draußen durch die Gitter der Pforte die Haustür beobachtete, hatte jeden, der kam und ging, für den Augenblick weniger Sekunden voll im Blick. Der schwache Lichtschein einer Straßenlampe der Hasenbergsteige reichte bis hierher, ließ jede Chance auf völlige Anonymität vergessen.

Michaela König besann sich nicht länger, stieß die Tür vollends auf, sprang aus dem Haus direkt auf den Abhang zu. Sie kletterte über die Kante, sprang zwischen die kahlen Rebstöcke, verschwand im Schatten der Obstbäume.

Zehn Minuten später hatte sie über die Taubenstaffel das Zentrum Heslachs erreicht. Sie war über den Zaun des schlossartigen Anwesens in der Hohentwielstraße geklettert, hatte sich dann Stufe um Stufe ins Tal hinabgekämpft. Unten, auf dem letzten Absatz, blieb sie stehen, sah auf die Uhr. Zwanzig vor Sechs. Sie stieg vorsichtig über die Glasscherben, die die trinkende Meute in der Nacht hier hinterlassen hatte, betrat eine der Telefonzellen, prüfte, ob sie inzwischen repariert war. Überrascht stellte sie fest, dass der Apparat funktionierte, wählte die Nummer, die ihr die Chefredakteurin gegeben hatte. Der Mann würde noch schlafen, so früh am Sonntagmorgen, das war ihr gleichgültig. Wenn er den Kontakt mit ihr wollte, musste er einen Preis dafür zahlen. Und sei es, in aller Frühe aus dem Bett geholt zu werden.

Es läutete nicht lange. Eine verschlafene, männliche Stimme meldete sich.

»Ich hoffe, dass wenigstens dieser Anschluss sauber ist«, sagte sie unvermittelt, ohne sich vorzustellen. »Oder muss ich damit rechnen, dass auch Sie abgehört werden?«

»Frau König?« Die Stimme des Mannes klang plötzlich hellwach.

»Genau.«

»Nein, ich hoffe nicht. Es tut mir Leid, das ist unverzeihlich. Aber wir konnten es nicht wissen, wirklich nicht ...«

»Ich will mich mit Ihnen treffen«, unterbrach sie ihn, hatte den ekelhaften Gestank von Bier und Urin in der Nase. Sie starrte auf die Glasscherben, bemerkte die leeren Dosen, die über das gesamte Areal unterhalb der Treppe verteilt waren. »Vorausgesetzt, Sie haben Interesse.«

»Natürlich«, beeilte er sich, »wann immer Sie wollen. Jetzt sofort?«

»Wo sind Sie?«

»In Tübingen. Bei einem Freund.«

»Das ist mir zu gefährlich.« Michaela König schwieg einen Moment, weil wenige Meter von ihr entfernt auf der Böblinger Straße eine Stadtbahn vorbeiglitt. Die fuhren also schon. »Obwohl ich nicht weiß, wo ich weniger bedroht wäre. Vor fünfzehn Minuten habe ich wieder einen der Verbrecher entdeckt. Keine zehn Meter von dem Haus entfernt, in dem ich übernachtet habe.«

»Schlagen Sie vor, was immer Sie wollen. Ich komme so schnell es geht.«

»Irgendwo außerhalb von Stuttgart, vielleicht nicht gerade Richtung Tübingen. Wie kann ich Sie erkennen?«

»Heute ist Sonntag«, erklärte Klaus Weidmann, »das trifft sich gut. Ich habe schon oft Gottesdienste benutzt, um mit Leuten in Kontakt zu treten, die inkognito bleiben wollten. Treffen wir uns in einer Kirche, ich habe eine *tageszeitung* mit einem Foto von mir in der Hand, damit Sie sicher gehen, dass ich es wirklich bin.«

»Gut«, sagte sie, »wo?«

»Wie wäre es mit Esslingen? Die große St. Dionys-Kirche steht mitten in der Stadt, gleich am Marktplatz. Vom Bahnhof fünf Minuten.«

»Okay. Drücken Sie mir die Daumen, dass ich bis dahin noch lebe.«

32. Kapitel

Die zweite große Razzia innerhalb von zwei Tagen versetzte die halbseidenen Akteure im gesamten Südwesten in äußerste Unruhe. Zwar hatte sich die Meldung, der noch vor 48 Stunden mit großem Polizeiaufgebot gesuchte mehrfache Mörder Hasim Foca sei mittags mitten im Stuttgarter Zentrum von einem Auto erfasst und dabei tödlich verletzt worden, wie ein Lauffeuer in allen Ecken der Stadt verbreitet und bei allen einschlägig Vorbestraften zu gewaltigem Aufatmen und großer Erleichterung geführt, doch wurden die erneuten Aktionen der Beamten umso erstaunter und erschrockener zur Kenntnis genommen. Resultierte die polizeiliche Nervosität aus einem konkreten Anlass oder ließ sie ein neues, rigideres Vorgehen der Überwachungsbehörden für die Zukunft befürchten?

Vorsichtshalber verzichtete man auf jede Provokation, auf jede illegale Machtausübung, versuchte, auf die Wünsche der untersuchenden Beamten einzugehen, gestand Konzessionen zu, die sogar die eigenen Geschäfte am Rand tangierten.

Bis zum Sonntagmorgen hatte die Polizei nicht einen einzigen Hinweis auf eine den Frauenhandel bedrohende Enthüllungsstory, auch nicht eine einzige Andeutung, irgendjemand aus der Branche könnte eine *vorbeugende Maßnahme* zur Vermeidung geschäftsstörender Überraschungen veranlasst haben.

Hans Breidle war in bestimmten Kreisen zwar als guter und zahlungskräftiger Kunde bekannt, dem man aufgrund langjähriger Beziehungen sogar gewisse Rabatte einräumte, sonst löste die Erwähnung seines Namens jedoch keinerlei

Assoziationen aus. Ihn als Opfer der halbseidenen Szene zu vermuten, versprach deshalb aller Erfahrung nach keine besonderen Erfolgsaussichten.

Nicht viel besser fiel die Bilanz bezüglich der Frage nach der Beziehung Breidles zu jungen Frauen aus Osteuropa aus. Im Verlauf der Nacht waren im Großraum Stuttgart zweiundzwanzig illegal in der Prostitution tätige Frauen buchstäblich aus dem Verkehr gezogen worden, davon sieben Bulgarinnen, Polinnen und Ukrainerinnen. Ob sie volljährig waren oder nicht, ließ sich in der Kürze der Zeit nicht ermitteln; den Beteuerungen der zuständigen Bordell-Betreiber nach stand dies jedoch außer Frage.

Steffen Braig, der in der Nacht nur wenige Stunden geschlafen hatte, war sich dieser Tatsache nicht so sicher, als er die Frauen im Beisein einer Dolmetscherin am Sonntagmorgen in Augenschein nahm. Ihr Deutsch bestand in allen Fällen aus zusammenhanglosen Wortfetzen, unverständlichen Flüchen, banalen Ausdrücken. Den Frauen irgendeine Information über ihre Herkunft, ihre Behandlung durch ihre »Besitzer« oder gar eine etwaige Beziehung zu Hans Breidle zu entlocken, war unmöglich.

Nach mehreren Stunden vergeblicher Bemühungen ließ Braig sie deshalb wieder in den Gewahrsam der zuständigen Kollegen bringen. Er behielt sich eine direkte Gegenüberstellung der Prostituierten mit Frau Eisemann vor, verschob diese aber auf einen der folgenden Werktage, weil er viel zu müde war und zudem seine Mutter in Mannheim besuchen wollte, die, wie er telefonisch von Frau Dr. Ohlrogge erfahren hatte, inzwischen wieder ansprechbar war.

33. Kapitel

Die St. Dionys-Kirche ragte mit ihren beiden unterschiedlichen, in luftiger Höhe mit einer geschlossenen Brücke verbundenen Türmen mitten im Esslinger Zentrum in die Höhe. Eingebettet in die anmutige Szenerie des von prächtigen bunten Fachwerkhäusern umringten Marktplatzes und der oberhalb auf dem von Weinreben geprägten Hügel gelegenen Burg und schmalen gepflasterten Gassen, ging von dem Gotteshaus majestätische Ruhe aus.

Michaela König sah den Mann schon von weitem an der geöffneten Eingangstür stehen. Er trug eine dunkelgraue Hose und ein warmes schwarzes Jackett, aus dessen rechter Tasche der rote Titel der *tageszeitung* ragte. Als sie näher kam, merkte sie, dass er sich mit einer älteren Dame unterhielt. Sie hörte Klagen von immer weniger Gottesdienstbesuchern und leeren Kirchen, erkannte seine Stimme. Es war der Mann vom Telefon, auch wenn er sich jetzt bedeutend ausgeschlafener anhörte.

Sie blieb vor ihm stehen, sah, wie er sie musterte.

»Frau König?«

Sie nickte, betrachtete ihn ebenfalls. Er schien Mitte Vierzig, war kaum größer als sie, hatte den Ansatz zu einem kleinen Bauch.

Der Mann verabschiedete sich von der Dame, zog die Zeitung aus seiner Jackentasche, blätterte sie auf. Sie sah sein Gesicht auf dem Foto, las die Bildunterschrift »Klaus Weidmann, der *tageszeitung*-Korrespondent für Süddeutschland«, nickte.

»Eine ältere Ausgabe. Sie vertrauen mir?«

»Ich habe Sie an der Stimme erkannt.«

»Sehr gut. Deshalb habe ich mich mit der Dame unterhalten.«

»Und jetzt?«

Klaus Weidmann trat zur Seite, ließ ein junges Paar in die Kirche. »Wollen Sie in den Gottesdienst?«

Sie schüttelte den Kopf. »Ich liebe zwar alte Kirchen und ihre Atmosphäre, aber nicht jetzt. Gehen wir irgendwohin, wo uns niemand sieht.«

»Damit habe ich gerechnet.« Er zeigte Richtung Bahnhof.

»Ich habe mich nach einer Pension erkundigt, wo wir schon heute Vormittag unterkommen können. Wenn es Ihnen recht ist?«

Michaela König nickte, war froh, dass der Journalist ihren Wunsch akzeptierte.

Eine Gruppe junger Teens kam zur Kirche, drückte sich laut scherzend ins Innere.

»Konfirmanden, wie?«

Sie reagierte nicht auf seine Bemerkung, hoffte nur, dass der Weg zur Pension nicht zu weit war. Ein Auto fuhr vorbei, parkte in der Nähe ein. Langsam versetzte sie jedes Kraftfahrzeug in Panik. Irritiert betrachtete sie die beiden Männer, die ihm entstiegen. Sie waren dunkel gekleidet, machten sich auf den Weg zur Kirche.

Weidmann bemerkte ihre Nervosität, versuchte, sie zu beruhigen. »Wir haben es gleich. Nur noch ein paar Minuten.«

Sie verließen den Marktplatz, überquerten den Neckarkanal, folgten der zur verkehrsberuhigten Zone umgebauten Bahnhofstraße.

»Was ist, wenn sie die Hotels überprüfen?«, fragte sie.

»Ich melde uns unter falschem Namen an. Hier«, er zog eine Geldbörse aus seiner Tasche, entnahm ihr eine Identitätskarte. »Der Ausweis eines Freundes. Er sieht mir ähnlich, oder?«

Sie hatte keine Nerven, einen Blick darauf zu werfen, war ganz damit beschäftigt, die Gruppe junger Männer zu mustern, die vor ihnen auf dem Gehweg herumlümmelten.

Weidmann betrachtete ihr sorgenvolles Gesicht, steckte Ausweis und Geldbörse zurück. »Wir werden es schaffen«, sagte er.

Drei Minuten später hatten sie die Pension erreicht. Es war ein einfaches, wie sie am Namen erkannte, offenbar von Griechen geführtes Haus.

»Sind Sie mit einem Doppelzimmer einverstanden?«, hatte er noch gefragt. »Keine Angst, ich schlafe auf dem Boden. Sowieso, wegen meines Rückens. Und schnarchen kommt selten vor.«

Sie war kurz stehen geblieben, hatte ihn ratlos angeblickt, nicht gewusst, was sie dazu sagen sollte.

»Für Ihre Sicherheit«, hatte er ergänzt, »ich lege mich vor die Tür, wenn Sie das beruhigt.«

Sie nahmen das Doppelzimmer, gingen mit Erlaubnis des Hoteliers sofort nach oben. Es lag im ersten Obergeschoss, bot einen Ausblick auf einen schmalen Innenhof.

Weidmann schloss die Tür von innen ab, stellte einen Stuhl davor, klemmte dessen Lehne unter die Klinke. »Ich hoffe, es hilft Ihnen«, meinte er.

Sie zuckte mit der Schulter, stellte ihren kleinen Rucksack ab, warf sich aufs Bett.

»Sie wollen schlafen?«

Michaela König richtete sich kurz auf. »Haben Sie was dagegen?«

»Nein. Ich denke, Sie haben es nötig.« Er legte seine Jacke ab, hängte sie über einen Kleiderbügel neben den Schrank. »Sie müssen todmüde sein.«

Sie ließ sich wieder zurückfallen, hörte auf die Geräusche, die von draußen kamen. Irgendwo brummte der laute Motor eines Autos.

»Wie sehen Ihre Pläne aus?«, fragte sie dann.

Er wartete mit seiner Antwort, wollte ihr offensichtlich Zeit geben. »Sie sollten zuerst schlafen, um wieder einigermaßen fit zu werden. Nur dann sind Sie fähig, sich zu erinnern, wo Frau Litsche die Diskette verwahrte. Wenn Sie ausgeschlafen haben, sollten wir gemeinsam darüber reden. Vielleicht kommen Sie im Gespräch schneller drauf. Aber das hat Zeit. Wichtig ist, dass Sie wieder zu sich finden.«

Irgendwo im Haus rauschte eine Toilette, die Spülung wurde mehrmals betätigt, dann war wieder Ruhe.

»Eine Bitte hätte ich vorher«, sagte er.

»Ja?«

»Vielleicht könnten Sie mir alles erzählen, was Sie wissen. Vom Anfang bis zur St. Dionys-Kirche. Einfach erzählen. Ich nehme es auf Band, schreibe es, während Sie schlafen, auf und schicke es an die Redaktion. Morgen früh steht es dann in der *tageszeitung*. Und in allen anderen Zeitungen. Wenn Sie wollen, geben wir den Bericht sofort an alle Presseagenturen weiter. Dann werden die es sich überlegen, ob sie Sie noch weiter verfolgen.«

Michaela König richtete sich von ihrem Bett auf, musterte den Mann. »Und wie geben Sie die Information an die Zeitung weiter? Per Telefon, ja?«

Weidmann schüttelte den Kopf. »Nein, keine Angst. Auch wenn sie die Leitungen abhören sollten, haben sie keine Chance. Wir haben daran gedacht. Ich rufe einen Freund an, spreche es auf Band. Er gibt es dann weiter. Das ist umständlich, aber effektiv. So haben die Verbrecher keine Chance.«

Sie starrte aus dem Fenster, hoffte, dass der Mann recht behielte. Dann zog sie ihre Knie hoch, legte den Kopf darauf und erzählte dem Journalisten von den Ereignissen seit jenem Abend im *Ammerschlag*.

34. Kapitel

Die Dämmerung war schon hereingebrochen, als Braig das Städtische Krankenhaus in Mannheim betrat. Er hatte sich nach seiner Rückkehr aus dem Amt einen kurzen Sonntagmittagsschlaf gönnen wollen, war erst kurz vor 17 Uhr wieder aufgewacht. Halb betäubt vor Müdigkeit hatte er sich erfrischt, eine Kleinigkeit gegessen, war zum Bahnhof gegangen, um mit dem nächsten Zug nach Mannheim zu fahren.

Die Augen seiner Mutter strahlten, als er die Tür öffnete. Er grüßte die beiden Frauen, die links und rechts von ihr lagen, zeigte ihr den Strauß gelber Rosen, den er im Bahnhof erstanden hatte, umarmte sie. Ihre Haut war blass, die Haare strähnig, das Gesicht ungewohnt knochig und eingefallen, aber der Überlebenswille sprach aus allen Poren ihres Körpers.

»Du hast Zeit gefunden«, sagte sie.

Er nickte, legte die Rosen auf den kleinen Beistelltisch, sah den Titel der Sonntagszeitung, die auf dem Bett ihrer Nachbarin lag. »Mörder-Albaner mitten in Stuttgart getötet.«

»Ich war schon einmal hier.«

Sie schaute ihn überrascht an.

»Am Freitag. Du hast geschlafen.«

Er lief zum Waschbecken, nahm eine der Vasen, die in der Ecke standen, füllte sie mit Wasser, stellte sie mitsamt den Blumen auf ihren kleinen Tisch.

»Danke.« Ihre Augen leuchteten.

»Du hast Schmerzen?«

Sie schüttelte den Kopf.

»Das war knapp, ja?«

»Ich hatte einen Schutzengel, der Arzt kümmerte sich sofort um mich.«

Er schwieg, setzte sich zu ihr aufs Bett. Sie hielt seine Hand in ihrer fest, streichelte sie. All ihre Aggressivität war verflogen, nicht eine hämische Bemerkung, nicht ein böses Wort.

Die Frau im Nachbarbett hustete, drehte sich zur Seite. Braig sah zu ihr hinüber, merkte, dass sie vor sich hindöste.

»Sterben ist gar nicht schlimm«, sagte seine Mutter.

Er drehte sich zu ihr hin, schüttelte den Kopf. »Du sollst ans Leben denken, nicht ans Sterben.«

»Ich glaube, ich war drüben«, setzte sie hinzu.

»Wo?«

»In einer wunderschönen Welt. Alles war hell, überall nur Sonne und Licht. Ein strahlend helles, blendendes Licht. Das ganze Land in warmen, bunten Tönen. Und über allem ein Leuchten. Ein gleißendes, alles erfüllendes Leuchten. Und die Farben, wunderbare Farben. Jede hatte einen eigenen, einen wundervollen Ton. Alle Farben zusammen spielten eine herrliche, eine himmlische Melodie. Eine Musik wie im Paradies.«

Er schwieg, ließ sie reden.

»Und ich war frei, völlig ohne Schmerzen und ganz klar im Kopf. Und dann sah ich mich auf dem Gehweg liegen vor dem Haus, viele Menschen standen um mich herum. Und der Arzt drückte auf mein Herz.«

»Du erinnerst Dich so genau?«

Sie nickte. »Ich schwebte oben, über der Straße. Wie ein Vogel. Mitten in der Luft.«

Steffen Braig nickte, überlegte, dass sie in den letzten Tagen sehr viel mitgemacht hatte. Er hoffte, dass sie bald wieder ganz zu sich finden würde.

»Unter mir, mitten zwischen den Leuten, kniete der Arzt. Er drückte seine Hand auf mein Herz und versuchte, es wieder in Gang zu bringen. Und ich sah ihm von oben zu.«

»Der Arzt hat dir das Leben gerettet.«

Sie tätschelte seine Hand, sah traurig vor sich hin. »Ich wollte es nicht. Es war so schön. Ich fühlte mich leicht und frei wie ein Vogel. Die Luft war warm. Und alles duftete, wie im Sommer im schönsten Garten. Das Aroma von Blumen, Kräutern, Beeren lag über allem. Dazu die Farben. Und ihre Musik. Ich wollte nicht zurück. Ich schwebte dort oben, lauschte der himmlischen Melodie, genoss die Wärme und die Freiheit dieser schönen Welt und wollte bleiben. Nie mehr zurück! Aber der Arzt drückte immer stärker auf mein Herz und plötzlich fing es wieder an zu schlagen und dann kam dieser Schlauch und zog mich nach unten, so sehr ich mich auch dagegen wehrte. Und das Licht, dieses wunderschöne helle Leuchten verlöschte, die Umgebung wurde dunkel und alles war vorbei.«

Steffen Braig blickte zum Fenster, sah draußen die Umrisse vieler Lampen, die sich im Wasser des Neckar spiegelten. Der Fluss war kaum zu erkennen, sein dunkles Bett schob sich wie mit dem Lineal gezogen, kerzengerade am Krankenhaus vorbei.

»Sie hat es schon mindestens fünfmal erzählt«, erklärte die Frau im Nachbarbett, das vor dem Fenster stand, »jedem, der ins Zimmer kommt. Die Krankenschwestern kennen es auswendig. Sie hat kein anderes Thema mehr.«

Braig nickte, betrachtete das knochige Gesicht seiner Mutter.

»Es war so schön«, sagte sie, »ich freue mich für uns alle.«

»Du sollst ans Leben denken, nicht ans Sterben.«

»Irgendwann kommen wir alle dorthin.«

»Irgendwann, ja. Aber jetzt wollen wir uns erst mal auf den Frühling freuen.« Die Temperatur draußen hatte gegenüber den letzten Tagen ordentlich zugelegt; erstaunt über den lauen Wind war er in Mannheim aus dem Zug gestiegen. Vielleicht lag es ein Stück weit daran, dass es hier unten am Rhein meistens wärmer war als im Schwäbischen, Braig erinnerte sich noch gut an die Zeit zurück, als er in Mannheim aufgewachsen war. Wenn sie im Fernsehen oder in einer Zeitung eine Wetterübersicht brachten, versahen sie das Rheintal fast immer mit den höchsten Temperaturen.

»Es war viel schöner als der schönste Frühling. Das helle Licht und die wunderbare Atmosphäre. Die Farben und ihre Melodie. Du hättest es erleben sollen.«

Er nickte, simulierte Einverständnis. In einer Zeitung hatte er davon gelesen, dass viele Menschen, die einen Kreislaufkollaps oder Herzstillstand erlitten hatten, im Nachhinein von wunderschönen Begegnungen und Wesen aus Licht berichteten. Ihr Verhältnis zum Tod hatte sich danach vollkommen verändert; statt weiter Ungewissheit und Angst zu empfinden, waren viele von der Erwartung der Heimkehr in ein verloren geglaubtes Paradies geprägt.

Er wusste nicht, was er davon halten, wie er das Phänomen beurteilen sollte. Ärzte hatten diese Erscheinungen als typische Symptome in äußerster Not ums Überleben kämpfender Körper erklärt. Die mangelnde Sauerstoffversorgung des Gehirns bewirke gemeinsam mit dem dort entstandenen Kohlendioxidüberschuss deutliche Bewusstseinsvernebelung. Zugleich verursache die infolge der Notsituation veranlasste erhöhte Hormonausschüttung des Körpers euphorische Zustände, um das betroffene Individuum über die ernste Lage seiner Existenz hinwegzutäuschen. Durfte man jede höhere Bedeutung so schnell zur Seite schieben?

Die Frage, ob der Tod des Körpers wirklich mit dem endgültigen Ende eines Individuums identisch war oder ob es nicht eine darüber hinausreichende Form des Fortbestehens gebe, bewegte die Menschheit schließlich, seit sie ein eigenes, über den Sinn ihres Lebens reflektierendes Bewusstsein entwickelt hatte. Das war immerhin einige tausend Jahre her. Nichts, aber auch gar nichts, hatte dieser Gedanke im Verlauf der Zeit an Faszination eingebüßt. Nach wie vor fußte die Hoffnung Unzähliger auf der Vorstellung, dass es – in welcher Form auch immer – eine Weiterexistenz gab; dass der körperliche Tod keinen Endpunkt, sondern einen Übergang hin zu einer anderen Realität darstellte. Viele Religionen und

Weltanschauungen unterstützten diesen Gedanken, wurden nicht müde, ihren Anhängern Glück und neue Chancen in einer zukünftigen Welt zu versprechen. Alles nur Hokuspokus, Vortäuschen falscher Tatsachen, hohle Versprechungen ohne ernsthaften Hintergrund? Woher resultierte dann der Wunsch so vieler Menschen auf ein Fortbestehen nach dem körperlichen Tod, wenn es angeblich überhaupt keine Anhaltspunkte gab, die zur Hoffnung auf eine Realisierung dieses Gedankens berechtigten?

Braig betrachtete die kantigen, eingefallenen Wangen seiner Mutter, sah die letzten Tage in ihrem Gesicht aufgezeichnet. Trotz der Beschwernis dieser Zeit lag sie nicht matt und abgekämpft vor ihm, sondern war aufgeblüht wie eine Blume, der ein Gärtner frischen Dünger hatte zukommen lassen.

»Dort drüben ist es wunderschön. Wir alle werden es erleben«, wiederholte sie immer wieder.

Er nickte mit dem Kopf, lächelte ihr zu. Wenn das außergewöhnliche Erlebnis ihr so viel Kraft, so viel neuen Lebensmut vermittelt hatte, wie es hier offenbar wurde, dann war der vermeintliche Blick in eine andere Realität wahrlich ein Schritt zu neuem Leben: einem Leben in der alten Welt.

Braig war sich darüber klar, dass er heute kritische Fragen zurückhalten und jeden Anflug von Skepsis verdrängen musste, um die zum Überleben so wichtige Euphorie seiner Mutter nicht zu beeinträchtigen.

So saß er auf ihrem Bett, ließ seine Hand in der ihren ruhen und widersprach nicht ein einziges Mal, wenn sie ihm wieder und wieder erzählte, wie schön die jenseitige Welt war, die jeden nach dem Sterben erwarte.

35. Kapitel

Kurz nach Vier am frühen Morgen wachte sie auf. Sie hörte irgendein unbekanntes Geräusch, schrak zusammen, fuhr im Bett hoch. Schnarchen, lautes intensives Scharchen.

Michaela König starrte über das Bett zur Tür, sah den Mann auf dem Boden liegen. Eingepackt in verschiedene Decken schnappte er nach Luft, röchelte vor sich hin. Sein Schnarchen gewann an Intensität.

Plötzlich fiel ihr ein, wo sie war. Sie hatte ihm alles erzählt, was sie im Verlauf der letzten Tage erlebt hatte, dann fast den ganzen Sonntag geschlafen, sich abends von ihm belegte Brote und Getränke aufs Zimmer bringen lassen, schließlich ein, zwei Stunden mit ihm darüber spekuliert, wo Verena Litsche die Diskette deponiert haben konnte.

»Wo würden Sie etwas verstecken, wenn Sie sicher gehen wollen, dass nur Ihnen vertraute Personen diesen Ort finden dürfen?«

»Hatte Frau Litsche außergewöhnliche Vorlieben, Hobbies, Ideen, die nur Ihnen oder anderen ausgewählten Leuten bekannt sind?«

»Welchen Zufluchtsort hätte Frau Litsche vorgesehen, hätte sie etwas verstecken müssen?«

»Welche Person(en) kannte Frau Litsche so gut, dass sie ihnen/ ihr/ ihm einen wertvollen Gegenstand anvertraut hätte?«

Sie hatte sich all seine Fragen, Anregungen, Gedanken durch den Kopf gehen lassen, hatte nach Antworten gesucht, sich endlos über eine Lösung den Kopf zerbrochen. Wer waren die Menschen, wo waren die Orte, denen Verena am ehesten einen offensichtlich unermesslich wertvollen Gegenstand übergeben hätte?

»Worüber haben Sie miteinander gesprochen an jenem letzten Abend in diesem *Ammerschlag* oder auch schon Wochen vorher, was hat Frau Litsche erwähnt, wenn die Rede auf ihre Recherchen kam?«

Wie im Zeitraffer hatte sie versucht, die Tage und Stunden zurückzurufen, sich in die Augenblicke zu versetzen, in denen sie miteinander gesprochen, sich über ihre Untersuchung und die große Bedeutung, die diesen Recherchen zukam, unterhalten hatten. Es war ihr nicht möglich, sich zu erinnern, was ihre Freundin in diesem Zusammenhang geäußert hatte. Die Zeit danach hatte zu viel Kraft, zu viele Nerven verbraucht, sie zu sehr belastet, ihr Gehirn aufs Äußerste strapaziert.

Enttäuscht von sich selbst war sie wieder eingeschlafen, hatte den Journalisten in seinem Frust zurückgelassen. Sie wusste nicht, was er noch unternommen, wie lange er noch gezögert hatte, sich auf seinem harten Nachtlager niederzulassen, hörte nur sein immer stärker anschwellendes Schnarchen. Und plötzlich, mitten in seinen nervtötenden Versuchen, im Schlaf Luft zu finden, fielen ihr Verenas Worte wieder ein.

»Ich habe zwei Kopien. Auf Diskette«, so etwa hatte sie es formuliert im *Ammerschlag*, an jenem Abend, an dem sie selbst schon vier, fünf Trollinger getrunken hatte, ehe Verena endlich aufgetaucht war, »eine habe ich weitergegeben, die andere liegt seit heute Morgen in einem Safe.«

»In einem Safe«, hatte sie erzählt, »in einem Safe. Du erinnerst noch das Schatzsucherspiel, von dem ich Dir erzählte? Absolut sicher verwahrt.«

Das waren ihre Worte, damals im Alkoholnebel des *Ammerschlag*, sie erinnerte sich jetzt ziemlich gut. »Eine habe ich weitergegeben.«

Michaela König wusste, an wen: Waltraud Gänsmantel, die Bäuerin in Unterjesingen. *Die* hatte es nicht überlebt.

»Die andere liegt seit heute Morgen in einem Safe.«

Sie erinnerte sich an das Schatzsucherspiel, vermutete, wo sich dieser Safe befinden könnte. Das Schatzsucherspiel. Verena hatte ihr mehrfach voller Begeisterung davon erzählt.

Michaela König atmete tief durch, sah auf ihre Uhr. Zwanzig nach Vier. Sie konnte ihre Entdeckung nicht länger für sich behalten, schlüpfte aus dem Bett. Einschlafen war bei dem nervenaufreibenden Lärm, den Weidmann veranstaltete, ohnehin nicht mehr möglich.

Sie stakste barfuß durch das Zimmer, rüttelte den Journalisten an der Schulter. Er hatte einen festen Schlaf. Die Verbrecher hätten in Scharen ins Zimmer eindringen können, ohne dass er es bemerkt hätte.

Weidmann schnappte mehrfach nach Luft, kam dann zu sich, starrte mit verschlafenen Augen zu ihr hoch.

»Sie schnarchen«, sagte sie.

Er runzelte die Stirn, blieb eine Zeitlang still. Dann schien der Groschen bei ihm gefallen. »Oh, das tut mir Leid.« Er gähnte, hielt sich die Hand vor den Mund. »War es so schlimm?«

Sie nickte, setzte sich auf den Teppich vor seinem Nachtlager. Der fahle Lichtschein, der durch das Fenster fiel, ließ sie die Umrisse seines Gesichts erkennen.

»Aber vielleicht hat Ihr Schnarchen auch sein Gutes.«

Er lachte zaghaft. »So? Was ist denn so positiv daran?«

»Mir ist eingefallen, wo Verena die Diskette versteckt hat.«

Weidmann reagierte erst nach drei, vier Sekunden, dann aber umso heftiger. »Wie bitte?« Er schnellte aus seiner Decke, fuhr sich mit beiden Händen übers Gesicht, versuchte, die Müdigkeit abzuschütteln. »Sie wissen, wo die Diskette ist?«

»Ja. Allerdings nicht auf den Punkt genau. Aber wir könnten sie finden.«

Klaus Weidmann richtete sich auf, massierte sein Gesicht, um vollends wach zu werden, wickelte sich in eine der Decken. »Wo?«

Sie erzählte ihm von ihrer Unterhaltung mit Verena Litsche, gab die Worte wieder, die ihr eingefallen waren.

»Schatzsucherspiel? Was soll das sein?«

»Sie hat mir oft davon erzählt. Ein Gag aus ihrer Studentenzeit, den sie mit ihrer Clique oft spielte. Zwei Leute versteckten die Hinweise auf den Ort, an dem sie am Abend ein gemeinsames Fest feierten oder sich alle treffen wollten. Die meisten waren den ganzen Mittag damit beschäftigt, die Hinweise zu finden. Je nach Erfolg trudelten die Leute dann ein: Die Ersten oft schon mittags um Drei, die Letzten kurz bevor es dunkel wurde. Ich glaube, sie waren total begeistert von diesem Spiel.«

»Alles in Tübingen?«

Michaela König schüttelte den Kopf. »Nein, so einfach machten sie es sich nicht. Der Bereich, in dem sie die Hinweise versteckten, war der gesamte Großraum Stuttgart. Alle Städte, die mit der Netzkarte des Verkehrsverbundes erreichbar sind. Sie suchten oft stundenlang.«

»Aber doch nicht überall. Sie konnten doch nicht alles im Umkreis unter die Lupe nehmen. Irgendeinen genauen Hinweis auf das Versteck mussten sie haben.«

»Sie nahmen nur Kirchen, klebten ihre Karten oder Papiere unter die Sitzflächen der Stühle oder Bänke. Ein absolut todsicheres Versteck. Verena erzählte, dass sie manchmal nach Monaten, wenn sie aus Zufall dieselbe Kirche für ihr Versteck gewählt hatten, auf alte Hinweise stießen, die damals nicht gefunden worden waren. Seitdem nannten sie alle Kirchen ihre Safes. *Nichts ist so sicher wie der Ort des Herrn*, spottete sie manchmal.«

»Sind Kirchen normalerweise nicht verschlossen?«

»Nicht alle. Die großen, bekannten Gebäude stehen fast jeden Tag offen. Die kleineren nicht, zumindest die Evangelischen. Aber Verena erzählte immer, wie begeistert die Pfarrer oder die Mesner waren, wenn junge Leute auftauchten und darum baten, einige Minuten meditieren zu dürfen. Die öffneten ihre Gotteshäuser sofort, da gab es selten Probleme.«

»Dann glauben Sie, Frau Litsche hat die Diskette irgendwo in einer Kirche deponiert?«

Michaela König war sich ihrer Sache sicher. *»Die liegt seit heute Morgen in einem Safe. Du erinnerst noch das Schatzsucherspiel? Absolut sicher verwahrt.* Genauso hat sie es mir erzählt.«

»Aber wo, in welcher Kirche? Wissen Sie überhaupt, wie viele Kirchen es allein hier im Großraum Stuttgart gibt?«

»Wir sollten uns nicht verrückt machen. Denken Sie an diese Schatzsucherspiele. Wenn ich Verena rechtverstand, mussten sie damals Hinweise aus mindestens zwei verschiedenen Kirchen finden, um den Ort zu ermitteln, wo das Fest stattfand. Alles an einem einzigen Mittag. Ich meine, dass wir das ebenfalls packen. Fragt sich nur, wo wir anfangen. Das sollten wir jetzt gemeinsam überlegen.«

36. Kapitel

Als Steffen Braig am Montagmorgen kurz vor halb Acht in sein Büro kam, ratterte gerade ein Fax aus dem Apparat. Er nahm das Papier an sich, überflog den Text. Die Kollegen der Tübinger Kriminalpolizei berichteten, dass heute Morgen in aller Frühe das vermisste Taxi gefunden worden war: außerhalb von Pfrondorf, einem Vorort der Universitätsstadt in einer abgelegenen Heuhütte; wie sich soeben herausgestellt hatte, mit der Leiche des gesuchten kurdischen Fahrers im verschlossenen Kofferraum.

Braig seufzte laut, überlegte, ob es ein besonders schlimmes Omen war, wenn die Woche mit einem neuen Toten begann, hörte das Klopfen an der Tür. Einer der Amtsboten, ein älterer Kollege, grüßte, streckte ihm die aktuelle Ausgabe der *tageszeitung* entgegen.

»Von der Pressestelle.«

Braig bedankte sich, nahm das Blatt, sah die Schlagzeile auf der Titelseite. »Von Mördern verfolgt.« Er betrachtete das Phantombild eines bärtigen Mannes, der laut Unterzeile einer der Kumpane des getöteten Albaners Hasim Foca sein sollte, las aufmerksam den Bericht, der die mehrtätige Flucht Frau Königs sowie das angebliche Geschehen um den Mord an Frau Litsche und einem Taxifahrer wiedergeben sollte. Die Behauptung der Polizei, Michaela König habe ihre Freundin Verena Litsche getötet, wurde als vollkommen absurd und als von den wahren Mördern lanciert dargestellt.

Braig wollte schon zum Telefonhörer greifen, um die Chefredakteurin in Berlin nach den Quellen dieser Darstellung zu fragen, als Bernhard Söhnle mit einem großen Blumenstrauß in der Hand an die geöffnete Tür klopfte und ins Büro trat. Überrascht musterte er den Kollegen.

»Du hast es natürlich vergessen«, maulte Söhnle, als er die großen Augen Braigs bemerkte.

»Hat jemand Geburtstag?«

»Deine Kollegin ist wieder da.«

Braig sprang von seinem Stuhl auf, fuhr sich mit der Rechten durch die Haare, ärgerte sich über seine Vergesslichkeit. »Zum Glück hast du daran gedacht.« Er griff nach seinem Geldbeutel, zog einen Schein vor. »Wie viel? Machen wir halbe-halbe?«

Söhnle nickte, nahm das Geld, steckte es ein.

Katrin Neundorf saß schon an ihrem Schreibtisch, Felsentretters neuen Aktenberg vor sich. Sie umarmte beide Kollegen, nahm den Blumenstrauß, bedankte sich. »Ich freue mich, euch wiederzusehen.«

»Ganz meinerseits. Wie geht es dem Kleinen?«

»Bestens«, sagte sie, »danke. Meine Mutter ist bei ihm.«

Braig hatte sie mit Söhnle zwei Tage nach der Geburt ihres Sohnes Johannes im Waiblinger Kreiskrankenhaus besucht. Der Junge war am 18. Januar zur Welt gekommen, hatte überraschend stämmig ausgesehen, mit seinem großen Körper und dem dunklen Wuschelkopf wenig Ähnlichkeit mit der Mutter gezeigt.

»Und die neue Wohnung?«

Wenige Wochen vor der Geburt war Neundorf vom Stuttgarter Stadtteil Zazenhausen nach Waiblingen umgezogen, ganz in die Nähe des Bahnhofs, um mit einem zusätzlichen Zimmer Platz für den Neuankömmling und ihre Mutter zu schaffen, die sich bei starker beruflicher Beanspruchung Neundorfs um das Kind kümmern wollte. »Fünf Minuten zur S-Bahn, die optimale Entfernung.«

Neundorf lief zum Waschbecken, nahm ein großes Glas, prüfte, ob die Blumen hineinpassten. Söhnle nickte, nahm den Strauß in die Hand, während sie Wasser einfüllte. Dann stellte sie die Blumen mitten auf den Schreibtisch neben den Bildschirm des Computers.

»Wie ich höre, sind wir Napoleon bald los.«

Braig lachte. »Dem Gerücht nach schon. Ob es aber wirklich stimmt?«

Gübler, ihr gemeinsamer Vorgesetzter, Symbol des unfähigen, allein durch das richtige Parteibuch hochgekommenen Führungsbeamten, wollte, so erzählte man sich, zum ersten April in Pension gehen. Braigs und Neundorfs Erinnerungen an den Mann waren nicht einmal in Ansätzen von Sympathie geprägt.

»Die Kreatur will sich anscheinend zum ersten Mal im Leben nützlich machen. Indem sie die Pensionsurkunde unterschreibt und sich hier hoffentlich nie mehr blicken lässt«, erklärte die Kommissarin.

»Angeblich soll seine Frau dagegen sein«, frozzelte Söhnle, »sie schiebt jetzt schon Panik, weil er ihr seit dem Unfall den ganzen Tag am Hals hängt.«

Gübler war vor mehr als einem Jahr in seinem Backnanger Wald, den er als Jäger betreute, beim Erklimmen eines Hochsitzes abgestürzt und hatte sich ein Bein gebrochen. Seine Behauptung, die Leiter des Hochstandes sei in einem bewussten Sabotageakt von Kriminellen angesägt worden, um ihm, dem erfolgreichen Verbrecherjäger des LKA nach dem Leben zu trachten, konnte trotz eines Großaufgebotes an Spezialisten nicht bestätigt werden. Helmut Rössle hatte sich nach zweitägigen Untersuchungen im Backnanger Wald geweigert, eine neue Analyse des Holzes in Angriff zu nehmen.

»Da gibt es weit und breit koi Sabotasch. Der Kerle isch es doch gar net wert, dass ma an Aschlag uf den macht! Bloß weil a klois Männle, des zu kurze Beiner hat, die Stufe hochzukomme, da ausrutscht, setzt der das halbe LKA in Bewegung. In Sindelfinge gibt's, des weiß jeder Böblinger wie i nur zu gut, weiß Gott viele Idiote, aber so oin wie den findesch selbst in Sindelfinge net oft.«

Seit den für Gübler wenig schmeichelhaften Untersuchungsergebnissen eilte der Kriminalrat von Arzt zu Arzt, ließ sich von Monat zu Monat krank schreiben und mischte sich ab und an nur mahnend und im Nachhinein besserwissend in aktuelle Ermittlungen ein.

»Euch hat es voll erwischt«, sagte Neundorf, zeigte auf den Berg von Akten, der sich vor ihr türmte, »obwohl sich die Sache mit dem Albaner am Samstag ja von selbst erledigte.«

Braig nickte. »Wie viele Menschen der Kerl getötet hat, lässt sich wohl nie mehr genau feststellen. In Italien steht er seit Jahren wegen vier verschiedener Morde auf der Fahndungsliste. Ein Fabrikantenehepaar, ein Politiker, ein Journalist. Dann verschwand er, betätigte sich unter anderen Namen im Kosovo. Morde an Serben, mehrere andere Delikte wie Fahrerflucht und Schusswechsel mit italienischen Kfor-Soldaten. Uns wurde er bekannt, als wir in dem BMW, mit dem der Journalist Nuhr in Winnenden überfahren wurde, auf seine Fingerabdrücke stießen. Wenige Tage später tauchten seine Spuren wieder auf, diesmal bei der Leiche Frau Gänsmantels auf deren Bauernhof. Und eben gerade las ich die Behauptung der *tageszeitung*, Foca stecke auch hinter dem Mord an Frau Litsche und habe mit dem Verschwinden des Taxifahrers in Tübingen zu tun, außerdem sei er seit Tagen zusammen mit anderen Verbrechern hinter Frau König her gewesen, um auch sie zu töten. Was für diese These der Zeitung spricht, ist die Tatsache, dass mehrere Leute eine Frau unmittelbar vor ihm in großer Hast über die Straße rennen sahen, als Foca in der Torstraße überfahren wurde. Der Albaner sei dicht hinter ihr gewesen, behaupten Augenzeugen. Seltsam nur, dass die Beschreibung der Frau überhaupt nicht zu dieser König passt. Eine kurze dunkle Stoppelfrisur soll sie tragen, die König dagegen hat lange blonde Haare, jedenfalls den Bildern nach, die wir bei ihr fanden. Zudem haben wir eine Information von drei jungen Männern, die ganz in der Nähe der Stelle, wo Foca überfahren wurde und auch genau zu dieser Zeit von Hilferufen einer verzweifelten Frau berichteten, die sie auf offener Straße darum gebeten habe, sie vor zwei Verfolgern zu schützen, die sie bedrohten. Die Beschreibung dieser Frau passt haargenau zur Schilderung der Flüchtigen, die vor Foca davongerannt sein soll. Nur die beiden Männer, die hinter ihr her waren, sahen völlig anders aus als der Albaner.«

»Na und?«, sagte Neundorf. »Dann waren es eben mehrere Verfolger.«

»Ja, das haben wir auch überlegt. Wobei mir eben einfällt ...« Braig überlegte, fuhr sich mit der Hand über die Stirn. »Moment mal, ich muss schnell in mein Büro.«

Er lief aus dem Raum, kam kurz darauf wieder zurück, die aktuelle Ausgabe der *tageszeitung* in der Hand, zeigte auf das Phantombild auf dem Titel. »Einer der Typen, der die Frau verfolgt haben soll, wird von den jungen Männern so beschrieben, genau so.«

Er starrte auf die Darstellung des Bärtigen, überflog erneut den Text. »Die Übereinstimmung ist schon verblüffend. Wir müssen die drei Zeugen nochmals genau befragen und ihnen dieses Bild hier vorlegen. Und dann rufe ich bei der Redaktion in Berlin an.«

Neundorf nickte, zeigte auf den Aktenstapel auf ihrem Schreibtisch. »Habe ich dich richtig verstanden, Du glaubst, die Morde an den drei Journalisten, also an Breidle, Nuhr und eventuell auch an Frau Litsche hängen irgendwie miteinander zusammen? Letztendlich sogar noch der Tod dieser Frau Gänsmantel und das Verschwinden eines Tübinger Taxifahrers?«

»Wenn Du die Behauptungen der *tageszeitung* akzeptierst, ja. Eine eigene Alternative kann ich dir leider nicht präsentieren.«

»Dann muss es sich aber wirklich um eine gigantische Sache handeln. Drei Journalisten, eventuell noch zwei weitere Menschen. Kein Wunder, dass alle so aufgeregt tun, wohin ich in diesem Haus auch komme. Und Hofmann persönlich betreut den Fall?«

Braig nickte, dachte an Rössles Entdeckung in Breidles Appartment. »Ich denke, da sollen brisante Informationen vertuscht werden. Um jeden Preis.«

»Du hast eine konkrete Vorstellung?«

»*Krieg*«, antwortete Braig, »es geht um einen Krieg. Frau Litsche plante eine große Veröffentlichung in der *tageszeitung*, für die sie seit mehreren Monaten recherchierte. Nuhr hielt die Sache für so brisant, dass er ihr die Titelseite im Voraus reservierte.«

»Was für ein Krieg? Ihr wisst nichts Genaueres?«

»Doch, seit Samstag. Es sieht so aus, als seien wir endlich auf den Inhalt dieser Recherchen gestoßen. Wenn auch nicht bei Frau Litsche, sondern bei Breidle. Es geht da um die Kfor-Soldaten in Mazedonien und im Kosovo und den Menschenhandel mit jungen, oft minderjährigen Frauen aus der Ukraine, Bulgarien und anderen osteuropäischen Staaten für Bordelle, die diesen Soldaten zur Verfügung gestellt werden.«

Neundorf pfiff durch die Zähne. »Kfor-Soldaten?«

Braig nickte. »Die internationale Schutzmacht, die im Kosovo wieder Recht und Ordnung herstellen soll.«

»Und die das tut, indem sie sich mit minderjährigen Mädchen versorgen lässt?«

»So etwa, ja. Viele dieser Frauen werden anschließend in den Westen gebracht.«

»Und dort von Puff zu Puff weitergereicht.«

»Genau.«

»Das zu vertuschen, wäre in der Tat einige Morde wert. Kfor-Soldaten, das Symbol für die Wiederherstellung von Recht und Ordnung. Sollen den Mördern und Totschlägern in den Schluchten des Balkan endlich wieder menschliche Umgangsformen vermitteln und diese zivilisatorischen Analphabeten auf den Pfad der Tugend zurückführen. Und was läuft stattdessen? Der Balkan wird als billiger Frischfleischlieferant ausgebeutet, junge Frauen und halbe Kinder sozusagen legal vergewaltigt. Ich glaube, da gibt es genügend Leute, die brennend daran interessiert sind, dass das nicht bekannt wird.«

Braig spürte einen Niesreiz, putzte sich die Nase. »Du hast die Problematik voll erfasst. Fragt sich nur, wer konkret diese Information vertuschen will. Das ist der Punkt, auf den wir uns konzentrieren müssen: Wer hat so großes Interesse daran, die Rekrutierung minderjähriger und erwachsener Frauen in Bordells im Kosovo zu verheimlichen, dass er bereit ist, dafür zu morden? Nicht nur einen Menschen, nein, gleich mehrere. Wer steckt dahinter?«

»Menschenhändler?«

Braig zuckte mit der Schulter. »Sollte man glauben. Schließlich sind es ihre Geschäfte, die zu versiegen drohen, wenn die Machenschaften aufgedeckt werden. Wir ließen die Szene überprüfen, mehrfach. Zwei große Razzien. Du weißt, wie die Herren uns gegenüber reagieren. Lieber auspacken, was man von anderen weiß und die eigenen Geschäfte in der Zeit etwas zurückfahren, bis sich die Bullen wieder beruhigt haben, als zu große Risiken eingehen. Aber diesmal: Fehlanzeige. Nichts. Keine Hinweise, keine geheimen Tipps.«

»Gar nichts?«

»Nichts. Überhaupt nichts«, antwortete Braig. »Als ob es die Versuche, den Frauenhandel im Kosovo zu enthüllen, nicht gäbe.«

Neundorf richtete sich in ihrem Stuhl auf, schaute ihren Kollegen skeptisch an. »Das ist seltsam. Normalerweise gibt es zumindest doch einige Gerüchte, wo wir uns genauer umsehen sollten.«

»Ich weiß im Moment nur einen Ansatzpunkt weiterzukommen: Ich muss Frau Breidle fragen, welche Verbindungen ihr Mann zum Kosovo, nach Mazedonien oder zu Kfor-Truppen hatte. Vielleicht war er dort und ist dabei Menschenhändlern auf die Spur gekommen? Uns fehlt bisher jeder Hinweis darauf, was die Angelegenheit mit Breidles Beruf als Journalist zu tun hat. Vielleicht kann mir die Frau weiterhelfen.«

Neundorf zog den Blumenstrauß zu sich her, roch an den Blüten, sog wohlig das Aroma ein. »Was mir dazu noch einfällt«, sagte sie dann, »wie steht es eigentlich mit deutscher Beteiligung?«

»Die Bundeswehr?« Braig zog seine Stirn in Falten. »Du meinst, inwieweit deutsche Soldaten an den Bordell-Besuchen beteiligt sind?«

»Das liegt doch nahe, oder?«

»Drei oder vier Morde zur Verteidigung der Ehre deutscher Soldaten?«

Neundorf hatte sich von ihrem Platz erhoben, nickte mit dem Kopf. »Genau das. Deutsche Soldaten tun so was nicht. Und sei es, dass ein paar Leute sterben müssen, um den Skandal vor der Öffentlichkeit zu verbergen.«

37. Kapitel

Es war schon kurz nach Zehn, als sie die Pension in Esslingen endlich verließen. Sie hatten sich noch ein paar Stunden Schlaf gegönnt, um einigermaßen ausgeruht in den Tag zu starten, waren dann dazu übergegangen, Michaela Königs Aussehen – soweit möglich – zu verändern. Sie färbte ihre Haare in ein dunkles Blond, ließ sich von Weidmann in einem nahen Laden ein schwarzes Sweat-Shirt und helle Jeans besorgen. Noch vor dem Frühstück im Speiseraum der Pension diskutierten sie Punkt für Punkt den geplanten Ablauf des Tages. Verena Litsches Faible für alte Kirchen rekapitulierend, einigten sie sich darauf, zuerst Gotteshäuser mit einem besonderen Baustil zu untersuchen, soweit sie mit der S-Bahn oder anderen öffentlichen Verkehrsmitteln gut zu erreichen waren. Da die Journalistin in Tübingen gelebt und gearbeitet hatte, waren Kirchen, die nicht allzu weit von der Universitätsstadt entfernt lagen, mit besonderer Präferenz zu beachten. Aus pragmatischen Gründen wollten sie mit ihren Nachforschungen in Esslingen selbst beginnen.

Die St. Dionys-Kirche war trotz der frühen Stunde und des Werktags interessierten Besuchern bereits zugänglich. Sie betraten das gewaltige Gotteshaus durch ein Seitenportal, blickten sich vorsichtig nach allen Seiten um. Nur ein junges Paar hielt sich – in andächtige Betrachtung des Chorgestühls versunken – im weitläufigen Inneren auf.

Michaela König entnahm der Informationstafel am Eingang, dass die Kirche aus dem 13. und 14. Jahrhundert stammte, fand aufgrund ihrer nervlichen Anspannung jedoch keine Ruhe, sich von der schlichten Anmut des Gotteshauses ergreifen zu lassen. Zwar hatte ihr der Tag in der Pension gut getan und die Gesellschaft des Journalisten die wohltuende Wirkung nach sich gezogen, dass ihre Angst vor den Verfolgern nicht noch weiter angewachsen war, doch lagen die schlimmen Ereignisse der vergangenen Tage nach wie vor wie eine schwere, kaum mehr tragbare Last auf ihr und lähmten jeden Gedanken an ein normales, sorgenfreies Leben.

Weidmann versuchte alles, ihr Mut zu machen und neue

Hoffnung zu vermitteln. Gut gelaunt von seiner kleinen Einkaufstour war er am Morgen in die Pension gekommen, hatte ihr die neuen Kleidungsstücke und die aktuelle Ausgabe der *tageszeitung* präsentiert. Das Gesicht des Bärtigen auf der Titelseite, ihr Bericht von der Ermordung Verena Litsches und des Taxifahrers sowie ihrer Verfolgung unmittelbar daneben. Der Verbrecher war gut getroffen, sein Aussehen bis auf einige Partien um die Augen und die Nase fast lebensecht skizziert.

»Glauben Sie, dass die jetzt endlich Ruhe geben?«, hatte Weidmann fast triumphierend über den Abdruck seines Artikels auf der Titelseite gefragt.

»Nein«, war sie nach wie vor überzeugt gewesen, »das hält die nicht davon ab, mich weiter zu jagen. Sie kennen die Verbrecher nicht, haben nicht mitbekommen, was ich erlebt habe, wissen nicht, wie gefährlich die sind. Die geben keine Ruhe, bis sie das Material haben, es ist zu brisant.«

Sie hatte das Erlöschen des Hoffnungsschimmers in seinen Augen genau gesehen, seine Enttäuschung darüber, dass es ihm nicht gelungen war, sie aufzumuntern und mit neuer Kraft, neuer Energie zu beseelen. So schnell würden die nicht aufgeben, spürte sie, nach all dem, was ihr in den letzten Tagen widerfahren war, würden die nicht zurückstecken, bevor sie die Diskette mit Verenas Recherchen in ihren Händen hielten.

»Unter dem Sitz der Bänke?« Klaus Weidmann starrte auf das dunkle Holz des Mobiliars, beobachtete Michaela König, die sich in der letzten Reihe niedergelassen hatte und sorgsam das Holz unter der Bank abtastete.

Sie nickte, rutschte langsam zur Seite. »Sie links, ich rechts. Einverstanden?«

Der Journalist lief zum Mittelgang, setzte sich. Er bückte sich, ließ seine Hand sorgsam über die Unterseite des massiven Sitzes gleiten, schob sich langsam zur Seite. Glattes, meist lackiertes Holz, ab und an eine raue Fläche, deren Splitter ihm in die Finger stachen, alle paar Meter ein Nagel oder eine Schraube.

Er tastete Sitzreihe um Sitzreihe ab, hielt erst ein, als sein Rücken so schmerzte, dass er sich für kurze Zeit kaum mehr bewegen konnte. Das junge Paar kam langsam näher, beachtete ihn kaum. Er schaute zur Seite, sah, wie Michaela König in gebückter Haltung auf einer Bank entlangrutschte.

Weidmann verharrte ein paar Sekunden, sah sich um. Noch war außer den jungen Leuten niemand zu sehen.

Mein Gott, wenn uns jetzt jemand beobachtet, überlegte er, was dann? Alarmieren die die Polizei oder stecken sie uns in die Psychiatrie?

Er erlaubte sich keine weiteren Spekulationen, versuchte, Michaela König zu folgen.

Zwanzig Minuten später hatten sie alle Bänke der St. Dionys-Kirche untersucht, vergeblich. Keine Diskette, keine Papiere, nichts. Nur raue, an mehreren Stellen mit kleinen Holzsplittern gespickte Hände, schmerzende Rücken.

»Glauben Sie wirklich, dass wir das Material so finden?«, fragte er schon entmutigt.

Michaela König warf einen Blick nach vorn zu dem an beiden Seiten des Gotteshauses aufgereihten Chorgestühl, ließ Weidmann stehen. »Wollten nicht *Sie mir* Mut machen?«, antwortete sie kurz.

Er sah, wie sie sich den mit prächtigen Schnitzereien verzierten dunklen Bänken näherte, dann, nach einem Blick in den Kirchenraum die Unterseite der Sitze abzutasten begann. Zuerst links, dann rechts.

»Wenn Sie keine Lust mehr haben, mache ich es allein.«

Weidmann schüttelte den Kopf. »Verzeihung, so war es nicht gemeint. Mein Rücken schmerzt noch von der Nacht, meine Hände tun weh. Ich bin gerade etwas frustriert.« Er verstummte, drehte sich um, starrte zum anderen Ende des Gotteshauses hin, wo laute Stimmen zu hören waren. Eine Gruppe Jugendlicher hatte die Kirche betreten, wurde von ihrem erwachsenen Begleiter nur mühsam zur Ruhe gebracht.

»Den Frust sollten Sie noch etwas zurückstellen. Ich fürchte, wir werden uns noch ein paar Kirchen ansehen müssen.«

Sie verließen den jetzt von einem stetigen, teils geflüsterten, teils lauten Redeschwall erfüllten Raum, sahen die beiden Türme auf der anderen Seite des Marktplatzes. Weidmann nickte nur, als er Michaela Königs Blick bemerkte. Sie mussten die Kirche überprüfen, durften sich nicht jetzt schon von erlahmendem Elan und schmerzenden Muskeln davon abhalten lassen.

Das katholische Münster St. Paul lag keine zweihundert Meter von der St. Dionys-Kirche entfernt. Das Gotteshaus stand offen, zeigte einen schlichten, fast protestantisch nüchternen Innenraum. Michaela König und der Journalist musterten die Kirche, sahen zwei ältere Frauen in einer der hellen, modernen Bänke sitzen. Sie verteilten sich, warteten, bis die beiden Besucherinnen gegangen waren, begannen dann wieder, die Unterseite des Holzes abzutasten. Sitzreihe um Sitzreihe, Bank um Bank. Fünfzehn Minuten später waren sie vorne angelangt. Keine Diskette. Nichts.

Ob sie nicht doch einer völlig absurden Idee verfallen waren?

Michaela König versuchte, die aufkommenden Zweifel zu verdrängen. Das Schatzsucherspiel, Verena Litsche hatte ihr oft genug davon erzählt. Stundenlang waren sie unterwegs gewesen, die richtige Kirche, die ausgewählte Bank zu finden. *Ein todsicheres Versteck. Nichts ist so sicher wie der Ort des Herrn.*

Sie durften nicht resignieren, nicht jetzt schon, nach gerade einmal zwei Kirchen. Verena hatte doch nicht damit rechnen können, dass die Freundin alles absuchen musste.

»Und jetzt?«, fragte Weidmann.

Sie liefen schweigend zum Ausgang, nickten einer jungen Frau freundlich zu, die eine Kerze anzündete.

»Wir müssen in eine andere Stadt.«

Weidmann nickte. »Wohin?«

Sie traten auf den Vorplatz, sahen den schlanken Kirchturm jenseits einer in den Berghang getriebenen, stark befahrenen Straße.

»Noch eine Kirche?«

Michaela König schaute ratlos hoch, zeigte auf die Treppe. Sie überquerten die breite Fahrbahn, die unverkennbar neueren Datums war, sahen das einer alten Kathedrale ähnliche Gebäude des Gotteshauses direkt oberhalb der Straße. Überrascht von der zeitlosen Eleganz der Kirche passierten sie einen kleinen Park, betraten das gotische Bauwerk durch das offene Portal. Der Informationstafel entnahmen sie, dass es sich um die im 14. und 15. Jahrhundert erbaute evangelische Frauenkirche handelte, die hier in unmittelbarer Nachbarschaft etwas erhöht über den beiden anderen Gotteshäusern thronte. Vor dem Ausbau der unmittelbar unterhalb der Kirche verlaufenden Schnellstraße musste es eine einzigartig bezaubernde städtebauliche Szenerie gewesen sein: Der Marktplatz, die Burg, die engen Gassen der Altstadt, dazu drei außergewöhnliche Kirchen.

Das Innere des Gotteshauses zeigte so viel Anmut wie sein Äußeres: Eine schlichte, weitläufige Halle, alte dunkle Bänke, prächtige bunte Glasfenster mit biblischen Motiven im Chor. Majestätische Stille prägte das Bauwerk, nur der Lärm der vorbeirasenden Autos drang in den Innenraum.

Michaela König nahm in der hintersten Bankreihe Platz, tastete die Unterseite ab. Das Holz war rissig, erneut stachen sie kleine und größere Splitter. Sie unterdrückte die Schmerzen, prüfte die ganze Bank, lief nach vorne, tastete Reihe um Reihe ab. Sie roch das feine Aroma eines Wachspflegemittels, sah, wie sich Weidmann auf der anderen Seite des Mittelgangs in gebückter Haltung durch die Bänke schob. Je weiter sie sich vortastete, desto größer wurden ihre Schmerzen. Die Spreißel stachen feinen Messerspitzen gleich in ihre Finger, machten jede Bewegung zur Qual. Erschöpft blieb sie sitzen, zog ihre Hand hoch, untersuchte die Haut. Die große stämmige Gestalt unmittelbar neben sich bemerkte sie erst in dem Moment, als sie die Bankreihe wechseln wollte. Erschrocken starrte sie in das in einem dichten dunklen Bart auslaufende Gesicht des Mannes, spürte, wie ihr Herz auszusetzen drohte. Instinktiv begann sie laut zu schreien.

38. Kapitel

Steffen Braig hatte die Vermutung Neundorfs, die Verwicklung deutscher Soldaten in den Menschenhandel mit minderjährigen Frauen könne der Auslöser für die Ermordung der Journalisten sein, am späten Morgen Hofmann in einem ausführlichen Gespräch dargelegt. Bei einer Tasse *Earl Grey* waren sich beide allerdings einig gewesen, dass es sich bei dieser These lediglich um eine Vermutung, nicht aber um einen belegbaren Sachverhalt handelte. Der Oberstaatsanwalt unterstützte Braigs bisheriges Vorgehen ohne jeden Vorbehalt, bat ihn aber um äußerste Zurückhaltung, was die Veröffentlichung der jüngsten Hintergrund-Theorie anbetraf.

»Wir haben keinerlei Beweise für eine Beteiligung deutscher Soldaten in dieser Sache«, hatte Hofmann betont, »und bevor wir das nicht eindeutig belegen können, dürfen wir keinen falschen Verdacht in die Welt setzen.«

Braig war gerade vom Gespräch mit dem Oberstaatsanwalt in sein Büro zurückgekehrt, als Bernhard Söhnles Anruf durchgestellt wurde.

»Ich war gerade bei der Bank«, erklärte der Kriminalmeister, »Breidles Geld, du verstehst?«

Braig war sofort hellwach. »Logisch. Was hast du herausgefunden?«

»Ich muss dich enttäuschen.« Söhnles Stimme klang sachlich, ohne jede Emotion.

»Sie wissen nicht, wo es herstammt?«, fragte Braig aufgeregt.

»Doch. Ganz genau sogar.«

»Woher denn? Mach es nicht so spannend.«

»Völlig legal. Eine Erbschaft.«

»Erbschaft. Von wem?«

»Irgendeine steinreiche Witwe. Sie hatte keine näheren Verwandten, vermachte alles – bis auf einen kleinen Rest – ihm. 2 1/2 Millionen.«

Braig pfiff durch die Zähne. »Nicht schlecht. Davon lässt es sich gut leben.«

»Denke ich auch. Das Ganze ist übrigens schon fast zehn Jahre her. Breidle hat seither annähernd die Hälfte des Geldes verbraten. 1 Komma 4 Millionen sind noch übrig.«

»Wer erbt die?«

»Na, seine Frau, denke ich. So läuft das doch normalerweise, oder?«

»Es gibt keine regelmäßigen oder unregelmäßigen Einzahlungen auf sein Konto?«

»Außer den Honoraren für seine journalistische Tätigkeit, nein.«

Braig überlegte. »Vielleicht führt er weitere Konten bei anderen Banken.«

»Wir haben mehrere überprüft, fanden keinen Hinweis. Glaubst du wirklich, der hatte das noch nötig? Allein die Zinsen aus seinem Vermögen betragen zur Zeit 70.000 DM pro Jahr. Mir würde es reichen.«

Braig fühlte, dass Söhnles Argumente stichhaltig klangen, bedankte sich für den Anruf, überlegte, was die neue Erkenntnis für ihre Ermittlungen bedeutete.

Breidles großzügiger Lebensstil basierte offensichtlich auf der Existenz einer großzügigen, aber wie es schien, legalen Erbschaft. War das der Grund, warum der Journalist in Unterweltskreisen bisher – trotz seiner Recherchen, die sie in seinem Bett entdeckt hatten, – nicht erwähnt worden war?

Breidle hatte das Schicksal mehrerer junger Frauen aus Bulgarien und der Ukraine eruiert, so viel bewiesen die Unterlagen, auf die sie in Esslingen gestoßen waren. Niemand innerhalb der betroffenen Szene schien, das besagten jedenfalls ihre Razzien, davon zu wissen. Konnte es sein, dass er bisher – mit Ausnahme der betroffenen Frauen – mit niemand darüber gesprochen hatte?

Braig wischte mit dem Handrücken über die Stirn, spürte, wie seine Gedanken Karussell fuhren. Warum sollte jemand den Journalisten getötet haben, wenn niemand von seinen Recherchen wusste?

Katrin Neundorf stand in der Tür, räusperte sich laut.

Braig fuhr zusammen, betrachtete seine Kollegin.

»Du bist am Überlegen.«

Er winkte missmutig ab, lief zum Waschbecken, klatschte sich kaltes Wasser ins Gesicht. »Langsam wächst mir die Sache über den Kopf. Ich weiß nicht, ob es wirklich die Menschenhändler sind, die hinter der ganzen Sache stecken.«

»Dann ist es gut, dass ich jetzt wieder dabei bin«, erklärte sie. »Ich habe die drei Zeugen befragt, die von der jungen Frau in der Stuttgarter City um Hilfe gebeten wurden, ob sie die in der *tageszeitung* abgebildeten Typen erkennen.«

»Und? Was hast Du herausgefunden?«

Neundorf nickte. »Sie sind es. Eindeutig. Die Männer erinnerten sich vor allem an den Kerl mit dem Bart, identifizierten ihn sofort. Ohne Zweifel.«

»Das bedeutet?«

Neundorf wies auf die *tageszeitung*, die sie in der Hand hielt. »Ich habe mit der Redaktion telefoniert. Sie behaupten, diese Frau König würde völlig zu Unrecht von uns verdächtigt, wir sollten die Fahndung sofort aussetzen, damit sie endlich bei unseren Kollegen um Hilfe nachsuchen könne.«

»Und? Was meinst du?«

»Ich fürchte, die haben Recht. Die genaue Beschreibung der Verfolger durch die Frau scheint mir deutlich genug.«

»Wieso fanden wir dann Spuren der ermordeten Litsche auf ihrem Fahrzeug?«

Neundorf streckte ihre Hände nach beiden Seiten, zuckte mit der Schulter. »Frau König behauptet, es sei Manipulation. Wer sagt, dass sie ihr Auto selber fuhr?«

»Wo ist der Beweis für die Manipulation?«

»Ich weiß es nicht«, erklärte Neundorf, »keine Ahnung. Die ganze Angelegenheit scheint mir sehr verworren.«

»Mir geht es nicht anders.« Braig wischte sich das Gesicht trocken, trank ein Glas Wasser. »Und ich weiß bald auch keinen Weg mehr, Klarheit zu kriegen.«

»Du warst schon bei dieser Frau Breidle?«

Er schüttelte den Kopf. »Ich will jetzt zu ihr. Vielleicht stoße ich doch noch auf eine Verbindung zu den Menschenhändlern, die wir bisher nicht kennen.«

»Dann will ich dich nicht länger aufhalten.« Sie klopfte ihm aufmunternd auf den Rücken, verließ sein Büro.

Braig ging zum Telefon, läutete bei Frau Breidle an, fragte, ob er kurz vorbeikommen könne. Widerstrebend willigte sie ein.

Er lief zur *Nürnberger Straße,* nahm die S-Bahn nach Schorndorf. Den kurzen Weg durch die schmalen Gassen der Fußgängerzone kannte er noch vom vorherigen Mittwoch.

Er läutete bei *Möck,* stieg die Treppe ins erste Obergeschoss hoch.

Die Frau an der Tür war ihm unbekannt. »Frau Möck?« Er stellte sich vor, sah ihr Kopfnicken.

»Meine Schwester lässt sich entschuldigen. Sie liegt im Bett.«

Braig merkte, dass die Frau keine Anstalten unternahm, ihn in die Wohnung zu bitten, blieb hartnäckig. »Aber sie ist ansprechbar?«

Luise Möck verzog keine Miene. »Sie braucht Ruhe.«

»Es dauert nicht lange. In zehn Minuten bin ich wieder unterwegs.«

Widerstrebend gab die Frau die Tür zur Wohnung frei. Er legte seine Jacke ab, ließ sich zum Gästezimmer führen, in dem Ilka Breidle unter einer flauschigen Decke im Bett ruhte. Ihr Gesicht war dunkelrot angelaufen, Schweißperlen liefen ihr über die Stirn und von den Schläfen.

»Ich will nicht lange stören«, sagte Braig, nachdem er die Frau begrüßt hatte, sah sich nach einer Sitzgelegenheit im Raum um, weil er sich auf gleicher Höhe mit ihr unterhalten wollte.

Luise Möck unternahm keine Bemühung, ihm zu helfen, ließ ihn vor dem Bett stehen, verschwand dann aus dem Raum.

»Mir geht es nicht gut«, jammerte Ilka Breidle, »wissen Sie, morgen ist die Beerdigung und dann ...« Sie verstummte, legte ihren Kopf zurück.

»Ich will es kurz machen«, sagte er, wurde aber sofort von ihr unterbrochen.

»Er hat mich dermaßen erniedrigt, Herr Kommissar, verstehen Sie, er hat mich dermaßen erniedrigt.« Sie zog ein Taschentuch unter einer der Decken vor, wischte sich damit über die schweißnasse Stirn. »Ich wusste, dass er andere Frauen hatte, aber so etwas ...«

Braig wollte nicht länger aufrecht neben dem Bett stehen.

Er entschuldigte sich laut, lief zum Fenster, nahm einen der beiden Stühle. Ilka Breidle war nervlich angeschlagen, er durfte sie nicht lange strapazieren.

»Morgen ist die Beerdigung, aber was soll ich denn dort?«, fragte sie. »Ich war doch nur eine unter vielen.«

Braig nickte, versuchte, zu seinen Fragen zu kommen. »War Ihr Mann im Ausland?«, fragte er. »In Mazedonien oder im Kosovo?«

»Kosovo?« Sie wusste nicht, was sie antworten sollte. »Wo soll das sein?«

»In Jugoslawien«, antwortete er, »dort, wo der Krieg war.«

»Mein Mann«, jammerte sie, »mein Mann. Wieso reden Sie von meinem Mann?« Sie suchte nach dem Taschentuch, fand es nicht. »Wieso mein Mann? Er hatte doch so viele Frauen, er war doch nicht mein Mann.«

»War er im Kosovo?«, wiederholte er. »Irgendwann in den letzten Jahren?«

Ilka Breidle verstand nicht einmal seine Frage. »Wer war dort?«

»Ihr Mann. Als Journalist?«

Sie schüttelte den Kopf. »Er ist nicht im Ausland. Er ist tot. Morgen ist die Beerdigung.«

Braig spürte, dass er so nicht weiterkam. Er nahm Anlauf zu einem letzten Versuch, wurde von der Stimme an der Tür überrascht.

»Warum lassen Sie sie nicht in Ruhe? Sie sehen doch, dass sie nicht mehr kann!« Luise Möck hatte eine dunkle Weste angezogen, die ihre blonden Haare gut zur Geltung brachte.

Braig schätzte die Frau auf Anfang Fünfzig, wollte einer Konfrontation aus dem Weg gehen.

»Wir wissen nicht, ob Ihr Schwager Beziehungen zum Kosovo oder nach Mazedonien hatte. Wie wir die Sache beurteilen, könnte uns eine Antwort auf diese Frage aber helfen, seinen Mörder zu finden.«

Luise Möck schüttelte den Kopf, wies auf ihre Schwester. »Das hilft ihr jetzt auch nichts mehr. Der Kerl war ein Schwein. Er hat sie von Anfang an nach Strich und Faden betrogen. Ihr Leben ist ruiniert, sehen Sie das nicht?«

»Ich fürchte, Sie haben Recht. Aber ich muss dennoch versuchen, den Mörder Ihres Schwagers zu finden.«

»Warum haben Sie ihr das Zimmer in Esslingen gezeigt? War das wirklich nötig?«

»Sie hat Ihnen davon erzählt?«

»Schauen Sie sie doch an. Seit Samstag liegt sie so da. Seit Sie sie unbedingt in das Zimmer holen mussten.«

Braig wusste nicht, wie er reagieren sollte. Die Frau mochte Recht haben; letzte Woche hatte ihre Schwester einen wesentlich gefassteren Eindruck auf ihn gemacht, wann immer er sie gesehen bzw. mit ihr telefoniert hatte. War es allein das Zimmer, das sie so verwirrt, so in Mitleidenschaft gezogen hatte?

»Wir wussten nicht, dass es sie so treffen würde.«

Luise Möck ließ ein verächtliches Lachen hören. »Sie wussten es nicht?« Sie schüttelte den Kopf. »Sie sind wirklich gut. Haben Sie von Psychologie so wenig Ahnung? Sie führen die Frau in diese Liebeslaube, zeigen ihr die himmelblauen Tapeten, den großen Spiegel und das plüschige Doppelbett und wundern sich ernsthaft, dass sie nicht ausflippt? Und dann lassen Sie zu, dass sie die übrige Einrichtung dieses Rammel-Appartements in Augenschein nimmt, die wunderschöne, von einem Bogen gekrönte Tür, die kleine Einbauküche für das Mahl danach, die Dusche zum Abwaschen aller ausgetauschten Flüssigkeiten und die dicken, in mehreren Lagen aufeinandergetürmten Teppiche für den Fall, dass es vor lauter Eile nicht mehr ins Bett reicht?« Sie stampfte vor Wut mit dem Fuß auf den Boden. »Aber jetzt wundern Sie sich, wie?«

Braig sah die von Hass verzerrte Miene der Frau, spürte, wie es in seinem Kopf arbeitete. War es möglich, dass ...?

Er blieb ruhig auf dem Stuhl sitzen, fixierte ihr Gesicht. »Sie scheinen das Zimmer in Esslingen gut zu kennen«, sagte er. »Darf ich fragen, woher?«

Luise Möck kämpfte mit sich selbst, hatte Mühe, sich zurückzuhalten. »Meine Schwester hat es mir ausführlich genug beschrieben«, geiferte sie, »seit Sie so freundlich waren, Ilka dorthin zu bringen.«

Hass, es war der reine Hass.

Braig wandte sich von ihr ab, streckte ihr den Rücken zu, wartete, bis sie den Raum verlassen hatte. Dann zog er sein Handy vor, läutete bei Frau Eisemann an, fragte, ob sie für einen kurzen Ausflug Zeit fände, gab nach ihrer Zustimmung im Amt Bescheid. Kriminalmeister Stöhr notierte sich die beiden Adressen, sagte zu, sofort einen Kollegen vorbeizuschicken.

Ilka Breidle lag unter der flauschigen Decke, schien zu schlafen. Braig wartete, ließ sie in Ruhe. Er hörte, wie in einem anderen Raum der Wohnung Schranktüren zuschlugen, dann trat Luise Möck wieder ins Zimmer.

»Was wollen Sie von ihr wissen?«, fragte sie. Ihre Stimme klang nicht weniger barsch als wenige Minuten vorher.

»Wir suchen nach Verbindungen ihres Schwagers zum Kosovo oder nach Mazedonien. Wissen Sie, ob er dort war?«

Die Antwort kam auf der Stelle. »Was sollte er dort? Kosovo, Mazedonien? Sie meinen den Krieg, oder?«

Braig nickte.

»Er war nicht dort. Ganz sicher nicht«, erklärte sie. »Dazu war er viel zu feige.«

»Er war Journalist.«

»Journalist?« Luise Möck lachte laut. »Er war geil, feige und verlogen. Sonst nichts.«

»Ich sprach von seinem Beruf.«

»Beruf, ach was. Frauen ausnehmen, das war sein Beruf. Das einzige, was er beherrschte. Die einen im Bett, die anderen im Sterben.«

Braig horchte auf. »Im Sterben?«

»Sein Geld. Die Erbschaft. Sie wissen nichts davon?«

Er nickte. »Doch. Fast drei Millionen.«

»Genau. Die Herkunft ist Ihnen bekannt?«

»Er hat es geerbt. Sie erwähnten es selbst.«

»Geerbt.« Luise Möck zischte durch die Zähne. »Er hatte das Glück, dass eine der Frauen, die er damals neben meiner Schwester vögelte, ziemlich schnell an Krebs starb. Weil er von ihrem Geld wusste, betreute«, sie sprach das Wort in deutlich abfälligem Ton, »sie der Herr besonders intensiv. So durchgevögelt wie in den letzten Monaten ihres Lebens wurde sie zuvor garantiert nie.« Der reine Hass sprach aus ihr.

»Sie sind sehr zynisch.«

»Zynisch? Sie haben Humor. Mein Herr Schwager verdient Millionen, indem er sich sogar noch mit Schwerkranken im Bett vergnügt und meine Schwester glaubt derweil, er sei schwer beschäftigt als Journalist unterwegs. Hans Breidle war der Zynismus in Person, – nicht meine Worte.«

»Ihre Schwester wusste nichts von seinen Eskapaden?«

Luise Möck schüttelte den Kopf. »Sie war so dumm, wie nur verliebte Frauen sein können, glaubte dem Kerl alles aufs Wort. Der wusste genau, was er vorbringen musste, wenn sie ihn tagelang vor lauter Weiberaffären nicht mehr zu Gesicht bekommen hatte. Um Ausreden war Breidle nie verlegen. Der erfand die schönsten Schauermärchen, um sich rein zu waschen. Und Ilka war so naiv, ihm wieder Glauben zu schenken und sich weiter an der Nase herumführen zu lassen. Ich weiß nicht, woher es kommt, dass es Männer mit manchen Frauen so leicht haben. Liegt es doch an den Genen? So erzogen wurden wir eigentlich nicht, Sie sehen es an mir.«

Ihre Schwester bewegte sich im Bett unruhig hin und her, schien aus ihrem Dämmerschlaf zu erwachen.

»Ich verstehe es bis heute nicht, wieso sie es ihm so leicht gemacht hat.«

»Sie wissen genau, dass er nicht im Kosovo oder Mazedonien war?«

Luise Möck warf ihm einen vernichtenden Blick zu. » Ich weiß natürlich nicht, wo er sich überall herumgetrieben hat, um immer neue Frauen aufzureißen. Aber beruflich, wie Sie es vorhin erwähnten, als Journalist, war er garantiert nicht dort.«

»Sie halten nicht viel von seinen beruflichen Fähigkeiten?«

Ilka Breidle hatte sich zur Seite gedreht, betrachtete Braig mit weit aufgerissenen Augen. »Sie, Herr Kommissar?«

Braig zuckte mit der Schulter, kam nicht dazu, ihr zu antworten.

»Außer im Bett und im Betören von Frauen hatte der Mann keine Fähigkeiten«, erklärte Luise Möck mit harter Stimme.

Er wusste nicht, ob Ilka Breidle verstand, was ihre

Schwester hier verlautbarte.

»Blödsinniges Gestammel im Radio, dämliches hohles Geschwätz ins Mikrofon, das ist alles, was er journalistisch draufhatte«, fuhr Luise Möck fort. »Sie hätten es sich anhören sollen, dann wüssten Sie Bescheid.«

Braig stimmte ihr insgeheim zu, gab aber nicht zu erkennen, dass er Auszüge aus Cools Sendungen gehört hatte. Er schwieg, ließ die Frau weiterreden.

»In ein Kriegsgebiet zu reisen, hätte er nie gewagt. Dazu war er viel zu feige. Wozu auch? Seit der Riesen-Erbschaft hatte der Herr Schwager solche anstrengenden Touren sowieso nicht mehr nötig.«

»Vielleicht war er im Urlaub dort.«

»Im Kosovo?« Luise Möck schüttelte energisch den Kopf. »Nein. Wirklich nicht.«

»In Jugoslawien.«

»Sie täuschen sich. Er hatte sein Stammhotel in Spanien. Genauer gesagt in Benidorm. Sie fuhren jedes Jahr ...« Die Wohnungsglocke läutete, ließ sie erstaunt aufsehen. »Erwarten Sie jemand?«

Braig nickte. »Eventuell. Ein Kollege.«

Sie verließ den Raum, lief zur Wohnungstür. Braig hörte, wie sie öffnete, dann von einer ihm unbekannten Frau angesprochen wurde. Er erhob sich von seinem Stuhl, lauschte an der offenen Tür.

Plötzlich war die Stimme Frau Eisemanns deutlich zu vernehmen. »Die isch es, sag i Ihne, die isch es!«

Braig eilte durch die Diele, sah Frau Möck im heftigen Disput mit einer ihm fremden, wie er urteilte, auffallend hübschen jungen Frau, einen Schritt dahinter Bertha Eisemann.

»Ich verstehe nicht, was Sie hier wollen«, erklärte Luise Möck mit energischer Stimme, den beiden Frauen den Eintritt breitbeinig verwehrend.

Braig schob sich neben sie, wurde von Bertha Eisemann sofort in Beschlag genommen. »Herr Kommissar, die isch es, i sags Ihne, so wahr i hier stand, die hat den Streit mit dem Breidle ausgfochte!« Sie zeigte mit hoch erhobener Hand auf die Wohnungsinhaberin, wirkte äußerst aufgeregt. »Und wie die mit dem grauft hat, Sie glaubets net!«

Luise Möck stand hoch aufgerichtet neben ihm, betrachtete die nervöse Frau im Treppenhaus mit abschätzigen Blicken. »Von wem sprechen Sie?«

»Von Ihne! Sie warets, des woiß i genau!«

Steffen Braig versuchte zu vermitteln, bat Frau Möck um Erlaubnis, die beiden Besucherinnen in die Wohnung zu führen. Er gab der Begleiterin Frau Eisemanns, die sich als Ann-Katrin Räuber vorstellte, die Hand, fand keine Zeit, die bildhübsche junge Beamtin genauer anzusehen. Irgendwann hatte er ihre Stimme schon einmal gehört.

Luise Möck leistete nicht länger Widerstand. Sie bot ihnen im Wohnzimmer Platz an, spürte, dass sie Frau Eisemanns vehementen Beschuldigungen auf Dauer nicht ausweichen konnte. »Na und? Hatten Sie noch nie Streit?«

»Sie waren also in Esslingen in seinem Appartement?«, fragte Braig.

»Ist es verboten?«

»Natürlich nicht. Aber wir ermitteln in einem Mordfall.«

»Die hätt ihn beinahe noch im Treppehaus erschlage«, mischte sich Bertha Eisemann ins Gespräch, »richtig gewalttätig war die.«

»Schau an, schau an. Sie waren wohl direkt mit dabei, wie?« Luise Möcks Stimme klang spöttisch, voller Hohn. Sie stand hoch aufgerichtet vor den anderen, warf Bertha Eisemann einen abschätzigen Blick zu.

»Jawohl, genau des. I han hinter der Tür glauert und alles mitkriegt. Alles! Und als i die Tür aufgmacht und durch den Spalt guckt han, waret sie auf der Trepp, koine drei Meter von mir entfernt. Sie, genau Sie!«

»Von Neugier zerfressen. Die ekelhafte Klatsche von nebenan.« Luise Möcks Seitenhieb saß, verschaffte ihr für einen Moment Ruhe.

»Sie waren also dort«, sagte Braig. »Vor zwei Wochen etwa. Darf ich wissen, warum?«

»Ich glaube nicht, dass das Sie interessiert.«

»Sie täuschen sich. In einem Mordfall spielen auch scheinbar weniger wichtige Dinge eine Rolle.«

»Nicht vor Publikum.«

»Gut. Dann gehen wir nach draußen. In die Küche?« Braig blickte Frau Möck fragend an, erhob sich von seinem Platz.

Sie nickte mit mürrischer Miene, lief widerstrebend vor ihm her. Die Küche wirkte neuwertig; helles Holz, wohl Erle, mit schlanken, im selben Ton gehaltenen Griffen, als Einbaumobiliar, dazu ein schmaler Tisch mit zwei Stühlen.

»Wollen Sie mich jetzt verhören?« Luise Möck zeigte auf die Stühle, setzte sich.

»Warum waren Sie in Esslingen? Weshalb stritten Sie so heftig miteinander?« Braig nahm ihr gegenüber Platz, schob einen kleinen Blumenstrauß zur Seite, um seine Gesprächspartnerin besser beobachten zu können.

»Er wollte sich scheiden lassen. Das Schwein wollte sich davon machen.«

»Und?« Braig verstand nicht, was sie daran so aufregte. »Sie erzählen mir doch die ganze Zeit, dass er ihre Schwester laufend betrog. Wäre eine Scheidung nicht die richtige Konsequenz?«

»Sie begreifen wohl überhaupt nichts, wie?«

»Nein. Hatte Ihre Schwester Angst, er würde zu wenig zahlen? Es gibt gesetzliche Regelungen ...«

»Meine Schwester weiß nichts davon. Sie wäre kollabiert, hätte er es ihr eröffnet. Der Kerl ist übergeschnappt, hat die Bodenhaftung völlig verloren, seit er bei diesem dämlichen Sender so viel Erfolg hat. Mein Gott, die jungen Dinger rannten ihm hinterher, wurden hysterisch, sobald sie ihn nur erblickten. Jack Cool, der coole Moderator.« Luise Möck spitzte die Lippen, gab ihren Worten einen hämischen Beiklang, der ihren Hass unüberhörbar machte. »Er ließ sich von seinen Teenies verehren und vögelte derweil minderjährige Nutten aus dem Osten. Und jetzt wollte er Ilka sitzen lassen.«

Braig, der immer noch nicht begreifen wollte, wieso eine Scheidung angesichts des Verhaltens des Mannes keine vernünftige Lösung sein sollte, zeigte auf sein Gegenüber. »Breidle wollte sich scheiden lassen. Ihre Schwester weiß nichts davon. Ich verstehe nicht, wie ausgerechnet Sie davon erfuhren. Schließlich wollte er sich nicht von Ihnen, sondern von Ihrer Schwester ...«

Luise Möck warf ihm einen mitleidigen Blick zu, unterbrach ihn mitten im Satz. »Ich stellte ihn zur Rede, weil meine Schwester nichts, aber auch gar nichts kapiert. Sie wird von dem Kerl seit Jahren nur ausgenützt und betrogen, so jämmerlich betrogen, wie Sie es sich gar nicht vorstellen können, aber dennoch hängt sie immer noch an ihm. Wissen Sie überhaupt, was das heißt? Dieses Schwein vögelte seit Jahren alles, was er irgendwie flachlegen konnte, junge, blutjunge Dinger, reife, erfahrene Frauen, alles, was ihm in die Nähe kam und meine dumme, naive Schwester verzieh ihm alles, wenn er ihr einen Bruchteil davon beichtete, sie verzieh ihm alles, fiel jedes Mal wieder auf seine dreisten, betörenden Sprüche rein, hing an dem Kerl und saß Abend für Abend daheim und wartete darauf, dass er sich irgendwann mal wieder bei ihr blicken ließ. Sie liebt ihn immer noch, nach all diesen Jahren. Können Sie sich das wirklich vorstellen?«

Braig schwieg einen Moment, spürte die Aggressivität, die Wut, den Hass, der aus ihren Augen sprach.

»Und deshalb haben Sie diesem Treiben jetzt ein für allemal ein Ende gesetzt«, sagte er dann langsam, Wort für Wort deutlich betonend.

Luise Möck verfiel in einen ruhigen, sachlichen Ton. »Eine Scheidung hätte sie umgebracht. Nein, nicht erst die Scheidung. Schon allein die Ankündigung. Sie hätte es nicht überlebt. Ilka liebt den Kerl tatsächlich immer noch. Sie glauben es nicht, aber sie hängt immer noch an ihm. Die Scheidung hätte ihr das Genick gebrochen. Endgültig. Hätten Sie mit ansehen wollen, wie Ihre Schwester dieser Bestie wegen vollends vor die Hunde geht? Weshalb gibt es solche Menschen?«

39. Kapitel

Michaela Königs Schreien schallte ohrenbetäubend laut durch die Esslinger Frauenkirche, zerschnitt die majestätische Stille des gotischen Bauwerks. Sie sah das Gesicht des Mannes über sich, den dichten dunklen Bart, begriff nur langsam, wie in Zeitlupe, dass es sich nicht um den bärtigen Verbrecher, sondern einen fremden, ihr unbekannten Mann handelte. Zitternd vor Schreck ließ sie sich in die Bank zurückfallen, versuchte, sich zu beruhigen. Ihr Herz hämmerte, der Puls jagte.

Der Fremde starrte sie aus dunklen Augen an, strich mit der Hand über seinen Bart. »Ich wollte Sie nicht erschrecken«, entschuldigte er sich verlegen, »um Gottes willen, das war wirklich nicht meine Absicht. Ich hatte keine Ahnung, dass ich Sie so beunruhige.«

Klaus Weidmann hatte die Bank, die er gerade untersuchte, verlassen, war zu ihnen geeilt.

»Ich bin Kirchengemeinderat und wollte nach dem Rechten sehen, weil ich heute Urlaub habe. Und da war es mir, als suchten Sie etwas. Danach wollte ich Sie fragen, sonst nichts.«

Der Mann fühlte sich sichtbar unwohl in seiner Haut, hatte ein schlechtes Gewissen, weil er sie so überrascht hatte.

Michaela König benötigte ein paar Minuten, den ärgsten Schock zu überwinden, kauerte abgeschlafft in der Bank. Sie hatte den Bärtigen vor sich gesehen, seine grimmige Miene, das breite Gesicht, hatte innerhalb eines Sekundenbruchteils begriffen, dass es vorbei war, dass *sie* es geschafft hatten, sie aufzuspüren, trotz all ihrer Versuche, trotz aller Bemühungen, inkognito zu bleiben. Der Alptraum war wieder gekommen, hatte erneut von ihr Besitz ergriffen, sie unentrinnbar in seine Gewalt gebracht.

Sie saß in der Bank, dämmerte vor sich hin, kam erst langsam wieder zu sich. Weidmann stand ein paar Meter entfernt, unterhielt sich angeregt mit einem fremden Mann, der ihr den Rücken zuwandte. Sie hörte, dass sie über Kirchen sprachen, Gebäude mit besonderem Baustil, begriff endlich, dass sie sich getäuscht, zum Glück einem Irrtum zum Opfer gefallen war. Der Mann drehte sich um, warf ihr einen freundlichen Blick zu, nickte, verabschiedete sich von ihnen. Er hatte nicht die geringste Ähnlichkeit mit dem Verbrecher, den sie in ihm vermutet hatte.

Weidmann kam zu ihr, setzte sich in die Bank. »Geht es besser?«

Michaela König nickte. »Tut mir Leid. Ich dachte im ersten Moment ...«

»Ich weiß. Sein Bart.« Er drehte sich zur Seite, betrachtete die von der Sonne hellerleuchteten bunten Glasfenster, die verschiedene Szenen aus dem Leben Jesu darstellten.

»Ich glaubte schon, alles sei vorbei.«

Weidmann legte ihr die Hand auf die Schulter, versuchte, sie zu beruhigen. »Er hat sich mehrfach entschuldigt. Ein dummer Zufall. Aber wir haben es bald geschafft.« Er lächelte ihr aufmunternd zu, merkte, dass er damit wenig Erfolg hatte. »Ich habe mich mit ihm über außergewöhnliche Kirchengebäude im Raum Stuttgart unterhalten. Der Mann ist Architekt, er kennt sich aus.«

Sie atmete tief durch, richtete sich auf. »Sie meinen, wo Verena die Diskette versteckt haben kann?«

»Genau. Er hat mir mehrere Kirchen empfohlen. Ich glaube, ich weiß jetzt, wo es sich nachzuschauen lohnt.«

Weidmann blieb noch einige Minuten bei ihr sitzen, erhob sich dann, suchte die restlichen Bänke ab. Vergeblich, von einer Diskette oder anderem Material keine Spur.

Dreißig Minuten später verließen sie das Gotteshaus, aßen auf dem Weg zum Bahnhof in einem Lokal eine warme Mahlzeit. Weidmann erzählte seiner Begleiterin von den Ausführungen des Architekten, einigte sich mit ihr darauf, zuerst nach Herrenberg an den Südrand der Region zu fahren.

Die Stiftskirche auf dem Bergsporn über der Stadt am Rand des Gäus war vom Zug aus schon lange vor dem Erreichen der ersten Häuser gut zu erkennen. Majestätisch überragte das gewaltige Bauwerk die von engen Gassen durchzogene, von frisch restaurierten Fachwerkhäusern geprägte Altstadt. Vom Bahnhof keine zehn Minuten entfernt, bot der Platz vor der Kirche einen prächtigen Rundblick hin zu den Bergen des Schwarzwalds, die sich nur wenige Kilometer entfernt in die Höhe schoben.

»Was für Herrenberg spricht, ist die Nähe zu Tübingen«, meinte Weidmann, als sie das Gotteshaus betraten, »die Stiftskirche liegt nahe am Bahnhof und ist aufgrund ihrer exponierten Lage nicht zu übersehen. Ich schätze, wir haben Glück.«

Keine Minute später war seine Hoffnung in pure Enttäuschung umgeschlagen.

Die Kirche zeigte zwar einen beeindruckend hellen, von einer virtuos gemeißelten Steinkanzel und filigran geschnitztem Chorgestühl gekrönten gotischen Innenraum, wies jedoch keine Bänke, sondern einfache, mit einem Korbgeflechtboden ausgestattete Stühle auf. Sie brauchten sich nicht weiter bemühen, als Versteck war das Mobiliar völlig ungeeignet. Frustriert kehrten sie der Kirche nach wenigen Minuten den Rücken. Auch das kunstfertige Chorgestühl hatte Litsche nicht genutzt; Weidmann war trotz unzähliger Besucher des Gotteshauses nach vorne geeilt und hatte das Holz untersucht.

»Was jetzt?«, fragte Michaela König, als sie um eine Enttäuschung reicher wieder in die mittelalterlich anmutenden Altstadtgassen rund um die Herrenberger Stiftskirche eintauchten. »Haben Sie den Glauben an das Schatzsucherspiel noch nicht verloren?«

Die rettende Idee kam ihnen erst gegen Abend, als sie noch die als Vesperkirche genutzte Stuttgarter St.Leonhardskirche, die Winter für Winter zur Armenspeisung und als kostenlose ambulante Krankenstation benutzt wurde, sowie die am Feuersee in der Stuttgarter Innenstadt gelegene Johanneskirche untersucht hatten.

»Welchen Fehler haben wir begangen? Was haben wir übersehen?«

Michaela König sah die zweifelnde Miene des Journalisten. Sie standen am Ufer des Feuersees, genau über der gleichnamigen S-Bahn-Station, starrten auf die Kirche, die auf einer schmalen Halbinsel ins Wasser ragte.

»Sie halten meine Idee vom Schatzsucherspiel für falsch?«

Weidmann reagierte nicht.

»Verena hat den Ausdruck selbst benutzt, ich erinnere mich genau.«

Ich habe zwei Kopien. Auf Diskette. Eine habe ich weitergegeben, die andere liegt seit heute Morgen in einem Safe. Du erinnerst noch das Schatzsucherspiel ...

Michaela König hatte die Worte ihrer Freundin aus dem *Ammerschlag* genau im Ohr.

Die andere liegt seit heute Morgen in einem Safe.

Plötzlich glaubte sie zu verstehen, wo der Fehler lag. »Was wir falsch gemacht haben?« Sie starrte ins Wasser des Sees, sah, wie die Lichter der Straßenbeleuchtung, die vor wenigen Minuten angegangen waren, sich in ihm spiegelten. »Ich glaube, ich weiß es.«

Klaus Weidmann sah müde zu ihr hinüber.

»An dem Tag, als sie mir im *Ammerschlag* davon erzählte, war sie morgens in Winnenden, um Nuhr, Ihren Kollegen zu treffen. *Sie liegt seit heute Morgen in einem Safe,* berichtete sie mir abends. *Seit heute Morgen.* Verstehen Sie, was ich meine?«

Der Journalist wurde langsam wieder wach, betrachtete sie interessiert.

»*Seit heute Morgen,* sagte sie.«

Michaela König spürte förmlich, wie es in dem Mann arbeitete. Weidmann richtete sich auf, nickte mit dem Kopf. »Der Architekt in der Esslinger Frauenkirche, mit dem ich über Gotteshäuser mit besonderem Baustil sprach, empfahl mir die Schlosskirche in Winnenden. Könnte es das sein?«

»Genau«, stimmte sie ihm zu, »Verena fuhr morgens von Tübingen nach Winnenden, um sich dort mit Nuhr zu treffen. Bevor es zu dem Kontakt kam, verwahrte sie die Diskette im Safe. Sie hatte panische Angst davor, Verbindung mit Journalisten aufzunehmen, weil sie davor gewarnt worden war, deshalb wollte sie sichergehen. Sie deponierte das Material in der Kirche dort weitab von Tübingen. Die Schlosskirche in Winnenden ist ihr Safe.«

40. Kapitel

Kurz vor vier Uhr an diesem Nachmittag hatte Luise Möck ihr Geständnis, ihren Schwager Hans Breidle mit dessen Fahrzeug bewusst überfahren und getötet zu haben, unterschrieben. Der Entschluss des Mannes, die Scheidung einzureichen, der ihr bei einer der vielen Auseinandersetzungen, die sie meist in Abwesenheit ihrer Schwester mit ihm ausgefochten hatte, bekannt geworden war, hatte sie zu dieser Verzweiflungstat getrieben. Diese Absicht wirkte auf sie wie der Funke in einem Pulverfass, hatte sie Braig abschließend erklärt.

»Ich konnte einfach nicht mehr länger mit ansehen, wie völlig gleichgültig der Kerl mit dem Leben meiner Schwester spielte. Sie hätte es nicht überlebt«, war Luise Möck überzeugt, »eine Scheidung hätte ihr das Genick gebrochen.«

»Und so glaubten Sie, es wäre besser, wenn dasselbe mit ihm geschehe«, hatte der Kommissar erwidert.

Luise Möcks Blick war deutlich genug ausgefallen, sie hätte sich ihre Worte sparen können. »Ich hasste das Schwein. Sie können sich nicht vorstellen, wie. Und auch wenn mich das zusätzliche Jahre kostet, sage ich es Ihnen: Ich habe es gern getan. Ich bereue nichts. Überhaupt nichts.«

Sie hatte ihren Schwager darum gebeten, ein Stück mit seinem Wagen fahren zu dürfen, war dann, nach der beiläufigen Erwähnung, dass er die Scheidung einreichen wolle, auf die Idee verfallen, den Aufprall eines kleinen Steines auf die Vorderfront des Fahrzeugs zu behaupten, weil sie um seine neurotische Besorgnis um das Wohlergehen des Autos wusste. Er hatte ihr sofort befohlen anzuhalten, um den angeblichen Schaden zu begutachten, war ausgestiegen, hatte die gesamte Karosserie des Wagens sorgsam abgetastet.

»Sie hätten es sehen sollen«, hatte sie voller Hass erklärt, »seine traurigen Augen, seinen sorgenvollen Blick. Die gesamten zweiundzwanzig Jahre, die er mit Ilka verheiratet war, hatte er nicht so viel Zuneigung und Zärtlichkeit aufgebracht wie in diesen paar Minuten, als er vor seiner Karre stand und behutsam über das Blech fuhr. Der hatte fast glasige Augen, als er eine winzige Delle auf seinem Heiligtum spürte. Dass ihm die Tränen nicht in Strömen herunterliefen, wundert mich heute noch. Glauben Sie, das ließ mich kalt? Ilka und deren Gefühle behandelte er wie den letzten Dreck, aber hier, bei diesem leblosen Blech geriet er in eine Erregung, die fast krankhaft war. Sie sollten meine Schwester fragen, wie sehr sie unter seiner Ignoranz ihr gegenüber litt. Ich musste das Pedal durchtreten, es ging nicht anders, verstehen Sie?«

Ann-Katrin Räuber, die junge Kriminalmeisterin, die Braig mit Frau Möck nach Stuttgart zurückbrachte, hatten die Worte der Frau nicht kalt gelassen. »Ich habe den Mann nicht gekannt, wahrscheinlich zu meinem großen Glück. Aber ich glaube, ich kann das Verhalten der Frau ein Stück weit nachvollziehen. Auch wenn mich ihr Hass erschreckt.«

Braig hatte die hübsche Beamtin verwundert betrachtet, fühlte sich angerührt von ihrem Anblick, ihrer warmherzigen Stimme, ihrem Charme. Er schätzte sie auf Mitte Zwanzig, hatte von ihr erfahren, dass sie erst seit wenigen Wochen von der Waiblinger Polizeidirektion zum LKA gewechselt war und hier jetzt verschiedenen Abteilungen zugeordnet wurde, um die Arbeit innerhalb des Amtes kennen zu lernen. Bis zum Wochenende war sie in der Grafik-Abteilung um Daniel Schiek tätig gewesen, hatte dabei, wie sie ihm erzählte, kurz mit ihm telefoniert.

Braig erinnerte sich sofort wieder daran. »Die angenehme Stimme«, sagte er, »vom Inhalt des Gesprächs habe ich leider keine Ahnung mehr, nur von dem bezaubernden Tonfall.«

Ann-Katrin Räuber reagierte auf das Kompliment keineswegs verlegen, hatte derlei Lob offensichtlich schon oft gehört. Braig spielte mit dem Gedanken, die junge Kollegin zum Essen einzuladen, wurde aber durch einen Anruf daran gehindert.

»Wir haben eine Massenkarambolage auf der Bundesstraße 27 bei Möhringen mit mehreren Toten und Verletzten. Die Kollegen benötigen dringend Verstärkung. Frau Räuber, würden Sie bitte sofort kommen?«

Achselzuckend nahm Braig die Anordnung zur Kenntnis, gab der Beamtin sein Bedauern über ihren Einsatz zu verstehen.

Er lief zum Waschbecken, füllte sich ein Glas Wasser, zog

das letzte Brötchen aus der Tüte, die er unterwegs anstelle eines Mittagessens erstanden hatte.

Das Geständnis Luise Möcks hatte sein gesamtes Konzept, das er sich zur Lösung der komplizierten Mordserie zurechtgelegt hatte, drastisch verändert. Wenn Breidle, wie es sich jetzt eindeutig ergeben hatte, aus persönlichen Gründen getötet worden war, fiel sein Ableben damit aus dem Zusammenhang. Nicht nur für die Suche nach den Hintermännern der Morde mussten sie sich damit anders orientieren, auch die Frage nach den Motiven der Täter musste völlig neu aufgerollt werden. Den Handel mit minderjährigen Frauen anlässlich der Stationierung der Kfor-Soldaten im Kosovo und Mazedonien noch länger als Ursache der Morde an Nuhr und Gänsmantel, vielleicht auch an Litsche zu betrachten, fiel somit vollkommen flach – sie hatten die Recherchen zu diesem Problem schließlich im Schlafzimmer Hans Breidles entdeckt. Was immer es war, das Verena Litsche aufgespürt, untersucht und jetzt zu veröffentlichen geplant hatte, mit Breidles Aufzeichnungen hatte die Sache wohl nichts zu tun; es gab keinerlei Zusammenhänge zwischen dem Rundfunkmoderator und den anderen getöteten Personen. Was aber war der Inhalt der Recherchen der Tübinger Journalistin?

Steffen Braig lehnte am Waschbecken, schaute aus dem Fenster seines Büros auf die umliegenden Hänge. Sie wussten nichts, überhaupt nichts, waren soweit wie am Anfang ihrer Untersuchungen. Harry Nuhr war getötet worden, weil er in der *tageszeitung* die Ergebnisse einer Untersuchung Litsches veröffentlichen wollte, so seine Spekulation. Wer hatte Hasim Foca, den Mörder, bezahlt? Was sollte vertuscht, unbedingt vor den Augen der Öffentlichkeit verborgen werden?

Braig kaute an seinem Brötchen, spürte seinen müden Kopf. Zwanzig vor Fünf, bald siebzehn Uhr. Er beschloss, für heute Schluss zu machen und nach Hause zu gehen, um sich zu erholen und mit seiner Mutter zu telefonieren. Als er sich umdrehte, stand Neundorf in der Tür.

»Du siehst müde aus. Willst du nicht gehen?«

Braig nickte.

»Immerhin hast du heute großen Erfolg gehabt. Herzlichen Glückwunsch!«

»Danke! Du hast dich wieder etwas eingelebt?«

Neundorf nickte, zeigte auf die Akten, die sie in der Hand hielt. »Ich habe den ganzen Mittag eure Aufschriebe studiert, verstehe jetzt erst die Zusammenhänge. Eines aber blieb mir unbegreiflich. Was sind das für Fotos, mit denen der Minister fertig gemacht werden sollte?«

»Eine widerliche Sache. Die sind alle gefälscht. Zum Glück haben wir Schiek. Daniel hat die Manipulationen in Wiesbaden beim BKA entdeckt. Du willst sie sehen?«

»Du hast sie unter Verschluss?«

Braig nickte. »Das sind Granaten. Der Minister muss böse Feinde haben.« Er lief zu seinem Aktenschrank, kramte im unteren Teil, zog dann ein Couvert heraus und reichte es seiner Kollegin.

Neundorf pfiff laut durch die Zähne, als sie die Bilder sah. »Das ist wirklich übel. So was hat nur das ekelhafteste Aas verdient. Kinderschänder.« Sie betrachtete Szene für Szene, schüttelte den Kopf. »Ihr wisst, wer das fotografiert hat?«

»Leider nicht. Daniel meinte, die Bilder seien echt, nur das Gesicht des Fahrers wurde vertauscht. Mit den Geräten des BKA konnten sie es beweisen. Die Aufnahmen stammen aus dem Osten. Irgendwo in Polen oder so.«

»Polen?« Neundorf betrachtete ihn kritisch, schaute dann wieder auf die Bilder. »Eine Lupe. Hast Du eine?«

Braig kramte in seiner Schublade, reichte sie ihr.

Neundorf sah alle Bilder durch, zog eines aus dem Stapel, legte es auf den Schreibtisch, betrachtete es ausführlich mit der Lupe. Stutzte und holte tief Luft.

»Das ist nicht Polen«, sagte sie dann.

»Daniel hat es untersucht. Straßenverhältnisse, Hausfassaden ...«

»Das ist Cheb«, erklärte sie, nahm ein anderes Foto, untersuchte es mit der Lupe. »Cheb in Tschechien.«

»Du bist Dir sicher?«

»Klar. Ich war selbst dort. Vor einem dreiviertel Jahr etwa. Genau hier.« Sie deutete auf den Vordergrund, nickte mit dem

Kopf. »Ja, genau hier. Ich bin mir absolut sicher.«

»Du kennst die Straße?«

»Ja«, sagte sie, »und wenn mich nicht alles täuscht, der Ort, die Art der Aufnahmen, ihre Gestaltung und so, dann weiß ich leider auch, wer sie fotografiert hat.«

»Wer?« Braig starrte sie sprachlos an.

»Nicht unbedingt, aber *sie* könnte es sein.«

Er legte ihr bewundernd die Hand auf die Schulter. »Wer? Sie? – Ich glaube, es ist gut, dass du wieder bei uns bist.«

Neundorf seufzte laut. »Oder auch nicht. Wenn sie die Bilder wirklich aufgenommen und gefälscht hat, finde ich das gar nicht gut.«

»Du kennst sie persönlich?«

Die Kommissarin nickte. »Ich glaube, ja. Aber diese Fälschungen hätte ich ihr nicht zugetraut.«

»Vielleicht war das jemand anderes.«

»Wollen wir es hoffen.«

»Du wirst versuchen, *sie* zu erreichen?«

»Ich bin schon dabei.« Neundorf nahm die Fotos, steckte sie in das Couvert, lief aus dem Zimmer.

41. Kapitel

Kurz bevor der Zug Winnenden erreichte, fiel es Weidmann siedend heiß ein. Sie hatten in Waiblingen ein Hotel gesucht, es in unmittelbarer Nähe des Bahnhofs gefunden und dort übernachtet.

»Ich will Ihnen keine unnötige Angst machen, wirklich nicht. Aber wenn ich irgendwo damit rechnen würde, dass man uns doch noch verfolgt, dann in Winnenden. Schließlich wissen sie genauso gut wie wir, dass Frau Litsche zuletzt hier war. Vielleicht spekulieren die darauf, dass sie ihr Material irgendwo in dieser Stadt versteckt hat und warten nur auf uns, damit wir sie an Ort und Stelle führen.«

Er sah, wie sie erbleichte, biss sich vor Wut auf die Zunge, weil er seinen Verdacht laut ausformuliert hatte. Reden ist

Silber, Schweigen ist Gold.

Aber war es nicht besser so? Vier Augen sehen besser als zwei, überlegte er. Sie mussten wachsam sein, sich nach allen Seiten umschauen.

Die Schlosskirche lag etwa zehn Minuten vom Bahnhof entfernt, umgeben vom Grün des Schlossparks. Sie hatten Glück, trafen den Mesner am Eingang des Gotteshauses an, ließen sich die Tür öffnen. Der helle, schlichte Innenraum zeigte eine filigran geschnitzte Kanzel und einen aus Tannenholz gefertigten Hochaltar mit Darstellungen aus dem Leben Jesu. König und Weidmann blickten sich sorgsam um, als sie das Gotteshaus betraten, arbeiteten sich dann langsam durch die dunklen schweren Bänke. Sie mussten die Diskette finden, irgendwo hier in der Kirche.

Michaela König tastete die Unterseite der Sitzflächen gründlich ab, spürte, wie ihr Herz beim geringsten Widerstand aufgeregt in eine schnellere Gangart zu verfallen schien. Zwei Nägel, Splitter, ein geborstenes Stück Holz, mehr war nicht zu finden.

Weidmann sah ihre enttäuschte Miene, bemerkte ihre müde, gebückte Körperhaltung, als sie die Kirche verließen. »Sie haben fest damit gerechnet, dass wir das Material hier finden, ja?«

Michaela König zuckte mit der Schulter, wusste nicht, was sie antworten sollte. »Langsam bin ich dabei, die Hoffnung endgültig aufzugeben.«

Der Journalist schwieg ein paar Sekunden, verfolgte ein Auto, das an ihnen vorbeifuhr, mit seinem Blick. »Ich sehe noch eine Chance«, sagte er dann, bemerkte das schwache Aufleuchten in ihren Augen, »wenn ich daran denke, was mir der Architekt gestern erzählte.«

Sie lief neben ihm her, wartete.

»Es gibt ein wichtiges Argument, das für eine andere Kirche spricht. Ich glaube, wir haben es beide übersehen.« Er spürte seinen eigenen Frust, fürchtete, nicht besonders überzeugend zu klingen. Natürlich hatte auch bei ihm der erneute Misserfolg seine Spuren hinterlassen, war auch seine

Zuversicht, die Diskette doch noch zu finden, mehr und mehr gewichen. Wenigstens das Auftauchen der Verbrecher war ihnen bisher erspart geblieben, überlegte er.

Sie liefen durch die Fußgängerzone, passierten den Torturm.

»Ich könnte mir vorstellen, dass es Frau Litsche zu gefährlich schien, das Material hier in Winnenden zu deponieren«, sagte er. »Das Treffen mit Harry Nuhr fand schließlich mitten in der Fußgängerzone statt – wenn sie sich verfolgt und beobachtet fühlte, musste sie an ein Versteck außerhalb der Stadt denken. Winnenden selbst war zu auffällig. Sie hatte ein Faible für alte Kirchen, erzählten Sie mir gestern. Den Ausführungen des Architekten nach steht die Nächste keine zehn S-Bahnminuten entfernt. Diese Stiftskirche in Backnang. Das war, denke ich, *die* Chance für Frau Litsche. Sie fuhr von Tübingen hierher, um sich mit Harry in Winnenden zu treffen. Weil sie um die Brisanz ihrer Recherchen wusste und die Verbrecher ihr im Fall einer Kontaktaufnahme mit der Presse schlimmste Konsequenzen angedroht hatten, wollte sie vor dem Gespräch eine weitere Diskette in Sicherheit bringen. Statt in Winnenden auszusteigen, blieb sie im Zug sitzen, machte einen kurzen Abstecher nach Backnang und versteckte dort das wertvolle Material. Das kostete sie keine Stunde, ließ sich also gut nebenbei erledigen. Wir werden die Diskette dort finden, ganz bestimmt.«

Michaela König warf ihm einen verzweifelten Blick zu. »Wie oft haben wir das gestern und heute schon gesagt?« Ihre Stimme klang nur noch resigniert.

Sie sah den Bärtigen in dem Moment, als sie in die Unterführung der Bundesstraße einbogen. Er stand am Rand der Fußgängerzone, musterte die Passanten, warf den Kopf zur Seite, als sich ihre Blicke kreuzten. Michaela König packte Weidmann am Arm, sprang die Treppen hinunter, rannte durch den schmalen, von Schaufenstern gesäumten Gang unter der Straße.

»Was ist los?«, rief der Journalist.

Sie gab keine Antwort, deutete nur hinter sich, nahm die Treppen im Sturm. Weidmann rannte ihr hinterher, keuchte die Stufen hoch, schnappte nach Luft. Als er oben angelangt war und sich umdrehte, sah er den Mann auf der anderen Seite der Bundesstraße stehen. Er erkannte ihn sofort, zu oft hatte sie ihm sein Aussehen beschrieben. Der Bärtige versuchte, die Straße zu überqueren, schaffte es bis zum Mittelstreifen, blieb dann mitten in der Autoflut stecken, winkte einem großen hageren Mann, ihm zu folgen. Michaela König spurtete die geradlinig verlaufende Kornbeckstraße entlang, geradewegs auf den Bahnhof zu. Weidmann hatte Mühe, mitzuhalten.

»Und was jetzt?«, keuchte er.

»Wir nehmen ein Taxi.«

Sie überquerten die Schmidgallstraße, passierten zwei große goldene Löwen am Eingang eines chinesischen Restaurants, erreichten den Bahnhofsvorplatz. In dem Moment, als sie die Schlange der wartenden Taxis bemerkten, fuhr ein Zug in den Bahnhof.

Michaela König besann sich nicht lange, rannte zu den Treppen, dann durch die Unterführung. Als sie den Bahnsteig erreichten, erteilte der Schaffner mit einem schrillen Pfeifen den Abfahrtsauftrag. Sie sprang an dem uniformierten Beamten vorbei in den Zug, ließ sich auf den nächstbesten Platz fallen, sah, wie Weidmann keuchend vor Anstrengung hinter ihr her torkelte. Er hatte noch nicht Platz genommen, als der Zug sich schon in Bewegung setzte.

»Und jetzt?«, hechelte er.

Sie brauchte einige Sekunden, bis sie wieder bei Kräften war. »Wir müssen weg«, presste sie, um Luft ringend, hervor, »die kennen keinen Spaß.«

Plötzlich hatte sie die nächtliche Szene wieder vor Augen: Der laut aufheulende Motor des Taxis, das mit quietschenden Reifen losrasende Auto. Das Fahrzeug streifte sie an der Seite. Sie flog ins Gras, sah im Fallen, wie der Mercedes nach vorne schoss und Verena Litsche und den Taxifahrer zu Boden warf. Der schrille, markerschütternde Schrei eines Menschen. Das schwere, holpernd über die beiden Körper hinwegrollende Fahrzeug, in die Dunkelheit tauchend und verschwindend. Sie selbst im Gras liegend mit brennenden, schmerzenden Armen und Beinen, ihr zitternder Körper, ihr Schock, ihre Angst.

Plötzlich die Stimme, wenige Meter von ihr entfernt. »Da liegen nur zwei auf der Straße, der Kerl und die eine Frau. Die andere ist nicht dabei. Komm sofort zurück, wir müssen sie finden.«

Der Bärtige, die Stimme des Bärtigen.

Michaela König sah wieder auf, starrte nach draußen auf einen Parkplatz, suchte ihn mit ihren Augen ab. Der Zug hatte den Bahnhof verlassen, gewann schnell an Fahrt. Er ratterte über eine Straßenbrücke, glitt durch ein Neubauviertel ins offene Gelände.

»Wo kamen die her?«, fragte Klaus Weidmann.

Sie zuckte mit der Schulter, versuchte, ihre Gedanken zu ordnen. »Die überwachen tatsächlich Winnenden, wie Sie vermuteten. Verenas Treffen mit Nuhr. Die haben dieselben Vorstellungen wie wir. Wahrscheinlich glauben sie, die Kontaktaufnahme zwischen den beiden habe nicht ohne Grund dort stattgefunden. Irgendwo in der Stadt muss Verena die Diskette deponiert haben.«

Der Journalist holte tief Luft, wischte sich den Schweiß von der Stirn. Er betrachtete seine Begleiterin, verfolgte ihre Worte.

»Dann brauchten sie nur noch zu warten, bis ich in Winnenden auftauchte. Und dass sie uns jetzt auf dem Weg zum Bahnhof entdeckten, signalisiert ihnen nur eines: *Wir haben das Material geholt und sind jetzt auf dem Weg zur Veröffentlichung*. Und genau das versuchen sie doch seit Wochen um jeden Preis zu verhindern. Wissen Sie, was das bedeutet?«

Weidmann war rot angelaufen, hatte ihre Worte mit immer größerer Erregung verfolgt.

»Ich habe mit eigenen Augen gesehen, wie sie Verena und den Taxifahrer ermordeten. Mit dem einzigen Ziel, die Veröffentlichung zu verhindern. Und ich sehe sie seit Tagen mit Gift und Geifer hinter mir herjagen, um mir das Versteck der Diskette zu entlocken und mich aus dem Weg zu räumen.«

Der Journalist rutschte unruhig auf seinem Sitz hin und her. »Ich rufe die Polizei. Es geht nicht mehr anders.« Er zog sein Handy aus der Tasche, spürte ihre Hand.

»Damit sie mich einlochen, ja? Haben Sie die Fahndung

nach mir vergessen? Für die Polizei bin immer noch ich die Mörderin Verenas, ich, verstehen Sie?«

»Ich werde es ihnen erklären, alles ganz genau ...«

»Ach was!« Michaela König unterbrach ihn mitten im Satz. »Weil die gerade auf Sie und Ihre großartigen Erklärungsversuche warten, wie?« Sie winkte resigniert ab, ließ sich in den Sitz zurückfallen.

Der Zug fuhr in hohem Tempo durch einen Bahnhof, erreichte wieder offenes Gelände.

»Wir haben keine andere Chance mehr«, erklärte Weidmann, »bitte, lassen Sie mich die Polizei rufen. Ich werde alles tun, was in meiner Macht steht, das Missverständnis aufzuklären. Sie können nicht noch länger dieses Versteckspiel treiben, es geht um Ihr Leben. Und jetzt auch – Verzeihung – um meines.«

Sie schüttelte den Kopf, antwortete nicht. Er erkannte an ihrem Gesichtsausdruck, ihrer ganzen Körperhaltung, dass sie völlig fertig war. Seit fast einer Woche war man jetzt hinter ihr her, sie konnte es nicht länger durchhalten.

Er nahm das Handy, ließ eine gespeicherte Nummer wählen, meldete sich dann. »Ich bin´s, Weidmann. Ich fürchte, wir befinden uns in großer Gefahr. Die Typen sind hinter uns her. Bitte verständigt die Polizei. Wir sind in der Stiftskirche in Backnang. B-a-c-k-n-a-n-g.« Er buchstabierte den Namen, nickte seiner Begleiterin zu. »Die Redaktion in Berlin«, sagte er, »es ist besser so.«

Sie reagierte nicht, starrte durchs Fenster. Der Zug schlug eine starke Linkskurve ein, passierte ein am Hang gelegenes Neubauviertel, fuhr unmittelbar dahinter durch einen Bahnhof. Als der Lautsprecher Backnang als nächsten Halt ankündigte, erhob sich Weidmann von seinem Platz.

»Die haben keine Chance. Der Zug ist so schnell, das schaffen die nicht. Unmöglich. Wir nehmen ein Taxi.«

Sie liefen zur Tür, rissen sie auf, kaum dass der Zug zum Stehen gekommen war. Weidmann starrte nach links und rechts, suchte den Bahnsteig nach verdächtigen Personen ab. Es herrschte nicht viel Betrieb.

Eine Gruppe junger Männer lümmelte rauchend auf der

Lehne einer Bank. An einem Fahrkartenautomaten suchte eine ältere Frau kopfschüttelnd nach der richtigen Taste. Auf der anderen Seite des Bahnsteigs wartete eine S-Bahn; zwei, drei Reisende standen in den geöffneten Türen, Zigaretten in der Hand.

Der Journalist deutete nach links zur Treppe, spurtete die Stufen hoch, wartete auf Michaela König, rannte dann gemeinsam mit ihr über die schmale Brücke. Unten, auf dem Bahnhofsvorplatz, warteten mehrere Taxis. Sie sprangen zu dem Fahrzeug an der Spitze der Schlange, warfen sich ins Innere, erklärten ihr Fahrziel, baten um Eile.

»Stiftskirche?«, brummte der Fahrer. »Ha, des lohnt sich doch gar net!«

Weidmann starrte nach allen Seiten, konnte nichts Verdächtiges erkennen. Er zog seinen Geldbeutel vor, reichte dem Mann zwanzig Mark. Augenblicklich erstarb das Gebrabbel am Steuer.

Die Fahrt dauerte kaum länger als eine Minute. Eine schmale, von hohen Bäumen gesäumte Allee abwärts, immer geradeaus, dann eine enge Serpentine nach rechts in die Höhe, anschließend links über einen von unzähligen Autos vollgeparkten Platz, vorbei an einem Schloss-ähnlichen Gebäude.

»So, do isch jetzt die Kirch«, brummte der Taxifahrer, »wellet sie etwa inne nei?«

Michaela König nickte, bat den Mann, auf sie zu warten. »Wir brauchen nur wenige Minuten.«

Die Stiftskirche war ein wuchtiger, langgezogener Bau, deren romanischer Südturm etwa in der Mitte zwischen dem spätgotischen Chor und dem Langhaus rechteckig aus dem Gebäude ragte. Sie sprangen aus dem Taxi, schauten sich nach allen Seiten um, rannten direkt auf das oberhalb einer breiten, halbrunden Treppe liegende Eingangstor des Gotteshauses zu. Wenige Meter vor den Stufen standen mehrere Frauen und Männer, in eine lautstarke Unterhaltung vertieft.

Sie achteten nicht auf die Worte der Leute, stürmten die Stufen hoch, bemühten sich, die Tür zu öffnen. Sie war abgeschlossen.

Nervös hastete Michaela König zurück, versuchte sich bei

der heftig diskutierenden Gruppe bemerkbar zu machen. »Verzeihung. Wir müssen in die Kirche. Wissen Sie zufällig, wo die Schlüssel ...« Sie drang kaum durch, sah die erregten Gesichter der Leute.

»Dieser Dreckskerl!«, tobte einer der Männer.

»Stimmt der doch tatsächlich für den Umbau von dem Turm! Den wähl i nie mehr!«

»Die Schlüssel!«, rief Michaela König.

Sie benötigte mehrere Anläufe, bis ein kräftiger, mit einer grauen Jacke bekleideter Mann endlich reagierte und sich von der Gruppe löste.

»Sie wollet in die Kirche?« Er zog einen Schlüsselbund aus der Tasche, stellte sich als Mesner des Gotteshauses vor.

Sie bat ihn, das Innere des Gebäudes besichtigen zu dürfen, begleitete ihn mit Weidmann zum Tor.

»Solche Idiote!«, donnerte eine Frau hinter ihr. »Der ganze Gemeinderat hat doch von Kunscht so viel Ahnung wie a Herd voll Rindviecher!«

Michaela König wusste nicht, was die Leute so in Wallung brachte, war nur froh, dass der Mann endlich aufschloss. Sie bedankte sich, erklärte dem Mesner, dass sie allein zurecht kämen, drückte sich mit Weidmann an ihm vorbei in die Kirche.

Das Innere des Gotteshauses wurde von mächtigen, beidseits das gesamte Kirchenschiff durchlaufenden Emporen geprägt. Vorne, im Bereich des Eingangs prangte ein filigranes Sternnetzgewölbe an der Decke, fünf schmale, bis ganz nach oben reichende Glasgemäldefenster prägten die Wände des Chors.

Michaela König sah die schweren Holzbänke im Hauptraum, nickte Weidmann zu. Sie liefen zur ersten Bank, sie rechts, er links, tasteten die Unterseite der Sitzflächen ab, so wie sie es in den anderen Kirchen auch getan hatten. Das Gotteshaus war sauber geputzt, kein Schmutz, kein Papier, nicht ein einziges unbefugtes Relikt störte seine Eleganz. Die Fliesen glänzten, die bunten Fenster im Chor leuchteten in prächtigen Farben.

Michaela König ließ ihre Finger unter das Holz gleiten,

kämpfte sich in gebückter Haltung vom Mittelgang nach außen, untersuchte Bank um Bank.

Plötzlich hörte sie den unterdrückten Schrei auf der anderen Seite. Sie schaute hinüber, sah Weidmanns heftiges Winken. Er kniete auf dem Boden, machte sich unter einer der Bänke zu schaffen.

Michaela König richtete sich auf, eilte die Sitzreihe entlang zu dem Journalisten. Er ächzte und stöhnte, scharrte mit einem Schlüssel unter der Sitzfläche, hatte die Diskette plötzlich in der Hand.

Sie starrte auf das kleine schwarze Rechteck, irgendwie wurde ihr schwindlig, sie glaubte zu träumen. »Sie haben es wirklich ...«

Er nickte nur mit dem Kopf, zeigte auf einen Knäuel Klebestreifen, den er zu Tage gebracht hatte, richtete sich schwer atmend wieder auf. »Frau Litsche hat sich alle Mühe gegeben.«

Michaela König nahm die Diskette in die Hand, las die Aufschrift auf dem kleinen weißen Quadrat: »VL KRIEG«.

»VL«, sagte sie, »Verena Litsche.« Ihre Worte hallten laut in dem gewaltigen Kirchenschiff wieder. Erschrocken sah sie sich um. Das Gotteshaus war leer.

»Es geht um einen *Krieg*«, sagte Weidmann, »sie hat irgendwelche schmutzigen Dinge aus einem Krieg recherchiert, die nicht ans Licht der Öffentlichkeit sollten. Und wir haben sie jetzt in der Hand, trotz all der Bemühungen der Verbrecher, das zu verhindern. Uns bleibt aber keine Zeit. Wir müssen hier weg. Sofort.«

Er reichte ihr die Diskette wieder, sah, wie sie sie in ihre Hosentasche schob, lief eilig zur Tür. Die Gruppe heftig diskutierender Menschen stand immer noch zusammen, ihre Stimmung schien nicht minder angespannt als vorher. Wortfetzen von unfähigen Gemeinderäten und verrückten Kunstliebhabern schollen bis zu ihnen her.

»Die Kunscht isch dieselbe Hur wie die Politik«, brüllte ein kleiner bierbäuchiger Mann, »und dass sogar der Alfred dafür stimmt, dass das Geld so nausgschmisse wird, werd i dem nie vergesse!«

Michaela König trat aus der Kirche ins Freie, sah das Taxi auf dem Parkplatz stehen. Sie lief die Stufen abwärts, näherte sich den heftig diskutierenden Leuten, als ein Auto heranschoss. Noch ein Taxi. Der Wagen kam unmittelbar neben dem anderen zum Stehen, zwei Männer stiegen aus. Sie brauchte nicht zu überlegen, erkannte sie sofort: Der Bärtige starrte aufgeregt zu ihnen hoch.

Michaela König packte Weidmann am Arm, riss ihn mit sich. Sie rannten an der Kirche entlang bis an deren Ende, sprangen die steilen Stufen einer Sandsteintreppe hinunter, folgten einer mit Pflastersteinen ausgelegten, holprigen Gasse abwärts, an kleinen, von Blumen und Büschen gesäumten Häusern vorbei. Spielende Kinder, plötzlich ein Auto, das einen Parkplatz suchte.

Michaela König rannte weiter, das Keuchen Weidmanns im Rücken, die Fassade eines modernen Gebäudes mit der Aufschrift *Kreiszeitung* vor sich. Sie hastete weiter, geradeaus, an einem von niedrigen Häusern gesäumten kleinen Platz vorbei, wusste plötzlich, wie sie sie gefunden hatten. Der Taxifahrer, sie hätten ihm verbieten müssen, ihr Fahrtziel an die Zentrale durchzugeben.

Weidmann hinter ihr japste nach Luft. Sie sprang an einem korpulenten Mann vorbei, der rauchend vor den mit Teppichen bestückten Schaufenstern eines Ladens stand, rannte über die schmale, steil abwärts verlaufende Marktstraße, veranlasste einen Stadtbus in letzter Sekunde zur Vollbremsung. Vorbei an einem Drogeriemarkt, mehrere Treppen abwärts, dazwischen kleine Absätze, dann in die Fußgängerzone. Sie spürte das Stechen in den Seiten, blieb einen Moment stehen. Weidmann keuchte erbärmlich.

Die Fußgängerzone war voller Leben. Links die Tische und Stühle eines Eiscafes, vor allem von jungen Leuten besetzt, die die warmen Strahlen der Sonne genossen.

Sie hetzte weiter, spürte plötzlich den Bärtigen hinter sich. Weidmann torkelte, schob sich mit unkoordinierten Bewegungen, hochrotem Gesicht und angestrengtem Keuchen wie ein Betrunkener an den Jugendlichen vorbei. Einige lachten, verfolgten die erschöpften Gestalten mit belustigten Blicken.

Ich kann Ihnen helfen, hatte er ihr versichert, kann Sie ein Stück weit beschützen. Zu Zweit sind wir stärker, haben wir größere Chancen. Sie lachte bitter, versuchte, sich auf sich selbst zu konzentrieren. Er stellte keine Hilfe mehr da. Wenn er ihr je genutzt hatte.

Sie erreichte den Rathausplatz, spurtete um die Ecke, stieß beinahe mit einer jüngeren Frau zusammen, die in gebückter Haltung im Eingangsbereich eines Ladens ein stechend riechendes Reinigungsmittel in einen Eimer Wasser schüttete. Michaela König ahnte die Chance blitzschnell. Sie stieß die Frau zur Seite, riss ihr die Plastikflasche aus der Hand, schüttete den Inhalt vollends in den Eimer. Der scharfe Geruch stach ihr in die Nase, drohte, ihr Bewusstsein zu vernebeln. Die junge Frau begann zu schreien, versuchte, wieder auf die Beine zu kommen. Zwei Männer, die wenige Meter entfernt standen, starrten überrascht zu ihr her.

Michaela König packte den Eimer, riss ihn hoch. Der Bärtige war keine zwei Meter hinter Weidmann, als ihm die ätzende Flüssigkeit ins Gesicht klatschte. Sie sah, wie der Verbrecher nach Luft schnappte, dann sein Gleichgewicht verlor und zu Boden stürzte.

Sie packte Weidmann am Arm, rannte den Rathausplatz hoch. Hinter ihr lautes Schreien, Schimpfen und Gelächter.

»Hui, des isch aber a wilde Furie«, rief ein Mann.

Michaela König sprang zum Brunnen, sah, dass zwei städtische Arbeiter mit einem Rechen in seinem Becken herumstocherten. Die von Gänsen umringte Frauenstatue in luftiger Höhe über dem Wasser streckte ihr den Rücken zu. Mitten auf dem leicht ansteigenden Gelände, direkt neben dem Brunnen, stand ein städtischer Lastwagen.

Sie zwängte sich zwischen den mit orange-leuchtenden Latzhosen bekleideten Arbeitern durch, stolperte einem auffallend großen, mit einem dunklen Mantel bekleideten Mann in die Arme. Sie sah die überraschten Augen hinter seiner Brille, entschuldigte sich hastig, hörte, wie er ihr in ungewohntem Dialekt Worte wie »in mei Rathaus neilosse« zuwarf, bog in eine kurze schmale Gasse, dann sofort wieder nach links. Zwei junge Mädchen traten aus einem Lokal, Pommestüten in der Hand, Kopfhörer auf den Ohren. Sie schrie laut auf, versuchte auszuweichen, prallte auf eine der schmalen, frühlingshaft – bauchnabelfrei gekleideten Gestalten, sah die Pommestüte vor sich auf das Pflaster fliegen. Sie hatte keine Kraft, sich zu entschuldigen, sprang an der klebrigen Masse vorbei. Das Mädchen brüllte in hysterischem Ton irgendwelche Verwünschungen hinter ihr her.

Michaela König rannte um die Ecke, keuchte die Marktstraße hoch. Frauen und Männer kamen ihr entgegen, Taschen und Einkaufstüten in der Hand, starrten sie verwundert an. Ein Auto hielt, ein dicker stiernackiger Mann trat auf den Gehweg. Sie wich ihm aus, strauchelte. Der Schweiß lief ihr von der Stirn, rann über ihre Wangen, tropfte auf ihre Kleidung. Sie dürfen mich nicht schnappen, tobte es in ihr, es darf einfach nicht passieren, jetzt, wo ich das Material endlich habe.

Für den Bruchteil einer Sekunde wurde ihr schwindelig; sie taumelte, glaubte, ihr Herz wollte aufhören zu schlagen. Sie blieb stehen, schnappte nach Luft, spürte, wie ihr ganzer Körper unter ihrem rasenden Puls vibrierte. Rechts von ihr ein kleines windschiefes Fachwerkhaus, vor ihr die Schaufenster einer Apotheke.

Da hörte sie das Schreien hinter sich. Sie drehte sich um, sah Weidmann keine zehn Meter entfernt, eine durchnässte, allein an seinem Bart noch identifizierbare Gestalt unmittelbar im Rücken.. Der Journalist winkte, gestikulierte, bedeutete ihr, alles zu tun, um dem Verbrecher zu entkommen. Frauen und Männer standen am Rand der steil ansteigenden Straße, gafften mit ungläubiger Miene auf die beiden Gestalten.

Michaela König nahm alle Kraft zusammen, jagte weiter, an der Apotheke vorbei, steil die Straße hoch. Ihre Beine schmerzten, das Stechen in den Seiten war kaum mehr zu ertragen. Ihre Lungen schienen ausgelaugt, vollkommen unfähig, neue Luft zu schöpfen.

Sie passierte eine Reinigung, dann einen Metzger, sah die Verkaufsstände eines Sportgeschäftes vor sich auf dem Gehweg. Links in Reih und Glied geparkte Autos, vor den Schaufenstern des Sportladens Trauben von jungen Leuten, Inlineskater auf ihre Tauglichkeit überprüfend.

Sie wusste nicht, wie sie weiterkommen sollte, bemerkte eine Hofeinfahrt mit der geöffneten Haustür keine zwei Meter rechts von ihr. Plötzlich das Heulen von Sirenen. Sie näherten sich von oben, tönten laut und schrill. Polizei?

Michaela König reagierte impulsiv. Sie hastete nach rechts in den Hof, warf sich an einer Frau vorbei ins Innere, knallte die Tür hinter sich ins Schloss, ließ sich vor Erschöpfung auf den Boden fallen, schnappte nach Luft. Ihr Herz klopfte, der Puls jagte. Draußen Geschrei, dann die Sirenen – wieder leiser werdend, sich deutlich entfernend. Also keine Hilfe!

Sie lag immer noch auf dem Boden, als der Mann mit voller Wucht gegen die Tür trat. Erschrocken sah sie auf, erkannte die Fratze des Bärtigen durch das getönte Glas. Michaela König rappelte sich auf, sprang die gewundenen hölzernen Treppen hoch, klopfte an die erste Wohnungstür, neben der ein großer Zahn abgebildet war, rannte weiter, als sich nichts regte. Unten die wütenden Tritte des Verbrechers. Sie erklomm Stockwerk um Stockwerk, bat um Einlass, hörte das Splittern des Glases im Erdgeschoss, lautes Fluchen, das Trampeln schwerer Schritte. Sie hatte das oberste Stockwerk erreicht, sah ein Mädchen mit großen Augen vor der geöffneten Tür stehen.

»Bitte«, flehte sie, »lassen Sie mich in die Wohnung. Die bringen mich um.« Sie hatte Mühe, die Worte aus sich herauszupressen.

Das Mädchen verstand nicht, stand immer noch regungslos vor ihr. »Was ist das für ein Lärm?«

»Bitte, in die Wohnung.« Sie sprang an ihr vorbei, schlug die Tür hinter sich zu, packte einen Stuhl, der in der Nähe stand, drückte ihn unter die Klinke.

Draußen plötzlich lautes Schreien, eine Mädchen-, dann eine Männerstimme, wütendes Klopfen, Schläge, Tritte gegen die Tür.

Michaela König packte einen weiteren Stuhl, verhakte ihn unter dem anderen, sprang dann durch die Diele ins Zimmer, das in zwei von hohen Fenstern begrenzten Erkern zur Straße hin auslief. Niemand außer ihr schien sich in der Wohnung aufzuhalten.

Sie lief an eines der hohen Fenster, starrte nach draußen, sah die kahlen Baumkronen in den Himmel ragen. Sie befand sich in luftiger Höhe, mindestens im vierten, fünften Geschoss, in atemberaubendem Abstand von der Straße, hatte keine Chance zu entkommen.

Der Himmel war blau, die Sonne strahlte gleißend hell. Sie starrte nach draußen aufs schiefe Dach, sah die Schindeln eines Nachbarhauses vor sich, etwa ein, zwei Meter entfernt, etwas niedriger als ihr eigener Standort.

Die Tritte gegen die Tür hinter ihr wurden fester, das Geschrei des Mannes lauter. Sie hörte, wie das Holz knirschte, das Schloss aus seiner Fassung zu brechen drohte. Es handelte sich nur noch um Sekunden.

Michaela König war kein Kind von Traurigkeit. Sie hatte das Leben genossen, das ihre dazu beigetragen, dass es genügend lebenswerte Stunden gab. Jetzt sollte alles vorbei sein?

Sie hörte das Holz splittern, die wütenden Tritte des Verbrechers, riss das Fenster auf, schwang sich auf die schmale Brüstung. Zum Abgrund waren es keine fünfzig Zentimeter. Die Ziegel waren heiß, schienen unter den Strahlen der Sonne zu glühen.

Michaela König kletterte vollends aufs schiefe Dach, rutschte, klammerte sich an scharfkantigem Eisen fest. Die beiden Erker über ihr schienen hoch in den Himmel zu ragen.

Sie schob sich vorsichtig zur Seite, näherte sich dem Dach des Nachbarhauses. Unten, auf der ihr gegenüberliegenden Straße vor dem Helferhaus, die ersten aufgeregten Schreie. Wildes, hysterisches Rufen. Laute Stimmen, Arme, die nach oben wiesen.

Sie kletterte vorsichtig weiter, hatte die Kante des Daches fast erreicht, machte sich fertig zum Absprung. Gerade als sie es riskieren wollte, starrte der Bärtige fünf Meter hinter ihr aus dem Fenster. Nasse Haare, verschwitztes Gesicht, klebriger Bart.

Sie wusste, dass es nur noch diesen Weg gab. Sie musste es tun. Im letzten Moment entdeckte sie den Spalt, der zwischen ihr und dem Nachbarhaus klaffte. Mindestens einen Meter breit. Aus der Entfernung kaum zu bemerken, aus unmittelbarer Nähe ein unüberwindbares, alles verschlingendes Loch.

Entsetzt starrte Michaela König nach unten.

42. Kapitel

In der Nacht hatte Steffen Braig von Ann-Katrin Räuber geträumt. Keine erotischen, sexuell ausschweifenden oder von unerfüllten Begierden verursachten schwülstigen Szenen, sondern Bilder, die von ihrer Person, ihrem Auftreten, ihrem wohlklingenden Tonfall geprägt waren. Er stand vor einem großen Haus, musterte die Auslagen eines Ladens, sah, wie eine bildhübsche junge Frau zu ihm herschlenderte. Gemeinsam betrachteten sie die ausgestellten Artikel, sprachen über das Aussehen, die Qualität und den Preis der Waren, spazierten dann weiter. Seine Begleiterin, in Aussehen und Tonfall unübersehbar Ann-Katrin Räuber, unterhielt sich mit ihm, lachte, scherzte, erzählte, zeigte auf die Sportgeräte in den Schaufenstern. Heimtrainer, Fitnesstrimmer, Inline-Skater, Bälle, Gewichte. Er war total hingerissen von seiner Gesprächspartnerin, hörte ihr zu, las von ihren Lippen ab, berichtete ihr von seinen Versuchen, seine Fitness zu steigern. Plötzlich das Auftauchen eines ihm unbekannten Mannes, dünn, hager, fast knochig. »Verschwinden Sie«, brüllte der Fremde, »oder ich bringe Sie um.« Er packte Ann-Katrin am Arm, tauchte mit ihr ab. – Dann war der Traum beendet.

Ich sollte herausfinden, was das zu bedeuten hat, überlegte er, vielleicht finde ich die Zeit, mich darum zu kümmern. Angeblich sind in fast allen Träumen wichtige Botschaften enthalten.

Aber war die Grundaussage wirklich so schwer zu erraten? Es musste Monate, vielleicht sogar Jahre her sein, dass er zum letzten Mal von einer Frau geträumt hatte – jedenfalls soweit er sich im wachen Zustand daran erinnerte. Ann-Katrin hatte ihn beeindruckt, ohne jeden Zweifel, obwohl er sie bisher kaum kannte, aber war das Grund genug, sich Gedanken über weitere Kontakte, auch über das berufliche Umfeld hinaus zu machen?

Er kam nicht dazu, sich nach der jungen Kollegin zu erkundigen, als er im Amt eintraf, lag doch ein ausführliches Fax mit folgenschwerem Inhalt auf seinem Schreibtisch. Erwin Beck berichtete aus Tübingen, dass es ihnen am späten

Montagabend gelungen war, Fingerabdrücke, die Markus Schöffler in dem morgens aufgefundenen Taxi entdeckt hatte, als die des mehrfach verurteilten Gewaltverbrechers Georg Almader zu identifizieren. Zu gleicher Zeit hatte Helmut Rössle es in einem erneuten Durchgang möglich gemacht, Almaders Spuren auch in der Wohnung Frau Litsches nachzuweisen: Am Rand eines Kalenderblatts des Monats Oktober, das der Verbrecher beim Durchsuchen der Räume wohl aus Neugier betrachtet hatte. Bei der darauf folgenden Überprüfung Georg Almaders im Fahndungscomputer des BKA war den Kollegen sofort die verblüffende Ähnlichkeit des Mannes mit dem auf der Titelseite der *tageszeitung* abgebildeten mutmaßlichen Verfolger Frau Königs aufgefallen: Es konnte sich nur um ein und dieselbe Person handeln. Angesichts der neuen Ermittlungslage hatte Beck sofort eine Großfahndung nach Almader ausrufen lassen, zugleich die Fahndung *Michaela König* widerrufen: Die Fingerabdrücke des Gewaltverbrechers in Frau Litsches Wohnung sowie in dem Taxi wiesen auf andere Tatzusammenhänge hin.

Braig legte das Fax zur Seite, gab den Namen des gesuchten Kriminellen in seinen Computer ein, lief zum Waschbecken, tank ein Glas Wasser. Ein Blick auf den Bildschirm ließ ihn vor Schrecken mitten im Büro stehen bleiben. Selbst aus dieser Entfernung war die Ähnlichkeit verblüffend.

Er ging zu seinem Schreibtisch, nahm das Titelblatt der Montagsausgabe der *tageszeitung*, hielt es neben den Monitor. Almader, ohne jeden Unterschied. Ein unverzeihlicher Fehler, dass er das Bild gestern nach Erscheinen des Blattes nicht sofort mit der entsprechenden Datei abgeglichen hatte.

Georg Almaders Biografie las sich wie das Programm eines völlig verkorksten Lebens: Geboren in Regensburg, wurde der junge Almader von seinem dem Alkohol verfallenen Vater fast zu Tode geprügelt, landete nach dem frühen Tod der ebenfalls alkoholsüchtigen Mutter in einem Kinderheim in München. Mit 21 wegen mehrerer Raubüberfälle zu fünf Jahren Gefängnis verurteilt, dann, acht Jahre später wegen eines im Auftrag eines Hehlers durchgeführten Überfalls auf einen Juwelier erneut für fünf Jahre hinter Gitter. Im

Alter von 38 hatte Almader einen Kaufmann in Regensburg niedergeschlagen, der kurz darauf starb. Da ihm die Verantwortung für den Tod des Mannes nicht eindeutig bewiesen werden konnte, war er vor acht Monaten nach fast zehnjährigem erneutem Gefängnisaufenthalt wieder freigekommen. Den Überfall auf den Kaufmann sollte Almader im Auftrag eines Konkurrenten ausgeführt haben, detaillierte Beweise lagen aber nicht vor.

Ein Auftragsverbrecher, überlegte Braig, genau wie Foca. Nicht ganz von demselben Kaliber, aber offensichtlich ebenso wenig wie jener von irgendwelchen moralischen Hemmungen gebremst. Ein Krimineller, der gegen Bezahlung tätig wurde. Für wen? Wer finanzierte, beauftragte die beiden Verbrecher? Wo war der gemeinsame Hintergrund?

Braig gab die beiden Namen nacheinander in den Computer ein, beauftragte das Programm, nach Gemeinsamkeiten zu suchen: Erst Foca, Hasim, dann Almader, Georg.

Als auf dem Bildschirm der Hinweis auftauchte, dass es keinerlei Verbindungen gäbe, tauschte er den Namen des Albaners aus, tippte dessen Pseudonyme ein, Hiroghu Azem und Raxhi Baton.

Wieder dieselbe Reaktion. *Verbindungen zwischen den eingegebenen Personen sind nicht bekannt.*

Sollte ihr gemeinsames Auftreten purer Zufall sein? Von ihrem Auftraggeber getrennt angeheuert, um die Männer gemeinsam auf Verbrechertour zu schicken? Allein ihrer unübersehbar kriminellen Vergangenheit wegen ausgewählt und zu einem im wahrsten Sinn des Wortes mörderischen Team zusammengefügt? Wer verfügte über solche Informationen?

Braig kam nicht dazu, sich weiter über eventuelle Verknüpfungen zwischen Almader und Foca den Kopf zu zerbrechen, weil das Telefon läutete. Er nahm ab, hatte Erwin Beck am Apparat.

»Wir sind wieder in Tübingen.«

»Ihr habt uns gestern entscheidend vorwärts gebracht.«

»Rössle sei Dank. Der stellte Litsches Wohnung nochmals komplett auf den Kopf, untersuchte sogar einen Kunstkalender in der Diele Blatt für Blatt, der direkt neben der Eingangstür hängt. Und jetzt, mitten im Monat März, stößt der auf einen winzigen Abdruck an der unteren Kante auf der Rückseite des Oktoberbildes und identifiziert ihn als Almader. Den muss der Verbrecher kurz vor dem Verlassen der Wohnung, nachdem er schon seine Handschuhe abgezogen hatte, aus reiner Neugier noch durchgesehen haben. *I han selbscht die Gewohnheit, Kalender im Voraus durchzublättern, warum sollet andere des net au do?* Originalzitat Rössle. So einfach ist das Leben.«

»Leider nur manchmal.«

»Leider, ja. Wir haben aber weitere Neuigkeiten.«

»Nämlich?« Braig lehnte sich auf seinem Stuhl zurück, wartete auf eine Erklärung.

»Der Taxifahrer und Frau Litsche wurden beide von dem Taxi überrollt und getötet. Schöffler und der Pathologe sind sich einig. Es kann nicht der Polo von Frau König gewesen sein, wie wir bisher vermuteten, das Reifenprofil des Mercedes lässt sich auf den Körpern der Toten genau nachweisen. Erst nach ihrem Tod, so Schöffler und der Pathologe übereinstimmend, wurde mit beiden Leichen ein Zusammenprall mit Frau Königs Fahrzeug nachgestellt – wahrscheinlich, um den Verdacht auf sie zu lenken.«

»Nach deren Tod?« Braig dachte voller Grauen an den Tathergang, den ihm Beck gerade zu erklären versuchte. »Mein Gott, mit welchem Ausmaß an Verkommenheit haben wir es hier zu tun?«

»Es wird Zeit, dass wir die Verbrecher endlich erwischen. Wir haben uns linken lassen, voll und ganz.«

»Dann sind die Darstellungen der *tageszeitung* voll korrekt.«

»Es gibt nichts mehr, was ihnen widerspricht.«

Braig schwieg, hatte Mühe, die neuen Erkenntnisse zu verdauen: Frau Litsche und der junge Kurde waren von dem Taxi überrollt, dabei getötet und dann später als Leichen nochmals mit voller Absicht von Frau Königs Polo überfahren worden. Einzig und allein zu dem Zweck, ihre Abdrücke auf dem VW zu hinterlassen.

Es wird wirklich Zeit, dass wir die Verbrecher erwischen,

überlegte er.

»Du hast die Nachricht aus Berlin vom Abhören der *tageszeitung*-Telefone erhalten?«, fragte Beck.

»Wann?«

»Gestern Abend. Ein Telekom-Techniker hat gestanden, eine große Summe kassiert zu haben: Die Rede ist von einer halben Million.«

»Eine halbe Million?«

»Mindestens. Der Mann wird noch verhört.«

»Wer sind die Auftraggeber?« Das ist die Chance, überlegte Braig, vielleicht schaffen wir es von der Seite her, endlich an die Hintermänner heranzukommen.

»Sie wissen es nicht. Felsentretter fuhr mit Bernhard Söhnle noch mit dem Nachtzug nach Berlin, um sich den Mann persönlich vorzunehmen. Der Techniker behauptet, den Auftrag und das Geld anonym erhalten zu haben. Um wen es sich handelt, sei ihm unbekannt.«

»Das ist doch absurd! Der muss doch wissen, wohin er die abgehörten Anrufe weiterleiten sollte.«

»Leider nicht. Seine Aufgabe war, alles an eine Handy-Nummer zu übermitteln. Das Handy, so viel haben die Berliner Kollegen bereits ermittelt, wird seit zwei Wochen von seinem Besitzer, einem 12-jährigen Jungen, vermisst. Wie es ihm abhanden kam, ist unbekannt. Ob Angehörige von dem Kind in die Sache verwickelt sein könnten, wissen wir noch nicht.«

Braig hörte das heftige Klopfen an seiner Tür, drehte sich um. Felsentretter war in Berlin, hatte er eben gerade vernommen, er konnte es nicht sein. Bevor er reagieren konnte, wurde die Tür geöffnet. Überrascht sah er Ann-Katrin Räuber ins Zimmer treten.

Braig sprang auf, legte den Telefonhörer zur Seite, begrüßte die Kollegin.

»Ich muss mich entschuldigen, es ist dringend«, fiel sie ihm ins Wort.

Er streckte ihr die Hand entgegen, hörte kaum, was sie sagte.

»Wir haben einen Notruf aus Berlin. Weidmann, der Redakteur der *tageszeitung* und Frau König befinden sich anscheinend in großer Gefahr. Sie werden verfolgt. Die beiden befinden sich in Backnang. In der Stiftskirche. Ich soll Sie begleiten. Können wir los?«

43. Kapitel

Der Spalt zwischen ihr und dem Nachbarhaus betrug mindestens einen Meter, vielleicht sogar mehr. Michaela König starrte entsetzt nach unten, sah das unüberwindbare, alles verschlingende Loch.

Die Schreie auf der Straße wurden immer lauter. Gruppen von Passanten standen am Rand der Fahrbahn, zeigten aufgeregt nach oben. Wildes, hysterisches Rufen.

Plötzlich die Stimme, wenige Meter von ihr entfernt. »Lassen Sie den Blödsinn. Gebens mir die Diskette und ich verschwinde.«

Sie kannte den Tonfall, wusste, wem die Stimme gehörte. Damals, in der Nacht in Bebenhausen, hatte sie sie zum ersten Mal gehört. »Nur ruhig Blut, Frau«, waren seine ersten Worte, als sie noch im Taxi saßen, »was machen Sie hier mitten in der Nacht?«

Dann, später, als sie Verena und den jungen Taxifahrer bereits überfahren hatten, das kräftige Fluchen: »Du Arschloch, da liegen nur zwei auf der Straße, der Kerl und die eine Frau. Die andere ist nicht dabei. Komm sofort zurück, wir müssen sie finden.«

Michaela König drehte sich zur Seite, sah den Mann aus dem Fenster starren. Er winkte, wiederholte sein Angebot: »Die Diskette und ich verschwinde sofort.«

Sie reagierte nicht, wusste nur, dass sie sie niemals freiwillig aus der Hand geben würde. Nicht nach dem, was sie Verena und dem Taxifahrer angetan hatten und nicht nach all den Ängsten und Beklemmungen, die ihr von den Verbrechern in den letzten Tagen auferlegt worden waren. Wenn das Material so wichtig war, dass Kriminelle dafür das Leben unschuldiger Menschen vernichteten, musste es der Öffentlichkeit bekannt gegeben werden, jetzt, da sie es endlich entdeckt hatten. Es lag in ihrer, Michaela Königs Hand, diese Verbrecher für all ihre Untaten nicht auch noch zu belohnen.

Sie blickte wieder zur Straße, sah die große Ansammlung von Menschen, die alle zu ihr hoch starrten. Ihre Schreie waren nicht zu überhören.

»Nicht springen!«

»Zurück!«

»Wo bleibt die Polizei?«

Das war ihre Chance, sie fühlte es impulsiv. Die Polizei. Ihr waghalsiger Ausstieg aus dem Fenster aufs Dach hatte inzwischen so viel Aufsehen erregt, dass garantiert irgendjemand die Polizei alarmiert hatte. Sollten sie sie in Gottes Namen verhaften und des Mordes an Verena und dem Taxifahrer bezichtigen, wichtig war jetzt allein, dass der Verbrecher nicht an die Diskette kam, sie das Material unter ihrer Kontrolle behielt. Sie würde warten, einfach nur warten, bis die Polizei kam. Lange konnte das sicher nicht mehr dauern.

»Nicht springen!«

Michaela König verharrte in ihrer unbequemen Position, versuchte, nicht mehr auf die Straße oder den dunklen Spalt vor sich zu schauen, um jedes Schwindelgefühl zu vermeiden. Plötzlich hörte sie wieder die tiefe Stimme. »Sie haben noch genau fünf Sekunden. Geben Sie mir die Diskette oder ich komme aufs Dach.«

Sie reagierte nicht, ließ die Zeit verstreichen. Wann kommt endlich die Polizei, überlegte sie, warum dauert das so lange? War denn niemand unten dabei, der die Beamten alarmiert hatte? Wie lange sollte sie noch gezwungen sein, auf diesem schiefen, abschüssigen Dach zu verweilen?

Plötzlich änderte sich die Situation. Die Menschen auf der Straße verstummten, ihr Schreien und Rufen verebbte, atemlose Stille machte sich breit. Aus der vor Neugier triefenden, sensationslüstern gaffenden Meute war ein konzentriert beobachtendes, das Geschehen voller Besorgnis verfolgendes Publikum geworden. Keine Stadionatmosphäre mehr, eher die angespannt-ernste Haltung intellektueller Theaterbesucher.

Michaela König begriff zuerst nicht, was die Menschen unten auf der Straße veranlasst hatte, ihr Verhalten so seltsam zu verändern. War die Polizei etwa still und heimlich gekommen, die Verbrecher zu überraschen und ohne Blutvergießen zu überwältigen?

Als sie das Geräusch unmittelbar hinter sich hörte, war es fast schon zu spät. Der Bärtige war auf allen Vieren aus dem Fenster aufs Dach gekrochen, hatte sie fast schon erreicht. Erschrocken nahm sie seine kräftige Gestalt wahr. Der Verbrecher robbte zu ihr herüber, streckte schon die Hand nach ihr aus, wollte sich auf sie werfen, als sie reagierte. Sie schob sich von ihm weg, – nur wenige Zentimeter bis zum Rand des Daches – konzentrierte sich auf das, was ihr als einziger Ausweg blieb. Sie musste den Spalt überwinden, den einen Meter, der als tödliche Gefahr zwischen den beiden Häusern klaffte.

Michaela König hörte nicht den plötzlichen Aufschrei der Menschenmenge, als sie sich in die Luft schwang. Sie ruderte mit den Armen, versuchte möglichst weit vorwärtszukommen, landete mit hartem Aufprall wenige Zentimeter jenseits des Abgrunds. Ziegel splitterten unter ihren Knien, Scherben polterten übers Dach, stürzten in die Tiefe. Menschen brüllten, schrien hysterisch, schrilles Kreischen tönte von der Straße her. Sie rutschte ein Stück abwärts, schlitterte direkt auf den Abgrund zu, krallte sich an den Dachsparren fest, die ihre Knie zufällig freigelegt hatten. Weitere Ziegel zerbrachen, lösten sich aus ihrem Verbund, rutschten über den Rand des Daches, prallten mit donnernden Schlägen auf der Erde auf. Jede Scherbe, die nach unten schlitterte, jeder Aufprall auf der Straße löste mehrfaches hysterisches Brüllen aus.

Michaela König klammerte sich auf dem Dach fest, fand endlich Halt. Ihre Beine schmerzten, der rechte Knöchel schien von Messerspitzen durchbohrt. Ihr linke Hand blutete kräftig. Sie schob die Finger in den Mund, kühle sie mit den Lippen. Wahrscheinlich hatte sie sich an einer der gesplitterten Ziegelkanten die Haut aufgerissen.

Der Schatten des Bärtigen war plötzlich über ihr. Der

Verbrecher näherte sich der Spalte, starrte mit verbissener Miene zu ihr herunter. Offensichtlich war er zu allem bereit.

Was tun? Wo blieb die Polizei? Jeder Bewegung, die sie vollzog, folgte augenblicklich ein Anschwellen des Lärms auf der Straße. Hatten die immer noch nicht begriffen, dass sie keineswegs bemüht war, sich umzubringen, sondern vielmehr vor dem Verfolger Schutz suchte?

Sie robbte in halb aufrechter Haltung über das Dach, vergrößerte den Abstand zwischen sich und dem Bärtigen. Drei, vier Meter, noch ein Stück, fast bis ans andere Ende des Hauses. Sie starrte nach links, merkte, dass es nicht weiterging, neben dem Gebäude eine breite Einfahrt folgte, mindestens acht, neun Meter tief. Wenn er den Spalt übersprang und ihr folgte, gab es keinen Ausweg mehr.

Michaela König schaute zur Seite, sah, wie der Mann jede ihrer Bewegungen registrierte. Er belauerte sie wie ein Raubtier seine Beute, wusste wohl nicht, ob er den Sprung riskieren sollte.

Wo blieb die Polizei? Sie beobachtete den Bärtigen, der die Entfernung abschätzte, entdeckte plötzlich das Dachfenster etwa zwei Meter über sich. Vielleicht eine Chance. Sie stieß sich von ihrem Standpunkt ab, schob sich langsam in die Höhe. Die Menschenmenge kreischte, verfolgte aufgeregt ihre Bemühungen.

Michaela König näherte sich dem Dachfenster, klammerte sich an seiner Einfassung fest, versuchte, es zu öffnen. Das Glas war fest im Blech verankert, gab keinen Zentimeter nach. Sie drückte mit ihrer schmerzenden Hand von rechts gegen den Rahmen, rüttelte daran, zerrte, versuchte es dann von links. Vergeblich. Das Fenster war fest verriegelt. Sie schaute auf, sah das Grinsen des Bärtigen. Der Mann war offensichtlich zum Sprung entschlossen.

Ich muss die Scheibe einschlagen, wurde sie sich bewusst, mit den Schuhen dagegen treten, ohne mich zu verletzen. Sie schob sich in die Höhe, am Dachfenster vorbei, hörte, wie das Schreien unten auf der Straße verebbte. Plötzlich wurde es totenstill, nur das hysterische Kreischen einer Frau hing in der Luft.

Michaela König hielt mitten in ihren Bewegungen inne, warf einen Blick auf den Verbrecher. Der Mann hatte sich zu voller Größe erhoben, nahm irgendwie Schwung, hing schon in der Luft. Sie stützte sich an der Einfassung des Dachfensters ab, sah, wie die große, kräftige Gestalt den schmalen Spalt überwand, dann auf ihrem Dach landete. Sein Aufprall riss mehrere Ziegel in Stücke; Scherben stoben in die Luft, nach allen Seiten, schlugen in Kaskaden unten auf der Straße auf. Der Bärtige krallte sich an dem brüchigen Material fest, rutschte, verlor den Halt, drehte sich auf dem Bauch, fluchte, brüllte, schlitterte auf den Abgrund zu.

Als die ersten Polizeisirenen zu hören waren, hing er über der Kante.

44. Kapitel

Steffen Braig hatte während der kurzen Fahrt keine Zeit gefunden, privat mit Ann-Katrin Räuber ins Gespräch zu kommen – zu sehr waren sie damit beschäftigt, von verschiedenen Seiten her nähere Informationen über das Geschehen in Backnang einzuholen. Die Redakteure der *tageszeitung* in Berlin wussten nur von dem Hilferuf Weidmanns zu berichten, sprachen darüber hinaus von der Spekulation, ihr Kollege und Frau König könnten eventuell auf die Recherchen Frau Litsches gestoßen sein, die in ihrem Blatt veröffentlicht werden sollten. Die lokale Polizeibehörde in Backnang wusste überhaupt nichts von einem Notruf, versprach jedoch, sofort bei der Stiftskirche vorbeizusehen und dann Bescheid zu geben.

Keine fünf Minuten später, – Braig und Räuber hatten Backnang fast schon erreicht, – war Polizeiobermeister Busch wieder am Apparat, sprach nervös von einer aufregenden Verfolgungsjagd mehrerer Personen durch das Zentrum der Stadt, die ihm von mehreren Augenzeugen zugetragen worden sei. Hauptgesprächsthema Backnangs sei im Moment allerdings der Selbstmordversuch einer jungen Frau, die auf einem Dach mitten in der Stadt kauere und dabei von einer großen Menschenmenge begafft werde.

Braig wollte das Thema schon abhaken und nach weiteren Beobachtungen fragen, als Busch beiläufig erwähnte, dass ein bärtiger Mann von einem Nachbardach aus Anstrengungen unternehme, die Frau zu retten.

»Bärtiger Mann?« Braig brüllte so laut ins Handy, dass sich Ann-Katrin Räuber vor Schreck in die Lippe biss. Sie hatten die Sirene eingeschaltet, ließen sich von Busch genau beschreiben, wo sich das angebliche Selbstmorddrama auf dem Dach abspielte.

Der Menschenauflauf am oberen Rand der Innenstadt war nicht zu übersehen, er versperrte den kompletten Straßenzug. Autos und Busse warteten auf die Freigabe der Fahrbahn, ihre Fahrer hatten die Motoren abgestellt und waren mitsamt den Fahrgästen auf die Straße geeilt, um das Geschehen auf dem Dach besser verfolgen zu können.

Braig bat Ann-Katrin Räuber, ihm den Vortritt zu lassen, sprang hastig auf die nach oben gaffende, heftig miteinander diskutierende Menge zu, zog seine Waffe. Ziegelscherben in allen Größen lagen über die Straße verstreut, mehrere Autos waren von Dellen auf dem Dach und Einschlagspuren auf den Scheiben gezeichnet. Polizeiobermeister Busch und ein weiterer Kollege mühten sich vergeblich damit ab, die Menschen auf die andere Seite der steil abfallenden Straße zu treiben.

Braig grüßte Busch und den anderen Beamten, starrte dann nach oben, wo ein großer bulliger Mann gerade Anlauf nahm, vom Dach eines Gebäudes auf das eines niedrigeren Nachbarhauses zu springen. Die Menschenmenge hinter ihm verstummte, als der Mann in der Luft schwebte, dann prasselte ein wilder lebensgefährlicher Scherbenregen von scharfkantigen Ziegelbrocken auf die Umgebung nieder. Braig brachte sich im Eingangsbereich eines Geschäfts in Sicherheit, hörte plötzlich das Schreien der gaffenden Passanten. Er fand keine Zeit, nach oben zu schauen, vernahm einen kräftigen Schlag, glaubte zuerst, jemand habe einen Sack mit alten Kleidern aus dem Fenster auf die Straße geworfen. Erst als er das schrille, markerschütternde Kreischen mehrerer Männer und Frauen vernahm, begriff er, was geschehen war.

Er sprang auf die Straße, sah die Überreste des Mannes vor sich liegen. Ein Klumpen aus Fleisch und Knochen, umgeben von Lachen aus Blut. Ob es sich, wie er vermutete, um den gesuchten Georg Almader handelte, war nicht mehr zu erkennen: Das Gesicht war seltsam verformt, von roten Placken überzogen.

Das hysterische Kreischen rund um den Unfallort schien kein Ende zu nehmen. Immer neue schrille Schreie, immer neue Bekundungen von Schock und Entsetzen. Dennoch nahm die Menge der Gaffer nicht ab, sondern zu. Ständig neue Passanten strömten in die Nähe, versuchten, einen Blick auf die entstellte Leiche zu werfen, ließen Polizeiobermeister Buschs und seines Kollegen Bemühungen, den von Steinschlag gefährdeten Bereich der Straße freizuhalten, fast unmöglich werden.

Braig sah, wie Ann-Katrin Räuber auf den Toten zustürzte, das Handy am Mund, den Ruf nach dem Notarzt auf den Lippen. Er versuchte, die junge Beamtin von der entstellten Leiche abzuschirmen, wusste aus Erfahrung, wie lange solche Bilder trotz aller Bemühungen, sie los zu werden, in der Erinnerung haften blieben und ihm persönlich auch heute noch – nach langen Jahren teilweise belastender Polizeiarbeit – zu schaffen machten. »Bitte, schauen Sie nicht genau hin.« Er wollte sie nicht von oben herab belehren, nicht als der Ältere oder gar als Mann in althergebrachter patriarchalischer Manier über sie als junge Frau verfügen. »Ich meine es gut. Ich kann es selbst nicht vergessen. Nie.«

Sie nickte, blieb dennoch bei dem Toten stehen.

Plötzlich hörte er den Tumult unmittelbar vor sich, keine zehn Meter entfernt. Zwei Männer rannten um die Ecke des Sportgeschäfts, eine große hagere Gestalt verfolgt von einer eher korpulenten, völlig verschwitzten Person.

Braig schaute auf, hörte die Worte des kräftigeren Mannes, versuchte, sie zu verstehen. »Mörder, Mörder.« Er betrachtete die hagere Gestalt, glaubte plötzlich, den Mann zu erkennen. Das Phantombild auf der Titelseite der *tageszeitung,* einer der angeblichen Verbrecher, die Frau Litsche und den Taxifahrer getötet und Frau König über Tage hinweg verfolgt haben sollten.

Braig sah die beiden Männer geradewegs auf sich zurennen, wurde von Ann-Katrin Räubers blitzschneller Reaktion überrascht. Die junge Beamtin schnellte nach vorn, warf sich auf den vorbeisprintenden Kriminellen, versuchte, ihn festzuhalten. Keine Handbreit vor ihm kam sie ins Straucheln; sie rutschte aus, fiel der Länge nach hin, erwischte den Mann dennoch an den Beinen. Die folgenden Sekunden liefen vor Braigs Augen wie ein in extrem langsame Zeitlupe gedehnter Film ab, Wochen, ja mehrere Monate lang sollten sie ihn nicht zur Ruhe kommen, Jahre später noch Selbstvorwürfe wegen einer falschen, zu langsamen Reaktion in ihm gären lassen.

Der dünne, hagere Verbrecher wurde mitten im Lauf von Ann-Katrin Räubers Zugriff gebremst, drohte zu stürzen. Wütend versuchte er, sich aus ihrer Umklammerung zu befreien, zog seine Beine hoch, trat nach ihr, wurde erneut von ihr gepackt, konnte sich nicht lösen.

Braig riss sich aus seiner starren Haltung los, hörte die keuchend ausgestoßene Drohung des Mannes: »Verschwindet, oder ich bringe euch um«, sah, wie der Kerl plötzlich eine Pistole aus seiner Tasche zerrte, sie blitzschnell in die Höhe hielt und direkt auf Ann-Katrin Räuber feuerte. Der Kommissar sei wie eine Feder vom Boden geschnellt und einem Pfeil gleich auf den Verbrecher zugeflogen, beschrieben später Augenzeugen, die das Geschehen zuerst gespannt, dann voller Entsetzen und unbeschreiblichem Grauen beobachteten. Genau in dem Moment, als der Mann den ersten Schuss abfeuerte, traf Braig seinen Arm und riss ihn ein winziges Stück zur Seite; der Kriminelle geriet ins Straucheln, rutschte aus, fing sich wieder, feuerte ein zweites Mal. Braig sah Ann-Katrin Räuber umknicken und in sich zusammenfallen, hörte ihr Stöhnen, sah Blut, wurde von einer Wut, einem Zorn, einem Hass wie nie zuvor in seinem Leben gepackt. Er versuchte, Halt zu finden, riss seine Waffe hoch, feuerte aus einer Entfernung von wenigen Metern auf den Verbrecher, einen, zwei Schüsse, bis der Mann auf dem Boden lag und sich nicht mehr rührte. Der Kommissar sprang zurück, beugte sich zu Ann-Katrin Räuber nieder, fühlte ihren Puls, sah die Blutlache. »Ann-Katrin, hörst du mich?« Er brüllte so laut, dass sämtliche

Außenstehenden jedes Wort wie aus einem Megafon oder einem Lautsprecher kommend deutlich verstanden, hörte voller Entsetzen ihr schmerzvolles Stöhnen.

»Einen Arzt«, schrie Braig in die Menschenmenge, riss sein Handy hoch, gab den Notruf ein, wiederholte sein Verlangen.

Sie lag auf dem Boden, stöhnte leise, blutete noch immer. Braig riss sich seine Jacke vom Leib, legte sie auf die Pflastersteine der Straße, drückte sie unter Ann-Katrin Räubers Körper.

Minuten später, dem Kommissar erschienen sie wie viele Ewigkeiten, waren zwei in unmittelbarer Nachbarschaft praktizierende Mediziner zur Stelle, untersuchten die schwer verwundete Beamtin, leiteten Notmaßnahmen ein. Braig spürte das Zittern überall in seinem Körper, sah die beängstigende Szene vor sich: Ann-Katrin Räuber auf dem Boden liegend, die Ärzte um sie bemüht, dahinter die Schaufenster des Sportgeschäfts mit Heimtrainern, Fitnessgeräten, Inlineskatern, Bällen, Gewichten. Eine Szene, die ihm unwirklich und doch bekannt erschien, die er irgendwann, wenn auch in anderer Form schon einmal gesehen hatte – er wusste im Augenblick nur nicht, wo.

45. Kapitel

Katrin Neundorf hatte die Szenerie sofort erkannt. Die verfallenen Hausfassaden, die Schlaglöcher auf den Gehwegen und den Straßen. Der Müll und der Schmutz in vielen Ecken. Dazu die Kinder, 10-, 11-, 12-Jährige, von Drogen gezeichnet, in hautenge Blusen gekleidet, mit ultrakurzen, die halben Pobacken entblößenden Höschen und hochhackigen Schuhen, zur Prostitution abgerichtet. Die verkommenen Gesichter der Bier und Alkohol schlürfenden Zuhälter. Die dicken Limousinen der Freier.

Gerade mal neun Monate war es her, dass sie sich mit Claudia Steidle die Szene in Cheb betrachtet hatte. Claudia, die talentierte Fotografin. Von Straße zu Straße waren sie geschlichen, die Videokamera auf der Brust, in einem kleinen Rucksack verborgen, das Objektiv durch ein winziges Loch aufs Ziel gerichtet.

»Und ich kann alle Fotos ohne jeden Einwand seitens der Polizei verwenden?«

Neundorf hatte ihr die Garantie gegeben.

Sie kannte Steidles Fotografie, schätzte ihre Aufnahmetechnik. Es war ihre Handschrift, eindeutig. Die genaue Dokumentation der Umgebung, die Präsentation der Verkommenheit von Zuhältern und Kunden, das Ausmaß der Verwahrlosung in der Umgebung des Straßenzugs wie den Gesichtern der Hauptakteure. Es gab keinen Zweifel, die Bilder verrieten Steidles fotografisches Genie.

Neundorf hatte den ganzen Spätnachmittag versucht, sie zu erreichen, hatte sämtliche Kontakte durchtelefoniert, von denen sie vermutete dass sie den Weg zu ihr weisen könnten. Nach zwei Stunden vergeblicher Mühe hatte sie Steidles Mutter an der Strippe gehabt, verwahrlost und angesoffen wie eh und je.

»Claudia? Wer soll das sein?«

»Ihre Tochter.«

»Meine Tochter?« Die Frau hatte laut gerülpst. »Ich habe keine Tochter.«

»Wo ist Claudia?«

»Ich weiß nichts von einer Claudia und erzähle auch nichts.« Neundorf war klar gewesen, wie sie die Frau anpacken musste. »Ich bin's, die Kommissarin.«

»Die Kommissarin? Das kann jeder behaupten.«

»Sie wissen, was Claudia mir zu verdanken hat.«

Sie hatten sich zu Beginn von Neundorfs Polizeikarriere kennengelernt, die eine als junge Kommissars-Anwärterin, die andere eine auf der Straße aufgegriffene, mit Rauschgift für mehrere Tage frisch versorgte Drogenkonsumentin. Neundorf hatte über den in ihrem Besitz befindlichen Stoff hinweggesehen, Steidle in Entzug gebracht, ihr dann einen Ausbildungsplatz bei einem Fotografen verschafft.

»Sie?«

»Haben Sie jetzt endlich begriffen?«

»Warum sagen Sie das nicht gleich?«

»Wo ist Claudia? Ich muss sie *sofort*, innerhalb der nächsten halben Stunde sprechen.«

»So schnell?«

Die Frau hatte Neundorf von Steidles Aufenthalt irgendwo in Spanien erzählt, ihr die Nummer gegeben. Fünf Minuten später war die Kommissarin mit Claudia Steidle verbunden. Das Gespräch hatte fast eine Stunde gedauert, schließlich damit geendet, dass die Fotografin ihre Aussagen fernmündlich beeidete, außerdem sofort den Nachtzug zu besteigen versprach, um nach Deutschland zu kommen.

Neundorf hatte sie am Morgen im Stuttgarter Hauptbahnhof abgeholt.

»Cheb«, sagte die Kommissarin, nachdem sie sich herzlich begrüßt, kurz umarmt und dann ins Cafe in der Markthalle des Bahnhofs begeben hatten, »vor fünf Monaten etwa.«

»Genau«, erklärte Claudia Steidle, eine warme Weste um die Schulter, die kleine Reisetasche unter dem Tisch zwischen den Beinen. »Ich hatte das kleine Haus für ein halbes Jahr gemietet, merkte aber nach kurzer Zeit, dass ich es nicht so lange aushalten würde. Dieses ekelhafte Geschacher Tag für Tag macht dich kaputt. Kinderfleisch gegen Geld?« Sie schüttelte den Kopf. »Dann kam mir der Kerl vor die Linse.«

»Völlinger.«

Claudia Steidle nickte. »Ich kannte ihn. Aus dem Fernsehen, den Zeitungen, Illustrierten.«

»Logisch. Der Bonze persönlich.«

Einer der führenden Industriekapitäne des Landes. In unzähligen Verbänden, Organisationen, Lobbygruppen aktiv. Die *Macht in Person,* wusste Neundorf.

»Mir war klar, dass ich mir die widerlichen Szenen weiter ersparen konnte.«

»Und?«

»Ich fuhr zurück, gab die Bilder Speller. Der zahlt am besten, schon immer.«

Katrin Neundorf trank von ihrem Kaffee, legte ein Couvert auf den kleinen runden Tisch. »Die hier.«

Claudia Steidle betrachtete die Fotos, schüttelte entsetzt den Kopf. »Die Drecksau, diese elende Drecksau.«

»Sie haben sie also gefälscht.«

»Allerdings. Es war Völlinger, nicht dieser Mann.«

»Aber es sind deine Bilder.«

»Ja natürlich. Hundertprozent. Nur das Gesicht wurde vertauscht.«

»Ehrlich, du hast nichts damit zu tun.?!« Neundorf sagte die Worte im feststellenden, nicht im fragenden Ton.

Steidle war dennoch ungehalten. »Glaubst du mir etwa nicht?«

Die Kommissarin betrachtete ihre Gesprächspartnerin, legte ihr beruhigend die Hand auf die Schulter. »Gibt es einen Grund, misstrauisch zu sein?«

»Nein.«

»Zweihunderttausend also. Eine ganze Stange Geld.« Sie hatte es ihr gestern schon, am Telefon erzählt.

Steidle nickte. »Und die Bedingung, mich mindestens sechs Monate nicht in Deutschland blicken zu lassen. Hätte ich das Angebot etwa ausschlagen sollen?«

»Nein.«

»Also.« Steidle lehnte sich zurück, betrachtete die Umgebung. »Ich konnte nicht ahnen, dass sie die Bilder fälschen würden.«

»Speller ist spurlos verschwunden«, sagte Neundorf. »Ich habe gestern Abend, nachdem du mir den Namen genannt hast, noch alles versucht, ihn aufzutreiben, vergeblich. Wahrscheinlich hat er genauso viel kassiert und sich ebenfalls davon gemacht. Wir haben nichts über ihn im Computer, er scheint ansonsten sauber.«

»Und Völlinger kam völlig ungeschoren davon. Diese elende Drecksau.«

»Nicht mehr lange. Ich brauche Bilder.«

»Bilder? Es gibt keine mehr, du weißt es. Ich musste alle abliefern, auch die Smart Media Karte, also den Chip. Das war die Bedingung. Ich hatte Angst um das Geld, deswegen gab ich alles aus der Hand.«

»Völlinger ist heute Morgen in Möhringen. Er wird die Firma gegen 12 Uhr verlassen, hat eine Stunde später eine Konferenz bei der Industrie- und Handelskammer. Sie soll zwei bis drei Stunden dauern, dann fährt er zurück nach Möhringen. Du merkst, ich habe mich genau erkundigt. Ich hoffe, heute Abend habe ich die Bilder. Wo du ihn erwischst, ist mir gleichgültig.«

Claudia Steidle starrte die Kommissarin mit großen Augen an. »Du meinst ...«

Katrin Neundorf nickte. »Im Auto wäre natürlich am besten. Aber wenn das nicht möglich ist ... Kein Problem. Wir haben sehr gute Grafiker.«

Claudia Steidle schüttelte nur noch ihren Kopf.

46. Kapitel

Steffen Braig hatte Ann-Katrin Räuber ins Backnanger Kreiskrankenhaus begleitet, wartete vor dem Operationsraum auf den vorläufigen Befund. Die Ärzte hatten den Tod des hageren Verbrechers, der auf die junge Beamtin gezielt und dann von Braig erschossen worden war, amtlich bestätigt, anschließend den Kollegen der Backnanger Kriminalpolizei das Feld überlassen. Schon nach weniger als einer halben Stunde stand durch einen Fingerabdruckvergleich fest, dass es sich bei dem Getöteten um den wegen verschiedener Gewaltdelikte und Totschlags bereits mehrfach verurteilten und bis vor wenigen Monaten inhaftierten Sven Ottlich handelte, einen Kriminellen, der bisher mehr als die Hälfte seines Lebens im Gefängnis verbracht hatte und in einschlägigen Kreisen als zuverlässiger Auftragsverbrecher bekannt war.

Zeitgleich mit den Untersuchungen der Kriminalpolizei bemühte sich die Backnanger Freiwillige Feuerwehr in Person des jungen, erst 20-jährigen Florian Seeliger, Michaela König vom Dach des Hauses zu befreien, auf das sie sich auf der Flucht gerettet hatte. Die professionell arbeitenden Retter hatten ihr Fahrzeug unter ständigem Hupen und Schreien inmitten der gaffenden Menschenmenge aufgestellt, dann die überlange Leiter ausgefahren.

Der Lärm der Neugierigen ebbte schlagartig ab, als sich der junge Feuerwehrmann in Bewegung setzte, die steile Leiter zu erklimmen. Florian Seeliger kletterte schweigend in die Höhe, professionell gesichert. Der junge Mann war mehr als 1,90m groß, von schlankem, muskulösem Körperbau.

Bleierne Stille lastete über der gesamten Umgebung, als er das Dach erreichte. Wenige Zentimeter oberhalb der untersten Ziegelreihe blieb er stehen, sagte etwas zu der auf dem Dachfenster kauernden Frau, wartete auf ihre Reaktion. Die atemlos vor Spannung in die Höhe starrende Menschenmenge sah das Nicken der Frau, verfolgte gebannt, wie sie sich aus ihrer unbequemen Position erhob und langsam das Dach abwärts kletterte.

Florian Seeliger erwartete sie, aufrecht auf seiner Leiter stehend, mit ausgestreckten Armen. Obwohl die Zahl der Zuschauer inzwischen in die Hunderte ging, Frauen und Männer, Jugendliche und Kinder in Scharen zu dem kostenlosen Spektakel geeilt waren, hätte man im Bereich der oberen Marktstraße in diesem Moment eine Stecknadel auf den Boden fallen hören können – so prosaisch beschrieb jedenfalls die Redakteurin der *Backnanger Kreiszeitung* am nächsten Tag die atemlose Spannung der Menschen. Als der junge Feuerwehrmann die Frau in seinen Armen barg und zu sich auf die Leiter hievte, ging ein Raunen durch die Reihen, begeistert-erleichtertes Klatschen setzte ein. Der gemeinsame Abstieg von der Leiter schien dann nur noch Formsache.

Welches Ausmaß vor allem weiblicher Verehrung Florian Seeliger, dem mutigen Feuerwehrmann dabei zugeflogen war, vermochte die Verfasserin der Zeitungszeilen kaum abzuschätzen, sie machte jedoch keinen Hehl aus ihrer eigenen Bewunderung für den jungen blonden Siegfried, der heldenmütig zur Befreiung der jungen Frau beigetragen hatte.

Was die Information über den Gesundheitszustand Ann-Katrin Räubers anbetraf, musste sich Steffen Braig fast eine Stunde lang gedulden. Nach mehr als fünfzig Minuten untätigen nervösen Wartens wurde dem Kommissar von einem der an der Operation beteiligten Ärzte mitgeteilt, dass die Situation wesentlich besser als ursprünglich eingeschätzt beurteilt werde. Die junge Beamtin habe zwar einen Milzdurchschuss erlitten, doch sei ihr körperlicher Zustand wohl unter

Kontrolle, was den zweiten Schuss anbeträfe, könne man nur von Glück reden, da er genau in Höhe des Herzens nur den Arm gestreift habe. Der relativ große Blutverlust der Frau bleibe nach ärztlichem Ermessen und nach Einleiten therapeutischer Maßnahmen ohne schwerwiegende Folgen.

»Sie sind sich absolut sicher?«, forschte Steffen Braig.

Der Arzt sah ihm offen in die Augen. »So weit mein Beurteilungsvermögen reicht, ja. Aber natürlich sind wir Ärzte keine Götter.«

47. Kapitel

Kurz nach 15 Uhr hatte Katrin Neundorf die Fotos auf dem Bildschirm ihres Computers. Völlinger aus einem Haus tretend, über eine Straße laufend, in ein Auto abtauchend, hinter der Windschutzscheibe verschwindend.

Sie holte die Bilder aus dem Couvert, verglich sie miteinander. Der Minister im Auto in Cheb / Völlinger im Auto in Stuttgart. Minimale Unterschiede.

»Ich hätte nicht gedacht, dass es so einfach wird«, hatte Claudia Steidle erklärt, als sie ihr die Smart Media Karte mit den neuen Aufnahmen übergab, »du wirst zufrieden sein.«

Sie war es, in der Tat.

Neundorf nahm die Karte aus dem Computer, griff nach dem Couvert, verließ das Büro. Sie hatte sich bei Daniel Schiek angekündigt.

Der Grafiker brauchte nicht lange, zu verstehen, was sie wollte. »Dass ich damit eine kriminelle Handlung begehe, ist dir klar«, zischte er leise.

Neundorf schüttelte den Kopf. »Im Gegenteil. Wir korrigieren eine kriminelle Handlung und stellen den ursprünglichen Zustand eines Bildes wieder her.« Sie legte ihm beruhigend die Hand auf die Schulter. »Du hast nichts damit zu tun, es geht allein auf meine Kappe. Außerdem möchte ich selbst noch länger leben. Das Foto bleibt in meiner Hand.«

Zwei Stunden später hatte sie das Bild vor sich liegen.

Völlinger am Steuer des Wagens in Cheb. Kein Mensch würde glauben, dass es manipuliert war.

Den Termin um 19 Uhr in Völlingers Büro hatte sie sich schwer erkämpft. Fast zwanzig Minuten hatte sie mit seiner Sekretärin gestritten, bis die endlich nachgegeben und einem Kurzbesuch zugestimmt hatte. *Die Sache lässt sich nicht aufschieben*, war Neundorf unerbittlich geblieben, morgen kann die Bombe schon explodiert sein.

Völlingers Büro schien von einer anderen Welt. Bombastische Eingangshalle, pompöser Vorraum, exquisites Mobiliar. Der Mann empfing sie mit freundlichem Lächeln.

Sie musterte ihn mit kritischem Blick, drückte ihm die Hand. Der Manager war Anfang 50, mit einem dunklen Nadelstreifenanzug gekleidet. Breite Schultern, schmales Gesicht, graue Schläfen, der Mann schien schon vom Äußeren her eine attraktive Partie.

»Was darf ich Ihnen anbieten?«, fragte er freundlich, nachdem sie in seinen breiten Sesseln Platz genommen hatte. »Kaffee, einen Saft, Mineralwasser?«

Neundorf bedankte sich, wollte es kurz machen. »Sie wissen, was mich zu Ihnen führt?« Sie zog die Beine an, richtete sich auf, musterte das Mienenspiel des Mannes.

Völlinger schien völlig unwissend. »Woher?«, fragte er, »man hat mich nicht informiert.«

»Es geht um Fotos«. Sie zog ein Couvert aus ihrer Tasche, entnahm ihm drei Bilder, erhob sich, lief zu seinem Sessel. »Ich möchte sie nicht aus der Hand geben, aus sicher nachvollziehbaren Gründen.«

Die Augen des Managers weiteten sich für den Bruchteil einer Sekunde, als er die Fotos betrachtete, dann hatte er sich wieder gefangen. »Was soll das sein?«, wollte er wissen.

»Das frage ich Sie.« Neundorf hielt die Bilder in der Hand, ging zu ihrem Sessel zurück, setzte sich.

»Ich kenne die Motive nicht, weiß nicht, wie ich sie einordnen soll.«

»In einen sicher nicht besonders öffentlichkeitswirksamen Moment Ihres Lebens.«

Völlingers Miene verhärtete sich, verlor an Farbe. »Das sind Manipulationen. Muss ich das betonen?«

Neundorf zeigte sich unbeeindruckt. »Wir haben die Fotos bei einem Journalisten entdeckt. Er schwört Stein und Bein, dass sie echt sind.«

»Der Mann lügt. Wie heißt er?«

»Das tut nichts zur Sache. Er genießt einen seriösen Ruf, gilt als absolut vertrauenswürdig.«

»Ich sage Ihnen, dass er lügt. Die Fotos sind manipuliert. Ich habe nichts damit zu tun.«

Jeder, der die Fotos sieht, hatte Braig erklärt, kommt sofort auf ihren Inhalt zu sprechen. Kindersex. Das ist die normale Reaktion. Sich vergewissern, dass man das, was sie zeigen, trotz aller Widerwärtigkeit richtig verstanden hat.

Sie hatten lange darüber gesprochen. *Völlinger,* überlegte Neundorf, *war der erste, der anders reagierte. Das Thema nicht in Ansätzen erwähnte. Nicht nach dem geografischen Ort ihres Entstehens fragte. Ihre Brisanz dennoch sofort erkannte.*

»Sie wollen die Fotos in den nächsten Tagen veröffentlichen. Irgendeine überregionale Publikation. *SPIEGEL, STERN, Frankfurter Rundschau* oder so, wir haben keine Ahnung, wo genau. Wir wissen auch nicht, wie wir das verhindern sollen. Sie vielleicht?«

48. Kapitel

Die Mittwochsausgabe der *tageszeitung* erschien in der höchsten Auflage seit Bestehen des Blattes. Dennoch war die Zeitung bereits gegen Mittag bundesweit ausverkauft. Die gesamte Titelseite hatte nur ein Thema:

Der stille Krieg

Diese Zeilen sollten gemäß den Wünschen mächtiger Lobbyisten nicht erscheinen.

Spitzen der deutschen Industrie scheuten keinen Einsatz und kein Geld, um die Veröffentlichung dieser Informationen

zu verhindern. Sie investierten gewaltige Summen, wahrscheinlich Beträge in Millionenhöhe, um unsere Telefone abzuhören und mit den daraus gewonnenen Erkenntnissen Menschen verfolgen und ermorden zu lassen. Kein Preis der Welt war ihnen zu hoch, ihr Ziel zu erreichen. Sie beließen es nicht bei den üblichen Einschüchterungsmaßnahmen, sondern schreckten nicht davor zurück, Verbrecher zu finanzieren, um kritische Journalisten, die diese Informationen recherchierten und der Öffentlichkeit vorstellen wollten, verfolgen und ermorden zu lassen – was ihnen leider gelang.

Wir gedenken in diesem Zusammenhang der freien Journalistin Verena Litsche, die diese Informationen in monatelanger mühevoller Arbeit zusammentrug und in dem Moment, als sie sich an die Presse wandte, durch einen feigen Mordanschlag getötet wurde.

Wir gedenken unseres Mitarbeiters Harry Nuhr, der Verena Litsches Recherchen bei uns in der *tageszeitung* veröffentlichen wollte und deshalb sterben musste.

Wir gedenken des kurdischen Studenten Erkan Okrim, der einzig und allein aus dem Grund, weil er Frau Litsche seinen Dienst als Taxifahrer zur Verfügung stellte, ermordet wurde.

Unser Mitgefühl gilt auch der schwerverletzten Kriminalbeamtin Ann-Katrin Räuber, die beim Aufspüren der von den Spitzen der deutschen Industrie finanzierten Mörderbande niedergeschossen wurde. Wir hoffen auf ihre baldige Genesung und wünschen ihr alles Gute.

Unser Dank richtet sich an die Tübinger Universitätsdozentin Michaela König, die eine Tage währende Verfolgung durch die Mörderclique auf sich nahm. Vor allem ihrem Durchhaltevermögen haben wir es zu verdanken, dass das, was unbedingt verborgen bleiben sollte, jetzt doch noch ans Licht der Öffentlichkeit gelangt.

Dank auch an unseren Kollegen Klaus Weidmann, der Frau König in den letzten drei Tagen ein Stück weit zur Seite stand und so schließlich zum Auffinden der Recherchen Frau Litsches mit beitrug.

* * *

Spitzen der deutschen Industrie waren bereit, jeden Preis, auch den des Lebens unschuldiger Menschen zu zahlen, um die Veröffentlichung dieser Informationen zu verhindern. Trotz intensiver Ermittlungen der Polizei, allen voran des Landeskriminalamtes Baden-Württemberg konnte bis jetzt leider nicht festgestellt werden, welche Personen konkret dafür verantwortlich sind. Zwar versuchen die zuständigen Beamten weiterhin alles, die Haupttäter persönlich haftbar zu machen, doch ist angesichts des immensen Einflusses, den die Täter in unserer Gesellschaft ausüben und angesichts der riesigen Summen, über die sie verfügen, zu befürchten, dass die Bemühungen der Polizei ins Leere laufen werden.

Deshalb versprechen wir an dieser Stelle: Wir werden als Journalisten alles, was in unserer Macht steht, dazu beitragen, die wahren Hintermänner doch noch aufzuspüren.

Das Ausmaß der bewussten Desinformation der Öffentlichkeit durch die von der Industrie bezahlte Lobby wird durch unsere heutige Veröffentlichung erstmals deutlich. Wir alle wurden in einem bisher unvorstellbaren Ausmaß belogen und betrogen. Um die Geschäfte der Industrie nicht zu stören und ihre Profite nicht zu beeinträchtigen, um die fatalen Auswirkungen unseres egoistischen Lebensstils nicht deutlich werden zu lassen, wurden *der stille Krieg* und die mörderische Wirksamkeit seiner Waffen bisher weitgehend verschwiegen.

Wir sehen uns in der Pflicht, diese bewusste Desinformation zu durchbrechen und werden deshalb die Recherchen von Frau Litsche nicht nur heute veröffentlichen, sondern sie auch weiterführen und sie Monat für Monat neu aktualisiert zur Diskussion stellen. Wir hoffen damit einen Sachverhalt deutlich zu machen, der angesichts des ungeheuren menschlichen Elends, das er beinhaltet, unbedingt in die Öffentlichkeit getragen und dort diskutiert werden muss. Nur eine Gesellschaft mittelalterlicher Barbaren wird bereit sein, den *stillen Krieg* mit seinen mörderischen Waffen so weiter zu betreiben wie bisher.

Der *stille Krieg* und seine mörderischen Waffen

Ein Beitrag von Verena Litsche

Wir diskutierten über BSE und seine schlimmen Folgen. Wir stritten über die Konsequenzen der Strahlung von Mobilfunk und Handys. Wir kamen in Panik wegen krebserregender Partikel in Bier, Wurst und Shampoo.

Wie viele Menschen deshalb sterben mussten? Wir wissen es nicht. Gab es überhaupt Tote? Zur Massenepidemie führte bisher jedenfalls keine dieser angeblich hochkarätigen Gefahrenquellen.

Wir waren erschüttert über die Kriege in Bosnien, Tschetschenien, im Kosovo, die jahrelang ihre Opfer fanden. Viele tausend Menschen starben, noch mehr wurden verletzt.

Wir erregen uns – vollkommen zu Recht – über die Opfer von Totschlag und Mord. Einige hundert Menschen allein in Deutschland müssen deshalb Jahr für Jahr sterben.

Die USA stecken irrsinnige Summen in die Erforschung und Entwicklung modernster Massenvernichtungswaffen. Die Waffenkonzerne des Landes übertreffen einander mit immer kühneren Prognosen neuer Zerstörungspotentiale. Das Geld und den Eifer könnten sie sich sparen, die wirksamsten Waffen aller Zeiten sind längst erfunden und erfolgreich im Einsatz.

Bei den Atombomben-Abwürfen der USA in Hiroshima und Nagasaki starben jeweils mehr als 100.000 Menschen. Wir sehen die Augen der Militärlobbyisten buchstäblich leuchten angesichts solcher Erfolgsmeldungen. Im Vergleich zu den Waffen, von denen hier die Rede sein soll, waren diese Atombomben jedoch jämmerliche Versager.

So absurd es klingt, das größte Vernichtungspotential, das die Menschheit je entwickelte, liegt im Autoverkehr. Mindestens 140 Millionen Menschen fielen ihm weltweit bisher zum Opfer, annähernd 40 Millionen wurden von Autos getötet, etwa 100 Millionen wurden schwerst verletzt oder verkrüppelt, Zahlen, die uns längst zur Besinnung rufen müssten.

Besinnung? Autofahren, das ist das Symbol von Freiheit,

Bequemlichkeit und Vergnügen – den wichtigsten Attributen unserer Spaßgesellschaft.

Leider spiegeln diese Eigenschaften nur die eine Seite der Medaille. Die andere Seite wartet mit düsteren Überraschungen: Keine andere Erfindung, nicht die Atombombe, Wasserstoffbombe, Nukleartechnologie, Genmanipulation, nicht einmal die hinterhältige Verminung ganzer Regionen kostete im Verlauf der Menschheitsgeschichte so vielen Individuen Gesundheit und Leben wie das Auto – obwohl es nicht einmal 150 Jahre alt ist. Und die Zahlen zeigen weiter aufwärts. Von Jahr zu Jahr werden mehr Menschen Opfer dieser faszinierenden Technologie – mehr als drei Millionen weltweit innerhalb von zwölf Monaten. Ein Geschehen, das unaufhörlich läuft, stillschweigend als naturgegeben hingenommen wird und doch längst die Ausmaße einer weltumspannenden Seuche, einer Katastrophe, eines Krieges angenommen hat.

Ein stiller Krieg, dessen sich nur eine Minderheit bewusst ist, der auch in unserem Land seine Opfer fordert: An die 500 Menschen werden von Autos verletzt – 50 getötet oder lebenslänglich verkrüppelt – jeden Tag.

3er BMW, C-Klasse Mercedes, Golf, Audi A 4 – Begriffe, die *wahren Männern* ihre Herzen höher schlagen lassen. Wurden wir jemals darüber informiert, wie vielen Menschen diese wunderbaren Kreationen ihr Herz *zum letzten Mal* schlagen ließen?

In Zusammenarbeit mit den Verkehrsabteilungen aller Polizeidirektionen in Deutschland wurden von mir in den letzten Monaten alle Unfallberichte, bei denen Menschen schwerst verletzt oder getötet wurden, ausgewertet, um das beteiligte Fahrzeug zu ermitteln. Da diese Arbeit kontinuierlich weitergeführt wird, ist es der *tageszeitung* möglich, nicht nur diese erste Jahresbilanz *Deutschlands erfolgreichster Waffen* zu veröffentlichen, sondern Monat für Monat die jeweils neusten Ergebnisse zu präsentieren. Vielleicht kann uns dieses Unterfangen dazu helfen, seltener zu diesen Waffen zu greifen und die Politiker aufzufordern, Alternativen zu fördern.

* * *

Auch die 3. Seite der *tageszeitung* war voll von demselben Thema in Beschlag genommen. Unter der dicken Überschrift **Deutschlands erfolgreichste Waffen** fand sich eine minutiöse Auflistung aller in Deutschland gebräuchlichen Fahrzeugtypen, mit der genauen Anzahl der im vergangenen Jahr von ihnen getöteten und schwerverletzten Menschen. Ob **Mercedes C-Klasse**, **VW-Golf**, **3er BMW**, **Opel-Astra**, **Ford Focus**, **Audi A4**, **Fiat Punto**, **Renault Twingo** oder **Toyota Corolla**, nicht ein Modell fehlte, und jedes von ihnen hatte im vergangenen Jahr mehreren hundert oder gar tausend Menschen Gesundheit oder Leben zerstört. Nicht anders die anschließend angefügte Tabelle für den Januar des neuen Jahres: Auch hier wieder die Aufzählung des geläufigen Fahrzeugtypen mit Hunderten von getöteten Menschen.

Die *tageszeitung* benötigte die gesamte 3.Seite, um alle Modelle mit samt ihrer »Erfolgszahlen« darstellen zu können.

49. Kapitel

Völlinger hatte Neundorfs Trick voll durchschaut. Der Mann ließ sich nicht bluffen.

Als die Kommissarin am Mittwoch morgen in ihr Büro kam, fand sie den Gesprächstermin bereits in ihrer Faxablage.

»Zehn Uhr. Dringende Unterredung mit Ministerialdirigent Orchitis im Ministerium. Bitte pünktlich erscheinen.«

Neundorf wusste sofort, weshalb. Die alte Seilschaft funktionierte wie immer. Von Bonze zu Bonze, ein kurzer Draht. Warum den gesetzlich vorgeschriebenen Weg einhalten? Wer die Macht hat, sorgt dafür, dass die anderen spuren. Und die Macht lag in diesem Land nun einmal in den Vorstandsetagen der Industrie.

Wozu hatte man die Politik und ihre Repräsentanten? Damit sie ausführten, was die Herren in den Machtzentralen wünschten. Alle Wege ebnen, alle Steine wegräumen, um die Geschäfte zu sichern und die Profite zu steigern. Punkt.

Ministerialdirigent Orchitis empfing Neundorf fünfundzwanzig Minuten nach Zehn in seinem Ministerium. Fünfundzwanzig Minuten nach dem vereinbarten Zeitpunkt, als Demonstration der Macht.

Der große schlaksige Mann, die Verkörperung des schleimigen Widerlings, lächelte freundlich, reichte ihr seine schweißige Hand.

Neundorf begrüßte ihn, nahm Platz, ließ seine langatmigen Tiraden von Pflichten und Verantwortung eines Landesbeamten seinen Schutzbefohlenen gegenüber über sich ergehen. Dann folgte die Schallplatte von den Verdiensten der Führungspersönlichkeiten in Industrie und Wirtschaft, die durch ihre fleißige Arbeit die Grundlagen für die Existenz und das Wohlergehen der übrigen Bevölkerung schufen. Nach mehreren Minuten kam endlich das Stichwort: *Völlinger.*

»Führen Sie Ermittlungen irgendwelcher Art gegen Herrn Völlinger?« Orchitis lächelte sie freundlich an.

»Gegen einen Herrn Völlinger? Wer ist das? Wie kommen Sie darauf?«

»Kein besonderer Anlass. Mir kam nur so etwa zu Ohren.«

»Tut mir Leid. Da muss Sie jemand falsch informiert haben.«

»Es gibt also keine Aktivitäten seitens des LKA gegen Herrn Völlinger?«

»Ich kann nicht für das gesamte Amt sprechen. Mir jedenfalls ist nichts bekannt.«

Orchitis lächelte weiterhin freundlich. »Das ist gut so. Ich habe nämlich Ihre Vorgesetzten befragt. Denen ist ebenfalls nichts bekannt. Die sollten aber informiert sein, was ihre Mitarbeiter so treiben, nicht wahr?«

Neundorf blieb servil. Sie wusste genau, wie sie weiter vorgehen würde, hatte über Völlinger Erkundigungen eingezogen, sich Pläne zurechtgelegt. Von dem Herrn Ministerialdirigenten ließ sie sich nicht einschüchtern. Sie nicht.

»Das sollten sie, in der Tat«, sagte sie mit fester Stimme, »so ist es schließlich im Dienstrecht verankert.«

Orchitis strahlte übers ganze Gesicht. »Sie kennen sich aus, werte Kollegin.« Sein Triumph sprach aus jeder Pore seiner Haut.

50. Kapitel

Die Tasse mit dem *Earl Grey* stand dampfend auf dem niedrigen viereckigen Tisch, verbreitete den herb-aromatischen Duft im ganzen Raum. Steffen Braig lehnte in einem der schmalen Ledersessel in Hofmanns Büro, beobachtete den Oberstaatsanwalt, der vorsichtig Milch in seinen Tee träufelte.

»Sie machen sich immer noch Vorwürfe?«

»Ich hätte es verhindern müssen.«

»Sie haben ihr das Leben gerettet.« Hofmann stellte das Milchkännchen zurück, rührte die Flüssigkeit langsam um. »Mehr konnten Sie nicht tun.«

»Der Kerl hielt die Pistole plötzlich in der Hand. Ich weiß nicht, warum ich nicht schneller reagierte.« Braig hatte die Szene fast ununterbrochen vor Augen. Ann-Katrin Räuber vor ihm, der Verbrecher mit der Waffe auf sie zielend, die junge Kollegin in sich zusammenfallend. Ihr Stöhnen, das Blut.

»Sie haben ihr das Leben gerettet.« Der Oberstaatsanwalt wiederholte seine Worte, legte ihm dann beruhigend den Arm auf die Schulter. »Es gibt genügend Augenzeugen, die genau sahen, wie Sie sich mit letzter Kraft nach vorne warfen und den Verbrecher zur Seite rissen. Genau in dem Moment, als er schoss. Deshalb ging die Kugel vorbei, streifte sie nur am Arm. Er hätte sie voll ins Herz getroffen.«

»Aber ich bin der Ältere, Erfahrene. Ich hätte sie nicht auf ihn zuspringen lassen dürfen.«

Hofmann schüttelte den Kopf. »Wir sind keine Götter. Wie hätten Sie Frau Räuber daran hindern können – in der Notsituation? Die Frau ist jung, aber erwachsen. Ein Stück weit sind wir für unser Tun selbst verantwortlich. Sie trifft keine Schuld.«

Braig schwieg, dachte an seinen Besuch an ihrem Krankenbett am Morgen zurück. Kurz nach Sieben, ohne Frühstück, war er zur S-Bahn gelaufen, hatte Ann-Katrin im Backnanger Krankenhaus besucht. Sie war noch schwach, bleich, von Erschöpfung und Schmerzen gezeichnet, hatte ihm mit einem Aufleuchten ihrer Augen ihre Freude über sein Erscheinen signalisiert. 1 1/2 Stunden hatte er an ihrem Bett verbracht, fast die ganze Zeit schweigend, seine Hand auf ihrem Arm.

»Bitte keine Unterhaltung«, hatte ihn der Arzt ermahnt, »sie ist noch zu schwach.«

Den ganzen Rückweg auf der Straße zum Bahnhof, dann im Zug hatte er damit verbracht, Gott und das Schicksal, alle Mächte dieser Welt anzuflehen, zu bitten und zu betteln, sie wieder gesund werden zu lassen.

»Es läuft gut«. Er hoffte, dass der Arzt die Situation korrekt beurteilte. »Sie ist jung, kräftig, durchtrainiert. Ihre Genesung schreitet voran. Langsam, aber stetig. Aber sie braucht Zeit. Viel Zeit.«

Braig nahm die Tasse in die Hand, trank von dem Tee. Der *Earl Grey* schmeckte kräftig, fast zu bitter.

»Die Zahlen sind realistisch.«

Er sah auf, bemerkte Hofmanns angespannte Miene.

»Ich habe im Statistischen Bundesamt und im Berliner Verkehrsministerium angerufen und die entsprechenden Referenten verlangt, um mich zu informieren. Die Zahlen sind echt. Frau Litsches Arbeit ist absolut seriös.«

Sie hatten die Diskette am Dienstagnachmittag nach ihrer Rückkehr ins Amt gemeinsam mit Michaela König und Klaus Weidmann in den Computer gelegt und ihren Inhalt studiert.

»Ein Krieg. Es geht um einen Krieg«, hatte der Journalist erklärt und auf die Beschriftung der Diskette verwiesen.

Braig war direkt vom Krankenhaus nach Stuttgart gefahren, die Gedanken mehr bei Ann-Katrin Räuber als bei den Texten und Zahlen, die über den Bildschirm flimmerten. Er hatte Schwierigkeiten gehabt, sich zu konzentrieren. Erst nach und nach war ihm die Bedeutung der Zahlen auf dem Monitor klar geworden.

»Ich hatte mit vielem gerechnet«, sagte Hofmann, die Teetasse in der Hand, »Frauenhandel, Prostitution Minderjähriger, Krieg im Kosovo oder in Mazedonien, Auseinandersetzungen zwischen verschiedenen Menschenhändlern oder Drogenbaronen, Aufdeckung von Crack- und Ecstasy-Labors oder Ähnliches. Mit allem, aber nicht damit.«

Braig nickte, konnte die Gedanken des Oberstaatsanwaltes

nachvollziehen. »Ich brauchte ziemlich lange, zu begreifen, um was es geht. *Krieg*. Alles hätte ich damit in Verbindung gebracht, nur das nicht.«

»Dabei hat Frau Litsche die Zahlen noch äußerst vorsichtig interpretiert. Ein Wissenschaftler des Bundesamtes wies mich darauf hin, dass die reale Zahl der Opfer des Autoverkehrs weit höher liege, entgegen den offiziellen Verlautbarungen auch in Deutschland mit steigender Tendenz. Bei uns werden nur die Personen von der Statistik erfasst, die innerhalb von 30 Tagen an den Folgen eines Unfalls sterben. Durch die Fortschritte der Medizin gelingt es den Ärzten immer häufiger, Menschen länger am Leben zu halten. Viele sterben erst Wochen danach, werden damit nicht als Verkehrstote erfasst. Während unsere offiziellen Statistiken also von immer weniger Opfern faseln und Entwarnung jubeln, schwillt die Zahl der Getöteten in Wirklichkeit weiter an. Und in anderen Ländern ist es noch krasser: Viele zählen nur drei Tage nach einem Unfall Verstorbene mit. Der Wissenschaftler sprach daher von weltweit mindestens 50 Millionen bisher von Autos getöteten Menschen, wobei die Zahl der Schwerstverletzten und Verkrüppelten noch weit darüber liege, nach vorsichtigen Schätzungen bei einem Minimum von 100 Millionen.«

Braig trank von seinem Tee, versuchte, sich die Größenordnung klar zu machen. »Insgesamt 150 Millionen?«

Hofmann nickte. »Nach seriösen wissenschaftlichen Untersuchungen.«

»Dänemark hat fünf Millionen Einwohner, Schweden etwa acht Millionen, Finnland und Norwegen jeweils vier einhalb, Belgien um die zehn Millionen, die Schweiz sieben, Österreich acht Millionen, Jugoslawien sechs Millionen, Kroatien vier, Slowenien knapp zwei Millionen, Mazedonien zwei, Bosnien etwa drei Millionen ... Wie viele sind es? Haben Sie mitgezählt?«

»Vierundsechzig Millionen.«

»Und die Wissenschaftler sprechen von 150 Millionen Getöteten und Verkrüppelten? Dann habe ich jetzt nicht einmal die Hälfte ...«

»Krieg«, sagte Hofmann, »tatsächlich ein Krieg. Der Beamte im Verkehrsministerium machte mich darauf aufmerksam, dass es vor allem die Unschuldigen trifft. Weniger die Autofahrer selbst als vielmehr die anderen. Fußgänger und Radfahrer bei uns und in der Dritten Welt die Armen, diejenigen, die von rücksichtslosen Reichen angefahren und überfahren werden. Und wer spricht davon? Wo hören Sie von diesem Geschehen? Ein stiller, Tag für Tag unaufhörlich seine Opfer fordernder Krieg.« Er trank von seinem Tee, stellte die Tasse zurück. »Müssen wir uns wirklich wundern, dass die alles unternahmen, Frau Litsches Recherchen geheim zu halten? Einen Mercedes, BMW, VW, Opel, Ford oder welches Fabrikat auch immer zuerst mit den Zigtausenden von Menschen in Verbindung zu bringen, die von ihm getötet oder verkrüppelt wurden anstatt nur mit Spaß, Tempo und Bequemlichkeit, so wie uns das ständig eingetrichtert wurde, würde viele potentielle Kunden ins Nachdenken und die Geschäfte dieser Firmen durcheinander bringen. Was wäre die Konsequenz, wenn immer mehr verantwortungsvoll handelnde Leute auf Bahnen und Busse umsteigen? Die Konkurrenz gewänne neue Kunden, könnte neue Arbeitsplätze schaffen und die Profite der Autofirmen fielen in den Keller. Und das ist das Einzige, was die Herren Manager interessiert. Störungsfreie Geschäfte und ständig wachsende Gewinne. Wer sich diesen Zielen in den Weg stellt, wird zur Seite geräumt. Ob mit den vornehmen Methoden, die wir als tägliche Beeinflussung der Politiker durch die entsprechenden Lobbyisten in unserem angeblich demokratischen Staat kennen oder aus der Not geborenen Aktionen, wie wir sie gerade erleben mussten. Die Bosse befehlen, alle anderen müssen spuren. So funktioniert die neue globalisierte Welt.«

Radikale Worte für einen Oberstaatsanwalt, überlegte Braig. Aber bewegte sich Hofmann wirklich so weit von der Realität entfernt?

»Haben wir Chancen, an die Hintermänner heranzukommen? Die Auftraggeber der Mörder zu überführen? Wie wollen Sie das bewerkstelligen?«, fragte Hofmann. »Wo holen wir die Beweise?«

Sie hatten die Wohnungen von Almader und Ottlich durchsuchen lassen, deren Telefonate der letzten Wochen überprüft, ihre Bankkonten gefilzt, Bekannte und Verwandte der beiden Verbrecher überprüft – bis jetzt ohne Ergebnis. Wer immer die Männer beauftragt, sie zu ihren kriminellen Taten angestiftet hatte, er war äußerst geschickt vorgegangen.

»Zwei Nummernkonten in der Schweiz«, spekulierte der Oberstaatsanwalt, »dort liegen die Gelder abholbereit. So läuft es doch.«

»Obwohl sie ihren Lohn nicht mehr abholen können. Aus dem Leichenhaus gibt es keine Verbindung in die Schweiz.«

Auch die Überprüfung des Telekom-Mitarbeiters in Berlin, der die Leitungen der *tageszeitung* angezapft hatte, war erfolglos geblieben. Der Mann war nach tagelangen mehrstündigen Verhören durch Felsentretter und Berliner Kollegen bei seiner Aussage geblieben, seine Auftraggeber nicht gekannt, nur mittels Telefon und Fax angesprochen worden zu sein. Die Hintermänner zu finden, überhaupt nur an sie heranzukommen, glich dem Versuch, die Bosse eines Drogenkartells aufgreifen zu wollen, nur weil man einen der kleinsten Dealer erwischt hatte.

»Was nützt es denn, wenn wir die Hintermänner bestrafen?« Hofmanns Stimme klang recht frustriert. »Der Wahn läuft doch weiter. Die gesamten Strukturen sind faul, unser Gemeinwesen steht auf hohlen Füßen.«

Braig starrte sein Gegenüber überrascht an.

»Erinnern Sie sich noch an unser Gespräch vor wenigen Tagen?«

Braig sah zu seinem Gesprächspartner, verstand, worauf er hinauswollte. »Letzte Woche, nach den Morden an Breidle und Nuhr, als ich vom Tatort in Winnenden zurückkam.«

Der Oberstaatsanwalt nickte, nahm seine Tasse, trank mit kleinen Schlucken. »Sie waren sehr erregt.«

»Wegen der beiden Morde.«

»Und der verschmierten S-Bahn. Sie schimpften«, Hofmann stellte die Tasse zurück, brach mitten im Satz ab, »Verzeihung, ich muss mich berichtigen: Wir beide schimpften gemeinsam.«

»Die beiden Jungs: *Scheißbullen*.«

»Genau. Wir echauffierten uns über die Verwahrlosung vieler Jugendlicher, ihre Rücksichtslosigkeit, die Zerstörungswut.«

Braig schwieg, wartete auf die Erklärung, worauf sein

Gesprächspartner hinauswollte.

»Ich habe viel darüber nachgedacht«, sagte Hofmann, »seit ich den Inhalt dieser Diskette kenne.« Er griff sich die kleine Kanne, schenkte Braig und sich selbst ein. Der Duft des *Earl Grey* hing mit neuer Intensität im Raum.

»Heute komme ich mir selbst ziemlich schäbig vor.« Hofmann setzte sich wieder, gab Milch dazu, trank in kleinen Schlucken. »Sie verstehen, was ich meine?«

Braig nahm seine Tasse, überlegte. »Ich glaube, ja.«

»Verwahrlosung, Rücksichtslosigkeit, Zerstörungswut. Auf wen treffen diese Eigenschaften zu? Auf jugendliche Graffitisprayer, übermütige Scheibenzerkratzer, ungehobelte 18-Jährige, die lauthals rülpsen, ihre Schuhe auf Nachbars Sitzplatz drücken und sich dabei auch noch besonders toll vorkommen?« Der Oberstaatsanwalt stellte seinen *Earl Grey* zurück, schüttelte heftig seinen Kopf.

»Oder auf eine Generation Erwachsener, die sich damit eingerichtet hat, dass jeden Tag in diesem Land unzählige Menschenleben geopfert werden, damit sie völlig unbekümmert ihre wunderschönen Autos spazieren fahren können? Wer ist verwahrlost, rücksichtslos, voller Zerstörungswut? Kämpfen wir nicht an der falschen Stelle?«

51. Kapitel

Katrin Neundorf hatte sich in Schale geworfen. Eine moderne dunkle Hose, eine weiße Bluse, dazu eine schwarze Jacke. Und die Perücke. Kurze schwarze Haare.

Ihre Mutter hatte Schwierigkeiten, sie zu identifizieren. »Also, wenn ich dich so auf der Straße treffe ... Ich glaube, ich werde grußlos an dir vorbeigehen.«

Miriam Völlinger empfing sie in ihrem Anwesen mitten im Grünen am Rand von Herrenberg. Sie hatten das Treffen auf 16 Uhr datiert.

Neundorf stellte sich vor, reichte der Frau die Hand. »Mein Name ist Schäfer«, sagte sie, »wir haben am Telefon miteinander gesprochen.«

Miriam Völlinger betrachtete sie mit gesundem Misstrauen. Die Frau war um die Fünfzig, trug weiße Hosen, dazu ein dunkelblaues Hemd. Ihr Gesicht schien für die Jahreszeit überraschend sonnenverwöhnt; eine breitrandig eingefasste Brille baumelte an einer silbernen Kette über ihrer Brust.

»Sie wissen, dass ich in Eile bin?«, fragte sie mit tiefer Stimme.

Neundorf nickte. »Es geht schnell. Nur zwei, drei Minuten.«

Miriam Völlinger führte sie in einen kleinen Vorraum, wo zwei Sofas aus dunklem Leder um einen runden Tisch gruppiert waren, bat sie, Platz zu nehmen.

Neundorf setzte sich, legte drei Fotos vor sich auf den Tisch. »Ich wollte so fair sein, Ihnen zu zeigen, was Sie in den nächsten Tagen erwartet.« Sie beobachtete die Frau, wie sie die Bilder der Reihe nach aufmerksam studierte, dann, beim Letzten angelangt, sichtbar zusammenzuckte.

»Wo ist das?«, fragte Miriam Völlinger mit schneidender Stimme.

»In Cheb in Tschechien, nicht weit von der deutschen Grenze.«

»Sie haben selbst fotografiert?«

Neundorf nickte mit dem Kopf. Wozu die Sache unnötig komplizierter machen? »Ich habe mir ein kleines Haus gemietet. Für sechs Monate.«

»Wann war das?« Die Frau deutete auf die drei Fotos.

»Im Februar. Vor sechs Wochen.«

Miriam Völlinger zog ein weißes Tuch vor, wischte sich über die Stirn. »Seine Berlin-Tour, ja.« Sie sagte kein Wort des Zweifels, fragte nicht nach etwaigen Manipulationen, versuchte nicht, sie mit Geld zu kaufen.

Sie traut es ihm zu, überlegte Neundorf, weiß insgeheim vielleicht sogar darüber bescheid.

»Das ist alles?«

»Ich wollte Ihnen nur zeigen, was ...«

Miriam Völlinger fiel ihr unwirsch ins Wort, erhob sich. »Ja, das sagten Sie bereits.« Sie zeigte auf die Bilder. »Nehmen

Sie den Dreck wieder mit.« Sie sagte es nicht fragend, sondern auffordernd, bestimmend.

Neundorf erhob sich ebenfalls, steckte die Fotos ein. »Es tut mir Leid.« Sie lief in die Diele.

»Sie brauchen sich nicht zu verstellen. Es tut Ihnen nicht Leid. Wieso auch?« Miriam Völlinger schritt aufrecht zur Tür, war im Begriff, sie zu öffnen. »Wer so etwas tut, verdient kein Mitleid. Auch wenn es vielleicht eine Art Krankheit ist.«

Neundorf blieb stehen, schwieg.

»Wie viel verdienen Sie daran?« Das Gesicht der Frau war bleich, schien die künstliche Sonnenbräune verloren zu haben. Sie öffnete die Tür.

»Um Gottes Willen, nichts«, erschrak Neundorf, »ich bin Journalistin aus Passion. Ich mag es nicht, wenn Wehrlose zum Opfer werden.«

Die hasserfüllten Augen Miriam Völlingers blieben ihr lange in Erinnerung.

52. Kapitel

Am Freitag Nachmittag fuhr Braig wieder zu seiner Mutter ins Städtische Krankenhaus. Mannheims Luft war frühlingshaft mild, von Autoabgasen und dem Duft zur vollen Blüte aufgebrochener Blumen erfüllt. Er hatte sich im Zug für eine halbe Stunde zurückgelegt, war eingeschlafen, gerade noch rechtzeitig vor der Einfahrt in den Mannheimer Bahnhof aufgewacht.

Braig durchquerte die Bahnhofshalle, lief am Zeitungsstand vorbei. Fast alle Blätter hatten heute nur ein Thema. »Völlinger von eigener Ehefrau erschossen.«

Achselzuckend war ihm Neundorf morgens im Amt begegnet. Zwei Tage vorher hatte sie ihm ihren Plan eröffnet. »Ich habe mich über seine Frau erkundigt. Die ist keine Memme. Der wird büßen. Ich hasse Schweine, die sich an Kindern vergreifen.«

»Scheidung?«, hatte er gefragt.

»Wenn sie sich damit zufrieden gibt.«

Sie hatte sich nicht damit zufrieden gegeben, und war offensichtlich bereit, alle Konsequenzen zu tragen.

»Es ist schön dort. Wunderschön. Alles ist hell, überall nur Sonne und Licht. Ein strahlend helles, leuchtendes Licht. Und alles voll bunter Farben. Kein Streit mehr, keine Eifersucht, kein Hass. Nur Wärme und Liebe, Freude und Licht. Überall.«

Braigs Mutter hatte sofort wieder damit angefangen, ihn überfallen mit ihrem Erlebnis, kaum dass er in ihr Zimmer und an ihr Bett getreten war.

»Die Musik dort, nur wunderbare Melodien. Überall, wo ich schwebte, Zauberklänge. Töne, so schön wie das Paradies. Ich freue mich für uns alle.«

Er nahm ihre Hand, drückte sie, gab ihr einen Kuss.

»Ich freue mich für uns alle«, wiederholte sie.

»Ja, Mama, das ist wunderschön.«

Gestern, am späten Abend, hatte er wieder Ann-Katrin Räuber im Backnanger Krankenhaus besucht, dabei ihre Mutter kennen gelernt.

»Sie sind der Kommissar, der meiner Tochter das Leben gerettet hat?«

Er sah die Sache immer noch genau anders herum, machte sich Vorwürfe, glaubte nicht an das heldenhafte Verhalten, das ihm von verschiedenen Seiten attestiert wurde.

Die Frau hatte ihm lange und kräftig die Hand gedrückt, sich mit tränenden Augen bei ihm bedankt.

»Die Luft war warm. Alles duftete, wie im Sommer. Das Aroma von Blumen und Kräutern erfüllte die ganze Welt. Und die Farben! Du kannst es dir nicht vorstellen, diese Farben. Ich wollte dort bleiben, wollte nicht zurück. Dort ist es schön, so wunderschön. Wann dürfen wir das endlich alle genießen?«

Braig betrachtete das strahlende Gesicht seiner Mutter, wusste nicht, ob er sie bemitleiden oder ihr eher mit Neid begegnen sollte. Bemitleiden, weil sie einem neuen irrealen Tick verfallen war, der sie seiner Erfahrung nach einige Monate beschäftigen und voll in seinen Bann ziehen würde oder ihr mit Neid begegnen, weil sie angesichts ihres überwältigenden Erlebnisses anscheinend alle Sorgen dieser Welt vergessen hatte.

»Diese Farben, diese intensiven Farben. Jede hatte einen eigenen wundervollen Ton. Alle Farben zusammen spielten eine herrliche, eine himmlische Melodie. Eine Musik wie im Paradies. Ja, ich war im Paradies. Du musst es erleben, mein Junge, unbedingt.«

Im Moment war es Neid, purer Neid. Braig konnte sich nicht einfühlen in dieses schöne Paradies, diese Harmonie, dieses Glück. Vor seinen Augen lief ein anderer Film, lösten Bilder einander ab, die mit der Realität dieser Welt, dieser Gesellschaft zu tun hatten. Bilder, die sich nicht einfach von schönfärberischen Gedanken vertreiben ließen: Der hagere Verbrecher, mit seiner Waffe auf Ann-Katrin Räuber zielend. Das Stöhnen der jungen Frau, ihr auf dem Boden liegender Körper, ihr Blut.

Hans Breidle, von seinem eigenen Auto überfahren, am Rand der Straße.

Harry Nuhrs lebloser Körper mitten in Winnendens Fußgängerzone.

Die Bilder des Kinderschänders in seinem Fahrzeug in Cheb, das Gesicht des Politikers, der mundtot gemacht werden sollte.

Die Zahlen und Daten, die auf der Diskette gespeichert waren, die Tabelle, die Frau Litsche in mühevoller Arbeit recherchiert hatte, ihre Bedeutung.

Mag sein, dass es dort, wo wir alle hingehen, überwältigend schön ist, mit bunten Farben, hellen Lichtern, himmlischen Melodien, überlegte Braig. Hier, wo wir jetzt leben, ist es eher das Gegenteil.

KBV-KRIMI

Angelika Koch
Jemand wie Ginsterblum
KBV-Krimi Nr. 31
Taschenbuch
250 Seiten

Ulrike Marx leidet unter dem heißen Eifelsommer - und unter dem Tod ihrer Freundin Aischa Ginsterblum. Die Marx glaubt allerdings nicht an die offizielle Version "Unfall mit Fahrerflucht".
Die unerschrockene Zeitungsredakteurin Ginsterblum war einer höchst unheiligen Allianz von Bundeswehr, Polizei und Neonazisekte auf den Fersen.
Als ein Junge erhängt im Wald aufgefunden und Kommissar Ingelheim von den Ermittlungen abgezogen wird, ist klar: Es geht längst nicht nur um unappetitliche politische Verstrickungen. Jemand muß mehr zu verbergen haben als rechtslastige Gedanken. Ulrike Marx bekommt es mit offener Gewalt zu tun... Und mit ganz kleinen, subtilen Gemeinheiten. Wie tröstlich, zu wissen, daß es Freunde gibt. Oder?

Angelika Koch
Das Wasser
KBV-Krimi Nr. 39
Taschenbuch
253 Seiten

Die Riesenchance für Ulrike Marx: Flotte Werbetexte über Mosel und Eifel soll sie schreiben, um Touristenmassen anzulocken. Sie erwartet weinselige Gesänge und idyllische Maare. Doch nur zu bald erfährt sie, daß im Wein nicht immer Wahrheit liegt. Auch das Eifelwasser ist nicht so unschuldig wie es scheint.
Der Seelenfrieden der Heldin, die keine sein will, gerät arg durcheinander. Durch Tote, auf die sie bei ihrer angeblich harmlosen Arbeit stößt: ein Chemiker, der vom steilsten Berg Europas fällt, ein Geologe, der in den bräunlichen Fluten des Weihnachtshochwassers treibt, und eine Beamtin, die man erdrosselt im Innenhof der Manderscheider Oberburg findet.
Völlig überraschend entwickelt sich in dieser Gewalt eine Liebesgeschichte, mit der die Marx nie gerechnet hätte

Ralf Kramp
Still und starr
KBV-Krimi Nr. 51
Taschenbuch
185 Seiten

Marcus Mathei kehrt zurück. Aus seiner gescheiterten Ehe heraus flüchtet er in ein kleines Nest in der Eifel, kehrt zurück an die Stätte seiner Jugend. Dort sucht er Ablenkung vom drohenden Scheidungsdesaster, Erholung von der Stadt und Ruhe von seinem nervenaufreibenden Job in der Werbeagentur, der auf der Kippe steht.
Doch als er in das Dorf zurückkehrt, in dem sich sein Vater, der Dorfarzt, vor Jahren das Leben nahm, wird es nicht nur eine Reise in seine eigene Jugend auf dem Land.
Alles deutet darauf hin, daß mit seiner Rückkehr auch der Tod Einzug in das Dorf hält. Die übel zugerichtete Leiche eines Bahnarbeiters wird gefunden, und es sieht ganz so aus, als würde dies nicht der einzige Tote bleiben.

KBV-KRIMI international

Christine Spindler

Im Rhythmus Der Rache

KBV-Krimi Nr. 86
Taschenbuch
276 Seiten

Der erste Fall von Inspektor Frederick Terry von der London Metro-politan Police.
Die schöne und talentierte Jessica Warner lebt für den Tanz. Nicht einmal ihr eifersüchtiger Ehemann oder ihre traumatische Jugend können sie in ihrer Leidenschaft bremsen.
Als sie kurz vor der Premiere ihres neuen Stückes spurlos verschwindet, nimmt Inspektor Terry die Ermittlungen auf und entdeckt ein Netz aus Geheimnissen und Mißverständnissen. Aber erst nach einem brutalen Überfall auf einen ehemaligen Liebhaber Jessicas erkennt Terry in welch großer Gefahr sich die verschwundene Tänzerin befindet. Ein Wett-lauf gegen die Zeit beginnt.

Linda French

Schwarz, stark und tödlich

KBV-Krimi Nr. 87
Taschenbuch
240 Seiten

Ein Professor Teodora Morelli Krimi.
Eigentlich beschäftigt sich Teddy Morelli als Geschichtsprofessorin mit der Vergangenheit, aber ihre Familie hält sie auch in der Gegenwart beschäftigt. Ihr Schwager, der Botaniker Leo Faber hat eine neue Sorte Kaffee entdeckt. Er stammt von einer von ihm gezüchteten Kreuzung einer Kaffee- und einer Kakaopflanze. Während der Vorstellung dieses enorm gewinnträchtigen neuen Kaffees wird Faber ermordet. Alles deutet darauf hin, daß seine Frau die Mörderin ist. Schließlich hatte sie von seinem Verhältnis mit seiner Assistentin erfahren. Teddy versucht nun, ihre Schwester von dem Verdacht zu befreien und gerät in einen Strudel von Verbrechen...

S.J.Rozan

China Trade

KBV-Krimi Nr. 95
Taschenbuch
240 Seiten

Zusammen mit ihrem Partner Bill Smith wird die Privatdetektivin Lydia Chin engagiert, um wertvolles Porzellan wiederzubeschaffen. Die Spur führt die Detektivin mit dem Gespür für Ärger direkt von der scheinbar makellosen Welt der Kunsthändler in die tödliche Welt der chinesischen Tiraden.
In ihrem Debütroman entfaltet die *"Shamus"*- und *"Anthony"*- Gewinnerin S. J Rozan die geheimnisvolle Welt von China Town in all ihren Facetten.

"Großartig!... Lydia Chin ist eine der reizvollsten Privatdetektivinnen überhaupt"
Susan Dunlap, Autorin von *"Als Anna verschwand"* und *"Nachts sind alle Katzen grau"*

historisch

KBV-KRIMI

Ralf Kramp

...denn sterben muß David!

KBV-Krimi Nr. 82
Taschenbuch
229 Seiten

801 nach Christus. Karl der Große ist in Rom zum Kaiser gekrönt worden und befindet sich auf der Rückreise in seine Heimatpfalz Aachen. Zur gleichen Zeit werden in der Eifel einige ruchlose Morde verübt. Die Täter sind kahlgeschoren und grausam. Ihre Losung lautet: "...denn sterben muß David!"

Es geht um gefälschte Schriftstücke und um eiskalte Rache, und ihre blutige Spur führt nach Aachen, wo der Kaiser erwartet wird. Nur einer hat ihr Tun beobachtet und heftet sich an ihre Fersen: Enno, ein einfacher Bauernjunge, den man fälschlicherweise des Mordes bezichtigt.

Kann er sie aufhalten?

Andreas Scheepker

Du sollst nicht stehlen

KBV-Krimi Nr. 88
Taschenbuch
240 Seiten

Ostfriesland im Frühsommer 1528: Große Umwälzungen in Kirche und Gesellschaft bestimmen das Land in der Reformationszeit. Der Rechtsgelehrte Lübbert Rimberti kehrt in seine Heimat zurück und wird durch Zufall in einen grauenhaften Mordfall verstrickt.

Am Rande des Moores wird eine unbekleidete Leiche entdeckt.

Wer war der Tote?

Wer steckt hinter der Tat?

Bei dem Versuch, Licht in die Sache zu bringen, schafft sich Rimberti viele neue Freunde... Aber auch viele Feinde in den höchsten Kreisen des Landes.

Und schließlich lüftet er eines der bestgehüteten Geheimnisse der ostfriesischen Geschichte.

Maria Kastellitz

Im Höllenturm

KBV-Krimi Nr. 89
Taschenbuch
356 Seiten

Um die Jahrhundertwende wächst im verschlafenen Eifelstädtchen Euskirchen die junge und hübsche Helena heran. Eigentlich wäre sie lieber ein Junge, denn die Benimmregeln und der Anstand der wilhelminischen Zeit hemmen sie in ihrer Abenteuerlust.

Beinahe ahnungslos aufgewachsen, wird sie mitsamt ihrem väterlichen Firmenanteil an einen Geschäftspartner ihres Vaters verheiratet. Als sich plötzlich eine Reihe grausamer Frauenmorde in ihrer Umgebung ereignet, beginnt Helena, den eigenen Mann als Mörder zu verdächtigen.

Sie muß handeln!

Mit weiblicher Finesse versucht sie, den Schuldigen zu entlarven.